dtv

Zwei DDR-Bürger entführten 1978 eine Tupolew 134 auf dem Flug Danzig–Schönefeld nach Westberlin. Die Tat war nicht geplant, sie war eine Art Übersprunghandlung zweier bei ihrer Republikflucht verratener Menschen. Antje Rávic Strubel hat sich von dieser realen Begebenheit inspirieren lassen und erzählt eine eigene Geschichte über Flucht, Verrat und Illegalität. Geschickt verknüpft sie drei Zeitebenen miteinander: die Vorgeschichte der Flucht, die folgende Gerichtsverhandlung auf dem Flughafen Tempelhof und die Erinnerungsarbeit 25 Jahre später. – »Ein beeindruckendes Zeitbild vom Leben, Lieben und Reden in einer mittlerweile verschwundenen Republik – ein präzises und zugleich poetisches Zeitbild aus dem Osten, so realitätsnah, wie es eben nur Literatur vermag.« (Sibylle Birrer in der ›Neuen Zürcher Zeitung‹)

Antje Rávic Strubel, geboren 1974 in Potsdam, gelernte Buchhändlerin, studierte Amerikanistik, Psychologie und Literaturwissenschaften in Potsdam und an der NYU. Beleuchterin an einem Off-Theater in New York. Lebt in Potsdam und Berlin. Ihr Werk wurde mehrfach ausgezeichnet, zuletzt 2005 mit dem Marburger Literaturpreis. Weitere Werke: ›Offene Blende‹ (2001), ›Unter Schnee‹ (2001), ›Fremd Gehen‹ (2002).

Antje Rávic Strubel

Tupolew 134

Roman

Deutscher Taschenbuch Verlag

Von Antje Rávic Strubel
sind im Deutschen Taschenbuch Verlag erschienen:
Offene Blende (13139)
Unter Schnee (24277)
Fremd Gehen (13272)

Ungekürzte Ausgabe
Oktober 2006
© 2004 Deutscher Taschenbuch Verlag GmbH & Co. KG,
München
www.dtv.de
Erstveröffentlichung: Verlag C. H. Beck, München 2004
Umschlagkonzept: Balk & Brumshagen
Umschlagfoto: Corbis / Ben Lê
Satz: Fotosatz Reinhard Amann, Aichstetten
Gesetzt aus der Sabon 10/12
Druck und Bindung: Druckerei C. H. Beck, Nördlingen
Gedruckt auf säurefreiem, chlorfrei gebleichtem Papier
Printed in Germany
ISBN-13: 978-3-423-13499-6
ISBN-10: 3-423-13499-2

Meinen Eltern

*Nun suchet man nicht mehr an den Haushaltern,
denn daß sie treu erfunden werden.*
Grabspruch

Am 30. August des Jahres 1978 wird vor dem Hintergrund verschärfter Sicherheitsbestimmungen im Rahmen des »Europäischen Übereinkommens zur Bekämpfung des Terrorismus« eine polnische Linienmaschine der Fluggesellschaft LOT vom Typ Tupolew 134 mit 62 Passagieren an Bord auf dem Flug Danzig–Schönefeld nach Tempelhof entführt.

»Die Maschine der LOT ist im Landeanflug, als der Luftpirat im vorderen Teil der Maschine eine Stewardeß vom Sitz zerrt. Er setzt ihr eine 80 Jahre alte Gas- und Schreckschußpistole, Typ Mondial, an den Kopf. Dann fordert er in polnischer Sprache Kursänderung und Landung auf dem Westberliner Flughafen Tempelhof«, schreibt das Nachrichtenmagazin ›Der Spiegel‹ in seiner Ausgabe vom 21. Mai 1979.

Das Lächeln des amerikanischen Offiziers da draußen auf dem riesigen Feld, nach der Aufregung beim Landeanflug, das kann man nicht beschreiben.

Das kann man nicht vergessen.

Es läßt einen denken, Gott kommt, sagte er. Und man hat so was ja nicht zu denken gelernt. Aber es war so still. Eine Stille, da haben selbst die Motoren versagt. Das Lächeln nahm einen in sich auf, es durchdrang alles in einem einzigen Augenblick, dabei konnte der Offizier da draußen gar nicht zu uns ins Cockpit hineinsehen. Es lag weit über ihm. Er hat sich darauf verlassen, daß wir von drinnen sein Lächeln sehen können.

Sogar die Stewardeß hat es gesehen, obwohl sie den Kopf nicht bewegen durfte. Er hat gelächelt, als wollte er mich, als wollte er uns beglückwünschen, und nicht mal der starke Wind hat ihn gestört oder das Tosen vom Triebwerk.

Es hätte ein Lächeln von dir sein können, sagte Lutz Schaper auf der Anklagebank zu Katja Siems.

Bitte antworten Sie auf die Frage, sagte die Staatsanwältin.

So, wie du lächelst, wenn du dir über etwas sehr sicher bist, sagte Lutz Schaper, ohne den Blick von Katja abzuwenden.

So, wie du lächelst, wenn sie dich vor der FDJ-Gruppe für etwas verantwortlich machen wollen, was du nicht getan hast.

Getan hattest, sagte er 1979, nachdem er sich in seiner Zelle in Moabit ein halbes Jahr fast ausschließlich von Orangen ernährt hatte.

Er sagte: Da draußen, das war nur eine Landebahn, Betonplatten und rechts und links die Befeuerung, aber das war schon nicht mehr nur die Landebahn. Das muß auch der Offizier in seiner amerikanischen Uniform gewußt haben.

Das war ein Kaliber! Ein Hit von einer Uniform. Dem möchte man am liebsten auf die Schulter klopfen, habe ich zur Stewardeß gesagt:
Schönes Kostüm.
Ein schnieker Feind.
Kann sein, daß da noch viel mehr Leute um das Flugzeug herumstanden. Ich habe sie alle nicht gesehen, auch später beim Aussteigen nicht.
Ich war erschöpft. Wir waren alle erschöpft.
Dabei hatte das Ganze kaum eine halbe Stunde gedauert.
Erschöpft, aber nie glücklicher. Kann mich jedenfalls nicht erinnern.
Eine halbe Stunde. Ein paar Kilometer. Ein Katzensprung nach Tempelhof. Und da dachte man jedesmal, wenn man wieder in Schönefeld gelandet war, man wäre zurück am Arsch der Welt.
Beim letzten Mal habe ich mir gesagt: Scheiß drauf. Arsch ist in Ordnung. Aber ich will ihn mir wenigstens aussuchen. Budj wsegda budjet Solnze. Born to be wild. – Müßten Sie doch kennen, sagte Lutz Schaper. Diesmal zur Staatsanwältin, die darauf wartete, daß man den Satz ins Englische übersetzte.
Nur eins sollten Sie wissen: Die Landebahn da draußen sieht nicht anders aus als die in Schönefeld. Ein paar tausend Betonplatten. Den Unterschied hat der amerikanische Offizier gemacht.
Ein schnieker Feind.
Ich habe schon in Gdansk zu Katja gesagt: Keine Angst, sie werden uns behandeln wie Politprominenz. Für so was hat man einen Riecher. Das bringen sie einem dort schon früh bei.
»Antworten Sie auf die Frage«, sagte die Staatsanwältin.
»Keine Ahnung. Wenn es keine Spielzeugpistole gewesen wäre –. Vielleicht hätte ich es trotzdem getan. Fragen Sie doch Katja. Man hat jahrelang nichts anderes gemacht, als

aus Rohlingen Werkzeuge gefertigt. Sie weiß, wovon ich rede! Und plötzlich schießt einem ein Gedanke durch den Kopf. Der Gedanke nimmt langsam Form an, wie das Stück Metall da, in den Backen der Maschine vor einem. Man kühlt wieder ab. Aber man bleibt jetzt immer in dieser Form. Kommt nicht mehr heraus. Wandert nächtelang die dreißig Quadratmeter Plattenbau ab, die einem an Volkseigentum zustehen.

Trinkt Bier und wartet auf ausbleibende Materiallieferungen. Spielt Skat oder geht tanzen.

Wenn man den Zustand des Wartens kennt, kapiert man schnell, warum in diesem Land so viel getanzt wurde.

Die Kinos wiederholten sich, die Kneipen schlossen um zwölf, Nachtbars gab's nur am Wochenende. Aber rummachen konnte man. Man legte sich über die Zeit so was wie ein Nachtgesicht zu. Das bleibt nicht aus, wenn man sich bis zwölf eine geangelt haben muß. Die Frauen hat das nicht gerade zimperlich gemacht. Sie waren großartig nachts. Der Pluspunkt für unser Land.

Man schwingt sich zu zweit auf sein Moped und muß nur aufpassen, daß man nicht der Polente in die Arme fährt.

Reden konnte man nicht. Nicht mit so einem Gedanken im Kopf.

Können Sie sich das ungefähr vorstellen?

Nicht so einfach in einem Land, das Uniformen trägt, die aussehen wie Kostüme, was?« fragte Lutz Schaper die Geschworenen aus den sechs Stadtbezirken des US-Sektors von Berlin.

*

Katja Siems war vierundzwanzig, als Lutz Schaper die Pistole aus dem Anorak zog und von seinem Sitz aufstand, als wollte er zum Klo. Vierundzwanzig, als sie wegging, ausflog, flügge wurde. Ihre Geschichte ist wahr. Aber wie wollen Sie Wahrheit beweisen.

Man kann versuchen auszuschließen, was nicht stimmt. Zuerst die Gerüchte. Es gab jede Menge Gerüchte. Beispielsweise ist die Entführung ein gut geplanter Terroranschlag gewesen. Der BND steckte dahinter. Um die DDR zu blamieren. Oder es war der KGB. Der sollte die Amerikaner ins Schleudern bringen. Auch die CIA geriet kurzzeitig ins Visier.

Und dann natürlich die RAF. Die RAF war ein Gerücht, das sich besonders lange hielt.

Es gab interessante philosophische Ansätze. Man suchte nach einer dadaistischen Botschaft, weil die Waffe eine Spielzeugpistole war. In Schaper, dem Hauptangeklagten, wurden die Züge Rasputins entdeckt, und von Rasputin führte eine Linie direkt zu den Dekabristen.

Manchmal war er auch nur ein kleiner Krimineller, was ihm nicht besonders gefiel. Immer jedoch waren Lutz Schaper und Katja Siems ein Paar. Man kann sich da offenbar nichts anderes vorstellen. Es gibt Sperren im Denken. Man hat aus ihnen ein Kriminellenpärchen gemacht. Aus ihrer Tat wurde ein Liebesopfer. Man behauptete, sie hätten es aus Angst getan. Aus Gier, Neid, Mitleid, Zorn oder Rachsucht. Aus gekränkter Eitelkeit, aus Stolz oder Hoffnung, was allerdings nur eine Facette ist, eine Facette der ewigen Warterei.

Was bleibt, ist nichts. Nichts und die Frage: Wo sollen wir denn jetzt hin? Was auch Schaper schon gefragt haben wird, 1978, an einem windigen Augusttag auf Bahnsteig 3. Der Tag, an dem Hans Meerkopf nicht kam. Als die Warterei noch immer nicht aufhörte. Als etwas dazwischengekommen sein mußte. Auch da gibt es Gerüchte.

*

Sie werden irgendwann fragen: Wer spricht da. Haben Sie das schon mal einen Anwalt gefragt?

Sie glauben, ich wäre Katja.

Aber auch Schaper ist am Ende nur noch der, der nach dem Engel ruft. Engel, warum zeigst du dich nicht?

Stellen Sie sich vor, ich wäre Scheherezade, und Sie hätten tausend Nächte lang Zeit.

Ja, Sie lachen. Aber irgendwo lauert immer ein Gefühl, und schon wird die Sache kompliziert. Da geht's gleich richtig in den Schacht, wie Lutz Schaper sagte, als alles längst vorbei war. Oder könnte auch das ich gewesen sein.

Das Gefühl jedenfalls ist dasselbe. Dieser trockene Ton. Die langsam auslaufende Zeit. Eine Höhe, wo die Luft dünn wird. Das Dunkel, wenn Sie so wollen. Oder die Helligkeit, eine gleißende Helligkeit, dabei stehen Sie nur am Rand. Sie sind bloß Zuschauer.

Sie wollen wissen, was damals gewesen ist, und kommen ausgerechnet zu mir. Hat Schaper Sie darauf gebracht? Der läßt sich ja immer noch auf Journalisten ein. Aber er hat sich auch immer als der Entführer gefühlt.

Ich kann Ihnen da nichts erzählen.

Zwanzig Jahre dasselbe. Immer dieselbe Geschichte. Da macht irgendwann jeder schlapp.

Ich kann nur sagen: Vor Ihnen ist der Schacht. So hoch und so tief, daß Sie das Ende nicht sehen. Der Schacht mit Rost an den Wänden und dem Geruch nach Öl. Da denken Sie noch, es sei eine Redewendung, und schon geht's ab. Mehr kann ich Ihnen nicht bieten.

Wenn überhaupt was für Sie dabei herausspringen soll, müssen Sie mir folgen. Sie müssen schon rein in den Schacht.

Packen Sie Ihr Zeug. Schnappen Sie sich Notizblock, Kuli und Aufnahmegerät oder was Sie als Journalistin noch alles brauchen, Mikrophon, Dat-Recorder, wie das heute heißt, und kommen Sie! Bevor ich es mir wieder anders überlege. Geben Sie Ihr halbfertiges Studium, Ihren Übereifer, Ihre ganze, wie nennt man das: Existenz? Geben Sie alles dran, was man Ihnen eingeredet hat. Den Fotoapparat lassen Sie draußen. Zu fotografieren gibt es hier nichts.

Kommen Sie mit!

Wir beginnen unten. Wir gehen da lang, wo die Gänge sind. Sie liegen in drei Etagen übereinander, sie führen ringsum an der Wand entlang. Die Gänge sind durch Eisenleitern verbunden. Da können Sie rauf und runter, wenn Sie wollen, Sie können jederzeit die Etage wechseln. Sie werden sich laufen sehen, und Sie werden die sehen, die über oder unter Ihnen sind. Sie laufen über schwingende, ratternde Gitterböden. Die Schritte hämmern hinter Ihren Schläfen.

Sie gehen hoch und runter und ganz runter und hoch, und auf jeder Etage stehen die, die nicht wissen, wo sie hin sollen. Sie starren aus allen drei Ebenen der Zeit. Sie überwachen die Erinnerung. Die Zukunft ist eine Wurzel aus der Erinnerung. Sie sollten mir nicht vertrauen.

Sie werden sich möglicherweise um Ihre Wahrheit betrogen sehen.

Wahrheit.

»Wenn man wirklich einen Ausweg braucht, dann findet sich auch einer«, sagte Lutz Schaper 1977, als auf der anderen Seite der Welt die GSG 9 anrückte und die Landshut in den Griff bekam und die Geiseln nacheinander, aufgeweicht in den Tagen aus Hitze und Angst, über die Luftkissen der Gangway rutschten.

»Die polnische Stewardeß hatte noch nie Tempelhof gesehen. Sie machte keine Schwierigkeiten«, sagte er zu Katja. Er verschwieg das vor Gericht.

»Man darf mit Menschen so nicht umgehen«, sagte er, bevor er aus Sitz 12 B aufstand. »Denk immer dran. Sie hören sonst auf zu lächeln.«

ganz unten

Da ist Katja.

Sie steht auf einem Bild aus der Zeit der blauen Arbeitsanzüge. Aufgenommen in Ludwigsfelde. Ihre Mundwinkel sind eingekerbt, was auf Leute, die sie nicht kennen, den Eindruck macht, sie würde andauernd ironisch lächeln. Im Hochsommer färbt ihr die Sonne die Spitzen der Haare hell. Sie trägt karierte Blusen unter Jeansjacken.

Wahrscheinlich wäre ihr ein »Shell«-Parka der US-Army lieber gewesen. Aber der kostete über tausend Mark schwarz, und sie verdiente keine sechshundert im Monat.

Das IFA-Automobilwerk ist ein Komplex aus Trassen, Zufahrtsstraßen, Pförtnerhäuschen und einer riesigen Endmontagehalle. Es gibt die Geschichte von einem Monteur, der drei Zeiten in diesem Werk erlebt hatte. Zuerst hatte er in der Flugzeugmotorenproduktion gearbeitet, später stellte er Motoren für Rennboote und Motorroller mit arglosen Namen wie Pitty oder Wiesel her und schließlich Lkw mit Allradantrieb. Wenn er aber danach gefragt wurde, konnte er nichts erzählen. Kein einziges Wort.

Katja wird sich später oft an die neuen W 50 und L 60 erinnern, die auf einem gesonderten Hof gemäß der Brandschutzvorschriften eingezäunt geparkt werden. Sie füllt jeden Morgen um sieben die Bohrmilch an der Maschine auf, stellt den Hauptschalter an, und spätestens dann rutscht zum ersten Mal das braune Haarnetz über die Augen, diese Dinger, die aussehen wie beschnittene Baseballkappen.

Man setzt sie auf, damit das Haar nicht unter den Bohrer gerät. So steht es in den Sicherheitsbestimmungen.

Auf einem Foto trägt sie die langen Haare offen, später hat sie sie abgeschnitten. Später, das sind die Achtziger, da trägt man Frisuren mit abstehenden Fransen im Scheitel. Ein paar Jahre zuvor in Ludwigsfelde hat sie die Haare noch vom Mittelscheitel glatt auf die Schultern gekämmt. Zum Arbeiten stopft sie sie mit Aluminiumnadeln unter dem Haarnetz fest, und nach Feierabend schlingt sie sich ein buntes Makrameeband oder geflochtenes Leder um die Stirn.

Sie sind meistens zu dritt in einer Schicht in Halle 11. Laut Vorschrift stehen ihnen zum Frühstück zehn Minuten Pause auf dem Hof und mittags eine halbe Stunde in der Kantine zu, sie beginnen und beenden die Pausen jedesmal gemeinsam. Lutz, Verona und Katja. Wenn sie einen Rohling in den Schraubstock spannen und sich dabei über die Maschine vorbeugen, ähneln ihre Köpfe unter dem Kopfschutz einander wie ein Heuhaufen dem anderen.

Früher einmal hat jemand die Vermutung geäußert, zwischen Verona und Katja bestünde eine über gewöhnliche Freundschaft hinausgehende Beziehung, und Lutz hat sich grinsend über den Werkstisch gebeugt.

Aber in dem Moment ist Katja dazwischengegangen, hat Lutz einen Schraubenzieher zwischen Daumen und Zeigefinger in das fleckige, zerkratzte Holz gerammt, und seither ist die Rede nie wieder auf dieses Thema gekommen. Verona hat damals nur die Schultern gezuckt. Aber jedesmal, wenn Katja ihr zu nah kommt, weicht sie unwillkürlich aus und begründet es nachher mit ihrem großen Interesse an einem der Vorlöter am anderen Ende der Strecke.

oben

Glauben Sie nicht, daß ich mir das ausgedacht habe.

Glauben Sie noch weniger, daß es so passiert ist.

»Urteilen Sie selbst«, sagte Lutz Schapers Anwalt und ließ seinen Mandanten aufstehen. »Ist das ein Mann mit kriminellen Absichten?«

Kleine Vorkommnisse spielen eine Rolle, jede Geste, jedes Lachen an der Maschine und später im großen Flughafengebäude. Das sind die Informationen, aus denen Katja entsteht. Jede Zeitungsnotiz über körperliche Merkmale, Aussagen über Zylinderköpfe, die das Drehmesser zu knapp beschnitten hat, Kaffee- oder Lakritzespuren auf T-Shirts machen Katja vollständiger. Bis sie schließlich unten, auf der zweiten Etage, im Wartesaal des Tempelhofer Flughafens steht.

In der Vorverhandlung trägt sie Jeans und den Kaschmirpullover, den ihr der Kommandeur des Special Investigation Office der Air Force in Tempelhof einige Monate zuvor schenkte. Vor dem Fenster fällt Schnee.

Aber hier drin sind Jahreszeiten unwesentlich.

*

Etwas, das sehr weit zurückliegt, wird im Märchen am glaubhaftesten.

Ein verschwundenes Land, wie das, in dem Katja geboren wurde, liegt sehr weit zurück.

ganz unten

Katja hätte Fisch werden sollen.

Obwohl ihre Eltern die Stunde der Zeugung genau berechnet und mit Kerzen und einer unverschämt duftenden Creme aus dem Westsektor begangen hatten, kam Katja am 21. März als Widder zur Welt. Einen Tag zu spät. Doreen und Bernd Siems hatten das sanftmütigste aller Sternzeichen gewollt und bekamen das wildeste.

Ich will kein Kind, das mit sechzehn in der Jugendstrafanstalt sitzt, sagte Bernd Siems, als er sich die streikenden Arbeiter zuerst im Fernsehen und dann vor der Rathaus-Baracke in Ludwigsfelde angesehen hatte. Sie kamen vereinzelt aus dem Werk hinter dem Kiefernwäldchen und entrollten ungeschickt Transparente.

Siems ging nach Hause. Er legte die Füße über die Armlehne des Sofas, das er sich von seinem ersten Gehalt als Neulehrer gekauft hatte, und sah einen ganzen Tag nur die Wand.

»Ich will kein Kind, das mit sechzehn in der Jugendstrafanstalt sitzt«, sagte er am Abend zu seiner Frau. Als sie ihn überrascht ansah, küßte er sie auf eine spezielle Weise am Hals. Beim Betrachten der Wand hatte er die Monate berechnet und die Sternzeichen zugeordnet und war zu dem Schluß gekommen, daß die Zeit günstig war. Seine Frau lächelte und legte den Kopf zurück, damit er sie noch einmal auf diese spezielle Weise am Hals küssen konnte. Dann zündete sie im Schlafzimmer eine verzierte Kerze an. Dabei war es noch gar nicht dunkel.

Das war 1953.

Als die Arbeiter in ihren Blaumännern auf die Straße zogen. Als sie mit Papierfähnchen, Transparenten aus Bettlaken und bemalten Pappkartons erst über die Stalinallee zogen und später durch jede größere Stadt, bis das Land, das noch gar kein richtiges Land war, fast überall bestreikt wurde. Als die Streiks alle Kohlezentren, die Chemieindustrie und die metallverarbeitende Industrie lahmlegten und danach jede Menge frischgedruckter Parteibücher aus dem Dreck gesammelt wurden.

In den sonnigsten Tagen des Juni 1953 schien das Ende einer Welt angebrochen zu sein, die gerade erst begonnen hatte. Aber Siems sah die Wand über seiner Wohnzimmercouch.

Nicht mit den Russen, dachte er und nahm einen Vorkriegswein aus dem Regal. Nicht mit den Russen.

In einer Zeitung wurde kurz darauf gemeldet: *Die bestehenden Arbeitsnormen bildeten keinen Stimulus für eine nachhaltige Erhöhung der Arbeitsproduktivität. Darum kommt es der Partei der Arbeiterklasse darauf an zu beweisen, daß höhere Normen zu höherer Arbeitsproduktivität beitragen und folglich den Interessen der Arbeiter an der Verbesserung ihres Lebens entsprechen. Trotz destruktiver Kräfte, die immer noch versuchen, den Sieg des Sozialismus aufzuhalten, wird es den Genossen gelingen, den Fortschritt des*

Landes voranzutreiben. Die befreundeten Streitkräfte des sowjetischen Volkes werden ihnen dabei tapfer zur Seite stehen.

Ein Dreivierteljahr später, am 21. März 1954, hielt Siems eine Tochter im Arm. Er wölbte vorsichtig die Hand unter dem Köpfchen und war überrascht, daß der Beginn eines so langen und komplizierten Lebens fast nichts wog.

Er schaukelte sie in seinen Armen und vergaß darüber das unerwünschte Sternzeichen. Katja wurde mit dreitausendzweihundert Gramm und korrekten einundfünfzig Zentimetern als normales Baby in den Akten registriert. Aber sie hatte eine Besonderheit. Katja schrie sehr hoch. Höher als die anderen Babys.

»Wem gehört der kleine Hahn hier?« fragte die Stationsschwester, als böte sie eine seltene Frucht feil, und strich Katja über das verschwitzte, schwarze Haar.

*

Bernd Siems hatte Grund zur Besorgnis, denn er kannte die Russen. Er hatte ihnen schon als Junge Auge in Auge gegenübergestanden. Er war hinter den Stadtwall aus Holzresten und Sandsäcken marschiert, um seine Heimatstadt zu verteidigen, und als er über den Sandwall hinweg die umliegenden Dörfer gesehen hatte, hatte er seine Uniformjacke aufgeknöpft. Er öffnete das Koppel und zog die Stiefel aus. Die Hosen legte er in den Bügelfalten zusammen und schlüpfte zuerst aus seinem Oberhemd, dann aus dem wollenen Unterhemd, und die Socken legte er eingerollt auf die Hosenbeine. Am Ende, nachdem er mehrmals erbärmlich frierend die Arme um die Schultern geschlagen hatte, streifte er schnell auch die Unterhosen ab. Es war März, und er war ganz nackt. Splitterfasernackt stand er in einem matschigen Graben aus Sandsäcken und Holzresten.

Dann sprang er in den Fluß, der den Sandwall von den

Dörfern trennte. Und weil sein Körper lange nicht an die Sonne gekommen war, leuchtete er im Wasser hell auf.

Das war seine Art, die weiße Fahne zu hissen.

*

Nicht mit den Russen. Wem gehört der kleine Hahn.

Aus diesen Stichworten besteht Katjas Kindheit. Sie liegen schützend wie eine Decke um sie vor dem Einschlafen. Sie liegen neben ihr auf dem Kopfkissen, wenn das Licht ausgeht und ein riesiger Frosch zu ihr auf das Bett zu springen versucht. Es ist ein Gitterbett mit weißen runden Stäben, die man einzeln herausnehmen kann. Mit jedem Geburtstag verschwindet ein weiterer Stab. Manche Stäbe muß Bernd Siems mit Gewalt herausziehen.

Er beugt sich über das handtellergroße Gesicht seiner Tochter und flüstert mit ihr, bis sie das Gesicht verzieht und ein Glucksen vernehmen läßt. Siems kann nicht aus dem Zimmer gehen, ohne vorher dieses Glucksen seiner Tochter noch einmal zu hören.

»Vernarrt bist du«, sagt seine Frau leise in seinen Rücken. »Paß auf, in zwei Jahren wird sie dich um den kleinen Finger wickeln.« Aber Bernd Siems begreift plötzlich, daß das Universum größer und unfaßbarer ist, als er je vermutet hätte.

»Sie wird glücklicher als wir.«

Seine Frau kreuzt die Arme auf seinen Schultern. »Und wo, glaubst du, kannst du ihr das beibringen?«

Er zieht mit seinem Finger einen Kreis in die Luft, dessen Tangenten die Wände des Zimmers sind.

Man wird Katja später im Zeugenstand fragen, warum sie Schaper nicht in den Arm gefallen sei.

Warum wird man erwachsen? wird sie zurückfragen.

*

Siems zieht mit seinem Zeigefinger einen Kreis in die Luft und sagt: »Oder auch woanders. Überall.«

Er beobachtet die Sonne, die von einer Ecke des Kopfkissens über die geschlossenen Lider seiner Tochter wandert. Von Zeit zu Zeit hält er eine Hand zwischen die Sonne und ihre Augen. Die Lider haben mit den Wochen ihre blaue Färbung verloren.

Am Gitterbett seiner Tochter beginnt er zu vergessen, was vor seinem Fenster geschieht. Er beginnt zu vergessen, daß er irgendwann alle Stäbe aus dem Bett herausgezogen haben wird.

Er schnappt Katja, hebt sie aus ihrem Stühlchen und fährt sie im Kinderwagen auf den Wäscheplatz hinter dem Haus.

»Na, Herr Siems«, sagen die Frauen auf dem Wäscheplatz. »Haben wir wieder Wäsche? Prächtiges Wetter, was?« Er schaukelt Katja, bis sie eingeschlafen ist, und hängt dann die Socken der Größe nach auf die Leine.

Es gibt auch jüngere Frauen in kurzen, wippenden Röcken, die ihn gern auf der Treppe anhalten und so tun, als interessierten sie sich für das Kind. Er grüßt, hält seinen Unterricht, versucht in der Kaufhalle weit vorn in der Schlange zu sein, und überläßt das Zeitunglesen in diesen Jahren seiner Frau. Auf einem Foto von 1959 sieht man ihn als zweiten von links vor der Zwiebelschule in einem blassen, aber korrekt sitzenden Anzug und mit einem Seitenscheitel, den er trägt, seit er vierzehn ist. Er gratuliert einer Schülerin.

In seiner Vorstellung ist diese Schülerin schon seine Tochter.

Einen Gitterstab klemmt er schräg in die Glasvitrine im Wohnzimmer. Er nimmt Katja hoch, so daß sie auf seinem Unterarm sitzen kann, und zieht ihr vorsichtig den Daumen aus dem Mund. Er stellt sich vor die Vitrine und sagt: »Siehst du.« Ganz bedeutungsschwer.

»Siehst du.« Als würde das irgend etwas heißen.

Von jetzt an wird Katja jeden Morgen auf dem Hartgummisitz an der Fahrradstange in den Kindergarten gefahren und nachmittags um zwei wieder abgeholt. Bernd Siems fährt mit ihr immer den gleichen Weg. Jeden Tag. Sie biegen an der Hausecke links ab, fahren an den Wäschestangen vorbei und umkurven den Müllplatz. Über die Kreuzung schiebt er das Rad.

Eines Tages sitzt Katja steif vor ihm auf dem Sitz. Während sie genau denselben Weg zurückfahren. Über die Straßenkreuzung, um den Müllplatz herum und an den Wäschestangen vorbei. Aber sie weigert sich, ihre Füße auf die ausklappbaren Fußrasten am Vorderrad zu stellen. Jedesmal, wenn Bernd Siems anhält und absteigt und ihre Füße wieder ordentlich draufsortiert, klappt sie die Fußrasten wieder nach oben. Dann steigt Bernd Siems nicht mehr auf.

»Also, was soll denn das?«

Er ist keiner, der auf der Straße Streit anfängt. Er nimmt Katja an die Hand und geht mit ihr das letzte Stück zu Fuß. Zu Hause lehnt sie sich an die Wohnungstür, die Hände hinter dem Rücken verschränkt. Sie sagt:

»Du lügst! Die Sowjetunion ist unser Freund. Und alle guten Menschen sind Freunde der Sowjetunion.«

Ich weiß, was mein Vater einmal gesagt hat, wird Katja in der Vorverhandlung erklären. Er sagte, wie schwierig es ist, wenn das eigene Kind plötzlich politisch was in der Hand hat, womit es die eigenen Eltern verurteilen darf. Sie wird sagen:

Mein Vater nannte das schwierig. Er sagte nicht: Psychologischer Terror oder: Die verfickten Bonzen, wie soll denn ein Mensch so leben! Er sagte: Schwierig.

Bernd Siems ist in seinen Kordhosen zwischen Küche und Wohnzimmer stehengeblieben, mit einer Clubcola für seine Tochter in der Hand. Er schaukelt das Getränk im Glas hin und her, dann streckt er es ihr entgegen.

»Nun warte mal. Es wird alles nicht so heiß gegessen, wie es gekocht wird.«

Katja hält ihre Hände vors Gesicht und läuft an ihm vorbei in ihr Zimmer.

»Du bist nicht mehr mein Freund«, heult sie.

Er hält die Cola noch immer am ausgestreckten Arm, betrachtet sie, als stünde das Glas plötzlich von selbst in der Luft.

»Siehst du«, sagt er zu seinem wackelnden, colafarbenen Spiegelbild. Als würde das irgend etwas bedeuten. Dann trinkt er es weg.

Im Märchen hat man, um so etwas zu beschreiben, immer den Weg voller Brotkrumen und die Vögel, die die Brotkrumen dann wegfressen.

*

»Könnte immer so weitergehen«, sagte Katja, neben Verona ausgestreckt auf einer Waldwiese, in der das Gras nur in der Druckschrift wuchs, die die Kettenfahrzeuge spiegelbildlich in den Boden gestanzt hatten, in spärlichen, hellgrünen Quadraten. Sie saßen nebeneinander und übten, auf Grashalmen zu pfeifen. »*Molodjetz*. Was für'n Scheiß.«

Sie waren nach der Schule ins Wäldchen gegangen. Ihre Ranzen lagen neben ihnen im Gras.

»Guck, so«, sagte Verona. Sie legte beide Daumen zusammen und blies in den Zwischenraum, wo der Grashalm steckte. »Du mußt nur den richtigen Winkel rauskriegen.«

»Richtiger Winkel«, sagte Katja. »Ist doch piepegal.«

»Jetzt sei nicht blöd. Brauchst ja nur 'n bißchen doller zu pusten.«

Katja ließ sich auf den Rücken fallen und starrte in den Himmel.

»Gerade noch abgesahnt, erster Platz und so und spielt jetzt hier die Anarchistin!« sagte Verona.

»Hier.« Katja richtete sich ruckartig auf. »Schenk ich dir. Los. Kannste haben.« Sie griff neben sich nach der Urkunde und streckte sie Verona hin.

»Na los. Was jetzt?«

»Du spinnst.«

»Nee, schenk ich dir. Kriegst 'n dafür?«

»Die mußt du selbst behalten.«

»Kriegste 'n Lolli? Wenn du sie nicht nimmst, zerreiß ich sie.«

»Du spinnst. Die kannst du doch nicht einfach verschenken. Das ist doch 'n Dokument. Von der Schule. Wenn die das noch mal sehen wollen. Die wollen das später bestimmt noch mal sehen.«

»Wozu sollen die das noch mal sehen wollen?«

»Weiß ich doch nicht. Wozu will man überhaupt irgendwas. Aber kann doch sein.«

Katja preßte Verona die Urkunde an den Bauch.

»Los. Sonst reiß ich sie durch, wetten.«

»Machst du nicht.«

»Doch.«

Als Verona nicht reagierte, riß Katja das Papier mehrmals durch, die Schnipsel rieselten auf sie herab.

»So. Jetzt können die das nicht noch mal sehen wollen.«

»Du spinnst ja echt«, sagte Verona.

Katja rollte sich auf die Seite und preßte ihr rechtes Ohr an den Waldboden. Manchmal fuhren in der Nähe Panzerspähwagen entlang, von denen die Erde vibrierte. Diesmal hörte sie nichts. Die Bäume und das Gras ragten schräg in den Himmel. Dahinter verlief der Waldweg, der nach einer halben Stunde erst auf die Spielstraße und dann an den hinteren Zaun des Schulgeländes stieß. Früher hatte ihr Vater sie bis an den Schulzaun gebracht. Sie war durch das Loch im Zaun auf den Schulhof geschlüpft. So merkte niemand, daß sie immer noch von ihrem Vater zur Schule gebracht werden wollte.

Es gab nur einen einzigen Tag, an dem sie vor ihm geflüchtet war. Sie hatte allein in ihrem Zimmer gesessen in ihren blauen Knickerbockers, mit ihrem Teddy vor sich auf dem Boden. Sie hatte ihren Teddy gefragt, warum gerade ihr Papi nicht mehr ihr Freund war, und sich vor Wut eine Ecke aus dem Pony geschnitten.

Manchmal stand er auch jetzt noch am Ende des Flurs und hielt ein Glas Cola in der Hand. Das Gefühl war dasselbe wie damals, obwohl es ihr inzwischen albern vorkam. Aber ihr Körper wurde jedesmal wieder genauso klein, und jede Russischolympiade, jede der Urkunden, selbst die Schnipsel im Gras, erinnerten sie daran.

Über den Sandweg am Rand der Wiese liefen zwei Schuhe. Die Absätze waren hoch und dünn und versanken im Zukkersand. Es waren rote Stöckelschuhe, die Katja gut kannte. Sie stützte sich mit beiden Händen vom Boden ab und blieb in gebückter Haltung stehen.

»Ha! Jetzt paß mal auf!« Der Bogen lag in Reichweite. Katja zog einen Pfeil auf und legte an. Die Fingerkuppen ihrer rechten Hand berührten knapp den Pfropfen an der Pfeilspitze, die Sehne spannte. Dann gab sie Verona mit den Augen das Daumen-hoch-Zeichen.

Der Pfeil surrte und traf die linke Brust von Frau Schuchowa.

Frau Schuchowa ließ einen langgezogenen, irgendwie überraschten Schrei hören. Es war das erste Mal in ihrem Leben, daß sie von einem Indianerpfeil getroffen wurde. Sie war Lehrerin. In ihrer blauen Dose auf der Fensterbank hatte sie bisher nur Papierkügelchen und leere Tintenpatronenhülsen gesammelt.

Katja und Verona stießen sich an und ließen sich mit der Geschwindigkeit von Stromschnellen den Hang hinunterrollen.

Neben einem Holunderstrauch blieben sie liegen.

»Blöde Ziege.«

»Und die Absätze«, sagte Verona. »Total quadratisch.«

Katja schnaubte eine Blüte aus der Nase.

»Könnte immer so weitergehen«, sagte sie, »muß aber nicht.«

WZBW – Was Zu Beweisen War.

oben

Die Situation am Anfang.

Alles steht noch auf dem Spiel. Es gibt jede Menge Möglichkeiten. Das macht diese Situationen so schwierig. Noch können Sie überallhin. Sie haben die Wahl. Die Etagen unterscheiden sich nur in der Beleuchtung.

Oben geht das Licht ins Gelb. Unten fällt aus langen lichtlosen Röhren weißer Stahl, ganz unten gibt es eine düstere Ähnlichkeit zum Tageslicht. Sonst sehen Sie kaum was. Ein paar Gummibäume, die symmetrisch auf allen Gängen verteilt sind. Gitterroste anstelle der Wände und die Geländer so glatt wie Handschmeichler.

Aber Sie wissen nichts. Sie können nicht mal sicher sein, ob die Böden überhaupt tragen. Und vielleicht stürzen wieder welche ab. Welche stürzen immer ab und bleiben liegen, und später stolpert man darüber. Vielleicht auch Sie.

Aber noch zwingt Sie nichts. Erst später muß gewählt werden, und man ist für den Rest der Zeit damit beschäftigt, diese Wahl zu begründen, zu verteidigen, zu rechtfertigen.

ganz unten

Ich will kein Kind, das mit sechzehn in der Jugendstrafanstalt sitzt, sagte Bernd Siems.

Und hielt sich daran.

Er ging Katja nicht nach, als sie heulend an ihm vorbeirannte. Er hörte, wie sie in ihrem Zimmer gegen die Wände tobte, aber er ging ihr nicht nach. Später erklärte er ihr das

Problem mit der Mauer und den Russen in den Begriffen der Indianer. Man müsse dem Feind ins Auge sehen. »Also«, fragte er, »wohin sehen unsere Soldaten an der Mauer? Denk dran, daß sie der Mauer den Rücken kehren!«

Er ließ nicht locker, bis sie ihm geantwortet hatte.

unten

In der Situation am Anfang verbirgt sich die Geschichte bis in ihre letzte Konsequenz. Jede Einzelheit, auch kleinste Bewegungen, jedes Heben der Hand und die Art, mit der Verona an ihrem Haarnetz zupft. Katjas hohe Stimme.

Später wird es nicht mehr einzuholen sein. Dann steht man da mit vierundzwanzig und dem kleinen Wissen über sich selbst auf einem zugigen Bahnsteig in Gdansk und versucht zu ergründen, was schiefgegangen ist.

Etwas geht immer schief.

Solange dieses atemberaubende Gefühl zu leben noch nicht getrübt ist, erhöht sich die Gefahr mit jeder Sekunde, und plötzlich, obwohl der erwartete Zug tatsächlich und fast ohne Verspätung einfährt, geht es schief.

Es klingt wie das Zuschnappen vom Verschluß an Katjas kunstlederner Handtasche.

Annähernd so.

Hart und mit einem winzigen Nachhall.

Hans Meerkopf, der mit dem Zug um 10 Uhr 23 des 29. August auf Bahnsteig 3 ankommen sollte, steigt nicht aus diesem Zug. Der Bahnsteig ist voller Menschen mit Beuteln, Koffern, Blumensträußen und dem verlorenen Lächeln Reisender. Katja hält mit beiden Händen die Handtasche vor dem Bauch und sucht mehrmals die Köpfe ab, starrt in die Gesichter, drängt sich am Aufgang vorbei. Der Zug ruckt schon an, da läuft sie noch einmal bis ans Ende des Bahnsteigs. Dann fährt der Zug aus. Eine flirrende Stille breitet sich aus über den Schienen, aus denen Gras wächst, zwischen den Stahlträgern, die das Bahnsteigdach halten, auf dem Bahnsteig, auf dem Katja allein zurückgeblieben ist. In der Ferne nur Schaper, der mit zwei Bockwürsten auf Papptellern näher kommt. Eine Stille, die nur vergleichbar ist mit der Stille in einer südlichen Stadt im Hochsommer um die Mittagszeit. Weiß und mit geschlossenen Fensterläden.

Hans Meerkopf ist nicht ausgestiegen. Hans Meerkopf, der Mann, zu dem sie gesagt hat: Mit dir trau ich mir alles zu. Katja wartet drei weitere Züge aus Richtung Frankfurt/Oder ab. Aber Hans kommt nicht.

oben

Es ist möglich, jetzt einen Großteil der zurückliegenden Situationen noch einmal durchzugehen. Oder Sie finden eine erfreuliche Stelle, einen geschützten Platz am Geländer. Sie hocken sich hin im Schatten einer Pflanze und sind für den Rest der Zeit sicher. Es ist möglich, hier und da Verbesserungsvorschläge zu machen. Aber helfen würde es nicht. Die Geschichte hat begonnen. Sie läuft mit einer ihr eigenen Logik, die nur im nachhinein zu verstehen ist. In der Erinnerung. Die Zukunft ist eine Wurzel aus der Erinnerung. – WZBW. – Das wissen Sie alles.

Nur ganz am Anfang gibt es etwas zu erfinden.

Mit dieser auspendelnden Handtasche an einem angewinkelten Arm unter der Bahnhofsüberdachung in Gdansk gibt es nichts mehr zu erfinden, und dann spricht man von Schicksal.

Eine Kleinigkeit. Jemand ist vielleicht nur angeeckt. Hat die Etage gewechselt oder ist zu früh ausgeschert. Und schon knallen zwei Leben aufeinander wie Autoscooter im Plänterwald.

Katja und Verona.

Ich weiß nichts über Verona. Verona ist eine Figur, von der noch unklar ist, wie sie eingesetzt wird.

ganz unten

Verona ist die Schüchterne der beiden, die Unsichtbare, wenn sie nebeneinander auf einem Sportplatz oder vor der Diskothek von Ludwigsfelde stehen. Dann wirkt sie oft kleiner als Katja, obwohl beide gleich groß sind.

Verona und Katja. Sie werden gemeinsam die gleiche Schule besuchen. Sie werden sich jeden Morgen auf dem Schulhof der OS III treffen, neben dem Gedenkstein von Rosa Luxemburg. Sie laufen zur Maidemonstration unter einem gemeinsamen blauen Gruppenwimpel, und wenn an sonnigen Tagen ihre Schatten vor ihnen auf dem Asphalt stehen, wird der von Verona unwesentlich heller sein. Sie werden zusammen Rommé spielen auf verregneten Zeltplätzen, vielleicht haben Katjas Eltern Verona eingeladen, mit zum Zelten zu fahren. Nachts werden sie heimlich mit der Taschenlampe in einem Schlafsack gemeinsam dasselbe Buch lesen, und meist ist es Katja, die sich an Veronas Arm festhält, sobald es gruselig wird. Tagsüber ist es umgekehrt.

Zum Kindertag gibt es Knüppelkuchen mit Pflaumenmus am Lagerfeuer. Das Pflaumenmus wird heiß in der Teigtüte und duftet. Der erste Lippenstift könnte eine Rolle spielen, Poesiealben, das, was man gewöhnlich benutzt, um zu zeigen, daß die beiden dicke Tinte gewesen sind: beim Tapezieren helfen, Drops klauen, Klamotten tauschen. Freibäder, eine Katze und Buntstifte. Mit dem Fingernagel in heißem Teer malen, Schulkreide stehlen, Buden bauen. Flaschenpost, Marterpfähle, Vogelscheuchen, Drachen. Papierschiffe falten, die Verpackungen von Westsüßigkeiten aufheben und auf Papierkörbe kleben, Sparschweine aus Luftballons und Gips basteln, überhaupt: basteln, ausschneiden, malen. Arbeitsgemeinschaft Junger Tierpfleger oder chinesisch Tischtennisspielen, die Wolkow-Kinderbücher, das erste Mal sturzbetrunken sein an Apfelschnaps, Schwimmstufe machen.

Am Tag nach der Jugendweihe fuhren Katja und Verona

nach Berlin, um Jungs zu gucken. Der Tag war grau, es war ein heller Tag, fand Verona, beleuchtet von den Lichtgirlanden im Plänterwald. Sie fuhren Walzerbahn und Autoscooter. Die Wagen drehten wie irr gewordene Katzen im Kreis, und die Schausteller, langhaarige Jungs in gestreiften Jacken, sprangen von hinten auf und rasten auf den Stoßstangen aus Gummi eine Weile mit. Sie hielten sich an den Stäben fest, die die Scooter mit dem Elektronetz verbanden, griffen zackig ins Lenkrad und rissen das Gefährt herum. Im Elektronetz über den Köpfen sprühten Funken.

Später am Schießstand wechselten sie sich ab. Sie trafen mit fünf Schuß das Röhrchen einer Papierblume, und sie standen auch noch zusammen, als ein Junge noch später einer von ihnen schon den Arm um die Schultern gelegt hatte.

Nachmittags hockten sie zu zweit unter einem Balkon im Erdgeschoß, vor den sie eine Decke hängten, damit man die Zündplättchen nicht bis zum Spielplatz roch, und kratzten den Knall mit einem Stein aus dem Zündpapier.

Abends gab es jede Menge Cola-Wodka im Jugendclub der NVA. Sie hatten die Haare mal länger, mal kurz, auch das war oft ähnlich, einmal sogar abgeschnitten auf Anordnung der Direktorin.

oben

Aber immer könnte es jede gewesen sein. Immer scheint es, als wäre alles, was erzählt werden kann, zugeschnitten auf das, was man braucht. Was man im nachhinein braucht. Als Rückendeckung, wenn Sie so wollen.

Wenn das Schicksal einen unvorhersehbarerweise überrennt.

Am 27. August 1978 tritt Verona ihre Zigarette vor der Telefonzelle neben Halle 11 aus. Die Luft steht kurz vor einem Gewitter. Atemlos sagt sie in den Hörer:

Hans Meerkopf im Paris-Leningrad-Expreß über Gdansk.

ganz unten

Verona wartet. Sie hält den Hörer in der Hand und lauscht in die Ohrmuschel. Vor ihr in der Glasscheibe sind Kratzer, neben dem Apparat klebt ein eingetrockneter Kaugummi. Dann nimmt sie den Hörer in beide Hände. Aus der Entfernung sieht es aus, als wollte sie ihn an die Wand schlagen. Sie legt auf.

»Ach, Scheiße. Wenn ihr glaubt, ihr könnt mich verarschen –« Sie nimmt den Hörer wieder ab und wählt dieselbe Nummer noch einmal. Aber diesmal hebt sie den Hörer kaum an, sie senkt nur den Kopf und bleibt so, leicht vorgebeugt, stehen. Dann legt sie den Hörer langsam auf die Gabel zurück. »Scheiße.« Sie hängt den Hörer zurück und stemmt einen Handballen gegen die Tür der Telefonzelle. »So haben wir nicht gewettet.« Sie geht nicht wieder in Halle 11, sondern verläßt das Werksgelände vor Schichtschluß. Sie trägt ihren blauen Arbeitsanzug.

Als sie am Pförtnerhäuschen vorbeigeht, zieht sie das Haarnetz nach vorn über den Kopf und schüttelt die Haare frei.

Der Pförtner hält sie nicht auf. Katja hat an diesem Tag krankgemacht.

Wegen Katja interessiert es mich.

Katja hätte nie behauptet, Heimkinder seien das beste Kanonenfutter. Das war die Meinung ihrer Mutter zu irgendeiner Radiosendung am Abendbrottisch. Mit Heimkindern hätte jeder Erzieher leichtes Spiel. Das sei schon immer so gewesen. Sie könnten direkt reingreifen in den Kopf, weil da eine Lücke wäre, wo sonst die Eltern sind. Und sobald man diese Lücke füllte, deren Haut so empfindlich war, entstünde das Gefühl, von innen gestreichelt zu werden. Kein Wunder also, daß dort drinnen alles ganz rot würde.

Für Katja spielt es keine Rolle, ob jemand ein Heimkind ist. Verona war sechzehn, als sie ihr das gestand. »Ja, und?« hatte Katja gesagt. »Haste deswegen jetzt Schiß?«

Wichtiger ist:

Verona gehört wie Katja der ersten Generation in einem neuen Land an. Sie gehört der ersten Generation an, die mit dem Gedanken aufwächst, für alles verantwortlich zu sein. Für die Zukunft, die formbar sein muß wie ein Rohling, für die Schönheit der Städte und Gemeinden. Für die Klarheit im Antlitz, die Wahrheit im Herzen und die blutroten Fahnen der Biografien. Für jeden einzelnen und für die Meister von Morgen.

Das ist eine ganze Menge.

Aber Verona widerspricht gewöhnlich nicht.

Sie streitet nicht.

Sie zieht sich zurück. Was die Männer selten bemerken.

Und wenn ein Mann eines Tages doch bemerkt, wie Verona in der eigenen Wohnung Zigaretten und Schlüssel zusammensucht und im Park wartet, um ihm die Chance zu geben, ohne Peinlichkeit zu verschwinden, kommt er gewöhnlich nicht wieder.

Verona ist schnell etwas peinlich.

Es gibt Menschen, hauptsächlich Frauen, für die es unerträglich ist, wenn andere etwas in ihren Augen Peinliches tun. Es ist ihnen so unerträglich, daß sie es vorziehen würden, sich selbst an Stelle der anderen zu blamieren. Sie rutschen auf ihrem Stuhl herum. Sie sehen weg. Sie werden rot. Angenommen, so eine Frau würde bei einem gemeinsamen Essen voraussetzen, daß ihr männliches Gegenüber bemerkt, wann ihr Glas leer ist, wird sie immer die Hand fest um den Bauch des Glases legen, um der Tatsache vorzubeugen, daß er es doch übersieht. Sie wird versuchen, mit allen Kräften zu verhindern, daß es ihm verspätet auffallen und dann peinlich sein könnte. Frauen wie Verona sind in solchen Situationen leise, sie halten die Beine geschlossen und opfern ihre ganze Energie.

Es gibt kaum eine Verabredung mit Katja, zu der Verona

nicht mit einem Mann erscheint. Katja hat ihr einen Schwedeneisbecher für den Tag versprochen, an dem Verona allein kommt.

Aber immer klingelt vorher ein Mann. Er läßt sich von Verona auf zwei oder drei Tassen Kaffee einladen und tut ihre zaghaften Andeutungen über die schon zweimal geleerten Tassen generös als weibliche Taktik ab. Veronas Zurückhaltung überzeugt ihn im Gegenteil davon, daß sie ihn gerade heute und zu dieser Verabredung dringend braucht, und so weicht er nicht von ihrer Seite. Sie fängt an abzuwaschen, mit dem Ergebnis, daß er sie von hinten an die Brust faßt. Und weil es ihr für ihn unsagbar peinlich ist, sieht sie schließlich die einzige Lösung des Problems darin, sich von ihm ausziehen zu lassen, und kommt zu ihrer Verabredung zwanzig Minuten zu spät.

Ich habe da einen Freund mitgebracht, er stört doch nicht, oder?

Hättest du Lust, noch eine Minute zu warten, bis ich ihn verabschiedet habe?

Das sind gewöhnlich ihre Formulierungen.

Ich bräuchte mal jemanden, der sich um einen Freund kümmert, sagt sie am Telefon, obwohl sie weiß, daß am anderen Ende der Leitung nur eine einzige Person zuhört.

Verona beschäftigt sich hauptsächlich damit, sich aus der Affäre zu ziehen. Sie hat es darin so weit gebracht, daß sie nicht mehr darüber nachdenkt.

*

An einem Mittwoch stand an der Tür zur Halle 11 ein Mann. Das Licht der Schweißmaschinen blendete ihn und zog Linien über seinen knöchellangen Mantel. Er schien jemanden zu erwarten. Die hohe Konzentration von Öl, Staub und winzigen Metallspänen in der Luft machte das Atmen mühsam. Der Mann verschränkte die Arme. Der Ölfilm, der sich auf seinen Mantel legte, schien ihn nicht zu stören. Es kümmerte ihn auch nicht, daß er auffiel. Seine Haare waren zurückgekämmt und gaben ein konzentriertes Gesicht frei. Konzentriert, aber nicht angespannt. Er schien zu wissen, worauf er wartete. Nur einmal ließ er am ausgestreckten Arm den Mantelärmel zurückrutschen und sah auf die Armbanduhr.

Um zwei war die Frühschicht beendet. Arbeiter strömten aus der Tür, die Männer verschwanden nach rechts, die Frauen nach links in die Umkleideräume. Verona, mit ihren Nägeln in eine verfilzte Haarsträhne vertieft, sah den Mann erst, als sie von einem Kollegen nach außen gedrängt wurde. Sie roch sein Rasierwasser. Ein eher seltenes Rasierwasser. Sie murmelte eine Entschuldigung. Sie wußte noch nicht, daß der Mann auf sie wartete.

»Will der 'n hier?« sagte Katja in ihren offenen Spind hinein.

»Nicht so laut.«

»Wieso?«

»Firma Horch & Guck, das siehste doch.«

»Wenn ich so ausseh'n würde wie der, würd' ich mir den Weg zur Arbeit aber buddeln!«

Als Verona die Umkleideräume verließ, stand der Mann am unteren Treppenabsatz und sah zu ihr hoch. Wie zu einer alten Bekannten.

Er nickte ihr zu. Er nahm ihre Hand.

»Kommen Sie.«

Seine Finger umfaßten mit leichtem Druck ihr Handgelenk. Er ging so selbstverständlich voraus, daß sie vergaß, sich nach Katja umzudrehen. Niemand hielt sie auf. Er führte sie schweigend an der offenen Tür zur Halle 11 vorbei, ging schweigend über den Platz und vorbei an den riesigen Toren der Endmontagehalle. Wenn Arbeiter an ihnen vorüberkamen, taten sie so, als würden sie sie nicht bemerken. Sein Schweigen schien sich auf alles zu übertragen, auf die Arbeiter, auf Verona, auf den Lärmpegel aus der Schweißerei. Es schien die Bewegung der Hubarme zu verlangsamen, es senkte sich auf die Hebebühne und die Fahrerhäuser. Die Fahrerhäuser verharrten vornübergeklappt wie Menschen, die für eine Viertelstunde ihren Kopf auf eine Tischplatte legen.

Verona folgte ihm in einen Pausenraum, der um diese Zeit leer war. Brotkrümel trockneten auf dem Tisch, daneben lag eine umgekippte Brauseflasche.

»Tut mir leid, wenn ich Sie überrascht habe. Aber unser Gespräch wird nicht stattgefunden haben.«

Verona widersprach nicht. Sie legte ihren Kopf auf die Tischplatte.

»Was machen Sie da?«

Der Mann sah sie zwei Sekunden lang an, dann rückte er die Brauseflasche beiseite.

»Gut. Dann verstehen wir uns. Hat Katja Ihnen je erzählt, daß ihr Vater ein Nazisympathisant war?«

Verona sah unwillkürlich Katjas Spind, der mit einem blauen Vorhängeschloß gesichert war.

»Sie sind doch Freundinnen, oder? Finden Sie nicht, daß Sie darüber Bescheid wissen sollten? Der Vater Ihrer Kollegin Katja, Bernd Siems, hat fünfundvierzig versucht, die Soldaten der Roten Armee aufzuhalten. Man vermutet, daß er unter einer Brücke nach zurückgelassenen Sprengladungen gesucht hat. Er war nackt. Er muß angenommen haben, auf diese Weise könnte man ihm nichts nachweisen.«

Verona reagierte nicht. Sie sah einen Nackten mit schwingendem Geschlecht aus dem Wasser auftauchen und gegen einen Panzer springen. Sie versuchte das Gesicht dieses Mannes gegenüber zu ergründen, ohne den Kopf von der Tischplatte zu heben.

Aber in seinem Gesicht war nichts.

»Hat sie Ihnen das nicht erzählt?«

Vielleicht gibt es noch mehr, was sie Ihnen nicht erzählt.

»Die Neugier ist des Menschen ärgster Feind, nicht wahr.« Sagte er. »Bleiben Sie ihr treu.« Dann sah er auf die Uhr.

»Es ist das Vernünftigste, wenn die beste Freundin neugierig ist, finden Sie nicht?«

Verona reagierte nicht. Er wartete und ließ in diesem Warten eine leise Unruhe aufkommen. Er sah noch einmal auf die Uhr, dann zur Tür und schließlich in Veronas Augen. Bitte, las sie da. Bitte. Umgeben von einem Gesicht, in dem nichts war. Das reine Nichts. Er ließ sie nur eine Sekunde lesen, dann richtete er sich auf. Mehr brauchte er nicht zu tun. Möglicherweise wurde er hauptsächlich auf Frauen wie Verona angesetzt.

Sie stimmte zu. Sie rührte sich nicht, aber sie zögerte auch nicht. Sie dachte nicht nach. Nur ihren Kopf hatte sie von der Tischplatte genommen.

Beim Aufstehen strich er seine Mantelschöße glatt und lächelte.

*

Verona ging nicht nach Hause. Sie ging auch nicht zu Katja oder zu sonst irgend jemandem. Sie ging einfach nirgendwohin. Schließlich gelangte sie an den kleinen Tümpel, der von den Ludwigsfeldern Pechpfuhl genannt wurde. Niemand hätte sagen können, warum.

Ludwigsfelde war entlang einer Hauptstraße gebaut, die an den Bahngleisen begann und an Bahngleisen wieder endete. In der Mitte wurde die Stadt von einer Autobahn in zwei Hälften geschnitten. Es war eine gewöhnliche Stadt, in der vier große Bauwellen ihre architektonischen Fußabdrücke hinterlassen hatten. Der Pechpfuhl lag in der südlichen Hälfte, gleich hinter den Ulbricht-Bauten, und dahin ging Verona und setzte sich auf eine Parkbank.

Von der Bank waren nur noch zwei Querbalken übrig.

Verona beobachtete die Entengrütze, die den Pechpfuhl mit einem hellgrünen Teppich überzog und an den Rändern ausfranste. Ihre Finger dröselten den Schal auf. Es war Herbst, und sie trug ihren blauen Schal. Zwischen den beiden Querbalken war viel Platz, so daß man nur gekrümmt auf der Bank sitzen konnte. Sie saß da, bis es dunkel wurde. Schließlich trug sie statt des Schals nur noch fünfundzwanzig blaue Fäden um den Hals. Jugendliche traten drüben, auf der anderen Seite des Pfuhls, ihre Mopeds an. In einem Scheinwerferkegel stand Katja.

Verona hätte die Fäden, die vorher ein Schal gewesen waren, unter dem Anorak verstecken und zu Katja hinübergehen können.

Sie hätte sagen können: Paß auf. Sie wollen dir an den Kragen.

Sie hätte sagen können: Der von vorhin. Ich hab dir doch gesagt, das ist einer von denen. Sie haben dich im Auge. Sie hätte sagen können: Etwas wird schiefgehen.

Unter den Arbeitern gab es ein ungeschriebenes Gesetz. Wer sich auf krumme Dinger einließ, mußte dafür bezahlen. Die Frau eines Freundes zu schwängern war so ein krummes Ding. Der Spätschicht den Schnaps aus dem Spind zu klauen. Das war ein krummes Ding. Zu oft die Norm überzuerfüllen oder die Klobrillen zu bepinkeln. Jemanden zu verpfeifen.

Aber die Situation am Pechpfuhl wuchs. Sie wuchs, bis sie Verona so über den Kopf gewachsen war, daß sie wie am tiefsten Punkt eines Brunnens darin saß. Und für einen Moment hatte sie das Gefühl, wenn sie lange genug unbeweglich hier säße, würden sie und das Gespräch von heute nachmittag langsam einfach zuwachsen. Wie ein Brunnen, der nicht mehr in Betrieb war.

*

Aber im Scheinwerferkegel auf der anderen Seite des Pechpfuhls stand Katja, der kleine Hahn.

Noch im stärksten Maschinenlärm von Halle 11 ist Katjas immer etwas angeschlagene Stimme zu hören.

»Ey! Hier rüber! Die Teile kommen hierher! Bei uns war letztesmal schon die halbe Schicht Pumpe!«

Verona lehnt am Werkstisch und gräbt mit einem Metallspan Öl unter den Nägeln hervor. Sie sieht Katja gestikulierend zu dem Gabelstapler hinüberrennen. »Sollen wir uns das Zeug aus den Rippen schneiden oder was?«

Aus ihrer Perspektive schrumpft Katja vor dem Gabelstapler zu einem gefährdeten Kind zusammen. Dabei ist Katja weder besonders klein noch zierlich. Sie ist auch nicht schön, denkt Verona, sie sieht sogar ziemlich durchschnittlich aus. Die blaue Montur verbirgt ihren Körper. Trägt Katja die Montur nicht, verschwindet ihr Körper in großen quadratischen Hemden. Nur ihre Stimme fällt auf. Die Stimme ist dunkel, fest und rauh. Wenn sie redet, fährt ihr keiner dazwischen. Katja spricht nie laut, sie spricht nur deutlich, und schon hören sie ihr zu. Dann steht Verona daneben und ist stolz, als hätte sie dazu etwas beigetragen.

Der Fahrer bremst und schreit, und was er sagt, zerfließt im Lärm der Maschinen. Katja bleibt direkt vor ihm stehen. Als er hupt, zeigt sie ihm einen Vogel.

Dann schwenken die Gabelstaplerhörner herum. Das Fahrzeug kreuzt knapp an Katja vorbei in Richtung Verona. Über dem Rahmen, der in weißer Farbe auf den Boden gemalt ist, läßt der Fahrer die Hörner herunter und paßt den Kasten mit den Rohlingen exakt in die Bodenbemalung ein.

»Schon mal was von Anweisung gehört? Die Direktive lautet: Die Teile kriegt Brigade Hans Sachs.«

»Und wir drehen Däumchen, ja?«

»Ist das mein Problem?«

Der Mann klettert vom Gabelstapler, bückt sich und fährt

mit dem Daumen die Linie auf dem Boden am Kasten entlang ab. Er stellt fest, daß er die Linie genau getroffen hat.

»Ihr zwei macht mir vielleicht Spaß.«

Verona weiß, wie Katja den Fahrer jetzt ansieht, obwohl ihr Gesicht vom Gabelstapler verdeckt wird. Sie kennt diesen Blick mit der hochgezogenen Augenbraue, die Lippen nach vorn geschoben, ein Blick, an den man sich verschenkt. Der nicht aus einer hiesigen Zeitung stammt.

Katja ist vor dem Fahrer stehengeblieben.

»Das will ich doch hoffen.« Sie küßt ihren Zeigefinger. Dann drückt sie ihn dem Fahrer auf die Lippen. »Also Schnauze jetzt und abladen.«

Hans Meerkopf. Im Zug von Frankfurt/Oder nach Gdansk.

Verona ist das Rumpelstilzchen in Katjas Leben. Der wunde Punkt der Geschichte.

oben

Positive Figuren gibt es nicht. Eine Figur ist die Summe ihrer Handlungen. Die Summe dessen, was da ist. Folgendes ist da: Anklage- und Verteidigungsschrift mit ein paar rhetorischen Spitzfindigkeiten. Zeugenaussagen und mehrere Kaderakten in einem Rollschrank, der unten steht. Ein paar Lügen, ein paar Aufrichtigkeiten, das hat man im Kopf, Urkunden und ein erpreßtes Geständnis. Man zählt zusammen, man rechnet auf. Man hat nicht umsonst einen Mathematiklehrer zum Vater gehabt.

Man vergißt gern, daß es keine positiven Figuren gibt, weil man von sich selbst ausgehen möchte. Vom heimlichen Anspruch, die Welt schöner zu sehen, als sie ist.

Aber eine Stadt, die von einer Autobahn in zwei Hälften geschnitten wird, ist nicht schön.

ganz unten

»Sie ist nicht schön, aber wir leben nun mal hier«, hätte Lutz Schaper jedem gesagt, der es hätte wissen wollen.

Aber niemand fragte ihn. Wer in Ludwigsfelde lebte, fragte sich selten, ob es schön war hier oder nicht. Die Frage war unnötig. Diese Stadt war nicht besser oder schlechter als die Ereignisse, die jeder persönlich mit ihr verband.

Als der 100 000. Lkw vom Band rollte, bekam Lutz Schaper eine Prämie und gab abends im Alten Krug einen aus. Er schob den Daumen unter den dicken Griff, hob das Bierglas und trank, bevor der Schaum sich gesetzt hatte.

»Na bitte«, sagte er zwischen einem Schluck und dem nächsten. Mit dem Handrücken strich er den Schaum aus dem Schnauzer. »Wäre doch gelacht!« Er nahm noch einen Schluck.

Keiner wußte, worauf sich das bezog, aber alle nickten und stießen die Preßglasgläser gegeneinander.

Katja hätte es wissen können. Aber Katja war im Alten Krug nicht dabei.

*

Wenige Wochen zuvor hatte Katja zu Lutz gesagt: Ich lebe nicht mehr gern so.

Sie hatte die Drehmaschine abgestellt, die Hände an den Beinen ihrer Arbeitshose abgestrichen, die ölig und voller Schmierspuren war, und sich neben seine Werkbank gestellt. Sie hatte ihm eine Weile zugesehen.

Das Metall war heiß, die Späne schossen in Wellen aus dem glühenden Material hervor zu Boden, weißglänzender, dünner, ungewöhnlich leichter Abfall, der später eingeschmolzen und erneut geformt werden würde. Lutz Schaper klinkte den Meißel aus. Erst dann drehte er sich zu Katja um.

»Irgendwas unklar?«

»Nö. Alles in Butter.«

Schaper klinkte einen neuen Meißel ein und zog den Spanner fest. »Aber daß du mich gerade beim Arbeiten störst, hast du schon gerafft, oder?«

»Bist du so scharf drauf?«

»Hm?«

»Auf's Arbeiten. Ob du da scharf drauf bist.«

»Wird das jetzt 'ne Grundsatzdebatte?«

»Ja«, rief Katja in das Kreischen des Meißels. »Ich lebe nicht mehr gern so. Da können die sich da oben noch so den Arsch aufreißen. Jetzt stell das Scheißding doch mal ab!«

Sie griff an Schaper vorbei zum Schalter.

»Von wegen, wie wichtig wir sind«, sagte sie, als es still war. »Da können die mir einen ganzen Blechberg an die Brust heften. Ich lebe nicht mehr gern so.«

Sie sprach flach über den abgeknickten Handrücken. Schaper zuckte die Schultern.

»O. k.«, sagte sie, nachdem sie zugesehen hatte, wie er die Maschine wieder anstellte und weiter ruhig Span um Span herunterholte, wie er den Rohling kleiner machte, griffiger, bis er auf seine in der technischen Zeichnung vorgegebenen Maße gebracht war. »Vergiß es.«

Aber die Haltung ihrer Hand zwang Schaper, den Satz wieder und wieder zu hören. Beim Rasieren, im Singen des Metalls unter dem Meißel und auf dem Moped nach Schichtschluß.

Ich lebe nicht mehr gern so.

Manchmal hatte er daran gedacht, Cowboystiefel zu tragen. Er hatte daran gedacht, auf einer Harley durch den Grand Canyon zu fahren, und deshalb eines Abends an der Simson, mit der er immer ins Werk fuhr, den Auspuff abgeschraubt.

Ich hab die Kleine frisiert, sagte er und brachte es bergab auf siebzig.

Als er an diesem Abend nach Hause kam, sah er sich im Schatten, den die Sonne auf das Pflaster warf. Er stieg ab, um das Moped wie immer unter den niedrigen Balkon zu schieben. Es wurde gerade erst Frühling, und der Schatten machte ihn riesig. Aber durch die Verzerrung schien es, als reichte ihm das Moped nur bis an die Knie. Das war ihm zuvor nie aufgefallen. Die Lenkergabel lag so tief, daß er sich vorgebeugt in einer Demutshaltung bewegen mußte. Er wurde rot.

Dabei war er sicher, daß er das Leben direkt anging. Frontal, wie er gern sagte. Ohne sich oder irgend jemandem etwas vorzumachen. Nur aus diesem Grund brauchte er so lange, bevor er mit einer Frau allein war. Er wollte nicht so tun, als ob es nicht um Sex ginge, und er fürchtete, die Frauen könnten daran zerspringen wie Preßglas.

Kurz darauf nimmt Lutz Schaper Katja ohne Helm auf dem Rücksitz mit. Er fährt mit ihr in das Wäldchen am Pechpfuhl, durch den aufgewühlten Sand der Waldwege, wo er die Beine spreizen muß, um das Gleichgewicht zu halten.

Ohne Schalldämpfer dröhnt das Moped durch den Wald wie ein Bulldozer.

Dort, wo der Pfuhl mit der längeren Seite an das Übungsgelände der NVA grenzt, bockt Lutz das Moped auf und setzt sich neben Katja auf einen Baumstumpf.

»Also gut«, sagt er. »Aber wieso mußt du unbedingt mich da mit reinziehen?«

An ihrem Geburtstag hatte er hinter einem riesigen Strauß Rosen versteckt vor der Tür gestanden. Er überbrachte nur die Glückwünsche der Brigade, aber die Rosen hatten jedes natürliche Verhalten vereitelt.

»Man könnte einen Tunnel graben«, sagt Katja ohne Übergang. »Es gibt doch Geschichten, wo die Leute durch eine Kellerwand im Hinterhaus von irgendeinem Treptower Altbau durch sind.

Man könnte mit einem Schlauchboot über die Ostsee«, sagt Katja in die Stille. Das Schilf steht aufrecht am Ufer wie viele Male ein und derselbe Soldat.

Lutz Schaper betrachtet die Knickstelle eines Grashalms. Er sieht ein kleines, völlig überladenes Boot weit draußen auf den Wellen, die zehnmal höher als die Wellen des Pechpfuhls sind. Er sieht, wie sich das Boot dreht, wie es steuerlos unter die Wellen gleitet und von ihnen nach oben geschleudert wird. Er sieht auch, wie es schließlich in den Lichtkegel eines Hubschraubers gerät.

Der Lichtkegel läßt das Schlauchboot in den Wellen nicht mehr los, als verspräche das Licht einen Eingang. Er sieht die Schläge des Wassers und ein Boot aus luftgefüllten Kammern unter einer Hülle aus PVC.

Ein gelber, richtungsloser Fleck.

Solche Träume hatte sie.

»Alles Märchen«, sagt Schaper.

*

Und das Leben ging weiter wie immer.

unten

»Ja«, sagte Lutz Schaper vor Gericht. »Irgendwie schon.«

»Verstehe ich Sie richtig, daß Sie daraufhin nichts unternommen haben?« fragte ihn sein amerikanischer Anwalt, während der Richter an Klatschmohn auf den Feldern von Michigan denken mußte. »Obwohl Sie an diesem Tag bereits über Fluchtmöglichkeiten gesprochen haben? Es muß Ihnen doch verlockend erschienen sein. Sie wollten doch raus, oder nicht?«

»Ja«, sagte Schaper, nachdem die Frage ins Deutsche übersetzt worden war.

»Aber Sie haben die Vorschläge von Frau Siems für zu gefährlich gehalten?«

»Ja.«

»Sie haben also nicht mehr darüber nachgedacht? Sie haben sich doch sicherlich gedemütigt gefühlt, von der Situation, den Vorschriften, von den Umständen allgemein. Das war ja immerhin für Ihre Kollegin ein Grund, da wegzuwollen. Und Sie? Haben Sie daraufhin denn keine, ich sage jetzt mal *Pläne* gehabt?«

»Wer hat die denn nicht gehabt«, sagte Schaper und holte Luft. Er lehnte sich vor und ließ die Luft dann wieder aus. – »Aber glauben Sie, man rennt dann gleich mit der Spitzhacke los und buddelt sich durch die Grenze? Glauben Sie, ich hätte das auch nur eine Woche lang gemacht? Aber klar«, sagte er dann, »wahrscheinlich glauben Sie das. Wahrscheinlich glauben Sie, man buddelt sich durch die Grenze.«

Der Richter wartete die Übersetzung ab. Es war still im Saal. Die Ordner an den Eingangstüren hatten sich auf ihre Holzstühle gesetzt. Das Gesicht des Angeklagten hing weiß und schwerelos über einem schlechtsitzenden Hemd. Seine Unterarme lagen auf der Brüstung.

Der Richter sah hinüber zu den Glaskästen, wo die Übersetzer unter Kopfhörern saßen.

Vielleicht fiel dem Richter in diesem Moment auf, daß Schapers Verteidiger dieselbe Strategie benutzten wie die Verteidigung vor einiger Zeit in einem anderen Fall in Michigan. Auch der Gerichtssaal hier in Tempelhof war dem in Michigan erstaunlich ähnlich. Es konnte einem so vorkommen, dachte der Richter, als hätte man nur den Fall gewechselt, nicht aber den Verhandlungsort und schon gar nicht das Land. Nur so war es möglich, daß er auf einmal Parallelen in der Verteidigungsstrategie zweier Angeklagter sah, die nichts miteinander gemein hatten.

Es schien sogar, als hätte man sich vor einigen Wochen in Michigan auf die gleichen Worte verlassen.

»Haben Sie sich gedemütigt gefühlt?« hatte damals die Verteidigung den Angeklagten gefragt. Der Angeklagte war ein Junge, er war schwarz. Sie hatten ihn das ein-, zweimal gefragt, auch beim dritten Mal hatte der Junge nicht reagiert.

»Sie haben aus einer Demütigung heraus gehandelt, nicht wahr«, hatten sie gesagt, aber im Gesicht des Jungen war nichts zu sehen gewesen. Wenn es überhaupt eine Regung in ihm gegeben hatte, dann schien sie in seiner Haut zu verschwinden, bevor sie sich überhaupt in seinem Gesicht hätte abzeichnen können.

Der Richter war jetzt seit einer Woche in Berlin. Jeden Morgen stand sein Fahrer vor dem Hotel am Kurfürstendamm. Jeden Morgen fuhren sie über den Tauentzien zur Bülowstraße und bogen am Mehringdamm nach Tempelhof ab. Während der Fahrt bemühte er sich, den Tagesspiegel zu verstehen, und abends fuhren sie die gleiche Strecke wieder zurück. Der Tagesspiegel blieb dann zusammengefaltet auf der Hutablage liegen, für den Fahrer, der die Zeitung am Abend mit nach Hause nahm.

Auf der Strecke zwischen Hotel und Flughafen, auf den zweispurigen Straßen Berlins, wuchs kein Klatschmohn, im Gericht sprach man deutsch. Es gab keine Parallelen zu dem Fall des Jungen in Michigan. Aber die Strategie schien dieselbe. Er bekam das nicht raus. Eine Woche war einfach zuwenig.

Er versuchte, sich zu konzentrieren. Er sagte sich, daß der Angeklagte in seinem schlechtsitzenden Hemd dort, wo er herkam, nicht hatte entscheiden dürfen, wie er leben wollte und wer er war. Aber vielleicht hatte auch der Junge das nicht gedurft.

Und also dachte er wieder an den Jungen und an die tote Frau aus Michigan, und vor allem dachte er an die Fotos. Auf den Fotos hatte der Klatschmohn die Frau fast ganz bedeckt, man hatte sie noch auf dem Feld fotografiert. Sie lag auf ihre rechte Schulter gedreht, als hätte sich jemand schlampig an einer stabilen Seitenlage versucht. Ihr Arm war verdreht, das Kinn hochgedrückt gegen den Widerstand der Wirbelsäule. Auf ihrer Hüfte und den Brüsten lagen Blüten, auch der Hals war bedeckt, als würde überhaupt nur der Mohn diesem Körper noch Form geben. Unter ihrer rechten Wange sollte ein Leberfleck gewesen sein, der Junge redete davon. Dort sollte ein großer, auffällig vorstehender dunkler Fleck gewesen sein, eine Art Muttermal. Aber man konnte das nicht herausfinden. Ein Leberfleck konnte weder auf dem Foto noch später in der Gerichtsmedizin mehr festgestellt werden.

Sie hatten dem Jungen die Fotos gezeigt, aber auch er war nicht in der Lage gewesen, die Existenz eines Leberflecks zu beweisen. Er hatte sich die Fotos angesehen und war dann in die muskelschlaffe Reglosigkeit zurückgefallen, in der er das gesamte Verfahren verbracht hatte. Seine Schuld interessierte ihn nicht.

Er war schwarz. Die Hautfarbe konnte ihm helfen. Man hätte sie als emotionales Argument wirksam machen können. Hätte der Junge Reue gezeigt, irgendeine Art des Bedauerns, wäre die Hautfarbe als mildernder Umstand in Frage gekommen. Demütigung des Mandanten wäre in diesem Fall die beste Strategie gewesen, eine Demütigung, die historisch sicher verankert war. Aber der Junge in seinem dunkelblauen Sweatshirt, keine siebzehn Jahre alt, ließ sich nicht darauf ein.

Er sagte, er hätte den Leberfleck doch extra rausgeschnitten, er begehe doch keinen sinnlosen Mord. Er hätte nur zeigen wollen, daß er recht habe, er hätte zeigen müssen, worum es ihm ging. Mit einem sauberen Schnitt habe er den Leberfleck aus der Wange der Toten getrennt als Beweis für ihren schwarzen Spirit.

»Auch wenn sie aussah wie in Milch getaucht«, hatte der Junge gesagt, »ich weiß doch, was schwarz ist. Niggerschwarz, Kinderschreck, Killerface.« Hätte sie ihm nicht den Finger gezeigt, hätte sie ihren Ursprung nicht verleugnet, den man doch deutlich an ihrem Leberfleck erkannte, hätte sie ihm nicht brutal ins Gesicht gelogen und behauptet, sie wäre weiß; die Frau würde jetzt noch leben.

Zuvor hatte der Junge nackt mit ihr im Klatschmohn gelegen und sie geküßt.

Schwarz wie Ebenholz und weiß und roter Mohn. Manchmal hatte man die richtige Strategie, dachte der Richter, und sie paßte trotzdem nicht.

Als die Übersetzerin geendet hatte, rückte er die Brille zurecht.

Für Schaper, der ihn die ganze Zeit beobachtet hatte, sah es aus, als hätte er Zweifel an der Korrektheit der englischen Übersetzung, die von sechs Lautsprechern gleichzeitig tadellos übertragen wurde.

Vielleicht begründete Zweifel.

ganz unten

Bernd Siems hätte anders geantwortet. Er hätte sehr aufrecht im Zeugenstand gesessen.

Er hätte den hellgrauen Anzug getragen, an dem die Ärmel etwas zu kurz waren. Er hätte den Schlips lockern wollen, und dabei wäre ihm der obere Hemdknopf abgesprungen. Siems hätte die Hände vor sich um die Holzbegrenzung gelegt und den Richter sehr lange angesehen.

Man hätte den Knopf über den Boden rollen gehört.

Bernd Siems kannte seine Tochter. Er hatte sie beobachtet, wenn sie früh zur Schicht ging, und wußte, daß sie seit einiger Zeit unverhältnismäßig spät nach Hause kam. Manchmal erst um vier Uhr morgens. Jeden Abend wartete er mit dem Essen auf sie und deckte dann Brotpapier über die Wurst.

»Laß sie. Sie ist erwachsen«, sagte seine Frau in ihrem dunkelgrünen Flatterhemd vorsichtig durch die offene Schlafzimmertür. Sie sagte das nicht öfter als einmal die Woche. Also gerade selten genug, daß er sich einbilden konnte, sie würde es zum ersten Mal sagen.

Aber Siems erinnerte sich gut daran, was kam, bevor man erwachsen wurde. Man wurde unvorsichtig.

Wenn er nachts hörte, wie das Badlicht anging, blieb er still liegen. Auf dem Rücken und die Augen weit offen, dabei war es stockdunkel.

Nach einer Weile hätte er dann, statt etwas zu sagen, den Kopf geschüttelt. Er hätte den Kopf geschüttelt wie jemand, der ein Unglück lange vorhersieht und trotzdem nicht in der Lage ist, es zu verhindern. Der Richter hätte alles ohne jede Übersetzung verstanden.

Aber Bernd Siems saß zur selben Zeit in einem gekachelten Raum am Stadtrand von Ludwigsfelde und sagte zu einem Mann, der dem amerikanischen Richter äußerlich nicht unähnlich war, zum dreiundzwanzigsten Mal denselben Satz.

Der Satz lautete: Das Leben ging weiter wie immer.

oben

Von beiden Aussagen gibt es Protokolle. Eines der Protokolle stammt von der Gerichtsverhandlung im Flughafen Tempelhof, das andere ist mit dem Schriftzug der Staatssicherheitszentrale in Ostberlin versehen.

Keine Zeitung würde das so bringen.

Aber die Formulierungen sind identisch.

Wenn zwei Personen aus unterschiedlichen Gründen denselben Satz verwenden, relativiert sich seine Glaubwürdigkeit.

Bernd Siems hat das Protokoll unterschrieben, ohne es durchgehen zu dürfen. Die Vernehmungen finden nachts statt. Es gibt in diesen Gefängnissen zwei Nächte, zwei einander überlagernde Dunkelheiten. Es gibt die Dunkelheit des Kellers, in dem er die Tage verbringt, und diejenige des Vernehmungsraums, in dem eine kahle Lampe auf Stirnhöhe hängt. Siems hat vor dieser Lampe gesessen, die sein Gesicht mit grellem Licht versengte, und den Satz überzeugt, aber hilflos gesagt. *Das Leben ging weiter wie immer.* Er hat es mit dem Nachdruck des Propheten gesagt, der nur eine einzige Wahrheit anbieten kann und davon ausgehen muß, daß man ihm nicht glaubt. Bernd Siems log. Ein Wunder, daß niemand ihn durchschaute.

»Lassen Sie mich versuchen, ob ich Ihnen irgendwie eine Hilfe sein kann«, sagte der Richter, als er sich zum ersten und zum letzten Mal persönlich an Katja Siems wandte.

»Madam«, sagte er in seinem besten Ostküstenamerikanisch, »es gibt in diesem Verfahren keine Möglichkeit, irgend etwas von dem, was Sie geheimhalten möchten, geheimzuhalten, egal, ob Sie für schuldig gehalten werden oder nicht. Sie sind frei zu tun, was Sie wollen. Sie können dem Gericht glauben. Sie können dem Gericht nicht glauben. Die Wahl liegt bei Ihnen. Aber eins ist absolut klar; was Sie auch tun, Sie werden nicht, und zwar in keinem Fall, davon ausgehen können, daß irgendeine Information, irgendein Detail Ihres Lebens in den vergangenen, sagen wir, anderthalb Jahren privat bleiben wird. Das liegt nicht in Ihrer Hand.«

Wenn man in Ludwigsfelde Leute auf der Straße fragt, gibt es keinen, der von Katja noch etwas weiß. Ein Gedächtnis hält kein Leben, man lügt am schlechtesten aus Angst. Vielleicht haben sie nie etwas von Katja gewußt. Ein Ort bringt eine Person hervor, und sie wird ihm wieder genommen, und alles, was man am Ende noch sagen kann, sind Tatsachen über den Ort. Und das Leben geht weiter wie immer.

Aber dieser Satz war Politik.

Und beide hatten nicht recht.

ganz unten

Denn Katja lebte nicht mit.

Sie hatte zum ersten Mal Hans Meerkopf gesehen. Es war Frühling, es hatte geregnet, und der Waldboden spritzte an ihren Schuhen hoch. Der Waldboden am Pechpfuhl bestand zum großen Teil aus Zigarettenkippen und heruntergebrannten Streichhölzern. Kam der Wind von der Seite der Straße, trieb es die Kippen und die Streichhölzer in den Pfuhl, wo sie sich im Laufe des Jahres mit der Entengrütze vermischten. Bei so einem Wetter blieb das Wäldchen leer.

Katja lief drei große Runden um den Pfuhl. Sie trug neue Sportschuhe, die genauso aussahen wie die alten. Der Kleber, der die Gummisohlen mit dem Segeltuch verband, war über die Ränder in den Stoff gelaufen und sperrte den Fuß in eine steife Masse. Sie war Bezirksjugendmeisterin im Crosslauf. An den Crossläufen nahm sie teil wegen des guten Gefühls. Sie fühlte sich stark und mehrfach vorhanden, was die Männer entgegen leiser Warnungen ihrer Mutter anzog. Meistens standen zwei oder drei an der Strecke. Sie wurden nicht verunsichert, sondern zerknüllten, wenn Katja vorbeikam, vor Aufregung das Absperrband. Hinterher stritten sie um das Vorrecht, Katja nach Hause zu fahren. Aber Katja stieg jedesmal auf ihr Rad.

Auf der Seite der Straße stand seit der zweiten Runde ein Mann.

Bei dem Wetter.

Er sah ihr zu, als wäre Hochsommer.

Der Wind kam so stark, daß sich die oberen Äste der Kiefern bogen, aber der Mann hatte die Jacke offen. Der rechte Schoß flatterte gegen den Baumstamm.

Er sah aus wie einer, der nicht wußte, daß keinen Kilometer vom Pfuhl entfernt wieder die Autobahn kreuzte.

Er sah aus wie einer, der hier nicht vorgesehen war.

Er gehörte nicht zu den Männern, die noch mit Mitte Dreißig aussehen wie Jungs mit hölzernen Schultern und ständig schwitzenden Gesichtern. Er sah ihr ohne Aufregung zu. Einmal schnippte er Asche in eine Dose in der Hand.

Die nächste Runde rannte Katja schneller. Er sollte nicht denken, sie liefe für ihn. Sie mochte es nicht, aufgehalten oder angesprochen zu werden von Männern, die sie am Ende noch anfaßten beim Reden.

»Pfoten weg«, sagte sie zu jedem, der es versuchte.

Sie war pragmatischer als Verona. Für sie waren Ziele zum Erreichen da.

Wenn man dachte wie Katja, dann lag die Tatsache, daß noch niemand die Welt aus den Angeln gehoben hatte, vor allem daran, daß man sich nicht genug darum bemüht hatte. Machbar war eines ihrer Lieblingswörter. Sie setzte es in Situationen ein, die andere schon abgeschrieben hatten. Schaper vor seinem aufgebockten Moped am Pfuhl hatte sie geantwortet: Nix Märchen. – Alles machbar!

Als sie mit schmerzender Lunge und Seitenstechen das selbstgesteckte Ziel oben an der Straße erreichte, war der Fremde weg.

oben

An dieser Stelle wäre die Geschichte vielleicht noch aufzuhalten gewesen.

Eine winzige Verschiebung der Figuren, eine Veränderung im Zeitplan hätten genügt. Ein Zwischenfall, der die Geschäftsreise um ein oder zwei Tage verschoben hätte, Schwierigkeiten mit den Einreiseformalitäten. Eine unvorhergesehene Erkältung, die Meerkopf für die nächsten Tage an das schmale Bett im Ludwigsfelder Arbeiterwohnheim gefesselt hätte. Es gab in Ludwigsfelde kein Hotel, und Meerkopf wohnte im Luanda. Seit die Angolaner im Werk waren, hieß das Arbeiterwohnheim Luanda, selbst für die Vietnamesen im dritten Stock. Meerkopf wohnte im zweiten mit Blick auf die Hauptstraße.

Eine Erkältung. Schnupfen und erhöhte Temperatur. Mehr hätte es vielleicht nicht gebraucht. Weder Verona noch Lutz hatten Hans Meerkopf zu diesem Zeitpunkt schon gesehen.

Meerkopf.

Der Mann, von dem Verona immer nur als »HM« sprechen würde.

ganz unten

»Sie haben ja jede Menge Natur hier«, sagte Meerkopf als Begrüßung zu Katja.

Das war später im Werk, in einem Moment, in dem sie nicht damit gerechnet hatte, ihn wiederzusehen. Bei einer der seltenen Gelegenheiten, die Pausenzeit in Halle 11 zu verlängern.

Er trug diesmal einen gelben Anzug und einen Schlips, der ihm nicht stand. Seine Haare fielen ihm lang in den Nacken. Sie waren über der Stirn zu einem Mittelscheitel gekämmt, der nicht halten wollte. Er gehörte einer vierköpfigen Delegation aus Dortmund an, mit der bewiesen werden sollte, daß das kapitalistische Ausland die heimische Produktion keineswegs ignorierte, sondern die internationalen Wirtschaftsbeziehungen entgegen feindlicher Propaganda glänzend florierten. Für die Delegation endete die Führung durch den sozialistischen Produktionsbetrieb mit holländischer Butter, belgischem Käse und einheimischem Export-Sekt.

Katja fixierte den Schlips, während der Brigadeleiter von Maschine zu Maschine ging, und stellte sich vor, wie der Sekt unter dem Schlipsknoten die Kehle hinunterrann.

Im Arm des Brigadeleiters klemmte ein mit Metallstaub und Öl überzogenes Buch. Vor jeder Maschine blieb er einen Augenblick stehen und klappte das Buch auf, um die technischen Daten exakt wiederzugeben. Er sah nicht hinein. Statt dessen nestelte er an den Taschenaufsätzen seines Blaumanns. Hinter ihm stand der Parteisekretär und sagte kein Wort.

»Hier werden Stanzwerkzeuge, Biegewerkzeuge und Umformwerkzeuge gefertigt«, sagte der Brigadeleiter. »Ich sage immer, das ist nicht das, was man landläufig unter Werkzeug versteht. Wir machen hier keine Schraubenzieher oder Drehschlüssel. Werkzeugmacher ist ein anspruchsvoller Beruf. Unsere Werkzeugmacher haben alle, wie sie hier stehen, Abitur gemacht. Sie haben außerdem eine Ausbildung an der Touchierpresse erhalten, an der Punktierungsmaschine, am MAG-

Schweißer, übrigens alles Weltmaßstab. International einsetzbar. Bei uns sind Werkzeuge die riesigen Gußteile, die Sie hier sehen. Ursprünglich sind das dicke Eisenplatten, in die dann mit Gas Zylinder und Quader geschnitten werden. Es geht hier ums Umformen. Zuerst haben Sie eine Platine, die kommt in die Gußform, die Gußform kommt in die Presse, und heraus nehmen wir ein Autodach. Eine Tür. Einen Kotflügel. Was Sie wollen. Unten in den Pressen sind unsere gewaltigen Hydraulikanlagen eingebaut, momentan absolute Weltspitze auf dem Markt, die bieten den von oben runtersausenden Gewichten einen ordentlichen Gegendruck. Druck, Gegendruck«, sagte der Brigadeleiter. Schaper grinste. Aber da der Brigadeleiter jetzt in sein Buch sah und ohne jede Betonung sprach, fiel dem Parteisekretär nichts auf. Vielleicht hörte er gar nicht zu. »Und damit Sie nicht unter den Greifarm geraten, der die Bleche von einem Umformvorgang zum nächsten transportiert, ist die Fertigungsstrecke komplett eingehaust. Sonst ist der Kopf ab, möchte ich sagen.«

Die Delegation nickte höflich und bemühte sich, nicht in eine der Ölpfützen auf dem Boden zu treten.

»Der mit dem Schlips«, flüsterte Katja, ohne Verona dabei anzusehen. »Wie findst 'n den? Neulich beim Rennen hat er geglotzt.«

Schaper studierte einen Schuhabdruck mit italienischem Markennamen.

»Haben Sie noch Fragen«, sagte der Brigadeleiter.

»Sie lasten Ihre Maschinen ja enorm aus«, sagte ein dunkel gekleideter Herr der Delegation mit auf die Stirn geschobener Sonnenbrille.

»Fatzke«, flüsterte Verona, während Schaper den Schuhabdruck austrat wie eine Kippe. Hans Meerkopf sagte nichts. Er sah Katja an.

»Das ist Kollegin Siems«, sagte der Brigadeleiter. »Sie werden Sie in unserer Straße der Besten finden.«

Meerkopf sah Katja anders an als am Pechpfuhl. Am Pechpfuhl hatte er sie nicht ohne die Umgebung gesehen. Jetzt sah er in ihr Gesicht.

»Warum tragen Sie immer noch dieses Ding?« sagte er dann zu ihr, womit er ihre Haarkappe meinte.

»Das ist eine Vorschrift, um die Sicherheit des Arbeiters an der Maschine zu gewährleisten«, sagte der Brigadeleiter.

»Und? Fühlen Sie sich damit sicher?« Meerkopf beugte sich leicht vor, da Katjas Stirn und die Augen für jemanden, der größer war als sie, vom Schirm der Haarkappe verdeckt waren. »So als –« Er zögerte. »Arbeiter?«

Katja griff unwillkürlich nach der Haarkappe, sagte aber nichts. Sie nahm die Kappe auch nicht ab. Sie rückte nur ein bißchen am Schirm herum und schob ein Haar, das sich frei gemacht hatte und auf die Stirn heraushing, zurück unter die Kappe. Sie sah geradeaus, hinüber zu den Fahrerhäusern an den noch unfertigen, nackten Skeletten der Karosserien.

In der Ferne sprang ein Lkw-Motor an. Verona war rot geworden.

Der Parteisekretär, der die ganze Zeit nichts gesagt hatte, sagte leise von hinten: »Achten Sie nicht auf das Wohl Ihrer Arbeiter?«

»Wir arbeiten nicht mit solchen Maschinen«, sagte Meerkopf zu Katja.

»Sie werden Frau Siems in unserer Straße der Besten finden«, sagte der Brigadeleiter noch einmal.

»Sieh dir mal an, wie kompakt die sind«, dröhnte der Mann mit Sonnenbrille, »ich sag dir, russische Modelle sind belastbar bis zum get-no!«

Das war das zweite Mal.

Beim dritten Mal küßte er sie. Auf dem Platz hinter der Halle, wo Unkraut und Weißdornbüsche die Schrottabfälle überwucherten. Katja hatte keine Zeit mehr gehabt, sich die Hände zu waschen, und machte Fäuste, als er ihre Hände auf seine Brust zog. Die Weißdornbüsche zeigten ihre nackten Dornen. Es war noch lange nicht Frühling.

Er küßte sie, bis sich unter seiner Zunge ihre Lippen teilten. Da schlug sie die Augen auf. Zu ihm und zum Fenster des Parteisekretärs im zweiten Stock.

Im Märchen hat man für solche Küsse Prinzen.

Katja zog ihre Hände unter seinen hervor und sagte: »Danke, Mister.« Und bevor sie sich umdrehte, um wieder an die Werkbank zurückzukehren, weil die Pause längst vorbei war, sagte sie noch: »Und was jetzt?«

*

Verona spürte, wenn eine Situation nicht stimmte. Sie brauchte nicht einmal besonders darauf zu achten. Sie hatte Meerkopf lächeln sehen. Sie hatte gesehen, mit welchem Nachdruck er sich das Haar zurückwarf. Wie er den Kopf schief legte und mit der Hand die Haare nach hinten warf. Verona hatte Katja gesehen.

Sie ging zurück an die Maschine und zog einen erkalteten Span aus den Backen. Sie zog den Span zwischen ihren Fingern glatt. Aber er ließ sich nicht glattziehen, sondern sprang in die alte Form zurück. Das Metall war längst starr geworden. Es lief in einer Spirale spitz zu.

Es war das Jahr 1978. Es war immer noch Frühling. Am Pechpfuhl hing Regenwasser aufgeschäumt im Schilf. Wenn man in den Pfuhl hineinsah, schaute nichts zurück.

»Schnauze«, sagte Verona im Umkleideraum, als jemand begann, über Katja herzuziehen. »Wer sie verpfeift, kriegt's mit mir zu tun!« Aber jetzt, mit den Füßen im Schilf, konnte sie es nicht verhindern zu denken: Sie ist eine Hure, eine Schlampe, ein Flittchen. Gerissen, gewieft, eine Hexe, oder nicht.

*

Am Abend kam Katja zu Meerkopf.

Sie klopfte an seine Zimmertür im zweiten Stock. Nebenan wohnten Karosserieschlosser, die nachts zuviel Bier tranken.

Meerkopf nahm überrascht die Beine vom Bett.

Er war gerade zu dem Schluß gekommen, daß die Menschen natürlicher wurden, je mehr Verbote man ihnen auferlegte. Katja trug kein Make-up, keinen Lippenstift, keinen Schmuck. Mit der Ferse schob sie die Tür hinter sich zu. Der Ton vibrierte im Treppenhaus. Er mochte das. Er mochte schon jetzt diese ungebremste Natürlichkeit, die sie hierhertrieb, dieser Sinn für das Elementare, der abstumpfte, je feiner und geistiger die Menschen fühlten und je mehr man sie diesen Gefühlen überließ.

»Was beschert mir die Überraschung«, sagte er und stand auf. Er hatte vorhin kein Licht gemacht, und das Zimmer sah jetzt fast schön aus, mit kleinen Schatten neben dem Bett, über dem Waschbecken in der Ecke und mit ihrer Figur im Halbdunkel an der Tür.

Katja verschränkte die Hände vor ihrem Schoß und legte ihre Zeigefinger gestreckt aneinander. Die Zeigefinger zielten auf die Schuhspitzen.

»Setz dich doch. Vielleicht 'n Kaffee? Mehr ist hier um diese Zeit wohl nicht drin.« Meerkopf machte eine Geste zum Tauchsieder, dann fiel ihm ein, daß der Tauchsieder auf der anderen Seite des Zimmers stand.

»Ja, bitte«, sagte sie ohne Betonung.

Aber sie trug keinen BH. Er starrte ihre ziemlich weit heruntergeknöpfte Bluse an und ließ die Hand, ohne die Geste nach der anderen Seite noch einmal zu wiederholen, sinken. Diese Frau war mit Verboten groß geworden, dachte er. Das zwang sie, sich zur Wehr zu setzen, und unter der Gegenwehr erwachte ihr natürlicher Instinkt. Auf seiner Seite der Mauer war dieser Instinkt längst durch bürokratische Vorgänge verschüttet worden. Oft kam es ihm vor, als müsse er ersticken an einer großen Müdigkeit. Dafür wohnten sie hier in Zimmern mit schiefgefugten Betonplatten und einem leichten Geruch nach Klo.

Die Scheinwerfer eines vorbeifahrenden Autos zogen seitlich über die Wand und entblößten kurz einen Leberfleck auf halber Höhe zwischen ihren Brüsten.

Als Katja seinen Blick sah, fuhr sie mit dem Daumen abwärts zwischen ihren Brüsten hindurch, bis ihre Hand am untersten Knopf hängenblieb und ihn mit Daumen und Zeigefinger aufschnippte.

Meerkopf kam es vor, als hörte er den Stoff krachen. Zum natürlichen Instinkt, dachte er, gehörte nicht nur die Triebhaftigkeit, sondern auch eine ursprüngliche, seit der Geburt vorhandene Schläue. Es war auch Schläue, die Katja zu ihm getrieben haben könnte. Und dann dachte er, wie vorsichtig, wie feige er doch geworden war seit seinem letzten Besuch. Erst im vergangenen Jahr hatte er sich in Leipzig um die innerdeutschen Beziehungen seiner Firma gekümmert. Die Abende hatte er mit Frauen verbracht, die er auf ein paar Drinks einlud, um sich dann zurückhaltend, aber amüsiert erfundene Geheimnisse entlocken zu lassen.

Unter Katjas offener Bluse sah er die weiche, halbrunde Andeutung einer Brust.

Was auch immer die Gründe sein mochten, aus denen sie nach diesem harmlosen, erschreckend spröden Kuß am Nachmittag zu ihm gekommen war – für eine Tasse Kaffee hatte auch sie zuwenig an.

Er schob eine Hand in die Hosentasche seiner Jeans und grinste.

»Nun, also –« Er räusperte sich. »Fürchte, der Kaffee ist leider gerade ausgegangen.«

Katja stieß sich von der Tür ab. Ihr Geruch überlagerte jetzt den unangenehmen Geruch im Zimmer. Es war kein Parfüm. Er war sicher, ihre Haare zu riechen, ihre Haut, das

Glänzen zwischen ihren Brüsten, durch nichts verfälscht. Sie stand dicht vor ihm und sah ihn an. Aber nicht mit diesem Blick von unten, der schon oft an ihm ausprobiert worden war, der ihn hatte hecheln machen sollen, was jedesmal nicht funktioniert hatte.

Katja sah ihn so an, daß es unmöglich war, ihren Blick nicht zu erwidern.

Sie nahm seine Hand. Sie berührte mit der Zunge seine Handknöchel, leckte die Kuppe seines Zeigefingers und fuhr mit der Zunge am Schaft entlang zum Fingeransatz. Dann ließ sie seinen Zeigefinger über ihren Hals gleiten, bis er ihr Schlüsselbein traf.

Als er sie umarmen wollte, schob sie ihn weg. Sie kniete sich vor ihn. Sie öffnete seine Hose und zog ihn aus. Sie machte das präzise und betont sachverständig.

Als er so dastand, auf Socken, halb nackt, und sein Ständer ihr entgegenragte, kicherte sie plötzlich. Sie stand auf, tippte auf seine Spitze und sagte: »Ihr Ärmsten. Man sieht euch echt immer gleich alles an.«

Er packte sie um die Hüfte und stieß sie aufs Bett. Sie war dünner, als er erwartet hatte, und fiel sofort hin. Er drohte ihr mit dem Finger, halb im Scherz. Aber er wird auch nervös gewesen sein. Vielleicht sogar nervöser als sie.

Er blieb mit der Hand in seinem Hemd hängen, und während er noch mit dem Hemd beschäftigt war, stützte sie ihren Kopf auf und sah ihn interessiert an. Wie eine Wachsfigur. Wie einen Fall aus der Psychiatrie, wie einen, der nicht wußte, wie der natürliche Instinkt beschaffen war. Sie kicherte immer noch. Der Sturz hatte das Kichern verstärkt.

»Versuch nicht, mich auszulachen!« sagte er. »Du lachst mich aus, ja? Meinetwegen, dann lach doch. Ihr seid alle gleich. Ihr macht's euch verdammt einfach. Ihr nehmt, was ihr kriegen könnt. Und solange euch keine miese kleine spitzelnde Stasiratte auf die Schliche kommt, ist euch alles egal.

Skrupellos. Nicht mal der Funke eines Gewissens. Wahrscheinlich hat man euch in die Welt gepreßt und gesagt, das ist die Hölle, also sei böse, sei teuflisch, bevor sie dir ganz die Luft abdrehen. Das gefällt mir. Das gefällt mir ausgesprochen gut –« Er drückte sie flach auf die Matratze, riß ihr die Bluse herunter und schob mit dem Unterarm ihre Schenkel auseinander.

Zwischen den Beinen war sie naß, und das war für Meerkopf ein Argument für die Natur. Aber als er sich von ihr wegdrehte, um die Bluse loszuwerden, sah er plötzlich ihre Augen. Er sah sie losgelöst von ihrem Körper, als wären sie direkt neben seinen Augen hinter der Stirn und verdoppelten seinen Blick.

Das war für Meerkopf zuviel.

Er stand auf.

Er stand auf und ging durch sein Zimmer und ließ sich dabei Zeit.

Er dachte an die Dinge, die ihm gehörten, und an die, die ihm nicht gehörten. Der Tauchsieder, der Frotteebademantel, die Handgelenktasche halb geöffnet auf dem Tisch. Die eingerollte Bluse in der Hand gehörte ihm nicht. Aber ihr Geruch hing schon überall. Wahrscheinlich rochen auch die beiden ledernen, jämmerlich verkümmerten Pflanzen auf dem Fensterbrett schon nach ihr.

Er entschloß sich, die Bluse sehr vorsichtig und mit geglätteten Ärmeln über den einzigen Stuhl zu hängen. Dann wartete er einen Moment. Am liebsten wäre er, ohne sich umzudrehen, aus dem Zimmer und mit den Angolanern einen trinken gegangen.

Sie saß auf dem Bettrand, die Hände vor sich auf den Knien.

Sie war klein, wie sie da saß, und er zog unsicher eine Schulter hoch.

»Komm her«, sagte sie.

Und als er vor ihr stand, in derselben Haltung wie kurz zuvor, nur diesmal ohne die Socken, umarmte sie seine Hüfte. Sie legte ihre Wange an seine Leiste.

Noch nie hatte Hans Meerkopf gevögelt wie in dieser Nacht. Fröstelnd. Das Frösteln ließ später nach. Nur die Sehnsucht wurde größer, je mehr er sich Katja näherte. Das Licht hatte er nicht eingeschaltet, so war ihr Körper ein wandernder Schatten vor dem Nachthimmel im gardinenlosen Fenster. Zwischendurch hörte er sie noch immer kichern und dachte an die Hölle und daß die Hölle in seinen Armen begann und nichts anderes als die Natur selber war. Aber dann hob sich ihm in den Scheinwerfern vorbeifahrender Autos ihr Schatten entgegen, ihr weißer, dünner Körper hob sich in seinen Armen empor, verrutschte und sank mit der Dunkelheit langsam in einen Raum zurück, in dem sie ihm zu entgleiten drohte, in dem er nicht mehr wußte, wen er im Arm hielt, sie oder eine Person, die ihn vor langer Zeit auf ähnliche Weise im Arm gehalten hatte, oder vielleicht sogar sich selbst.

Die Sehnsucht blieb. Auch als er später versuchte, unten beim Pförtner eine Flasche Sekt zu bekommen. Was ihm erst gelang, als er aus fünf Westmark zehn gemacht hatte.

Beim Aufwachen fand er einen Zettel neben sich auf dem Laken:

Danke, Mister. Sie haben mir großen Spaß gemacht. – Darf ich Sie wiedersehen?

*

Katja radelt ins Werk, als der Mond noch nicht ganz aus dem Viereck zwischen den Schornsteinen verschwunden ist. Sie nimmt die Abkürzung durch die Gärten. Sie hält auf die Schornsteine zu.

An der Tischtennisplatte am Ausgang der Gärten hält sie an. Sie steigt ab, lehnt das Rad an die Steinplatte und wartet darauf, daß sie wieder langsamer atmet. Es ist fünf Uhr früh. Ihr Mund schmeckt nach Meerkopf.

Eine halbe Stunde später trifft Schaper sie vor den Fahrradhäuschen am Werkstor. Sie schließen hier jeden Morgen ihre Fahrräder zusammen. Katjas Schloß ist angerostet, und sie hilft dem Mechanismus mit der Handkante nach. Als sie sich über dem Fahrradsattel wieder aufrichtet, sieht er Katjas Gesicht.

»Wie siehst du denn aus?«

»Ich brauch was zu trinken«, sagt Katja.

»Hast du durchgefeiert?«

»Gearbeitet«, sagt Katja. »DurchGEARBEITET.« Und als Schaper sie ungerührt anguckt und fragt: »Und wozu?«, fixiert sie den Wellblechhimmel über dem Fahrradhäuschen.

»Dreimal darfst du raten«, sagt sie.

*

Katja verbrachte den Tag an der Maschine, als wäre sie betrunken. Sie nahm Rohlinge aus dem Kasten, riß am Meßschieber entlang die Maße an, spannte sie ein, drückte den Hauptschalter. Das Metall floß unter ihr weg. Sie sah weder Verona an ihrem Arbeitstisch gegenüber noch den Brigadeleiter, der um zehn aufgeregt durch die Halle lief. Als ein heißer Span ihr den Handrücken verbrannte, merkte sie es erst am Geruch.

Dann ging Katja nach Hause. Sie ging, ohne die Jacke auszuziehen, in ihr Zimmer, das immer noch ihr gleiches altes Kinderzimmer war, und schloß die Zimmertür hinter sich ab. Sie setzte sich auf ihren Stuhl und zog die Beine an. Wenn sie an ihrem Schreibtisch saß, sah sie auf das Gartenhäuschen gegenüber, das da war, solange sie denken konnte, und vor dem fast jeden Morgen ein Mann, der nicht älter zu werden schien, seine Beete goß.

Schaper, der sie den ganzen Tag beobachtet hatte, versuchte sich vorzustellen, was Katja jetzt sah. In ihrem kleinen Plattenbauzimmer mit einem Bett, das sie tagsüber in den Schrank zurückklappte. Was sie sah, in Gedanken bei Meerkopf im Arbeiterwohnheim, keine zwanzig Minuten Fußweg entfernt.

Nichts in Ludwigsfelde liegt mehr als zwanzig Minuten Fußweg entfernt. Nichts außer dem Bahnhof.

»Ich bin vielleicht nicht der fortschrittlichste Mensch, was Gefühle betrifft, aber findest du nicht, daß du zu weit gehst?« hatte Schaper gefragt, als Katja ihn in der Mittagspause hinter das geöffnete Hallentor gewinkt und ihm eröffnet hatte, es gebe keinen Grund, sich Sorgen zu machen. Er solle die ganze Sache einfach vergessen.

»Du bist wirklich nicht gerade der Knaller, was das betrifft«, hatte Katja geantwortet. »Aber wenn du willst, halt ich dich da auf dem laufenden.« Dann hatte sie ihn stehenlassen hinter dem Hallentor, neben rostendem Schrott, zehn Minuten vor Ende der Pause.

Er sah Katja in einem Zimmer sitzen, das er nur vom Erzählen kannte.

Sie umschlang ihre Knie. Sie trug Shorts, es war Sommer, aber ihre Kniescheiben waren kalt.

Sie sah alles auf einmal. Sie sah die ganze Welt zu ihren Füßen, die die Füße von Meerkopf waren. Es waren seine Füße, auf denen sie ging. Seine Füße, die sie auf den Stuhlrand gestemmt hatte, und die Welt, die darunter lag, war ungewöhnlich groß. In der Nacht hatte sie seine Zehen an ihren Oberschenkeln gespürt, als er sich neben ihr eingerollt hatte und sie wach lag, bis das erste Licht hinter den Schornsteinen hochkam. Es war der Moment, in dem sie ihn am deutlichsten wahrnahm. Über seine kalten, kräftigen Zehen, während er schlief. Auf der Wohnheimtapete saßen Mücken.

Zum ersten Mal seit letzter Nacht, in der sie mit ängstlich

vorbereiteter Rede sein Zimmer betreten hatte und dann kein Wort dieser Rede benutzt hatte, lächelte Katja wieder. Sie trommelte auf ihre Kniescheiben und streckte die Beine von sich. Sie betrachtete ihre nackten Füße, die die Füße von Meerkopf waren.

»Alles machbar«, sagte sie dann.

Im Märchen tragen solche Füße Siebenmeilenstiefel.

*

Wenig später sagte Bernd Siems zu seiner Frau, die im grünen Flatterhemd in der Badezimmertür stand:

»Aber Doreen! Jetzt sei doch mal vernünftig.«

Er legte den Kopf in den Nacken. »Jemand muß ihr was sagen.«

»Ich will dich nur daran erinnern«, sagte seine Frau. »Du wolltest, daß sie glücklich wird. Also mach jetzt keinen Rückzieher.«

Bernd Siems fuhr mit dem Naßrasierer über die Oberlippe. »Sie zieht keine Männerhemden mehr an. Sie trägt keine Stirnbänder mehr, sondern kurze Hosen und Absätze!«

»Du bist doch immer gegen die Stirnbänder gewesen.«

»Stirnbänder wären mir lieber.« Er sah ihr Gesicht im Spiegel. Er kannte seine Frau. Ihr Gesicht sah immer müde aus, das lag an der Form ihrer Lider. Bernd Siems mochte das. Er wusch den Rasierer im Waschbecken aus und sagte: »Der wird sie Kopf und Kragen kosten.« In seinem Mund lagen die Worte schräg wie in Fremdsprachen. Sie klangen wie Begriffe aus dem Sorbischen. »Die Parteifuzzis sind doch scharf auf so was. Die haben sie längst auf'm Kieker.«

»Das haben sie wegen der Stirnbänder auch.«

»So einer bleibt doch nicht hier«, sagte Bernd Siems, obwohl er wußte, daß das Gesicht seiner Frau heute müder war als sonst. »Ich hab ihn nur einmal gesehen, und ich kann ihn jetzt schon nicht verknusen.« Er schleuderte den

Rasierer durchs Wasser. »Irgendwer muß ihr doch was sagen!«

Doreen Siems verschränkte die Arme vor der Brust.

»Du bist schließlich ihre Mutter!«

Nachts stand er manchmal vor Katjas Zimmer und lauschte, den Oberkörper vorgebeugt und mit angehaltenem Atem, und hörte auf das Ticken der Kuckucksuhr im Flur. Er hob auch mehrmals die Hand, um an ihre Tür zu klopfen. Aber noch in der Luft zögerte er. Er öffnete die Hand und wischte sich damit über den Nacken. Schließlich setzte er sich im Wohnzimmer aufs Sofa, das an den Lehnen abgewetzt war, und starrte die Wand an. Er saß da wie vor vierundzwanzig Jahren. Der Gitterstab leuchtete matt in der Glasvitrine. Schlafen konnte er nicht.

Bernd Siems hatte das Gefühl, getan zu haben, was er konnte. Und es reichte im Leben nicht.

oben

Es wird gesagt, sein Leben noch einmal zu beginnen sei ein Zeichen von Freiheit. Von heute auf morgen aussteigen, auf einer Insel stranden, sich die Haare abschneiden, in ein Dritte-Welt-Land gehen, sich scheiden lassen, untertauchen. Aufs Dorf ziehen, wenn man vorher in der Stadt gelebt hat, die Zigarettenmarke wechseln. Das Trinken aufgeben. Oder mit Sprengstoff am Bauch in den Schacht.

Alles Versuche, die früher oder später scheitern.

Ich rede hier nicht von mir.

Ich rede über die Freiheiten, die Meerkopf sich nahm, wenn er in den Osten fuhr, über den Fluß und in die Wälder, er mochte Hemingway. Davon, was Schaper sich in diesem Zusammenhang vorstellte. Er stellte sich immer gern was vor. Lieber als alles andere. Meistens ging es um Ersatzteile, die plötzlich problemlos zu haben wären, um Auspufftöpfe mit schnittigen Dämpferenden, Fishtails, verstellbare Fußrasten,

Sissibars. Keine Ahnung, ob es damals schon Fishtails gab. Irgendwo hat er immer einen alten Motorrad-Katalog aus dem Westen aufgetrieben. Mit sechzehn machte er den Führerschein und kaufte eine Simson. Was Größeres konnte er sich nicht leisten. Vielleicht war er auch der Meinung, Freiheit sei das Gegenteil von Planwirtschaft. Vielleicht war das damals normal.

Es war auch normal, mit achtzehn das erste Kind zu bekommen. Es wurde erwartet, daß man dann das Elternhaus verließ und in eine staatlich gestellte Wohnung zog, sich zumindest bei der Wohnraumvergabe anstellte. Von den Eltern wurde erwartet, daß jetzt das Leben für sie noch einmal begann.

Aber schwer zu sagen, was in Katja vorging, als sie ihre Eltern zum letzten Mal sah. Ob ihr die Wohnzimmercouch auf einmal jämmerlich klein vorkam. Ob der Gitterstab in der Glasvitrine seine Bedeutung verlor. Ob sie anders über ihren Vater in seinen unvermeidlichen Cordhosen dachte.

»Brich alle Brücken ab«, sagte sie zu Schaper. »Kann nur besser werden!«

Verona stand in der offenen Tür zur Halle 11 und zupfte an ihrem Haarnetz. Ihre rechte Hand wischte hin und her über dem letzten Licht aus den Schweißanlagen, das kein schönes Licht ist.

Es war schmerzhaft schön, weil Katja es so gut kannte.

unten

»Und da haben Sie also zum ersten Mal an Entführung gedacht«, sagte die Staatsanwältin. Sie war eine Deutsche, sie kam aus Westberlin. »Als Ihnen die üblichen Möglichkeiten der Republikflucht zu riskant erschienen sind, haben Sie daran gedacht, ein Flugzeug zu entführen. Mal eben so«, sagte sie, während draußen auf dem Parkplatz vor dem Tempelhofer Flughafen eine Demonstration von RAF-Sympathisanten von der Polizei umzingelt wurde. »Da haben Sie das ganze Unternehmen geplant.«

»Wieso«, sagte Schaper, »wieso geplant?«

»Nein? – Sie haben die Pistole im Schlaf gekauft? Sie sind nach Polen gefahren, haben sich dort eine Pistole gekauft, und weil Sie irgendwann aufgewacht sind mit, huch, einer Pistole in der Hand und dann nichts damit anzufangen wußten, dachten Sie, warum nicht ein Flugzeug? Herr Schaper, wem wollen Sie denn dieses Märchen auftischen? Sie sind mit dieser Pistole fröhlich durch den Zoll marschiert! Sie haben den Zeitpunkt Ihres Überfalls sehr genau festgelegt. Erst als die Maschine schon fast zur Landung ansetzte, sind Sie nach vorn zum Cockpit gegangen. Sie haben eine Stewardeß als Geisel genommen, um den Kapitän zu zwingen, die Flugroute zu verändern: Und da wollen Sie mir und den Geschworenen erzählen, Sie hätten bis zum Ende nicht daran gedacht? – Würden Sie so freundlich sein, uns das mal zu erklären?« Die Staatsanwältin hatte zu diesem Zeitpunkt von der Figur des Hans Meerkopf noch nichts gehört.

Sie sagte: »Ich kann nämlich leider an dem, was Sie ständig als Flucht bezeichnen, immer noch keinen positiven Aspekt erkennen. Was ich sehe, ist ein vorsätzlich geplanter Anschlag, ein an Passagieren und der Crew verübter Gewaltakt. Was ich sehe, ist die Gefährdung von 68 unschuldigen Menschen und der Sicherheit des Flugraums über Berlin.« Sie sagte: »Sie werden nicht umhinkommen, sich an die Angst der polnischen Stewardeß zu erinnern. Sie drohten an, sie zu erschießen. Haben Sie das auch im Schlaf gemacht? Ihrer Aussage nach war die Pistole auf ihren Kopf gerichtet. Da müssen Sie außergewöhnlich tief geschlafen haben. Die Stewardeß hat um ihr Leben gezittert während dieser zehn, zwanzig, vierzig Minuten. Aber ich nehme an, das werden Sie dann auch nicht bemerkt haben. Ich werde sie umbringen, wenn sich ihr jemand nähert, haben Sie gerufen. Schlaftrunken wahrscheinlich. Ich bringe sie um! Erinnern Sie sich? Oder sind Sie bisher noch immer nicht aufgewacht?«

Sie wandte sich von Schaper ab, ohne ein einziges Zeichen von Erschöpfung. Dabei hatte sie ihn bereits mehr als eine halbe Stunde vernommen, und der Lärm draußen ließ nicht nach.

»Verehrte Geschworene«, sagte sie, »was Sie hier hören, ist für mich eine erstaunlich weit gefaßte Definition des Begriffes Flucht. Wenn ich unser Rechtssystem nicht falsch verstehe, und wir sind in dieser Hinsicht damit in letzter Zeit ja wieder aufs beste vertraut –« Sie sah zum Fenster. Aber durch die Fenster konnte man nichts erkennen. Man hörte nur Polizeisirenen und wellenartig herüberschwappendes Geschrei. » Wenn ich hier nichts falsch verstehe, sind die korrekten Begriffe dafür Flugzeugentführung, Geiselnahme, Körperverletzung –«

Sie machte wieder eine Pause, weil der Lärm von draußen so heftig war.

»Einspruch, Euer Ehren«, rief Schapers Anwalt in die Pause hinein. »Das ist eine Suggestivfrage.«

Das war ein Ablenkungsmanöver, und dem Einspruch wurde nicht stattgegeben. Aber das Klatschen der Wasserwerfer, das wie ein eintöniges, endloses Band unter der Verhandlung lag, wurde für einen kurzen Moment von der Stimme des Rechtsanwalts überlagert.

ganz unten

Ich weiß nicht, ob für Bernd Siems am 30. August 1978 das Leben noch einmal begann. Ich weiß nicht mal, ob er sich an diesem Morgen rasierte. Jedenfalls konnte er als Zeuge nicht aussagen.

Er wird aufgestanden sein. Er wird sich angezogen haben. Auf der Stuhllehne hing sein hellrotes Hemd. Auf einer Schiene im Schrank hingen die Schlipse. Wenn er die Schranktür schloß, schaukelten sie, und einer blieb zwischen Tür und Schrankkante stecken. Er schob ihn, ohne sich aufzuregen, zurück.

Vielleicht trug er an diesem Tag Jeans. In der Küche schaltete er die Kaffeemaschine an, das Wasser hatte seine Frau gestern abend schon eingegossen, die Filtertüte steckte gefüllt im Behälter. Bernd Siems stellte Honig und Butter für sie beide auf die lackierte Sprelakartplatte. Während er aß, sah er aus dem Fenster.

Er wird seine Frau auf den Mund geküßt haben, bevor er die Wohnung verließ. Zwischen zweitem Stock und dem ersten kontrollierte er gewöhnlich seine Jackentasche, Papier, Portemonnaie, Fahrradschlüssel. Wahrscheinlich hat er das auch an diesem Morgen an derselben Stelle getan.

Im Erdgeschoß hatte Frau Much die Abtreter auf der untersten Treppenstufe gestapelt. Er grüßte, und sie wird wohl zurückgegrüßt haben, aus der Hocke, die Arme mit Schaufel und Besen neben den Kniestrumpfknien nach vorn gestreckt, den Kopf witternd zu ihm gedreht.

Soweit ist alles wie gehabt.

Aber irgendwo muß er stehengeblieben sein. Vielleicht passierte das vor den Briefkästen. Er blieb einfach stehen in seinen Jeans, die er sonst nie trug, weil er sich darin zu schick vorkam. Frau Much starrte zu ihm hinunter. Er blieb stehen, zu schnell, als daß sein Körper sich sofort in der neuen Situation hätte zurechtfinden und ihm folgen können. Er schwankte. Er kippte leicht auf den Zehenspitzen nach vorn, bis der Schwung vom Treppenlaufen ihn einholte, in den Körper zurückkroch und ihn still werden ließ. Sein Fahrrad stand vor der Tür.

Er schloß den Briefkasten auf. Dabei fiel sein Blick auf den Terrazzoboden. Er sah Katja im Alter von zwei Jahren, es war Sommer, sie hatte ihre roten Spielhosen an. Er sah sie mit ihren Fingerchen nach den schwarzen Punkten des Terrazzobodens greifen. Katja versuchte, die Punkte einzusammeln, bis sie wütend mit ihren Fäusten auf den Boden schlug, weil sie nicht begriff, warum die Punkte ihr nicht gehorchten.

Dann stieg er die Treppe wieder hoch.

»Nanu, Herr Siems«, sagte Frau Much. »Was man nicht im Kopf hat –« Er ging an ihr vorbei, zurück in die Wohnung, und legte die Tasche mit dem Satz fertig korrigierter Klassenarbeiten auf den Schuhschrank im Flur.

Er ging in Katjas Zimmer. Ihr Bett war in die Wand zurückgeklappt, ihr Stuhl war leer. Kein Pullover, keine Hose hing über der Lehne, nur ein T-Shirt lag zusammengeknüllt auf dem Teppich.

Er hob es auf.

Es war Katjas Sportshirt, sie hatte es bei Crossläufen getragen. Es war grün, die Farbe der Schulmannschaft, mit weißen verzierten Bündchen. Siems legte es zusammen und schob es in ihr Schrankfach. Dann stellte er fest, daß die Gardine schief hing, und ging zum Fenster. Wohin sehen die Soldaten an der Mauer, dachte er, und es kam keine Antwort, auch der Spielplatz draußen vor dem Fenster war leer. Er kehrte der Gardine, die jetzt richtig hing, den Rücken. Er nahm das T-Shirt aus dem Schrank wieder heraus und ließ es auf dieselbe Stelle fallen, von der er es zuvor aufgehoben hatte.

»Du kannst nicht einfach nicht gehen.« Seine Frau stand in der Tür.

»Ob ich das kann«, sagte er.

Seine Frau sah im Zimmer herum, wo es nichts Neues zu sehen gab, außer vielleicht diesem T-Shirt. Aber das kam darauf an, ob sie es zuvor schon da liegen gesehen hatte. »Ich jedenfalls kann das nicht«, sagte sie. »Ich gehe. Einer muß wenigstens so tun, als ob.«

»Was glaubst du, wie lange sie dich das lassen. So zu tun, als ob«, sagte er.

Es war das Wochenende, an dem Sigmund Jähn als erster Kosmonaut der DDR die Erde umrundet hatte. Es war das Wochenende, an dem das All der Erde sehr nah gerückt war, an dem es fast sozialistischen Boden betrat. In den Nachrichten war zwei Tage lang von nichts anderem die Rede. Die Umsetzung der Beschlüsse des x-ten Parteitages, die Eröffnung zweier neuer Schulen in Ludwigsfelde-Nord, das alles spielte für einen Moment keine Rolle.

Es war das Wochenende, als auf den Fernsehbildschirmen außergewöhnlich viel Dunkel war. Unter der Sojus 64 leuchtete die Welt. In den Nächten des 28. und 29. August entstanden Fotos, auf denen die Braunkohlegebiete, der Urantagebau und die Chemielagerstätten von oben und aus großer Entfernung zu erkennen waren. Sie fluoreszierten in einem seltenen Licht. Sie funkelten, als ahmten sie unten am Boden die Sterne nach. Sie waren so genau fotografiert, daß keines der Fotos den Originalen glich.

»Geschwüre«, wie Katja dazu gesagt hätte, »und wir mittendrin.«

Es waren Fotos, auf denen man durch bemooste Gebäude, gedüngte Böden, durch verschlackte Flußzuläufe, Arbeitergesichter und aufrechte Schornsteine hindurch direkt in die Zukunft sah.

Auf der Wochenendausgabe der Berliner Zeitung füllte Jähn das Titelblatt. Daneben hielt eine Krankenschwester ein Neugeborenes im Arm. Das Neugeborene hieß wie der Raumfahrer.

Es war eine Zeit, die einen Mann im All dringend nötig hatte.

Auf Seite sechs fand sich eine kleine Mitteilung über eine Flugzeugentführung. Es hieß, konterrevolutionäre Kräfte hätten das Flugzeug eines sozialistischen Nachbarlandes in ihre Gewalt gebracht. Die meisten Passagiere, alles DDR-Bürger, seien wieder sicher in ihr Heimatland zurückgekehrt. Sechs von ihnen hielte man allerdings immer noch gewaltsam auf amerikanischem Boden fest.

Nicht alles, was Bernd Siems jetzt durch den Kopf ging, hatte Hand und Fuß.

Er setzte sich in der Küche an das lackierte und verbreiterte Fensterbrett, das genauso gemustert war wie der Steinfußboden im Treppenhaus. Das Fenster war gekippt. Er hörte die Stimme von Frau Much, die im Erdgeschoß auf ihrem Kissen im Fenster hing und mit Menschen auf der Straße sprach. So erfuhr Siems, daß es an diesem Wochenende Wassermelonen in der Kaufhalle gab.

Nachts stand er auf und nahm die Zeitung noch einmal vom Altpapierstapel auf der Ablage im Flur. Er setzte sich ins Wohnzimmer, schaltete die Stehlampe hinter dem Sofa ein und schlug die letzte Seite auf. Er hatte die Zeitung heute oft genug aufgeschlagen, um zu wissen, daß er auch diesmal nichts finden würde.

»Nach Gdansk«, hatte Katja gesagt. »Bis Freitag. Aber wartet nicht auf mich.«

Siems malte Kringel neben den Artikel, aus denen später Fragezeichen wurden.

unten

Katjas Fehler war es, den Colonel des Special Investigation Office zuerst für eine positive Figur zu halten.

Sie erkannte ihn am Schritt, wenn er den Gang hinunterkam, ein paar Worte mit dem Posten vor der Tür mit einem kurz aufbellenden Lachen beendete und in seinen hellbraunen, glänzenden Lederschuhen den Vorraum zu ihrem Zimmer betrat.

Er klopfte an, bevor er hereinkam. Er entschuldigte sich, wenn er in den nächsten Tagen nicht würde kommen können. Er hatte eine lederne Aktentasche dabei, aus der er einen Würfelbecher nahm, Rommékarten, später Tischtenniskellen.

In den langen Monaten im Flughafen Tempelhof versammelte sich alles, was Katja von der Welt außerhalb ihrer zwei Zimmer wußte, in Colonel Clerk. Sie mochte ihn. Aber es war nicht ihre Schuld. Er hatte ihr einen Kaschmirpullover geschenkt und spielte mit ihr Tischtennis.

Sie stand hier nicht früher oder später auf als sonst. Aber dann stand sie da, fertig angezogen. Sie beugte den Kopf zum Spiegel, fuhr noch einmal mit dem Zeigefinger ihre Unterlippe nach. Sie war längst geschminkt und wußte, daß nichts an ihrem Gesicht zu korrigieren war. Sie benutzte Mascara und Lippenstift mit einer inzwischen schnell gewordenen Handbewegung. Morgens hatte sie immer alles in einer halben Stunde geschafft, aufstehen, zähneputzen, anziehen, frühstücken, um pünktlich sechs Uhr bei Schichtbeginn im Werk zu sein. Nur später, als sie schon mit Meerkopf rechnete, klingelte der Wecker fünf Minuten früher. Sie hatte Lidstrich aufgelegt, der ihr nicht stand.

Jetzt schlief sie, so lange sie konnte. Nur der Schlaf war nicht langweilig. Die Tage, die sich vor ihr auftaten, kamen ihr dagegen vor wie eine Nachlässigkeit. Sie verstrichen einfach. Sie waren riesig wie das stillgelegte Rollfeld, das man ihr für Spaziergänge empfohlen hatte. Ein Leutnant brachte ihr um ein Uhr das Mittagessen, abends kam der Colonel. Er hatte herausgefunden, daß sie Martini mochte, und ihr eine Flasche dagelassen, die jetzt auf dem Fensterbrett stand. Wenn sie auf dem Bett lag, konnte sie durch die halbleere Flasche die Landebahn sehen. Sie beobachtete, wie aus einer Transportmaschine Kisten ausgeladen wurden, im Martini verschlierten die Einzelheiten.

Abends, wenn es still war auf der Landebahn und die Flugzeuge wie ausgestopfte Tiere dastanden, nahm sie die Flasche mit nach draußen. In klaren Nächten sah sie zu, wie der Mond aufging. Es kam ihr sehr unwahrscheinlich vor, daß es etwas geben sollte, was sie nicht mehr erlebte, wo der Mond doch über allem und auf jedem Erdteil war. Noch immer lag er tief über den Rieselfeldern, und der Geruch der feuchten Wiesen zog bis hinauf zum Haus, wo sie das Fenster offengelassen hatte, damit die Nacht in ihrem Zimmer stand.

Dieses Nachhausekommen durch die Gärten in den frühen Morgenstunden würde es nicht mehr geben. Sie würde nicht mehr am Schlafzimmer ihrer Eltern vorbeischlüpfen, das Pendel der Kuckucksuhr an der Wand anhalten und in der plötzlich kargen Stille durch die halboffene Tür ihre Mutter schlafen hören und ihren Vater, wie er wach lag, um dann, nachdem sie in ihrem Zimmer verschwunden war, die Schlafzimmertür beruhigt und fast lautlos zuzumachen. Als würde er immer noch annehmen, sie hätte nichts davon bemerkt. Und doch hörte sie jedesmal das Scharren, mit dem die Schlafzimmertür über den Teppich fuhr. Wäre das Geräusch ausgeblieben, hätte sie nicht einschlafen können. Sie hatte immer darauf gelauscht. Das Scharren der Tür gehörte zu diesen Nächten. Es war schön zu wissen, daß da jemand wach lag im Dunkeln und auf sie wartete und dem das Warten nicht zu lang wurde, egal, wie spät es geworden war. Sie hatte ihrem Vater nie gesagt, daß sie wußte, wieso die Schlafzimmertür halb offen stand, wenn sie nach Hause kam, und morgens dann geschlossen war. Und sie ahnte, daß auch er immer gewußt hatte, was sie vor ihm verbarg.

*

Manchmal war sie so betrunken, daß sie dachte, manche Menschen wissen etwas von Einsamkeit, vielleicht gehöre ich jetzt dazu.

oben
Wenn Sie auf dieser Seite der Welt einer Sache Gewicht geben wollen, dann zitieren Sie die Bibel.

Limbo war das Wort, mit dem Colonel Clerk Katjas

Schutzhaft bezeichnete. *Limbo* – wie der Ort, an dem die Seelen der Toten auf Jesus warten, der sie bei seiner Auferstehung in den Himmel führt. *I got to see this girl there in the limbo*, sagte Clerk zu seinen Untergebenen morgens in der Kantine. Und für jeden, der sich über seinen Eifer lustig machte, fügte er folgendes an: *It's what I owe to my country, you smartass!*

Colonel Clerk war nicht Jesus. Aber er hatte wundervolles Haar.

unten

Es saß straff wie die Litzen seiner Uniform. An den Schläfen war es kurz rasiert, und aus der Nähe duftete es nach Baumwollerde.

Dennoch war Katja zuerst mißtrauisch. Sie saß auf einem Bett, das mit Biberwäsche der Air Force bezogen war, und wenn der Colonel ihr Zimmer betrat, sah sie ihn anfangs abwartend, fast skeptisch an.

Auch auf Schnappschüssen und offiziellen Fotos in den vom Rat der Stadt Ludwigsfelde in den achtziger Jahren herausgegebenen Broschüren sieht sie nie direkt in die Kamera. Ihr Gesicht ist im Profil zu sehen. Oder sie beugt sich über ihr silbernes 28er Damenrad, und ihre Haare fallen nach vorn. Verona dagegen sieht den Fotografen an. Aber sie lächelt nicht. Auf diesen Fotos lächelt niemand. Wer fotografiert wird, stellt sein Gesicht wie in Teig gegossen dar.

Jeder in Ludwigsfelde weiß, wie das geht. Man löst die Muskeln, man löst jede Art der Gesichtsspannung auf. Das Gewebe gibt nach, es verliert seine Form, es sackt von oben nach unten durch, bis man ein uniformes Gesichtsgefühl hat.

Katja wendet sich ab. Sie hebt rechtzeitig die Hand, sie versteckt sich hinter einem Blumenstrauß.

»Bin ich blöd? Dann kann ich denen ja gleich meine Fingerabdrücke geben!«

Die Blumen sind für den Genossen Franz Nitzel, den 1. Sekretär der Kreisleitung der SED Zossen anläßlich seines Besuchs im Bereich Schmiede und Gesenkbau zum 15jährigen Bestehen der Schmiede im Oktober 1976.

Man könnte auch sagen, Katja hatte einen Vater, der sie dazu erzog, mißtrauisch zu sein.

Schon mit fünf saß sie zum Geburtstag an einer Kaffeetafel, die mit Goldrandgeschirr aus Meißner Porzellan gedeckt war. Das Porzellan hatte sie zur Geburt von ihrer Großmutter aus dem Sachsen-Anhaltinischen geerbt. Sie spielten Topfschlagen und Sackhüpfen und Armer Schwarzer Kater, und am Ende gingen die Spiele so auf, daß jedes Kind die gleiche Anzahl Preise mit nach Hause nahm, egal, ob es gewann oder verlor. Plastepanzer und Spielzeugpistolen waren verpönt. Plastik, wenn Sie so wollen.

»Kriegsspielzeug kommt mir nicht ins Haus«, war der einzige Kommentar von Bernd Siems, als auf einem Elternabend im Kindergarten die originalgetreue, fünfhundertfach verkleinerte Nachbildung eines NVA-Schützenpanzers eingeführt wurde. Zur spielerischen Bewußtseinsentwicklung des Kindes. Nachdem in der Aktuellen Kamera zu hören gewesen war: »Welche, wenn nicht unsere Weltanschauung, unsere Ideologien, die immer mehr Menschen auf der Welt erfaßt, weil sie wahr, weil sie menschlich ist, sollten wir unseren Kindern empfehlen!«

»Mein Kind erschießt niemanden«, hatte Bernd Siems gesagt und dabei ausgesehen wie ein Wirrkopf. »Ob im Spiel oder in echt, ist mir ganz egal.«

Auf der Abdeckplatte der Ofenheizung im Kinderzimmer standen statt dessen Matchbox-Autos und selbstgebastelte Indianer-Tipis. Sonntags fuhr man, einer unumstößlichen Regelung zufolge, in die Oper, zu Schiffshebewerken, Talsperren oder ins Pergamon-Museum. Mit dreizehn fing Katja an zu streiken. »Zieh keine Flunsch«, sagte Bernd Siems. »Du kommst jetzt mit. Ohne Pardon. Oder willst du später immer irgendwem auf den Leim gehen?«

In einer der Broschüren sieht man ihn mit nacktem Oberkörper und in blauen, seitlich geschlitzten Turnhosen den Rost an den Wäschestangen mit einer Drahtbürste entspanen. Im Untertitel heißt es: »Viele Bürger tragen mit großem Engagement, Fleiß und Einfallsreichtum dazu bei, ihre unmittelbare Umwelt zu verschönern.«

Später wurden die Familienausflüge durch Brigadefeiern ersetzt, durch kollektive Sportwettkämpfe, Betriebsfahrten in ehemalige Konzentrationslager und Besuche von Theaterstücken, in denen es um aufrechtes Denken ging, Gelegenheiten, bei denen Katja regelmäßig bürgerlich wurde, Volksverhetzung betrieb, wie Schaper das ironisch nannte. Plötzlich fing sie an, über das Relieffries am Pergamon-Altar zu reden, olympische Götter, die gegen die Giganten kämpften, in Ravensbrück behauptete sie, auch die Kommunisten hätten nur ihren eigenen Arsch retten wollen, Thälmann, der Prolet, hätte doch im Leben kein Buch angefaßt, bis Verona, die neben ihr stand, zischte: »Halt die Klappe, Mensch, oder willste gleich hierbleiben?«

Dazu kam die Schule der Sozialistischen Arbeit am Montag, Weiterbildungskurse, freiwillige Überstunden, um das Plansoll für das Prädikat *Kollektiv der Sozialistischen Arbeit* zu erfüllen, und Pioniernachmittage an ihrer ehemaligen Schule, zu denen Katja als Mitglied der Patenbrigade regelmäßig eingeladen wurde.

Natürlich gab es Unterbrechungen.

In einem Hochsommer, der so heiß war, daß es in der Stadt nach flüssigem Teer roch, war sie eine ganze Woche nicht im Werk erschienen. Sie hatte sich krankschreiben lassen und war mit einem Zelt an die Ostsee getrampt. Sie zeltete heimlich am äußersten Ende der Dünen, was verboten war. Zurück kam sie mit Sand und Hühnergöttern im Gepäck.

Es gab Wochenenden, da fuhr sie per Anhalter nach Süden, an die Peripherie großer Städte, sie fuhr nach Annaberg-Buchholz, Altdöbern, zum Zwiebelmarkt nach Weimar, sie schlief in Kellern von Wohnungen, unter freiem Himmel in Parks. Sie nahm nie mehr als ihren Schlafsack und die Mundharmonika mit, und sie fuhr allein. Sie trampte in den Süden, sie fuhr dem Blues hinterher, sie folgte Bands wie Monokel, Mr. Adapoe oder Freygang, und dort, wo sie hinfuhr, traf sie immer jemanden, der genauso reiste wie sie. Der ihr gedrehte Zigaretten anbot.

Blueskunden, wie man sie nannte. Tramper. Langhaarige. Sie laufen in schmutziger, zerrissener Kleidung und ungepflegten Schuhen herum. Sie tragen Römerlatschen und Kletterschuhe aus braunem Wildleder, ihr Körpergeruch ist unangenehm, zu erkennen sind sie schon an den Händen, sie haben Schmutz unter den Fingernägeln und Hautfalten.

Das jedenfalls war es, was das MfS über sie schrieb. Wobei man vergaß, daß Katja zu jung für Hautfalten war.

Es gab auch eine Situation, in der Katja bei einem Crosslauf durch den Wald nicht mitlief. In der sie als Staffeldritte ihrer Brigade einfach nicht an den Start ging.

Trotzdem hätte sie nie behauptet, daß sie früher keine Zeit gehabt hatte. Nur der Gedanke daran, daß Zeit etwas von den Aufgaben Getrenntes, etwas willkürlich Formbares war, etwas, das jeden Morgen wieder so unbelassen ankam wie die Rohlinge in Halle 11, war ihr fremd.

In Tempelhof gab es keine Aufgaben.

Morgens saß Katja auf einem Bett der Air Force, und an den Fenstern hingen Gardinen, die mit Signets der U.S. Army gestempelt waren.

Ihr Vater hatte sie dazu erzogen, mißtrauisch zu sein, aber Zeit schleift Verhaltensweisen ab.

*

Die meiste Zeit verging mit Warten.

Katja lauschte auf den Schritt des Colonels auf dem Gang. Während des Wartens stellte sie sich vor, daß Westfrauen ihr ganzes Leben so verbrachten. Sie saßen mit Perserkatzen auf Sofas aus Plüsch und warteten. Und wenn sie gut dastehen wollten, lernten sie Englisch. Dann gaben sie Feste und servierten Martinis auf Eis, und sie sagten dabei nicht bitte. Sie sagten: *here you are* oder: *here you go*, als würden sie schlecht sehen und sich immer erst versichern müssen, daß ihre Gäste auch wirklich noch da wären. Vielleicht hatten sie Katzenhaare in den Augen.

Englisch war eine Sprache, der Katja seit ihrer Schulzeit mißtraute. Sie dachte, es könne nicht ernst gemeint sein, daß man erst gehen mußte, um gehen zu können, auch wenn man längst laufen gelernt hatte, *I'm going to go*, wie es hieß. Und sie hatte schon immer die Vermutung gehabt, das *Do you want* sei nicht echt. Es schien, was auch immer man dann wollte, direkt aus dem sächsischen Dialekt ihrer Tante entlehnt, mit dem sie fragte: Tust du mir beim Abwasch helfen? Natürlich begreift man irgendwann, daß sprachliche Regeln nicht unbedingt logisch sind. Aber selbst wenn Katja die Regeln befolgte, blieb die Unsicherheit beim Sprechen. Sie wurde den Verdacht nicht los, die Lehrer hätten die Sprache mit Absicht verdreht. Sie werkelten im Lehrerzimmer daran herum, um ihnen den Weg zu versperren, um sie erst gar nicht in die feindliche Sprache hineinkommen zu lassen. Ein paar -ings und Possessivpronomen rutschten an die falsche Stelle, und so erschien die Grammatik verkorkst und aus einer altmodischen Welt.

»An apple a day keeps the doctor away«, war das, was ihr Vater gesagt hatte, wenn er fand, daß sie zu dünn angezogen war. Sie stopfte dann die Hände in die Hosentaschen und antwortete mit: »Okey-dokey.«

»Okey-dokey«, war das einzige, was ihr halbwegs modern

vorkam. Aber sie hatte die Formulierung zuerst im Buch über einen ungelenken russischen Professor entdeckt und bezweifelte, daß es diese Formulierung wirklich gab.

*

Glücklicherweise sprach der Colonel deutsch.

»Sie spielen gut«, sagte er zu ihr im Tischtennisraum der Air Force. Er ging locker in die Knie, schnitt den Ball an, der hinter dem Netz eine Kurve nahm und abdrehte. »Ihre Hinterhand«, sagte er, »ich bewundere Sie. Wie lange spielen Sie schon?«

»Keine Ahnung. Irgendwo stand immer eine Platte, dann haben wir gespielt.«

»Wissen Sie, meine Kameraden – sagt man so, ja? Meine Kameraden, wenn ich mit denen spiele, die sind schnell. Die haben gute Reflexe. Mit Schnelligkeit kann man viel gutmachen. Das sieht man an den Chinesen. Aber Sie«, sagte er. »Diese Hinterhand. Sehr gut.«

»Rückhand«, sagte Katja vorsichtig. »Wo haben Sie denn gelernt, so charmant zu sein? Ich liege acht Punkte zurück!«

Der Colonel lachte. »Ich lag mal zwanzig zurück und hab gewonnen. Ich hab alles aufgeholt. Der andere hat keinen Ball mehr gelandet. Dabei fehlte nur ein Punkt. Ein Punkt zu einem Sieg. Er war zu aufgeregt«, sagte Clerk. »Das war es.« Er ging in die Knie und gab sich den Ball vor. »Er war doch zu aufgeregt.«

Katja fing den Ball mit der Hand. »Falscher Acker.«

»Was?«

»Die Angabe«, sagte sie, »das war falscher Acker. Sie müssen auf die rechte Seite spielen. Punkt für mich.«

»Sehen Sie«, sagte er, »man kann alles aufholen.«

»Sie lassen mich gewinnen. Mit Absicht.«

»Da haben Sie keine Angst«, sagte er. »Das mach ich sicher nicht. Bei mir gilt Fair play.«

Colonel Clerk war der erste Amerikaner in ihrem Leben, mit dem sie Tischtennis spielte. Er sprach mit leichtem Akzent, und nach dem ersten Satz zog er die Uniformjacke aus. Im Tischtennisraum war es heiß, er lag direkt neben dem Heizungskeller, dicke Rohre kreuzten die Decke. Clerk trug ein weißes Hemd unter der Uniform. Er krempelte die Ärmel auf, so daß Katja die Unterarme sah. Sie waren fein geädert, seine Hände hatten dünne, schlank auslaufende Finger und Nägel, die er jeden Morgen zu polieren schien.

»Sie sehen nicht aus wie ein Amerikaner«, sagte sie.

»Wie sieht denn ein Amerikaner aus?«

»Er hat einen breiten Kopf, sitzt an einem breiten Tisch, trägt ein breites Jackett und Westernstiefel und unterzeichnet das Viermächteabkommen«, sagte sie. Der Colonel lachte.

»Und er spielt nicht Tischtennis.«

Clerk hatte die nächste Angabe. Sein Ball streifte das Netz. Aber dann kam er doch knapp auf ihrer Seite auf und sprang gegen die Wand.

»Tut mir leid«, sagte Clerk.

Katja stoppte den Ball mit dem Fuß. »Das werd ich Ihnen grade glauben.«

»Doch. Wirklich.«

»Schwein gehabt, würde ich sagen.«

»Tut mir wirklich sehr leid. Sagt man so?«

»Ja! Ich habe es gehört.«

»Wirklich«, sagte Colonel Clerk.

Katja sah ihn an.

»Machen Sie das immer?«

»Was denn?«

»Sich so ewig entschuldigen.«

»Das war ein Netzball. Man muß sich entschuldigen.«

»Man entschuldigt sich einmal und Schluß.«

Es war nicht ihre Schuld.

Coax the confession out of her, waren die Worte, die Colonel Clerk im Kopf herumgingen, während er mit dem Daumen über den abgeriebenen Griff seiner Tischtenniskelle strich. Er mochte die Kelle. Seit der Zeit an der Yale-Universität hatte er mit keiner anderen Kelle Tischtennis gespielt. *Coax it out.* Er fand, er hatte ein Gefühl für Worte.

Ein *Sprachgefühl.* Es schien ihm kein Zufall, daß es dieses Wort nur im Deutschen gab.

Er legte die Kelle weg, nachdem er den Satz mit 21 zu 11 Punkten gewonnen hatte, und wischte sich mit dem Ärmel den Schweiß von der Stirn. Dann lehnte er sich an die Platte. Die Platte zog eine feste Kerbe in seinen Hintern.

Er hielt Katja ein Päckchen Camel lights hin und sagte: »Versuchen Sie mir zu sagen, wer Sie sind.« Er sagte das in derselben klaren, sportlichen Art, mit der er gewöhnlich den Punktestand mitzählte.

Aber jede positive Figur reicht nur so weit wie die eigene Vorstellung von ihr.

»Ich bin ein bißchen enttäuscht, Katja«, würde er später sagen. »Ich dachte, Sie hätten uns die volle Wahrheit gesagt. Ich muß zugeben, ich bin sogar sehr enttäuscht. Sie haben Informationen vor uns geheimgehalten. Wichtige Informationen.« Er würde die Füße vor sich auf dem niedrigen Glastisch ausstrecken wie ein richtiger Amerikaner und sie über zusammengelegte Fingerspitzen hinweg angucken. »Wie Sie sicher wissen, können Sie das wiedergutmachen –«

Aber das kam viel später.

Was ich damit nur sagen wollte: Fallen Sie nicht auf die positiven Figuren herein.

*

Sehen Sie genau hin.

Sehen Sie zum Beispiel Lutz Schaper an einem windigen Augusttag, kurz bevor Katja Colonel Clerk kennenlernen sollte. Sehen Sie ihn mittags auf dem Bahnsteig in Gdansk, wie er da steht und sich dauernd die Haare aus dem Gesicht streicht. Sehen Sie ihm ins Gesicht. Sehen Sie Lutz Schaper, indem Sie versuchen, den Bahnsteig so zu sehen, wie er ihn sah.

Den Paris-Leningrad-Expreß in der Kurve der Bahnhofseinfahrt vor sich.

Inmitten von Menschen, und die wenigsten davon sind Fahrgäste.

Der Expreßzug nähert sich Bahnsteig 3. Die Lautsprecher der Bahnhofsdurchsage rauschen. Unter dem Rauschen liegt eine Stimme, von der nur die Melodie zu verstehen ist.

Das Kreischen der Räder hört Lutz Schaper nicht. Er steht nah am Treppenaufgang, eine Hand in der Hosentasche. Es ist nicht sein erster Aufenthalt in Polen. Er kennt das polnische Zugpersonal mit den runden Schirmkäppis und der Eigenart, in jedem Bahnhof ein Müllbeutelchen mit leeren Flaschen zurückzulassen. Er kennt auch ihre Angewohnheit, sich an Regeln zu halten, die außer ihnen niemand kennt. Er kennt den Knoblauchgeruch in den Zugabteilen und die Unberechenbarkeit der Schalterdamen. Wenn sie keine Lust haben, gibt es auf einmal Strecken und Verbindungen nicht mehr, die eine Minute zuvor noch existierten.

Plötzlich sagen sie: Haben wir nicht. Gibt es nicht. Und wenn man ein bißchen drängelt, weil man die Strecke schon gefahren ist, und zwar auf Gleisen und vorbei an echten Stellwärterhäuschen, mit allem Drum und Dran, zaubern sie ungerührt ein Schild aus den Tiefen ihrer Schalterexistenz. Sie bauen das Schild auf und verdrücken sich, und auf dem Schild steht *Mittagspause*, egal, zu welcher Uhrzeit.

Aber Schaper weiß, Meerkopf hat die Fahrkarte im Westen gekauft. Die Fahrkarte ist nicht das Problem.

*

Er sieht zu Katja, die ein paar Meter von ihm entfernt auf Zehenspitzen steht. Sie trägt eine ärmellose Bluse. In der Sonne, die als schmaler Streifen zwischen Bahnhofsdach und Zug fällt, flimmern die Härchen auf ihren Unterarmen. Auf den Unterarmen sieht Katja aus, als wäre sie blond. Und für einen Moment vergißt Lutz Schaper das Warten. Er hört nicht, wie der Zug einfährt. Er bemerkt nicht, wie die erste Tür in der Mitte der Wagen geöffnet wird. Wie sich der Schaffner auf den Perron herunterfallen läßt, ohne das Trittbrett zu benutzen, womit er gewöhnlich alle Blicke auf sich lenkt.

Lutz vergißt die Menschen, die an ihm vorbeihasten, sich in die Arme fallen und für kurze Zeit aneinander hängenbleiben.

Er zieht die Hose ein Stück über den Bauch hoch und sieht zu Katja.

Das einzige Zeichen von Katjas Nervosität ist die Handtasche. Sie spielt beidhändig am Schnappverschluß. Das gibt einen Rhythmus, in dem Schaper sie tanzen sieht. Er steht auf dem Bahnsteig in Gdansk, hat für einen Moment alles vergessen und sieht diese Frau tanzen. Sie ist jung. Er hat nie zuvor darüber nachgedacht, wie jung sie ist. Er hat plötzlich auch vergessen, daß sie glaubt, sie würden in den nächsten drei Stunden mit gefälschten Pässen ein Schiff besteigen. Sie glaubt, das Schiff, das am Gdansker Kai liegt, wäre ihr Schiff, mit dem sie in den Westen fahren. Das Schiff würde nur auf sie warten. Sie glaubt tatsächlich, man könnte so abhauen. Mit einem Paß, auf dem Katja Ines heißt.

Heute morgen hat er ihre Stirn gehalten, als sie kotzend über dem Klobecken hing, und er wünscht, daß er auch ihre Leichenblässe und das Taschentuch, das in seiner Handfläche einen feuchtwarmen Fleck verursacht, vergessen könnte.

Katja trägt Riemchenschuhe und eine Bluse, deren Halsausschnitt zu weit nach rechts gerutscht ist. Ihre Schulter steht hervor wie Gestein.

Er zieht die Hose hoch und denkt, daß er Schlaghosen nicht mehr tragen kann. Er ist fast vierzig. Er hat den ganzen Schrank voller Schlaghosen. Hatte, denkt er, und ihm fällt ein, daß sie sich ganz neu einkleiden müßten. In Unterhosen würde er in einer Umkleidekabine des erstbesten Kaufhauses an einer westdeutschen Küste stehen. Es würde nach Orangenblüten riechen, davon hat er gehört, und in den Spiegeln aus geschliffenem Kristall würde er sich Katja in fein gearbeiteten Hemden präsentieren, in grauen, blauen oder gemusterten Socken, in weichen Pullovern und zarten Jacketts, er würde Tweed tragen, Lammnappa und eine Levis, vielleicht stünde ihm auch ein Hut. Er würde die Verkäuferin hochaufgetürmte Kleiderberge antransportieren und abräumen lassen, so lange, bis Katja ihn in diesen teuren Spiegeln breit angrinsen und sagen würde: »Gebongt.«

Er würde sich vorkommen wie eine Maschine, die er vor Katjas Augen zerlegte. Nachdem er sie wieder zusammengesetzt hätte, wäre die Maschine noch dieselbe wie zuvor, nur mit dem Unterschied, daß Katja sie durch das Zerlegen verstanden hätte.

Er würde sich keine enganliegenden Hemden aufschwatzen lassen und nicht ohne Schlips ausgehen.

Er sieht, wie Katja mit der Handtasche vor dem Bauch, den Kopf zurückgeworfen, auf Spitze tanzt.

Er beginnt, die Gefahr zu vergessen.

Auf dem Bahnsteig riecht es nach Bockwurst. In der Hitze steht der Geruch, dick und penetrant, und erinnert Lutz Schaper daran, daß es egal ist, auf wie vielen Bahnsteigen er in seinem Leben schon gewartet hat, von wie vielen aus er eingestiegen oder umgestiegen ist, auf wie vielen er seine Zigarettenasche zurückließ. Über allen liegt derselbe süßliche Geruch nach Bockwurst.

Dieselbe schnarrende Lautsprecherdurchsage. Am Ende war es egal, in welchen Zug man stieg. Es war egal, wo der Zug hinfuhr. Beim Aussteigen landete man noch immer auf demselben Bahnsteig. Der Geruch erinnert Lutz Schaper wieder daran, warum er hier ist. Er erinnert sich, daß Katja heute morgen nicht aufhören konnte zu kotzen, obwohl schon nichts mehr kam.

Er wischt sich mit dem feuchten Taschentuch über die Stirn und konzentriert sich auf die Leute, von denen einige bereits ihre Koffer die Treppe hinunterhieven.

Zweimal sieht er Hans Meerkopf. Einmal unter einem blauen Stoffhut und einmal mit der für die Zeit typischen Stirnlocke. Beide Male hofft er, daß es ein anderer ist, und weiß, daß das nicht sein darf. Meerkopf trägt Pässe mit ihren Gesichtern darauf in einer doppeltgenähten Manteltasche. Katja heißt auf so einem Paß Ines. Jeder in diesem Land weiß, was mit Leuten gemacht wird, die gefälschte Pässe mit sich herumtragen. Was mit Leuten passiert, die in gefälschten Pässen, auf denen sie Ines heißen, in doppeltgenähten Manteltaschen herumgetragen werden.

Möglicherweise hat Lutz irgendwann angefangen, nicht mehr darauf zu achten.

»Markier hier bloß nicht den Halbstarken«, hatte Katja eine Woche zuvor, ohne aufzusehen und auf dem Teppich ihres zehn Quadratmeter großen Zimmers kniend, gesagt. Inmitten von verstreuten Kleidern, ihrer Plattensammlung und dem bißchen geerbter Keramik. Er hatte im Begutachten der Tassen innegehalten und gesagt:

»Was soll sein? Kommt jetzt alles nicht mehr so drauf an.« Mit der Fingerspitze stieß er eine Tasse an.

Vielleicht hatte er unter all der Anspannung eine bestimmte Kälte entwickelt. Eine Art Energiesparmodus. Eine Körpertemperatur, die ein wenig zu niedrig lag, auf einer Grenze, an der das Denken langsamer, aber sehr klar und in der richtigen Reihenfolge verlief. HoKaHe war es, was er dabei immerzu im Ohr hatte. HoKaHe, wie es die Fixer unter den Cheyenne bei einem halluzinierten Angriff rufen.

Mit dieser Temperatur steht er auf dem Bahnsteig von Gdansk und sieht zweimal Hans Meerkopf.

Beide Male ist es ein anderer.

Aber er weiß, daß sie warten werden, bis Hans Meerkopf zwischen den Menschen auftaucht. Auch wenn der Zug schon ausgefahren ist. Auch wenn der Bahnsteig längst leer ist. Er weiß das wegen Katja.

Er geht zu ihr und nimmt ihr die Handtasche weg. »Laß uns erst mal was essen«, sagt er. Er kann das Geräusch des Schnappverschlusses plötzlich nicht mehr ertragen. »Denkt sich schlecht auf nüchternen Magen.«

»Was willst du hier noch groß denken«, sagt Katja. Sie starrt in ihrer verrutschten Bluse hinüber zum Zug, wo der Schaffner schon aus der letzten offenen Waggontür hängt wie vom Steigbügel. Die Handtasche hält sie fest umklammert. Der Schaffner gibt das Signal zur Abfahrt.

Schaper wäre jetzt gern an Stelle dieses Schaffners. Er würde vom Pferd gleiten, einen Skalp in den Händen, und sobald er ihr den Skalp reichte, ginge der Mut des Skalpierten auf sie über wie der Name auf einem Paß.

Statt dessen hält er Katja den weichen Pappteller hin und tunkt für sie noch die Bockwurst in den Senf, damit sie anfängt zu essen.

In Katjas Handtasche liegen die Tickets für den Rückflug nach Schönefeld.

»Wahrscheinlich war ihm der Expreß einfach zu riskant«, sagt Schaper. »Klar. Hätten wir auch drauf kommen können. In so einem Zug, das sind alles Westler. Da wird richtig kontrolliert. Wegen Drogen und allem. Weißt du doch nicht. Vielleicht ist er kurz vorm Einsteigen wieder umgekehrt. Kannst du alles nicht wissen. Vielleicht nimmt er einen anderen Zug.

Vielleicht hat er was Besseres gefunden. Was, wo sie weniger kontrollieren. Jetzt sei doch nicht so beschissen nervös!«

Aber es ist kein Vergnügen, um die Tickets in der Handtasche zu wissen.

oben

Auch von hier aus, von oben, läßt sich nur wenig überblicken. Da sind Einzelheiten, manche besser ausgeleuchtet, die meisten bleiben schattenhaft. Ich bin da immer wieder so ahnungslos wie Sie: Etwas wäre vielleicht zu erkennen, wenn man sich nicht gerade wegdrehen würde. Das ist der bleibende Eindruck.

Wenn Sie nah ans Geländer gehen, sehen Sie vielleicht Verona. Aber die Übersicht haben Sie nicht.

Sie sehen Verona, wie sie ganz unten in der Telefonzelle steht.

Jedesmal, wenn die Sonne aufscheint und ihr Gesicht trifft, steht es über dem Telefonapparat, gespiegelt im Fensterglas vor ihr. Ihr Gesicht ist deutlich zu sehen, es nimmt die Telefonzelle weg, es macht sie so gut wie unsichtbar. Aber es könnte genausogut Katjas Gesicht sein. Als würde Katjas Gesicht plötzlich aus den Worten heraustreten. Es hat sich von ihnen abgelöst, aus ihnen herausgehoben, wie ein Blatt sich plötzlich wieder vom Schlammboden abhebt, wenn der Schlamm steinhart geworden ist.

Ein Gesicht widerruft alles. Einem Gesicht ist nicht zu trauen. Am Ende verrät das Gesicht immer die Worte.

Ich bekenne mich schuldig, sagt Lutz Schaper vor Gericht und denkt im selben Moment an die Orangen, von denen er sich in seiner Zelle in Moabit fast ausschließlich ernährte.

Ich bekenne mich schuldig, und sein Gesicht tut das Gegenteil.

Ich liebe dich, sagt Katja Siems, bevor Hans Meerkopf die Autotür von innen zuzieht. Er lehnt seine Wange gegen die verschmierte Scheibe. Vielleicht hat er in ihrem Gesicht etwas gesehen. Vielleicht hatte er etwas gesehen, aber die Autotür war schon zugefallen.

Man glaubt immer den Worten, aber am Ende verrät ein Gesicht alles. Überlegen Sie mal, warum die Staatssicherheit keine Fotos von ihren Mitarbeitern anfertigen ließ.

*

Aus Veronas Gesicht im Telefonzellenglas könnte ebensogut anderer Leute Gesicht werden.

Schapers Gesicht beispielsweise. Eine langsame Überblendung, und Veronas Gesicht wird von Schaper überdeckt, ein Gesicht wird durch ein anderes ersetzt. Alles kein Problem. Ein paar gröbere Züge, ein bißchen weniger Haar.

Schaper, der sein Gesicht in der Telefonzelle wahrscheinlich nicht beachtet hat. Er war kein Mensch für Spiegel. Er wird nur den Hörer mehrmals durch die Telefonschnur gewickelt haben, die wieder verknäult und zu kurz ist für die Entfernung zum Ohr. Schließlich reißt er den Hörer mit Gewalt zu sich heran.

Vom Pförtnerhäuschen aus könnten Sie die Zufahrtsstraße sehen. Sie zieht sich einmal durch das gesamte Gelände, sie erstreckt sich bis zur Haupthalle, wo die fertigen Lkw von der Fließlinie rollen. Vom Pförtnerhäuschen aus müßte man Schaper erkennen. Er muß eine Viertelstunde da gestanden haben. Das Glas drückte seinen hellen Pullover platt. Man müßte auch sehen können, ob er telefonierte. Vielleicht telefonierte er nicht sofort, was zu seinen Gunsten ausgelegt werden kann. Der Hörer lag mit der Ohrmuschel nach unten auf seiner Schulter. Es roch nach Schmiere und der bitteren Seife aus den Werkstoiletten.

Vielleicht verhielt es sich jedoch umgekehrt. Vielleicht hat Schaper am Ende, bevor er die Telefonzelle verließ, sein Gesicht mit dem von Verona ersetzt. Weiß man alles nicht.

Sicher ist nur, es war Ende August. Es war schwül, das Thermometer lag schon am Morgen bei achtundzwanzig Grad.

Schaper also, der die Spiralen der Telefonschnur zwischen den Fingern dehnte. Der das mehrmals tat und der sich vorstellte, wie ihm geantwortet wurde: »Wir danken Ihnen für diese Information. Und wer sind Sie?«

Zwei Gesichter liegen in kurzen Abständen nacheinander ziemlich genau an derselben Stelle im Glas, aber das Glas bleibt am Ende durchsichtig.

ganz unten

Schaper kam an diesem Tag nicht von zu Hause. Er kam auch nicht von Katja.

Er kehrte von da zurück, woher man kommt, wenn man gerade gewichst hat. Er trug einen kurzärmeligen weißen Pulli. Das Weiß hob sich vom hellgrauen Karo der kurzen Hosen dezent ab. Er mochte es, nach der Arbeit in helle Sachen zu wechseln. Es machte einen Unterschied.

Er trat auf den Vorplatz von Halle 11. In den Männerklos stank es nach Pisse und Chlor.

Schaper ging hinüber zur Zufahrtsstraße, er erreichte das Ersatzteillager, das von einem hohen Zaun umgeben war. In den Pfützen schwammen Wolken. Eine halbe Stunde nach Schichtschluß war die Zufahrtsstraße leer. Die Kumpels knallten ihre Kluft in den Spind und verschwanden im Alten Krug oder auf die Kegelbahn, die an die Schwimmhalle grenzte. Trotzdem sah Schaper sich um. Vielleicht machte ihm etwas zu schaffen. Vielleicht machte ihm etwas zu schaffen, was er noch nicht getan hatte, was er vielleicht noch nicht mal zu tun vorhatte, es trieb ihn nur voran.

Vielleicht hatte ihn auch nur der Moment in den Klos weicher gemacht als sonst.

Dabei ist Schaper nicht zimperlich. Wenn in den Pißbecken

Schaum steht, reißt er ein Stück Klopapier ab und wischt damit über den Beckenrand. Die Sprüche an den Klowänden hätte er am liebsten mit Kernseife weggeschrubbt. Aber am nächsten Tag stünden neue da, und so stellt er sich nur, möglichst ohne hinzugucken, vor das Becken. Er öffnet die Hose, und seine Sandalen ragen rechts und links unter dem Rand hervor. Dann sucht er sich einen sauberen Punkt an den Kacheln.

Er schließt die Augen nicht. Er sieht eine Frau.

Irgendeine. Das ist ihm am liebsten. Sie saugt seinen Daumen ein, sie legt ihm die Zunge an den Daumen und wölbt sie darum, das ist ihm unangenehm. Aber immer geht es dann weiter mit einer Bluse aus rotem Flechtwerk, die bis auf die Haut durchsichtig ist. Schüchtern zieht sie den Rock hoch. Darunter trägt sie Strümpfe aus dem Exquisit. Um ihre Oberschenkel ranken sich Blumen aus Spitze, die an Ösen und Bändern befestigt sind. Die Strümpfe werden von einer schwarzen Raute um ihre Hüfte gehalten.

Piekfein, wie er in jeder anderen Situation dazu gesagt hätte.

Schaper kam also nirgendwoher. Und plötzlich gelangte er zur Telefonzelle. Die Telefonzelle stand hundert Meter vom Pförtnerhäuschen entfernt, auf der rechten Seite der Straße. Jeden Morgen, wenn er zur Arbeit ging, jeden Abend kam er daran vorbei. Er war nicht zimperlich, nur sein Körper spielte verrückt. Sein Körper machte ihn lächerlich, und zwischen ihm und der Telefonzelle lag nur noch der Fußgängerüberweg. Katja war an diesem Tag nicht zur Arbeit gekommen. Er hatte für sie gelogen.

Sie hat Schnupfen, Sommergrippe, sie hat Fieber, Kopfschmerzen, sie liegt im Bett, wobei ihm da schon sein Körper dazwischenkam. Das war morgens um acht.

Vor der Telefonzelle blieb er stehen. Er zog die Tür auf, deren untere Glasscheibe fehlte.

Er war neununddreißig. Er mußte nicht mehr alles besitzen, was er brauchte. Es ging ihm nicht schlechter als anderen, es ging ihm gut. Es ging ihm sogar sehr gut, wenn man bedachte, daß er einmal im Jahr in Ungarn war, daß er es sich leisten konnte, im Balaton zu schwimmen, während andere nicht mal die Ostsee sahen. Er hatte gelernt, Leitungen zu verlegen und Zündkerzen zu wechseln, er konnte Vergaser reinigen und Schränke bauen. Von dem Geld, das er auf diese Weise schwarz verdiente, leistete er sich hin und wieder eine Frau. Manchmal gelang es ihm, länger zu bleiben. Aber meistens kam er sich schäbig vor. Er glaubte nicht, daß den Frauen das gefiel. Sie beteuerten ihm, er verletze sie nicht, seine Geradlinigkeit mache ihn sogar sympathisch, sie wüßten dann, woran sie seien. Aber im tiefsten Inneren konnte er nicht daran glauben. Er lag wach neben ihnen, sah das orangefarbene Licht der Straßenlaternen auf unterschiedlichste Tapeten fallen, und bevor sie aufwachten, zog er sich an.

Manchmal waren es die Frauen, die ihn verscheuchten. Sie hockten auf der Bettkante und fingen an, wegen einer Laufmasche, die sie in ihren Strumpfhosen entdeckt hatten, unsinnige Fragen zu stellen. Mit eingestürzten Körpern saßen sie da und rätselten, ob sie überhaupt schon zu leben begonnen hätten oder ob das Leben für sie nicht bereits vorbei sei, nicht immer schon vorbei gewesen sei, und sie nur noch anstandshalber so weitermachten und es auch diesmal wieder nicht anders sei.

Er mochte den Geruch unter ihren Achseln, auch morgens noch. Er hielt es aus, wenn sie beim Zechen breitbeinig auf den Kneipenstühlen saßen und betrunken ihre Zungen in sein Ohr stießen. Er hätte sogar für sie gekocht. Aber saßen sie morgens auf der Bettkante, konnte er ihnen nicht helfen. Er dachte über solche Dinge nicht nach. Erstens standen sie zu seinem Gefühl, und war es noch so leidenschaftlich, in keinem Verhältnis. Und selbst wenn wirklich alles vorbei war und man nur noch weitermachte, gefiel es ihm doch gut genug, um sich wenigstens damit nicht auch noch den Spaß zu verderben.

Er haßte die dämonischen Einbrüche in ihren Gesichtern, diese körperlich spürbare Verlassenheit, mit der sie sich nach solchen Fragen die Strumpfhose vom Fuß strichen, wieder zu ihm ins Bett krochen und haltlos ihre Köpfe an seinen Bauch preßten. Er wußte, daß sie ihn dann nicht mochten. Sie brauchten ihn, und das zwang ihn dazu, nicht mehr ehrlich zu sein. Aus Verlegenheit bot er ihnen Kaffee an.

Er hatte deshalb auch nie das Bedürfnis verspürt, zu heiraten oder Kinder zu haben. Denn spätestens wenn man wieder geschieden war, und das waren die meisten, mußte man darüber reden. Der Parteifunktionär hätte Fragen gestellt. Man mußte sein Leben beackern, durchleuchten, man mußte sich rechtfertigen, was eine widerliche Vorstellung war. Wenn Schaper im Alten Krug oder in den Umkleideräumen zu den Bettgeschichten der Kumpels schwieg, ging es ihm nicht darum, kein Aufschneider zu sein. Er wollte nur einfach nicht behelligt werden.

Vielleicht hätte er auch nichts zu sagen gehabt.

Es gab Momente, in denen er sich sagte, daß er irgendwann weggehen würde. Daß er nur vorübergehend hier sei und nicht wirklich dazugehörte, daß er zwar seine Arbeit machte, aber ansonsten alles nur spielte und deshalb gewappnet sei und sich nicht aufrieb wie andere. Er trug seine Nelke zum Ersten Mai, aber er hatte Stanniolpapier benutzt und die Blume von innen mit ein paar Drähten gestützt, was sie größer und roter machte als üblich. Wenn ihn deswegen ein Fotograf von der Lokalpresse ansprach, mußte er lachen, weil es ihm komisch vorkam, daß jemand ihn damit tatsächlich ernst nahm.

Aber er wußte auch, daß er nicht weggehen würde.

Abends vor dem Schlafen sah er gern fern, alte Schwarzweißfilme, in denen die Bilder lange nicht wechselten. Vielleicht hätte er gern noch ein Auto gehabt, einen Skoda oder Moskvitch, am liebsten ein ausländisches Fabrikat, und eine eigene Werkstatt, wo er die Sonntage verbringen konnte, und bestimmt trank er zuviel.

Aber seine Sehnsüchte waren insgesamt zu kurz oder zu alt, um sich auf etwas jenseits der Mauer zu richten.

*

Katja kannte er seit ungefähr acht Jahren.

Und erst jetzt, am Spätnachmittag des 27. August, den Telefonhörer über der Schulter, wurde ihm klar: Wenn er sich seit neuestem auf einer Harley oder in West-Klamotten sah, mußte Katja ihn da hineinkatapultiert haben, ohne daß es ihm rechtzeitig aufgefallen war.

Das war für jemanden, der sich nichts vormachen wollte, absurd.

Das kam für jemanden wie ihn gar nicht in Frage.

Neben dem aufgebockten Moped am Pfuhl hatte er Katjas Hände betrachtet. Sie lagen auf den Knien. Sie hatten Schmutzränder unter den Daumen. Er kannte diese Hände, er hatte sie täglich mindestens einmal vor sich. Zur Frühstückspause kam Katja herüber und stützte sich mit dem Ellbogen auf der Maschine ab. Sie sah ihm zu, wie er die letzte Bahn fuhr. Wenn er den Meißel aus den Backen löste und an seinen Platz im Werkzeugständer hängte, mußte er an ihren Händen vorbei. Wenn Katja aus irgendwelchen Gründen nicht auf der Arbeit war, konnte es passieren, daß er dann für einen kurzen Moment den Werkzeugständer nicht fand.

Am Pfuhl hatte Katja geredet, und er hatte dem Grashalm inzwischen jede Menge Knickstellen beigebracht.

»Ich lebe nicht mehr gern so.« Im Mund das Knirschen von Sand, der vom Waldweg aufgewirbelt war. Vor sich den Schilfgürtel, dahinter die gardinenlosen Fenster in den Neubaublöcken der NVA und die Simson, an der ihm vor kurzem jemand die Lenkergriffe zerschnitten hatte.

Katja war dabei, ihn langsam zu verderben.

Am 27. August nahm Schaper den Telefonhörer von der Schulter, was man vom Pförtnerhäuschen aus gesehen haben muß. Er hielt sich den Hörer ans Ohr. Er dachte:

Das sollte ihr erst mal einer nachmachen. Ihn dazu zu bringen, sich mit neununddreißig Jahren zu fühlen, als wäre er zwölf.

Und dann kam einer wie Meerkopf dazwischen.

*

Meerkopf. Der nicht mal besonders schön war. Er hatte ein blasses Gesicht mit wäßrigen blauen Augen. Seine Anzugjacken waren fliederfarben oder gelb, auf den Schultern klebten Schuppen. Wenn Schaper ihn sah, mußte er jedesmal an einen kriminellen Italiener denken, dabei waren Meerkopfs Haare blond. Er hatte eine blödsinnig in die Stirn fallende Locke und Bulldoggenaugen. Wie Verona fand.

»Platte Nase, breite Schnute, heißt wie 'n Haarwaschmittel und dann diese Augen! Aber sie wird ja wissen, was sie an dem findet.«

Schaper jedenfalls war das längst klar.

*

»Das kann einen schon das Fürchten lehren!« sagte er laut. Diesmal stand er ohne Blumen im Hausflur vor Katjas Tür. Er hatte überlegt, welche zu pflücken, Forsythie, die wild am Straßenrand wuchs.

Er klingelte an der Wohnungstür von Familie Siems und stand dann mit den Händen in den Taschen da. Katja winkte ihn eilig herein. Sie führte ihn am Kinderzimmer vorbei in die Küche und nahm zwei Flaschen Bier aus dem Kühlschrank. Sie setzten sich auf die Barhocker am Küchenfenster und tranken. Es war Ende März. Meerkopf war vor zwei Tagen abgereist.

»Wenn er sagt, er glaubt, er kann das, heißt das noch lange nicht, daß er's auch kann«, sagte Schaper. »Woher will er denn wissen, ob seine sogenannten Verbindungen ihn nicht plötzlich im Stich lassen?«

Im Neubau gegenüber gingen die Lichter an.

»Ich sag ihm, mach ein Probeexemplar. Laß es dir vorher zeigen. Und er sagt: Bin ich ein Geldscheißer oder was. Willste wissen, wieviel so eine Fälschung kostet? Die ist mehr wert als dein ganzes verdammtes Jahreseinkommen. Nein, sag ich, will ich nicht. Das einzige, was mich interessiert, und ich sage: *Das einzige*, ist, daß wir nicht schon auffliegen, bevor der Dampfer überhaupt *abgelegt* hat. Denn das kannste glauben: Wenn ich von diesem Schiff je wieder runterkommen will, dann bitte schön auf der *richtigen* Seite! Und da sagt er doch, er würde uns schon was hinbasteln. Wörtlich: was *hinbasteln*! Was für ein scheißtalentiertes Kerlchen, dein Freund. Herr feiner Pinkel. Aber woher, sag ich, willste denn wissen, ob die Leute überhaupt zuverlässig sind. Der tut ja so, als wär da drüben jede Kneipe ein Fälschungsbüro! Stempel drauf und absegnen lassen von der Regierung.«

Katja sagte nichts.

»Ich fürchte, das ist 'ne Nummer zu groß, habe ich gesagt. Aber wieso denn, sagt er, *ich* seh doch ganz unbedarft aus.« Schaper trank und wischte sich mit dem Unterarm über die Lippen. »Unbedarft! Unbedarft is nicht, sag ich ihm, und er guckt, als wär ich vom Mond. Also paß auf, sag ich, meine Nachbarin hat vergessen, die Fahne rauszuhängen, und schon war sie weg, einen anderen hat's erwischt, weil er Brötchenkrümel aus einem offenen Fenster geworfen hat, blödsinnigerweise auf den Hut von so einem Sicherheitsfritzen, so eine vorüberpatrouillierende Patrouille. Angeblich hat er's für die Vögel gemacht, also auch unbedarft, vollkommen scheißunbedarft und dazu 'n echter Rabotnik, der schuftet, daß die Schwarte kracht, und trotzdem, weg vom Fenster, also, sag ich, vergiß das mit dem unbedarft.«

»Brüll nicht so«, sagte Katja und dachte an ihre Eltern, die im Wohnzimmer saßen. Sie nahm die Bierflasche, die neben ihr auf dem Holzbrett stand, und bevor sie ansetzte, sagte sie: »Wenn's dir nicht paßt, steig doch aus.«

»Also wenn hier einer unbedarft ist«, sagte Schaper, »dann bist du das.«

Er sah zu, wie Katja trank, die Flasche an die Lippen gepreßt wie das Mundstück einer Tuba. Dann sagte sie:

»Lutz, hast du gewußt, daß ich meine Verlobungsnacht schon immer in Danzig verbringen wollte?«

»Verlobung mit wem«, sagte Schaper.

»Wenn ich sage, schon immer, woher soll ich dann wissen, mit wem.« Katja schob ihren Kopf unter die Gardine und sah auf die Straße.

Sie sah auf die Straße, obwohl da nicht viel zu sehen gewesen sein kann. Die übliche Laterne mit dem weißgeriffelten Schirm, die Fassade aus grauem Putz vom Neubaublock gegenüber, in dem die Küchenfenster erleuchtet waren. Vor dem hellen Hintergrund wurden die Gardinen durchscheinend und gaben den Blick ins Innere der Küchen frei, Spiegelbilder der Küche, in der sie saßen, dreifach, tausendfach gespiegelt, zerteilt, eine Prismaspiegelung. Es waren Küchen mit einem Gasboiler an der Wand, zwei Spülschränken mit Putzmitteln darunter, für einen Tisch gab es keinen Platz. Man aß im Wohnzimmer oder am verbreiterten Fensterbrett auf Barhockern, wenn man einfältig war. Einfältig oder mondän, jedenfalls stieß man mit den Knien dauernd gegen die Wand.

Es waren Küchen, in denen sich Schaper immer zurechtfand, auch wenn er fremd war.

»Also noch mal von vorn«, sagte er und stellte die leere

Flasche in die Spüle. Dann nahm er sie wieder heraus und stellte sie zu den anderen Flaschen auf den Fußboden neben den Mülleimer. »Wir werden da reinmarschieren, den Schalterdamen erzählen, wir fliegen in Urlaub, wir buchen die Rückflugtickets mit. Richtig? Wir fliegen für drei Tage in Urlaub mit jeweils zwanzig Kilo Gepäck. Möchte wissen, wer uns das glaubt.«

»Verlobungsurlaub«, sagte Katja und sprang vom Fenster weg auf ihn zu. »Klamotten, Hut, Klunker, Schminktöpfe, was meinst du, was da alles zusammenkommt.« Sie tippte auf die obersten Knöpfe seines Hemdes, was ihn automatisch nach ihrer Hand greifen ließ. »Laß die Motorkolben und die Kreuzschlitzschrauber einfach hier, o. k.?« Sie entzog ihm die Hand. »Ich will nur hoffen, daß er uns einen Luxusliner raussucht, mit Sektempfang und allem, und nicht so 'ne langweilige Fähre, wo es überall nach Abgasen riecht.«

Schaper sagte nichts.

Dann sagte er: »Was hast du ihm versprochen?«

»Wem?«

»Wem wohl.«

»Dieses Bier schmeckt zum Kotzen«, sagte Katja und betrachtete das Etikett. »Kein Wunder, daß alle Welt abhaut, wenn sogar das Bier scheiße ist.«

»Was du ihm versprochen hast«, sagte Schaper, der plötzlich feststellte, daß es ihm auch ohne Blumen und trotz der Vertrautheit immer gleicher Küchen nicht gelang, sich natürlich zu verhalten. Jedenfalls nicht, solange er in der Wohnung ihrer Eltern war.

»Nichts.« Katja stellte die Flasche auf den Tisch. »Er hat ein schlechtes Gewissen, weil's ihm drüben zu gut geht.«

»Du bist ja Panne.«

»Glaubst du, ich versprech ihm was, und nachher geh'n wir hops?«

»Scheißausrede«, hatte Schaper geantwortet.

Oder das war nur in der Erinnerung so. Dieser Satz konnte nur in der Erinnerung existieren, weil der Tonfall nicht seiner war, jedenfalls hätte er damals keinen beleidigten Tonfall gehabt. Er hatte sich immer um Klarheit bemüht, um klare, eindeutige Worte, um Positionen, auch um eine klare Position zu ihr, die für ihn eindeutig freundschaftlich war. Er wollte mit ihr befreundet sein, Katja war sogar die einzige, die er jemals zum Freund hatte haben wollen, sie gefiel ihm als Freund am besten, sie gefiel ihm, weil sie ihm auf diese Weise nicht abhanden kam. Auch wenn er die Klarheit wegen bestimmter Hindernisse und Umstände nicht immer hinkriegte und oft mißzuverstehen war, eins war er jedenfalls nicht. Er war nicht sehr schnell beleidigt. Also konnte ihm diese Bemerkung nur die Zeit da hineingeschmuggelt haben.

Tatsächlich hatte er gesagt: »Jetzt hör mir mal genau zu. *Ich* habe nicht vor, hopszugehen. Nicht, wenn wir uns nicht anstellen wie die letzten Idioten. Ich würde nur gern wissen, ob dein feiner Hans immer noch so unbedarft aussieht, wenn er mit zwei gefälschten Pässen quer durch unsere schöne Republik schaukelt. Würd ich echt gern wissen. Wär ich gespannt drauf wie 'n Flitzebogen. Da kommt's nämlich drauf an, wieviel dabei für ihn rausspringt. Unbedarft«, hatte Schaper gesagt und die Küche verlassen, »was für 'ne gequirlte Scheiße!«

Auf dem Flur war er mit Doreen Siems zusammengestoßen. Sie hatte ihn lächelnd angesehen, und er war sich sofort durch die Haare gefahren, dabei war es nur die Küche, in der er mit Katja gesessen hatte.

Später fiel ihm ein, daß ihre Mutter ihm vielleicht etwas hatte sagen wollen.

Vielleicht hatte Doreen Siems im einzigen Moment, in dem sie sich je begegneten, angedeutet, daß sie ihn für den Anstifter hielt und daß sie damit einverstanden war.

Was nicht das Schlechteste war, wie Schaper fand.

oben
Es war Meerkopf, der dieses Wort zuerst ins Spiel brachte. Auch er hielt Katja für unbedarft. Aber man muß fairerweise sagen, daß es vielleicht nur seinem Mangel an Vorstellungsvermögen in bezug auf Katja entsprach.

ganz unten
Meerkopf nahm den Zettel vom Laken und schob ihn ins Portemonnaie. Jedesmal, wenn er einkaufen ging und bezahlte, jedesmal, wenn er tankte, fiel ihm der Zettel wieder in die Hand.
Danke, Mister. Sie haben mir großen Spaß gemacht.
»Nenn mich nicht Mister«, sagte Meerkopf, als er Katja das nächste Mal sah. Das war Mitte Juni. Er war mit seinem Auto von der Grenze direkt zum Haupttor der IFA Automobilwerke Ludwigsfelde gefahren.

Interesse zeigen, wird Meerkopf gesagt haben, Interesse fördere das gegenseitige Vertrauen. Immer mal wieder vorstellig werden. Das könnte er bei Reitz & Söhne gesagt haben. Ein Auge drauf halten. Vor Ort sein. Die schnelle Eingreiftruppe, falls was schiefgehe. Das gebe null Produktionsausfall, null Mehraufwand, das Plansoll erfüllt, die Dankbarkeit, das kenne man ja, und seinem Chef wird langsam klargeworden sein, daß man den Einbau der neuen Vergaserkolben weiter beobachten müsse, daß man das nicht so laufen lassen könne, jedenfalls nicht in einem sozialistischen Produktionsbetrieb mit seinen ewigen Materialausfällen. Reitz & Söhne hielten Meerkopf für den geeigneten Mann. Er war bereit, die Strapazen an der Grenze und die dauernden Kontrollen durch sozialistische Sicherheitskräfte während seines Aufenthaltes widerspruchslos in Kauf zu nehmen. Man hatte nicht den Eindruck, er tue es ungern.

»Nenn mich nicht Mister«, sagte er zu Katja, »oder willst du damit irgendwas Bestimmtes sagen?«

Er hatte sie an der Bushaltestelle am Haupttor aufgegabelt und sie gefragt, wohin sie wolle, und sie hatte nicht gleich reagiert.

»Mister ist ein kolonialistischer Ausdruck«, sagte er, »und wenn es nichts Bestimmtes bedeuten soll, hätte ich es lieber, wenn du es nicht sagst.«

Er legte den dritten Gang ein, wobei sein Handrücken ihr Bein streifte.

»Und ich hätte es lieber, wenn das hier ein bißchen unauffälliger laufen würde«, sagte Katja.

In den vergangenen Monaten hatte er manchmal ihr Gesicht gesehen. Er hatte es sich nicht vorgestellt. Er hatte sich nicht hingesetzt und dann an Katja gedacht. Er hatte keinen der landläufigen Tricks verwendet, mit denen man sich eine Person leichter vorstellen kann. Er besaß keine Fotos, er hörte keine besondere Musik. Er hörte die Musik, die er immer hörte, meistens Rias. Er besaß ihren Zettel, er warf ihn nicht weg, sondern schob ihn jedesmal wieder an dieselbe Stelle im Portemonnaie. Aber man kann nicht sagen, er hätte Sehnsucht nach Katja gehabt. Er konnte ohne weiteres einschlafen, und er fühlte sich auch nicht allein. Er hatte andere Dinge im Kopf.

Sie kam ihm nur immer mal wieder dazwischen.

Auf einer Außenstelle in Rudow, ein Fahrzeug vor sich auf der Rampe, dessen Motor im Leerlauf lief, hatte er plötzlich gewußt, wie sie roch. Er hatte gewußt, wie sie schlief. Er sah ihren Kopf in der Armbeuge, die Haut am Bauch feucht vom Aneinanderliegen.

»Du sprudelst ja geradezu über vor Freude, mich zu sehen.«

»Keine Angst«, sagte Katja, »morgen werden sich alle freuen. Vom Brigadeleiter bis zum Parteifunktionär. Wenn dich das tröstet.«

»Und du?«

»Ich erst«, sagte Katja. »Daß sie dich überhaupt reingelassen haben. Daß du hier bist. Jippiee«, sagte sie ohne Betonung. »Aber ich meine, da hättest du's auch gleich an die Wandzeitung hängen können.«

Er fuhr über die Eisenbahnbrücke und aus Ludwigsfelde hinaus. Die Straße führte durch blühenden Raps nach Potsdam. Als sie in Potsdam waren, hatte Katja keine Lust auf Sanssouci, und ihm war es recht. Er fuhr weiter nach Bornim, wohin er noch nie gefahren war. Hinter Bornim begannen Obstplantagen, und Kastanienbäume säumten die Straße, und irgendwann wurden aus den Kastanien Kirschbäume. Die Kirschbäume standen dicht an dicht in einem Abstand von fünf Metern am Straßenrand.

»Mensch, die sind reif«, sagte Katja. Er sah sie im Profil. Er sah den Umriß ihrer Nase, ihre Stirn vor dem Hintergrund des Autofensters. »Roter werden die nicht. Halt mal an.«

Meerkopf fuhr über den Seitenstreifen auf die ebene Böschung und parkte in einer sandigen Bucht neben gestapelten Holzkisten, die für die Kirschernte vorgesehen waren. Er hatte das Auto gestern geputzt, er hatte in der Seitenstraße vor seinem Haus einen Parkplatz gefunden, nur zwanzig Meter von der Pumpe entfernt. Sonnabends war die Seitenstraße zugeparkt, die Männer standen vor der Pumpe um Wasser an. Aber gestern abend war er allein und konnte in Ruhe über Stoßstangen und Radkappen gehen, die der Sand jetzt wieder versaute.

»Hier?« sagte er. Aber er blieb, wo er war, er streckte seine Hand nicht nach Katja aus. Er fand, er mußte noch warten. »Hier?« sagte er noch mal. »Mitten auf dem Feld?«

»Wo denn sonst? Wenn Towarisch nicht schon alles weggefressen hat.«

»Wer?«

»Der große Bruder, die Russen!«

»Ihr Ladies«, sagte er. »Ihr habt ganz schön viel Phantasie.«

Ihre Haare waren kürzer als beim letzten Mal. Der Gedanke, sie wäre extra für ihn beim Friseur gewesen, gefiel ihm, dann küßte sie ihn. Sie küßte ihn kurz und flüchtig auf die Wange. Er wandte nicht den Kopf dabei. Er sah weiter auf die Straße, auf der ihnen ein grüner Transporter entgegenkam. »Die Russen sind schlimmer als die Stare«, sagte Katja. »Glaub's mir. 'ne Tüte hast du nicht zufällig?«

Er blieb so geradeaus gewandt sitzen.

Katja lehnte sich über den Beifahrersitz nach hinten. Unter ihren hochgerutschten Shorts war die Haut zu sehen, helle Haut an Stellen, die nicht an die Sonne kamen. Damals im Winter, als das Licht der Autoscheinwerfer über die Wohnheimzimmerwände flog, waren ihm ihre Beine marmorn und unwirklich erschienen. Aber als er jetzt daran dachte und diese Nacht in so großer Entfernung vor sich sah, kam er sich albern vor. Er beschloß, diese Frau neben sich für nichts Besonderes zu halten.

»Merkst du nicht, daß du gerade ein bißchen pauschalisierst?« sagte er und behielt seine Hände am Lenkrad. »*Die* Russen?«

»Siehst du, sag ich doch!« Der grüne Transporter bog von der Straße in einer scharfen Kurve rechts ab und fuhr mit Karacho zwischen die Bäume. »Dauert nicht lange, dann haben die hier wieder alles abgefressen.« Mit wackelndem Gestell holperte das Armeefahrzeug über die Erdfurchen. Zehn Meter weiter blieb es hinter Büschen verdeckt stehen. »Jetzt aber los.« Katja stieß die Autotür auf. »Man kann nur hoffen, daß die Offiziere sie erwischen, solange noch was drauf ist.«

»Willst du jetzt da hochklettern?«

»Glaubst du, die schmeißen was runter? Da kannste lange warten.«

»Mach ich«, sagte er. »Ich hab mein gutes Hemd an.«

»Kann man das nicht ausziehen?«

Meerkopf hatte seine Hände immer noch am Lenkrad. Er

rührte sich nicht. Er war heute morgen zeitig aufgebrochen, hatte die Musik auf volle Lautstärke gedreht, und an der letzten Tankstelle vor der Grenze hatte er eine Stiege Cola und einen Nachschub Kondome gekauft. Sie lagen im Handschuhfach. Der Grenzer hatte sie gegen das Licht gehalten.

»Du vergehst dich an Volkseigentum«, rief er.

»Kirschen sind Himmelsfrüchte! Dann ist der Himmel auch Volkseigentum.«

Sie kam zurückgelaufen. Sie lief einmal um den Kühler herum auf die Fahrerseite und öffnete seine Tür. Sie nahm seine Hand, sie hielt ihn an der Hand, während sie wieder auf einen der Kirschbäume zuging. Sie rannte fast, sie lief ungestüm mit vorgestrecktem Kopf, sie verschwendete nicht den geringsten Gedanken daran, daß er vielleicht nicht unbedingt wegen der Kirschen mit ihr hier rausgefahren sein könnte.

Seinem Chef hatte er nicht klargemacht, daß er zum Rendezvous auf sozialistische Kirschplantagen fuhr. Er hatte ihm nicht gesagt, er würde gemeinsam mit russischen Soldaten Kirschen ernten, und er hatte keine Ahnung, ob das gefährlich war. Er fragte sich, ob er, sollte ihn jemand erwischen und der Chef wußte nichts davon, dann für immer in einem sozialistischen Gefängnis verschwand. Er war überrascht, daß ihn dieser Gedanke reizte.

Katja schwang sich auf den untersten Ast. Wind hob die Kirschblätter, und ihre Zehen ragten aus flachen Kunstledersandalen, die Nägel waren unlackiert, Meerkopf schienen sie nackt. Aber sie waren zu hoch über ihm, um sie zu küssen. Nie würde er diese Energie besitzen, dachte er, die sie besaß. Er hatte strikt auf der Unterbringung in einem Arbeiterwohnheim bestanden, obwohl man ihm wiederholt ein Hotel in Potsdam angeboten hatte. Aber auch das würde nichts nützen. Die verhältnismäßige Leichtigkeit seines Lebens hatte ihn schon zu lange ärmlich gemacht, energiearm.

Katja dagegen verschwendete sich, dachte er, das war es. Sie verschwendete sich an ihn, egal, ob sie im einen Moment zutraulich war und im anderen abwesend oder ob sie störrisch auf ihrer Meinung bestand. Immer war sie alles ganz.

Es ärgerte ihn, daß ihn hier draußen zwischen den Bäumen außer russischen Soldaten niemand mit ihr sah. Dann stellte er fest, daß er sie überhaupt schon jemanden zeigen wollte, und das ärgerte ihn mehr.

»Ihr Ladies.« Auch das sagte er bereits zum zweiten Mal.

Er hängte die Handgelenktasche an eine Astgabel. Er suchte sich einen niedrigen Ast und machte einen Klimmzug und wußte dann nicht mehr, warum.

Katja riß die Kirschen mit dem Mund vom Stiel. Meerkopf sah ihren Mund, und er dachte an diesen Mund, in dem jetzt die Kirschen verschwanden, und an die kleine Grasnarbe der Böschung gleich neben dem Auto, wo der Boden weich sein mußte und die den Russen einen guten Blick bot. Er überlegte, ob er sich besser wieder ins Auto setzen und dort auf sie warten sollte.

Dann lehnte er sich mit dem Rücken an den Stamm und schloß die Augen.

»Wußtest du, daß Kirschbäume wie der Mond sind«, rief Katja, »wenn sie blühen. Wenn der Vollmond auf die Blüten scheint, kann man kaum noch unterscheiden, was jetzt was ist, dann gibt es reiche Ernte, sagen jedenfalls die.« Sie zeigte irgendwohin. »Und weißt du, was die noch sagen? Aber ich pauschalisiere zuviel.«

»Sag schon.«

»Sie behaupten, wenn Kinder während der Kirschblüte abgestillt werden, bekommen sie sehr früh weiße Haare. Ich bin im März geboren, meine Mutter hat gesagt, sie hat mich ein Jahr gestillt, ein Jahr und ein bißchen, das käme genau hin. Vielleicht bin ich schon im nächsten Jahr schlohweiß.«

»Wer weiß schon, was im nächsten Jahr ist.«

»Ganz genau«, sagte Katja. Sie ließ den Ast, an dem sie gerade gepflückt hatte, zurückschnippen. »Und wer weiß, vielleicht stehst du ja nicht auf weiße Haare.«

Er wartete. Der Wind beugte die Goldrautenköpfe am Straßenrand. Er hätte jetzt ohne Antwort hinüber zum Auto gehen können. Er hätte dort nicht lange auf sie warten müssen, und sie hätte alles, was er wollte und ohne jede Weigerung auf der Grasböschung auch mitgemacht. Er hatte genug Erfahrung, er wußte ein bißchen von dem, was man wissen mußte und was auch leicht zu lernen war. Er wußte jedenfalls, wann etwas ging und wann nicht. Am Ende waren sie hier nicht so verschieden.

Er tippte seine Handgelenktasche an. Er sah zu, wie die Tasche vor dem havelländischen Landstrich hin- und herschaukelte.

Vom Baum gegenüber sprangen die Russen. Er sah sie panisch über die Plantage in Richtung der Büsche jagen, wo ihr Auto stand. Katja hockte still über ihm im Baum.

»Hey«, sagte er, ohne zu ihr hochzusehen. Er hätte gern gewußt, warum die Russen auf einmal verschwunden waren. Außer ihnen beiden war niemand auf der Plantage zu sehen. »Ich wollte nur sagen, ich kann nicht ewig hierbleiben. O. k.? Auch wenn du meine kleine Lady bist.«

»O. k.«, sagte Katja. »Das hat ja auch keiner verlangt.«

*

Nach Schichtschluß sind die Bushaltestellen am Werk voller Leute. Sie stehen auf dem Gehweg, sie hocken auf dem Rand der Papierkörbe aus Beton. Früher waren die Haltestellenhäuschen weiß gestrichen, inzwischen ist die Farbe gelb oder grau vom Sand, den die Lkw jeden Tag auf der Teststrecke aufwerfen. Die Teststrecke verläuft am anderen Ende des Werks. Unzählige Lkw beschleunigen hier jeden Tag auf Höchstgeschwindigkeit. An die Rückseite der Haltestellenhäuschen hat man deshalb großformatige bunte Mosaike geklebt. Aber der Sand sammelt sich auch innen, er trocknet die Urinpfützen und bildet Hügel auf den zerborstenen Bänken, auf denen niemand sitzen kann. Wenn der Hausmeister aus dem Lehrlingswohnheim gegenüber ein Einsehen hat, fegt er morgens die Sandhügel weg. Aber der Wind weht immer neuen Flugsand an, der schon nachmittags wieder die Ritzen füllt und von da aus langsam die Wände hochsteigt. Unsere Dünenlandschaft, wie manche sagen, unsere persönliche Wüste.

Wer in Ludwigsfelde auf den Bus wartet, stellt sich, wenn es nicht regnet, vor die Häuschen.

Wer hier wartet, achtet nicht auf den Sand. Die meisten sehen in die Ferne, dahin, wo zwischen Schuttabladeplatz und der kaum benutzten Bahnschiene der Bus auftauchen wird.

Ein Auto mit westdeutschem Kennzeichen fällt da jedem auf.

Wenn man auf den Vier-Uhr-Bus wartet und sich von dort, wo der Bus herkommen soll, ein blauer VW nähert, sieht niemand mehr zu, wo der Sand hinweht.

Schicke Kutsche, sagt jemand.

Heißer Schlitten.

Der VW bremst vor der Bushaltestelle ab. Auf der Windschutzscheibe glast die Sonne, und für einen Augenblick ist nicht zu erkennen, ob es für den Wagen einen Fahrer gibt. Dann fährt das Auto den Bordstein hoch. Die Leute, die auf dem Gehweg stehen, spritzen zur Seite, die Radler schlingern, aus der Bahn gebracht, hinten um das Haltestellenhäuschen herum.

Katja guckt angestrengt in die Kiefern. Der Sand auf den Baumwipfeln kümmert sie nicht.

Als die Beifahrertür aufschwingt, fangen die Radfahrer aus Protest an zu klingeln.

*

Katja sieht die aufschwingende Autotür. Sie bewegt sich nicht. Sie dreht nicht den Kopf, was nicht daran liegt, daß sie keinen sinnvollen Satz parat hat. Das ist nur das, was sie am nächsten Morgen zu Verona sagt.

Verona war an jenem Tag mit dem Fahrrad unterwegs, sie hat nicht gesehen, wie Katja zu Meerkopf ins Auto stieg. Aber auf dem kurzen Weg vom Schlagbaum zur Halle 11, zehn Minuten vor sechs, hat der Buschfunk sie bereits über alles informiert.

»Also war er das gestern doch«, sagt Verona. Ihr Spind grenzt an den von Katja. »Und, wie war's?«

»Das ist vielleicht 'ne Scheiße. Wenn du nicht weißt, was du sagen sollst.«

Verona schlüpft aus der Bluse und hängt sie auf den Eisenhaken im Spind.

»Talent hat er ja«, sagt sie. »Dein HM.« Unter der Bluse trägt sie einen schwarzen Seiden-BH, der vorn zwischen den Brüsten von einer Perle in einer Schlaufe gehalten wird. »Wissen ja alle schon bestens Bescheid.«

»Wow, wo hast du den denn her«, sagt Katja, aber Verona hat schon nach ihrem T-Shirt gegriffen, das sie unter der Montur trägt, und zieht es an. »Unterm Ladentisch?«

»Kann nicht jeder einen Macker haben, der einem das hinterherwirft.«

»Jetzt mach mal halblang. Hast du gesehen, daß der mir schon mal was geschenkt hat? Dem ist das peinlich. Klar?«

»Da hast du ihn ja schon bestens durchschaut.«

»Scheiße. Ich konnte vor Schreck nicht laufen. So war's. Und dann waren wir plötzlich in Sanssouci, und ich dachte, bitte nicht, bitte jetzt nicht Sanssouci, dann hätte er von mir noch die ganzen Büsten und Raffaels erklärt haben wollen. Das interessiert die doch, wenn die hier rüberkommen, das ganze Kulturgut, wo denen nach dem Krieg so viel weggenommen wurde –«

»Uns wurde wohl nichts weggenommen«, sagt Verona. »Jetzt mach mal 'n Punkt. Nur, weil Papi damit 'n Problem hat. Ich bin ja nicht blöd«, sagt sie. »Glaubst du, die merken nicht, was mit dir los ist? Was aus der größten Stänkerin im ganzen Werk geworden ist? Und glaubst du, der schnallt nicht, warum er ausgerechnet eine so anschmiegsame, kleine liebliche Freundin hat?«

»Jeden Piep wollen die sehen«, sagt Katja in ihren Spind. »Jedenfalls solange er nicht russisch ist. Ist ja auch völlig in Ordnung, keine Frage, wenn ich nicht die Reiseleiterin spielen muß. Da fällt mir ein, ich habe dauernd was von den Russen gelabert. Von Russen auf Kirschbäumen. Der hält mich für komplett bescheuert.« Sie wartet, aber Verona antwortet nicht. »Übrigens heißt er Hans. Das kann jetzt nicht so schwer sein, sich zu merken.«

Verona stopft ihre Haare unter die Schutzkappe.

»Vielleicht steht er auf so was«, sagt sie mit dem Kopf auf der Brust. »Vielleicht fährt dein Hans ja voll auf die Russen ab.«

Er könnte auch denken, sie wäre verliebt. Diese Idee kommt Katja später, als sie die Umkleideräume verlassen haben. In Halle 11 schwimmt der Geruch nach Metall. Es wäre möglich, das zu denken, so, wie sie sich verhalten hat.

Sie weiß nicht, ob man sich drüben genauso verhält. Aber da ihr nichts anderes übrigblieb, wird sie wohl davon ausgegangen sein.

»Das nächste Mal nehmen wir uns die Apfelplantagen vor«, hatte Meerkopf auf der Rückfahrt im Auto gesagt. »Ich mag Äpfel sowieso viel lieber. Vor allem die schrumpeligen. Da sieht man, daß das alles noch ganz natürlich gewachsen ist.«

*

Wenn Sommer war, füllte sich auch die Luft mit Sand und verbreitete ihn in der ganzen Stadt. Die Luft wurde schwer und körnig, und abends stieg Siems mit sandigen Füßen ins Bett. Aber die Bettlaken hingen tagsüber zum Trocknen auf dem Wäscheplatz hinter dem Haus, wo unaufhörlich Sandstaub mit dem Wind heran und in die feuchten Stoffe trieb, und täglich wurde er dichter.

»Vorsicht«, sagte Siems und pflückte seiner Frau ein Körnchen von der Oberlippe, bevor er sie zum Abschied küßte. Das hatte wenig Sinn, da er sich vorher mit der Hand durch die Haare gefahren war und winzige Partikel sich von der Kopfhaut gelöst und unter die Nägel geschoben hatten.

Es gab den leichten Flugsand, der besonders schwerelos war, den böigen, nassen Sand, der mit dem Regen auf den Asphalt klatschte, es gab den Sand, der mit Steinen und abgebrochenen Spänen, Radstückchen und Resten von Plastespielzeugen vermischt in den Betonquadern der Spielplätze lag, und solchen, der in ziselierten, fremdartigen Formen wie Eiskristalle an den Fenstern saß. Im Wald war der Sand mit Kiefernnadeln versetzt.

Auf den Fußballplätzen war er dunkel, fast schwarz, dort wurden regelmäßig Schubkarren voller Erde aufgeschüttet. Am Fenster im Lehrerzimmer konnte Siems beobachten, wie der Hausmeister die Erde auf dem Fußballplatz verteilte, um den Sand härter zu machen, damit die Schüler nicht knöcheltief versanken und die F1, die aussahen wie Handgranaten, nicht nach jedem Weitwurf unauffindbar blieben. Wenn die Kollegen im Unterricht waren und niemand ein Klassenbuch suchte oder einen Stift, stand Siems am liebsten hier. Das Lehrerzimmer war kühl. Es roch nach Kaffee. Er stellte sich die Stadt wie eine große Mühle vor, zwei Mühlsteine aus Beton, die Tag und Nacht in Betrieb waren. Die Mühle war flexibel. Man konnte sie mit allem füttern. Aber egal, was man nahm, zermalmt und zerrieben ergab es wieder Sand.

Sobald Bernd Siems an diesem Fenster stand, hatte er den Eindruck, sehr genau zu wissen, warum er Lehrer war. Es ging nicht um Rechenhilfen, die er gab, nicht um Ergebnisse von Textaufgaben und das Entschlüsseln der Formeln mit zwei oder drei Unbekannten. Für Bernd Siems ging es im Unterricht darum, für eine Weile aus diesem Sand herauszukommen, wenigstens mit dem Kopf.

Der Sand, den er mit allem möglichen verglich. Den er manchmal beroch, obwohl er wußte, daß er keinen eigenen Geruch besaß. Auf dem Nachhauseweg, wenn er hinter der Autobahnbrücke durch den schmalen Waldstreifen auf die andere Seite der Stadt fuhr, hielt er an und klappte den Seitenständer am Fahrrad aus. Er nahm zwei volle Hände aus einer Düne am Wegrand und roch daran. Er fand es albern, auch wenn ihn niemand sah, er versuchte, auf seinem Fahrrad an etwas anderes zu denken. Aber es war ein Reflex, den er absolut nicht unterdrücken konnte, und er stieg jedesmal wieder ab. Und jedesmal roch der Sand nur nach dem, was in seiner Umgebung lag.

Der Sand. Den er am liebsten zum obligatorischen Lehrplanstoff erklärt hätte.

»Ich glaube, Sie sind der einzige mit diesem Problem, und ich muß doch annehmen, Sie sind nicht ganz bei Trost«, hatte der Direktor gesagt, als Siems den Vorschlag machte, statt des Agitators die Funktion eines Kehrmeisters oder einer Kehrmeisterin in die Pionierorganisation einzuführen, das doch wenigstens mal zu bedenken. »Wir haben hier einen Fünfjahresplan zu erfüllen, und da kommen Sie mit Ihren Kinkerlitzchen.«

Aber im Laufe des Sommers sammelte sich in der Luft immer mehr Sand. Es trieb ihn auf vom Rand der Kiesgruben und unter den losen Wurzeln der Kiefern, die die Stadt umgaben. Er setzte sich in die Kugellager der Autos und auf die schmalen Gummis der Scheibenwischer, er ließ die Zahnkränze der Fahrräder knacken und die Balkonpflanzen staubig aussehen, und er fiel auf die Baracken vom Rat der Stadt. Er drang in die Büros, in die Besprechungen beim Bürgermeister ein und vermischte sich mit dem alten, abgelagerten, schweißdurchtränkten Sand, der hier lag, seit der Rat der Stadt Ludwigsfelde eine SS-Baracke gewesen war. Er war mit den Gefangenenlisten verstaubt, er hatte an den Stiefeln der Bewacher gehangen auf ihrem Weg in die Zwangsarbeiterlager und wieder zurück in die Stadt. Er war in die Holzfußböden gekrochen, und immer mal wieder stieg eine fast unsichtbare Wolke auf.

Nur die Fassade war inzwischen neu gestrichen mit einem sandabweisenden Hochglanzlack.

Manchmal wehte der Sand auch unter die Abdeckung der Kuchen, die Doreen Siems zum Abkühlen auf den Balkon in den Schatten stellte. Er blieb auf den Kuchenstreuseln kleben. Bei jedem Biß schoben sich kleine Körner zwischen die Zähne und knirschten, und nachts wurden sie von den Verdauungssäften zersetzt, bis sie schließlich, zu etwas noch Kleinerem als Sand verarbeitet, durch die schlafenden Körper wirbelten, die mit der Zeit auch im Wachzustand träge wurden. Das Blut schwemmte immer neue Sandteilchen an, die zu flächigen Dünen wuchsen und den Blutkreislauf von Tag zu Tag verlangsamten.

Morgens wurde ein Teil davon auf üblichem Weg ausgeschieden, wodurch der Sand auch in die Kanalisation und später in die Filteranlagen gespült wurde, die mit ihren Chemikalien nichts gegen ihn ausrichten konnten. Bevor der Sommer um war, war er bereits ins Trinkwasser gelangt.

Um diese Zeit begannen die Leute in Ludwigsfelde dann von Sachsen zu reden, wo statt des Sandes der Ruß aus den Schornsteinen in der Sonne trieb. Der Ruß war eine fatalere Angelegenheit, der beim Essen zwar nicht knirschte, von dem man aber Bronchitis und schwarze Lippen bekam.

Man könnte sagen, der Sand war das, was alle in Ludwigsfelde unfreiwillig miteinander verband.

Aber nur Bernd Siems machte das angst. Jedenfalls ist es von niemand anderem bekannt.

Man könnte auch sagen, der Sand war nie wirklich ein Thema.

*

Er hatte ja auch sein Gutes. Es gab einen Sommer, in dem Katja und Verona zum Zelten an die Ostsee getrampt waren. Am Strand hatten sie sich gegenseitig eingebuddelt. Über ihnen standen die Sterne. Sie hatten sich den Ostseesand über ihre Körper geschaufelt, sie hatten ihn kühl in die Achselhöhlen rieseln gespürt und am Bauch und ringsum festgeklopft. Es war Nacht, und der Strand war bleich. Still lagen sie nebeneinander.

Sie hörten das Meer, das mit der Abenddämmerung flau geworden war, und vor allem hörten sie den Sand, der immer wieder in den Bauchnabel, zwischen die Finger und ins Salznäpfchen am Hals nachrutschte und die Ausbuchtungen ihrer Körper so übertrieb, daß er sie schließlich einander gleich machte. Später hatte sich Verona zu Katja gedreht, um sie anzusehen. Katja lag da mit geschlossenen Augen, und Verona stellte fest, daß Katjas Schönheit erst mit dem Angucken entstand, im bleichen Licht und unter Sternen, die das Meer immer wieder überspülte.

Der Sand war es auch, der den Abschied erleichtert hat.

»Ich hab sie einfach gekauft, ich hab gar nicht darüber nachgedacht, ob sie paßt oder nicht, das ist doch idiotisch.«

Verona trug eine neue Jeans. Sie standen auf dem Pausenplatz vor Halle 11. Die Hosen wurden an den Knien breiter, sie verdeckten die Schuhe. Aber das war für Menschen hinter den Fenstern ringsum so wenig erkennbar wie Katjas oder Veronas Gesicht. Die Luft war zu trüb.

Sie werden über einen Flirt geredet haben, über einen Mann letzte Nacht in der Disko. Über das Wetter. Über Veronas überteuerte Jeans. In Halle 11 rollte die Schicht. Aus einem der Bürofenster wehte eine Gardine.

»Findest du nicht, daß sie zu eng ist, ich meine, man sieht doch alles. Vorn, guck mal, die Falten und so. Aber es war die letzte, die einzige, die sie noch hatten. Ich stand so weit hinten, ich war zu spät dran, aber dafür ist sie echt. Nicht so 'n Wisent-Lappen. Und ich meine, da denkt man doch nicht nach, oder. Also, wenn man nicht gerade vorhat, du weißt schon –«, das war nur geflüstert. »Aber findest du nicht, die sitzt völlig blöde?«

Sie umarmten sich nicht. Es hätte sich merkwürdig angefühlt. Sie hatten sich nie umarmt, also umarmten sie sich auch jetzt nicht.

Katja hob nur die Hand. Sie lächelte und sagte: »Sie sitzt wie angegossen. Du siehst toll aus. Wirklich. Du siehst absolut toll darin aus.« Dann drehte sie sich um, fixierte das Pförtnerhäuschen als klares, zu bewältigendes Ziel und ging los. Als sie noch einmal zu Verona zurücksah, konnte sie ihr Gesicht im Gegenlicht der Schweißanlagen schon nicht mehr erkennen. Sie sah nur den dunklen Umriß ihres Kopfes, der an einer Seite von der blitzenden Haarspange unterbrochen wurde.

Hätte sie Veronas Gesicht sehen können, wäre sie vielleicht noch einmal umgekehrt. In Veronas Gesicht war keine Entschuldigung, keine Reue. Da war nur eine Bitte. Es war der einzige Moment, in dem Verona in der Lage war, sie zu äußern: Geh nicht.

Katja winkte, im Kopf schon die Abflugzeit nach Gdansk, die Ankunftszeit Meerkopfs, eine Zugnummer und den Namen Ines. Auch das Winken hatte sie im Kopf, das abgestimmt sein mußte auf die Blicke aus Bürofenstern, vor allem aus einem Bürofenster im zweiten Stock, das direkt auf den

Vorplatz zeigte. Katja winkte, wie man sich zum Wochenende verabschiedet. Kurz und nebensächlich fuhr sie dreimal mit der Hand durch die Luft. Hätte jemand genau hingesehen, hätte er sofort den Nachdruck in dieser Beiläufigkeit entdeckt. Aber der Parteisekretär bereitete eine Rede zum Geburtstag der Republik vor. Er hatte keine Zeit, am Fenster zu stehen, und so sah niemand genau hin.

Niemand außer Verona.

Verona sah die Deutlichkeit, die absolute Übertreibung, die in Katjas harmlosem Winken lag, in diesem Wegwischen der Luft. Sie sah Katja mit ihren Make-Love-Not-War-Stikkern am Nicki, ihre Gestalt neben den hohen Masten des Schlagbaums. Sie war nervös und ein bißchen zu fröhlich, ihr rechter Fuß schlug beim Laufen dauernd gegen die linke Wade.

Es sah schief aus, wie sie vorwärts lief und dabei rückwärts winkte.

Verona sah hinter Katja her und wußte, dieses Winken würde nicht mehr aufhören, es würde zum Horizont werden, und wohin sie auch ginge, jeder Schritt führte von jetzt an immer am Rand dieses Winkens entlang.

oben

Ein Bild, das bleibt. Wie Schaper mit dem Telefonhörer. Es hängt in den Gittern. Sie kriegen das nicht mehr raus.

Jedesmal, wenn Sie jetzt die Etage wechseln, kommen Sie daran vorbei. Die erste grobe Begrenzung der Möglichkeiten, die wir hatten. Ganz unten werden Sie Schaper immer in der Telefonzelle sehen, den schwarzen Hörer am Ohr. Verona dagegen tritt wieder in den Schatten zurück. Sie wendet sich ab.

Er aber steht da. Dabei hat ihn niemand wirklich gesehen. Was für Schaper allerdings typisch ist; er beginnt immer erst dann zu denken, wenn es zu spät ist.

Hinterher kann alles reklamiert werden. Man kann es bestreiten oder ignorieren, manipulieren und schwärzen. Der 27. August ist da keine Ausnahme. Es kursieren jede Menge unterschiedlicher Varianten. Ich sage Ihnen meine. Damit Sie eine Vergleichsmöglichkeit haben. Ob Sie mir glauben oder nicht.

ganz unten

Es ist ein heißer Tag, und Schaper muß noch packen. Er setzt den Helm auf und zieht die Fliegerbrille über, die er bei einer Wohnungsauflösung ergattert hat. Während er das Moped antritt, denkt er an Arkadi Gaidar und das Heimwerkerhandbuch, seine Lieblingsbücher, er wird sie mitnehmen.

Mal angenommen, Meerkopf ist jetzt schon kein Thema mehr. Meerkopf ist ausgebootet.

Schluß mit lustig.

Ende der Fahnenstange.

Schaper tritt das Moped an und biegt in die Potsdamer Straße ein. Die Ampel springt auf Grün, und er zieht im Zweiten auf vierzig hoch. Er fährt noch einmal zum Pfuhl. Er fährt über die Friedrich-Engels-Straße, am Zaun der Kinderkombination entlang, an den Spielplätzen vorbei, auf denen jetzt alles ruhig ist und der Sand im letzten Licht schimmert. Er fährt an der Auffahrt zu den Garagen vorbei bis zum Wald. Am Waldrand schaltet er runter und gibt Gas, bis der Sand hinter ihm aufschlägt und hochweht und er im Rückspiegel nichts mehr sieht. Noch einmal drehen die Räder durch, als er die Kurve zum Pechpfuhl nimmt, die Simson legt sich weit auf die Seite.

Noch einmal steht Schaper im ausgedörrten Schlamm am Ufer. Den Telefonhörer hat er zurück auf die Gabel gehängt. Das ist das, wie man heute sagt.

Mehr ist nicht.

Ihm gegenüber sitzt Verona. Auf der anderen Seite des Pfuhls. Sie sitzt auf der Bank, an der Katja regelmäßig nach dem Laufen Liegestütze macht. Zwei Querbalken sind rausgebrochen. Es ist neun oder zehn Uhr abends, es ist fast dunkel. Verona hat die Beine angezogen und das Kinn auf die Knie gelegt. Sie trägt kurze Hosen. Es ist nicht dunkel genug, um sie an die Nacht zu verlieren, und Schaper holt sie mit zusammengekniffenen Augen scharf zu sich heran.

Im Schilf schwirren Mücken.

Hinter ihm treten Jugendliche ihre Mopeds an. Die Scheinwerfer legen eine Bahn zwischen die Bäume, aber Verona sieht nicht auf. Sie sitzt schmal im verschwimmenden Grau der Nacht. Verona, das Rumpelstilzchen.

Was die Dunkelheit angeht, sind er und Verona auf gleicher Höhe.

Er schläft dann bis zum Morgen nicht. Er sieht sich die Muster der Tapete an. Auf einem Schrank ticken zwei Wecker. Sie ticken, aber er braucht sie nicht, er ist wach. Er hat die Simson unter dem Balkon im Erdgeschoß abgestellt, jemand wird sie später entdecken und der Polizei Meldung machen oder, was wahrscheinlicher ist, nachts mit einer Taschenlampe zurückkehren und die Teile dann auf dem Schwarzmarkt verhökern.

Schaper geht seine Gepäckstücke noch einmal durch, ein Koffer, ein kleiner Rucksack, ein Beutel aus blauem Stoff, zuviel für ein Wochenende. Geschenke für polnische Freunde, würde er sagen, mir passen die Hosen nicht mehr, aber warum sie wegschmeißen. Die sind noch tadellos, würde er sagen, so gut wie neu. Das ist vielleicht schon alles, worüber er sich Gedanken macht.

Beim Einchecken auf dem Flughafen von Gdansk ist er ruhig, auch später, als alles keine Frage der Ruhe, sondern eher eine des Durchhaltens, des Abschaltens und Loslegens geworden ist.

oben

Schaper zitterte nicht, als er der Stewardeß die Pistole an die Schläfe setzte.

Die Bundesregierung zögerte nicht, den Fall nach Bekanntwerden der näheren Umstände an die Amerikaner abzuschieben.

Auch Schapers Stimme zitterte nicht.

Er war kein Held. Er blieb nur ruhig, als er die Pistole ansetzte.

Auch dafür findet sich, aus der Rückschau betrachtet, wahrscheinlich ein Grund.

»Denken Sie, was Sie wollen«, sagte er zur Staatsanwältin, als die sich erneut in seine Richtung drehte. »Denken Sie, was Sie wollen, aber glauben Sie nicht, Sie hätten recht. Wie wollen Sie das denn beurteilen.«

Im Ohr hörte er die Stimme eines Kindes. WZBW. Was zu beweisen war. Aber es gab keine Beweise. Nur eine Pistole, Typ Mondial. Sie lag während der Verhandlung auf einem Beistelltisch und wurde als Court's Exhibit No. 3 bezeichnet. Die Pistole sprach gegen ihn. Die Pistole war für die Staatsanwältin ein ausreichender Grund, für die Höchststrafe zu plädieren. Sie tat das mehrere Minuten lang, mit einer Hand in der Hosentasche. Nur der kleine Finger hing heraus.

Hans Meerkopf wäre der einzige gewesen, der das Urteil hätte mildern können. Aber die Staatsanwältin hatte von der Figur des Hans Meerkopf noch immer nichts gehört.

Wie Sie wissen, lag das an Verona.

Auch für alles, was Verona tat, gibt es Gründe.

ganz unten

Es war nach Katjas vierundzwanzigstem Geburtstag, und Meerkopf trug eine Art Reitstiefel. Die Stiefelspitzen waren mit Aluminium beschlagen. Sie machten zu dritt einen Ausflug in den Wald, Meerkopf fuhr. Es war zwischen Michendorf und Beelitz, als er seinen Kopf gegen die Kopfstütze warf, die Arme mit den Händen am Lenkrad durchdrückte und sagte: »Unsere kleine Anstandslady.« Dabei sah er in den Rückspiegel zu Verona, die hinten saß. Verona sagte nichts.

»Laß sie in Ruhe«, sagte Katja. »Oder weißt du etwa, wo's langgeht?«

Der See, an dem sie hielten, war dreimal so groß wie der Pechpfuhl. Als es dunkel wurde, zerliefen die Ufer in das Halblicht des Waldes hinein. Sie hatten eine Decke auf dem trockenen Waldboden ausgebreitet, und Verona saß im Schneidersitz auf der Decke und betrachtete Meerkopfs Beine. Er stand in Badehosen vor ihr, die sehr knapp geschnitten waren. Die Hose preßte seine Hinterbacken aneinander, und die Beine leuchteten im Dunkeln wie Rauhfasertapete. Sie hätte diese Beine nie angefaßt.

Draußen auf dem Wasser war Katjas Umriß zu erkennen, ein Schatten, der aussah wie eine Vertiefung im gelb schimmernden See. Meerkopf ging zum Wasser hinunter, und Verona konnte das Klatschen hören, als sein Körper die Wasseroberfläche traf, und dann das schnelle Schlagen, mit dem er auf- und wieder abtauchte.

Die Luft stand schwarz unter einem fast mondlosen Himmel. Und plötzlich war nur noch der Kopf von Hans Meerkopf auf dem See zu erkennen. Verona hörte ihn lachen und auf das Wasser klatschen und stellte sich vor, wie er beide Arme um Katjas Schenkel zwang und sie wieder und wieder untertauchte, bis ihr das Wasser aus Nase und Ohren kam. Verona erinnerte sich an den Geschmack im Hals, der entstand, wenn das Wasser durch den Rachen in die Nase lief, und der besonders lange anhielt, wenn es mit Chlor versetzt war. Sie erinnerte sich an den Sportlehrer, der beim Schulschwimmen mit einer langen Stange am Beckenrand neben den Anfängern hergegangen war. Wer ihm zu langsam vorankam, wurde mit der Stange untergestukt.

Dann kam Katja das Ufer hochgerannt, nackt und hustend, und riß Verona das Handtuch von der Schulter.

»Jetzt hab dich doch nicht so«, rief Meerkopf in der Mitte des Sees. Seine Stimme klang wie die Farbe des Wassers.

»Ich glaube, ich habe den ganzen See ausgetrunken«, sagte Katja. Ein Reitstiefel war umgekippt.

*

»Hast du gehört?« rief sie, als Meerkopf in Ufernähe war.
»Ich habe verdammt viel Wasser geschluckt.«

Meerkopf stieg vorsichtig wegen der Wurzeln an Land. An der Decke blieb er stehen, beugte sich vor und schüttelte seine Haare über Katjas Bauch aus. »Ach komm, tu nicht so. Ihr könnt doch viel mehr verkraften als die Ladies bei uns drüben!«

Katja griff nach seinen Reitstiefeln und zog sie sich über die nackten Füße. »Ach ja?« Das Wasser rann ihre Schenkel hinunter in den Stiefelschaft.

»Klar. Eine von euren besten Eigenschaften.«

»Wasserschlucken?«

»Ihr seid nicht so kompliziert. Nichts von wegen Nähe, Distanz, falls du überhaupt weißt, was ich meine. Ihr macht euch eben keine Platte. Nicht dieses Gewäsch von wegen Unterdrückung, männerfreie Räume und so weiter und so weiter.«

»Ich habe gehört, drüben soll's ein paar schicke Jobs geben«, sagte Katja.

»Und nicht mal die Spur eines Selbständigkeitsproblems«, sagte Meerkopf. »Dafür habt ihr mehr den Durchblick.«

»Findest du, wir haben den Durchblick?« sagte Katja zu Verona, die darauf nicht antwortete.

»Komm her«, sagte Meerkopf. »Küß mich.«

»Findest du das«, sagte Katja, »daß wir hier mehr den

Durchblick haben? Ich wüßte zwar nicht, wie ein Durchblick mehr als ein anderer sein kann, aber schön, wenn einer meint, daß wir ihn haben. Auch wenn man sich dafür nichts kaufen kann.«

»Bei dir verlernt man noch, wie das geht mit dem Küssen«, sagte Meerkopf.

»Oder ist bei euch so ein Durchblick was wert?«

»Jetzt wird sie doch kompliziert«, sagte Meerkopf zu Verona.

»Ich meine ja nur. Ich will ja nur wissen, was man sich dafür kaufen kann. Vielleicht ist ein Durchblick richtig was wert, und man hätte am Ende doch Chancen, wenn man zum Beispiel arbeitslos ist. Das hätte ich schon mal gern gewußt.«

»Könntest du deiner Freundin ausrichten, daß ich sie jetzt gern küssen würde«, sagte Meerkopf zu Verona.

»Ich will dich aber jetzt nicht küssen, Hans. Ich finde, wir gehen zuerst mal das Problem der Arbeitslosigkeit an.«

»Da unten ist der See«, sagte Meerkopf. »Es ist dunkel, wir sind eine Frau und ein Mann, und von unserer Begleitung mal abgesehen, spricht das alles nicht gegen ein bißchen Romantik.«

»Lenk nicht ab.«

»Das war aber die Idee.«

»Nein. Du lenkst ab, weil du genau weißt, daß ihr alle arbeitslos seid. Und wenn nicht, seid ihr jedenfalls im Begriff, es zu werden.«

»Sag mal, Baby, wovon redest du eigentlich? Hast du Wasser in die Birne gekriegt oder wie?«

»Ihr armen Schweine«, sagte Katja. »Ihr werdet alle ausgebeutet.« Es war zu dunkel, um ihre Augen zu sehen.

»Ich fass' es nicht«, sagte Meerkopf.

»Sie saugen euch aus bis auf die Knochen. Und dann schmeißen sie euch weg, und jetzt seht zu, wo ihr bleibt.«

»Ich fass' es nicht.«

»Macht nichts. Ich hab's zuerst auch nicht gefaßt. Aber so ist es nun mal. Man kann euch eigentlich nur bedauern.«

»Und das glaubst du.«

»Es hat mir bisher noch keiner das Gegenteil bewiesen.«

Statt zu antworten, nahm Meerkopf Katjas Knie zwischen seine Schenkel, hielt mit beiden Händen ihren Kopf fest und küßte sie.

»Und? Würdest du behaupten, daß ein bedauernswerter Mensch auch bedauernswert küßt?« sagte er. Katja schloß die Augen, legte den Kopf zurück und schmeckte.

»Nein«, sagte sie dann. »Aber da mir noch niemand das Gegenteil bewiesen hat, glaube ich eben, daß du eine Ausnahme bist, eine Ausnahme mit allerdings einem Riesenjob.«

Meerkopf lachte.

»Einer wie du hat einen Riesenjob. Ich verstehe nur nicht, warum du da so ein Geheimnis drum machst.«

»Ich war mir noch nicht sicher.«

»Ob es ein Riesenjob ist?«

»Ob es das ist, worauf du scharf bist. Ich wußte auch nicht, daß du so neugierig bist«, sagte Meerkopf.

»Aber kleine Ladies sind schrecklich neugierig!« machte sie.

Meerkopf hockte sich auf seine Fersen. Aber auch wenn er jetzt ihre Augen sah, konnte er das, was er sah, nicht erkennen. »Verstehe.« Er griff nach der Zigarettenschachtel, die neben ihr auf der Decke lag, und klemmte sie unter den Gummi seiner Badehose.

»Du verstehst das gar nicht«, sagte Katja immer noch hoch und dünn und versagend. »Nix, absolut null, aber deine kleine Lady versteht dich, und jetzt sei lieb und zünde ihr eine Zigarette an, ja.«

»Du brauchst wegen mir hier keine Show abzuziehen.« Er schob ihr die Hand zwischen die Schenkel. »Schließlich weißt du, was mir an euch viel besser gefällt.«

»Noch so eine nationale Gemeinsamkeit?«

»Pragmatismus«, sagte er. »Genau. Das hab ich an euch –«, er zögerte, sah an ihrem Körper hinunter, der kaum vom Handtuch bedeckt war, »– *Ladies* am liebsten.«

Verona hatte sich das eine ganze Weile angehört. Sie hatte mit ihrem Feuerzeug gespielt und gehört, wie Katjas Stimme an den Satzenden hochschnellte. Dann hatte sie so neutral wie möglich und ziemlich langsam gesagt: »Ich glaube nicht, daß es das geeignete Land ist, um sich einen Job zu suchen.«

Sie sah direkt in Meerkopfs Gesicht und bemerkte ein einzelnes Haar, das aus einem Leberfleck rechts auf der Wange wuchs, als das Feuerzeug anging und sie sich am Rädchen den Daumen verbrannte. Aber das war in diesem Moment nicht der Rede wert gewesen.

»Stimmt«, hatte Meerkopf nach kurzem Zögern geantwortet. »Aber mal ehrlich, ihr habt in eurem Leben sowieso schon zuviel gearbeitet. Findest du nicht?«

»Ich habe nur gesagt, arbeiten kann sie auch hier.«

»Wenn ich daran denke, wird mir ganz schlecht«, sagte Katja zu Verona und wippte mit den Zeigefingern auf den Stiefelspitzen.

»Deswegen oder weil du zuviel Wasser geschluckt hast«, sagte Verona.

Diese Szene war es, die sie im Kopf hatte, als sie kurz vor Schichtschluß eine Nummer wählte. Die Nummer stand auf einem Zettel, an dessen Rand Brauseflecken klebten.

oben

So könnte es jedenfalls gewesen sein.

Man muß sich bemühen, die Dinge richtig zu sehen. Auch wenn man nichts Richtiges hat. Was ich habe, sind Seifenblasen und Luftschlösser.

Im Wüstensand wabernde Seen.

Man kann sich bemühen. Um die richtige Reihenfolge. Um

Gerechtigkeit. Um ausreichend Distanz und die Draufsicht. In Ludwigsfelde würden sie von Ernüchterung sprechen. Kühle, sagen sie. Diese Arroganz. Sich jahrein, jahraus nicht blicken zu lassen und dann Fragen zu stellen, als schwebe man über den Dingen. Als kenne man sich noch aus. Sie glauben, ihnen würden Vorhaltungen gemacht, wenn sie schweigend am Geländer stehen. Stehen da und wissen nicht, wohin, und wedeln mit der Hand vorm Gesicht wie nach lästigen Fliegen. Aber wie wollen Sie etwas zum Verschwinden bringen, was nicht da ist. In Ludwigsfelde bin ich Luft.

Ich tue keinem was an. Ich erzähle nur, um ruhig zu werden. Ich behaupte nicht, daß es so gewesen ist. Ich behaupte nichts, und ich kenne niemanden. Ich entrümple. Ich schaffe Distanz. Eine, die groß genug werden muß, um am Ende alles zu schlucken. Jede Regung, jede Lüge, alles, was gewöhnlich klein und engstirnig macht.

Altstoffe, wenn Sie so wollen.

Aber immer gibt es noch irgendwo ein Gefühl, und dann ab in den Schacht, wie Lutz Schaper sagen würde.

Denn denkt man nur lange genug über ein und dieselbe Sache nach, haut es jeden guten Vorsatz um.

ganz unten

Meerkopf lebte nicht nach Vorsätzen. Nur die Badehose behielt er an.

Es war eine neue Badehose, sie war orange und braun gestreift.

Er lebte nicht nach Vorsätzen, aber im Laufe des Lebens hatte er gelernt, keinen Fehler zweimal zu machen.

Für den Ausflug an den See zwischen Michendorf und Beelitz hatte er sich eine Badehose gekauft. Es war ein heißer Tag gewesen. In der Montagehalle hing der Schweiß wie ein saurer Vorhang in der Luft. Die Männer verschwanden bis zu den Schultern in den Unterböden der Lastwagen, die Nässe klebte in ihrer Montur. Wenn sie in den Pausen die Jacken öffneten, stieg der Schweiß ohne zu verdunsten auf, trieb aus der Halle über den Platz und hinein in die Stadt, wo er sich mit dem Sand zu einem grauen Film vermengte und die Straßenlampen und die Schaufenster vom Kaufhaus überzog.

Das Kaufhaus stand seit den dreißiger Jahren gegenüber vom Rat der Stadt. Freitags drängten sich hier die Menschen, wobei man sie von draußen nur bis zur Hüfte sah. Die oberen Hälften der Fenster waren blind, sie wurden selten geputzt.

Die Menschen schoben sich über ausgebeulte Stufen hinauf in den dritten Stock, wo es, wenn man Glück hatte, die Bückware gab. Auf dem Plateau versperrten Matratzen, Bettgestelle und Kerzenständer den Weg. Ein schief aufgeklappter Gartenstuhl stand hier schon seit letztem Winter. Niemand wollte ihn haben. An gewöhnlichen Wochentagen war das Kaufhaus still trotz der Radiogeräte, die zu Vorführungszwecken immer eingeschaltet waren.

Dahin fuhr Meerkopf, um die Badehose zu kaufen. Er fand sie im zweiten Stock. Sie war das einzige Exemplar in seiner Größe, und sie war nicht sexy.

Abends war das Seewasser lau. Es hatte die Hitze des Tages gespeichert und kühlte langsamer ab als die Luft.

Meerkopf zog sich aus, nur die Badehose behielt er an. Er hechtete mit Anlauf in die Dunkelheit. Zwischen den Baumstämmen wird Katjas Körper zu sehen gewesen sein, als sie zum Ufer herunterkam, schimmernd, sie war nackt. Verona hatte sich nicht ausgezogen. Wahrscheinlich hatte sie auch ihre Schuhe noch an.

Anstandslady. Meerkopf hatte sich bemüht, freundlich zu sein. Er fand sie vielleicht sogar schön. Sie trug die Haare schulterlang, sie hatte helle, aufmerksame Augen. Aber sie wird ihm zu schweigsam gewesen sein. Man hätte sie für schüchtern halten können, was Meerkopf allerdings nicht glaubte. Vielleicht ging ihm das Schweigen auf die Nerven.

Vielleicht hatte ihn die Art, wie sie ihn ansah, nervös gemacht. Wenn Verona doch mit ihm sprach, klang es immer ein bißchen zu forsch, wodurch sie einen verkrampften Zug bekam, versteckte Arroganz, wie Meerkopf fand, sie redete nicht mit jedem.

»Du hast ein Auto, kapiert. Warum soll sie da nicht mitkommen.«

Katja war hinter ihm her zum Wasser gelaufen, hatte wie er einen Köpper gemacht und war dicht vor ihm wieder aufgetaucht.

»Jetzt warte doch mal!«

»Weiter«, sagte er, »wir sind noch zu nah am Ufer.«

»Glaubst du, sie haben Wanzen an die Kiefern gehängt.«

»Wanzen oder neugierige Freundinnen.« Er warf sich auf den Rücken und trieb sich mit kurzen Schlägen von ihr weg.

Vielleicht wußte er, daß Verona ganz in Ordnung war. Vielleicht hatte es mit ihr nichts zu tun. Er hatte nur etwas loswerden wollen. Vielleicht wollte er Katja etwas erzählen in der spiegelnden Dunkelheit des Sees, hier am Wasser, wo man nur die Konturen der Gesichter sah. Vielleicht war Katja dafür die richtige Person. Oder es war nur die Situation, in der sie zufällig vorhanden war, in die aber niemand sonst paßte, keine jedenfalls, die nicht wenigstens ihre Schuhe auszog, bevor sie sich auf die Decke setzte. Arroganz hin oder her. Vielleicht wollte er Katja etwas sagen in diesem Moment, in dem es nur sie gab und ihn, senkrecht im Wasser, das körperabwärts kühler wurde, seine Füße am kältesten Punkt, mit dem Geruch nach Schlick und in der Ferne das Rollen der Autobahn, das trocken und wie ein falsches Sommergewitter klang. Oder wie die Laternen auf dem Deich, dachte er, früher, die eisernen Laternengestelle, die in stürmischen Nächten gegen die Hauswand geschlagen hatten.

Als Junge war er auf Deichen groß geworden, in einem Gutshaus nicht weit entfernt vom Meer, und solange er sich erinnern konnte, hatte es gestürmt. Alles, was er erinnerte, begann mit einem Sturm, war von den Geräuschen des Sturms umzingelt oder begrenzt, was ein Unterschied war, und hatte meist mit dem Nachlassen des Sturms geendet.

Auf Stürme konnte er sich verlassen. Setzten sie ein, war alles, was geschah, auf das Wesentliche konzentriert, auf die kleine, unbewegte Zelle inmitten des Getöses. Das Leben wurde überschaubar, man wurde durch nichts abgelenkt. Irgendwann hatte er seine Sachen gepackt, ohne genau sagen zu können, warum, und war in die Hauptstadt gezogen, die jedenfalls für ihn damals die Hauptstadt war, obwohl sie einer Insel glich. Auch das Leben auf Inseln war er gewohnt. Sie hatten klare Begrenzungen, man wußte, wo sie endeten, man kannte sich aus. Er hatte gekellnert und eine Ausbildung gemacht, er war Ingenieur geworden, hatte geheiratet und wurde geschieden, und dann war er zum ersten Mal über die Grenze gefahren.

Dahinter war offenes Land.

Er fuhr von Potsdam nach Zwickau, von Leipzig nach Greifswald und später bis hinunter nach Suhl. Die Felder, die Häuser, die Menschen sahen sich gleich. Äußerlich waren sie nicht verschieden. Auch das Land hatte ihm zuerst keine Bedenken gemacht. Äußerlich war es begrenzt. Er wußte von Minenfeldern und Todesstreifen, er war oft genug die Transitstrecke gefahren. Aber einwärts gekehrt schien es offen zu sein, es war weitläufig in die Tiefe. Wenn er die Menschen ansah, wenn er sie länger betrachtete, dann sah er das Land hinter dem Gesicht. Er sah Felder und Häuser nach innen gekehrt, er sah, wie Straßen, Gleise und Autobahnen sich in die Köpfe hinein verlängerten, wie sie hinter den Augen der Menschen wuchsen, wo sie unüberschaubar und endlos wurden, und Endlosigkeit war etwas, was er sich nicht vorstellen konnte.

»Komm schon«, rief er Katja zu, die hinter ihm war. »Oder hast du Angst.«

Vielleicht hatte er ihr das erzählen wollen in der Umkreisung des Sees, im spiegelnden Dunkel, das beides war; dicht vor ihm zu Ende, und gleichzeitig wußte er, daß dahinter immer noch etwas lag.

Eines Tages war er von der erlaubten Strecke abgewichen und hatte an der Müritz geparkt.

Eine Gruppe Nackter tobte am Strand. Der Bademeister auf dem Hochsitz war als einziger bekleidet gewesen. Meerkopf hatte sich an den Fahnenmast gelehnt, der neben dem Häuschen des Bademeisters in den Himmel stak.

Damals hatte er keine Badehose an. Er hätte auch keine einstecken gehabt und fand es praktisch, daß es überall in diesem Land FKK-Strände gab.

Dann hatte sich die Gruppe am Ufer formiert. Die Frauen wurden von den Männern gepackt. Halb schoben sie sich, halb wurden sie über die nackten Rücken der Männer hoch auf die Schultern gezerrt. Manche Männer knieten und ließen die Frauen aufsitzen.

Waren sie oben, klatschten sie den Männern mit offenen Händen auf Rücken und Brust, die Haare flogen, kreischend ritten sie auf den Männern im Kreis. Es war ein Reiterspiel. Es ging darum, sich gegenseitig vom Pferd zu schubsen. Die Frauen hakten ihre Füße um die Taillen der Männer. Sie preßten ihnen die Oberschenkel fest an die Köpfe, um nicht abzustürzen. Stürzten sie ab, war das Spiel verloren, und was für ein Spiel, dachte Meerkopf.

Auch aus der Entfernung, etwa fünfzig Meter oberhalb am Fahnenmast, war das Scheuern der nackten Haut zu spüren, die Haut erhitzte sich im Schwung des Spiels. Die Männer steckten mit dem Kopf zwischen den gespreizten Beinen der Frauen, das verschwitzte Schamhaar im Nacken. Meerkopf roch es, oder er konnte sich vorstellen, wie es roch, und fast konnte er das unverschämte Glitzern zwischen ihren Beinen sehen. Die Feuchtigkeit mußte sich zwischen Schultern und Oberschenkel stauen und dort schwer und warm werden, das Fleisch sich öffnen vom Anschmiegen an die gespannten Rückenmuskeln der Männer. Es war eine Berührung, die auch im Bett nicht intimer hätte sein können. Und spätestens jetzt hätte Meerkopf gern wenigstens eine Badehose gehabt.

Die Männer am Strand schienen allerdings ganz im Spiel versunken. Bei ihnen regte sich nichts. Die verlockende Last schien ihnen nicht das geringste auszumachen, es war, als hätten sie keine Ahnung, als würden sie überhaupt nicht bemerken, was sich auf ihren Schultern tat. Und die Frauen schämten sich nicht.

Ihre Körper schienen vielmehr eine Einladung zu sein. Und das griff Hans Meerkopf am meisten an.

Er sagte nichts. Er hätte gern etwas gesagt. Er hätte Katja in der Dunkelheit auf dem See davon erzählen wollen. Er hätte sich gern wie ein Junge gefühlt, und die Dunkelheit, die nur von hellen Streifen am Himmel und ihren Schwimmzügen durchbrochen war, hätte verborgen, daß er kein Junge mehr war und trotzdem seine Schwierigkeiten damit hatte.

Diese Nackten damals waren ihm in ihrer Arglosigkeit vorgekommen wie Wilde. Aber vielleicht konnte er Katja nichts sagen wegen dieser peinlich korrekt gekleideten Frau im Hintergrund zwischen den Bäumen. Sie trug eine Art Bindfaden um den Hals. In Gedanken an Verona kam ihm das alles ziemlich erfunden und lächerlich vor.

Er brach in Katjas Schwimmzug ein und zog sie zu sich heran.

»Hans –«

»Komm her.«

»Hast du eine Wette abgeschlossen, von der ich nichts weiß? Mußt du irgendwem was beweisen, oder was rast du hier wie angestochen rum?«

»Halt dich fest. Wieso habt ihr Ladies nie was an«, murmelte er. »Ist das der Trick?«

»Paß auf«, sagte sie. »Meine Haare. Das ziept.«

*

Auch Meerkopf wird seine Erfahrungen mit Nacktausflügen gemacht haben. Vielleicht hatte es eine kurze Avantgarde in seinem Leben gegeben. Vielleicht lag für ein paar Wochen sogar eine RK-Zeitung auf seinem Klo. Jemand aus Frankfurt hatte sie mitgebracht und liegenlassen, und er hatte sich daran gewöhnt und immer mal wieder darin gelesen. Der wörtlich aus dem italienischen *Vogliamo tutto* übersetzte Slogan WIR WOLLEN ALLES wird ihm gefallen haben. Aber da er nie wirklich herausfand, was das war, alles, wurde er irgendwann müde, und die Neugier, die sowieso nie besonders groß gewesen war, verstaubte wie die Faust auf dem Cover mit dem Rest der Zeitung in einem Eimer neben dem Klo. Aber in der kurzen Phase, in der er darin gelesen hatte, wird er auch mal bei einem Protest dabeigewesen sein. Er wird wie die anderen bei Sitzstreiks die Klamotten abgeworfen und sich gefreut haben, daß die Streiks für die Polizisten zu einer ekligen Angelegenheit wurden. Beim Abtransport hatte ihm die Polizei unter die schweißnassen Achseln greifen müssen.

Aber diese Nacktheit gefiel ihm nicht. Sie war durchdacht. Sie war das Ergebnis unzähliger Diskussionen und politischer Glaubenskriege, der Körper sollte der Schlüssel für alles sein, und das war nicht natürlich.

Bevor sich überhaupt jemand auf der Straße ausgezogen hatte, hatten sie dem Körper irgendwo in Frankfurt schon eine Rüstung, ein Korsett angelegt. Jemand hatte ihm erklärt, daß der Körper eine bloß konstruierte Sache sei und das wiederum ein Zeichen von Freiheit. Meerkopf sah darin einen Widerspruch.

Jedenfalls schien alles darauf hinauszulaufen, daß man auch nackt immer noch angezogen war. Meerkopf fühlte sich eingerüstet. Das Gerüst war größer als er selbst. Er lugte aus diesem Gestänge noch gerade so heraus, aber er hatte schon jeden Einfluß verloren. Sonst, dachte er, hätte auch ihm damals am Müritzstrand nichts weiter passieren können.

Nur hier durften die Körper noch sein, was sie waren. Man konnte sie anfassen, und Meerkopf faßte Katja an.

*

Er griff unter Wasser nach ihren Oberschenkeln und warf sie hintenüber.

Sie hatte keine Vorurteile. Von klein auf war sie schnurgerade in ihren Körper hineingewachsen. Sie war laut, und er mochte das. Sie war spröde und schnörkellos und gab ihm immer noch zur Begrüßung die Hand.

Jedenfalls war ihre Nacktheit von Anfang an, seit Gründung dieses Staates, da. Vielleicht standen sie hier am Ende doch auf einer höheren Stufe der Zivilisation, dachte er, wenn Zivilisation sich daran messen ließ, wie gut man seine harschen, dringlichen Reaktionen im Griff hatte. Hier lebten Männer, denen es gelang, unter einem aufreizenden Angebot auf den eigenen Schultern stoisch zu bleiben. Jeder ein bronzener Atlas.

Dann aber war er der Wilde, der trotz des straffen Gummis seiner Badehose affenartige Erektionen bekam.

Vor Meerkopf lag die unbewegte Oberfläche des Sees.

Katja war unter Wasser weggetaucht.

Sterne zischten vom Nachthimmel in die oberen Ausläufer der Kiefern. Im Dunkeln wirkten die Wipfel zerfranst wie Gebirgszüge. Dann mußte Katja das Ufer erreicht haben, er hörte sie aus dem Wasser steigen. Er behielt seine Hand unten. Er konnte sich nicht zusammenreißen. Der Gringo, der Yeti, der Mann aus dem Busch. Bei Katja gelang es ihm nicht.

Der See warf ihn zwischendurch aus dem Gleichgewicht, aber schließlich hatte er sein Ziel erreicht und hörte auf zu rudern und spürte, wie der Samen am rechten Innenschenkel aus der Badehose floß, um dann, eine gelblich leuchtende Spur hinterlassend, langsam zum Grund zu sinken. Meerkopf neutralisierte den Rest seiner Erregung, indem er dachte, sein Samen wäre der Papst, der zum ersten Mal fremden Boden betrat und die Erde küßte. Er war lernfähig.

Dann watete er zurück an Land.

oben

So wird es gewesen sein.

Jedenfalls war es das, was Schaper sich in seiner Zelle in Moabit vorgestellt haben mochte, als er sich fragte, was zwischen Katja und Meerkopf passiert war. Sein Körper zeigte keinerlei Widerstandskraft. Er ließ ihn sogar vergessen, daß eine solche Erregung im Wasser kaum denkbar war.

Sein Körper stellte sich diesen Bildern gegenüber einfach tot.

Tot oder schlafend.

*

Schlafwandler wissen: Wenn sie aufwachen, stürzen sie ab.

Das wußte auch Katja.

Man öffnet die Augen, und das für eine Weile ausgeschaltete Urteilsvermögen, in dessen Schatten es einem erlaubt war, sich auf Klippen herumzutreiben und waghalsige Dinge zu glauben, setzt wieder ein.

Wenn Katja Meerkopf küßte, kniff sie die Augen fest zu.

unten

Sie sieht die rostrote Farbe der Schienen, parallel bis ans Ende des Bahnsteigs, die Schlußlichter eines Zuges im flirrenden Gegenlicht unter ihren geschlossenen Lidern.

Aber als sie die Augen aufmacht, hält das Bild noch immer an. Es verschwindet nicht. Es hängt fest in diesem klaren Augustmorgen, an dem der Zug noch sehr lange zu sehen ist.

Hinter ihr steht Schaper. Sie spürt ihn im Rücken, sie kann sein Rasierwasser riechen. Aber sie dreht sich nicht nach ihm um, sie steht da und starrt dem ausfahrenden Zug hinterher und denkt in einem gefährlich hohen Ton: Was für eine Scheiße. Bis Schaper sagt: »Völlig sinnlos, noch länger zu warten. Fällt nur auf.«

Katja hat sich vorgestellt, wie sie gemeinsam vom Bahnsteig weg verhaftet werden, wie das Schiff, wenn es ablegt, in die falsche Richtung fährt, wie es einen Umweg nimmt über Rostock, wo man sie schon erwartet. Sie hat sich vorgestellt, wie ein Steward nach ihr ruft, und sie dreht sich nicht rechtzeitig um, weil sie vergessen hat, daß sie Ines heißt. Wie der polnische Beamte bei der Paßkontrolle nicht aufhört, sie anzustarren. Meerkopf war in all diesen Vorstellungen immer dabei.

Jetzt kann sie sich nicht bewegen. Sie spürt ihren Kopf, aber wenn sie versucht, ihn zu drehen, gibt es einen Widerstand im Nacken, und sie starrt weiterhin in die Richtung, wo der Zug immer noch ausfährt.

»Katja, wir müssen jetzt.«

Es ist, als laufe ein Programm in ihr ab, das an dieser Stelle nur von Meerkopf weitergeschaltet werden kann.

Dann steht Lutz neben ihr. Sie sieht, wie der Wind in seine Haare greift, in die schwarzen, auf die Schultern fallenden Locken, auf die er sich viel einbildet, die er nicht abschneidet, sondern über die Stirn nach hinten kämmt. Sie sieht, wie der Wind die kurzen Ärmel seines Hemdes wölbt und aufbläht. Sie weiß, daß er mit ihr redet, sein Mund redet. Sie sieht auch, wie sein Schnauzbart glänzt, wie die Zunge an die Oberlippe fährt.

Katja schirmt die Augen mit einer Hand ab. Sie sieht an diesem redenden Mund vorbei in die Ferne des Bahnhofs, der ein schöner Bahnhof ist. Die Türmchen und Mauern sind im Renaissance-Stil gebaut. Im Reiseführer steht, daß sich ein Ausflug zum Bahnhof auf jeden Fall lohne, der von den Werktätigen des polnischen Volkes nach dem Zweiten Weltkrieg neu und schöner als je zuvor errichtet worden sei.

»Vielleicht sollten wir jetzt mal die Stadtpläne rausholen«, sagt sie.

»Wir sind doch keine Touristen«, sagt er. »Und wer das mitkriegen will, hat das schon längst geschnallt.«

»Es muß ja nur so aussehen. Laß uns wenigstens so aussehen. Nur für uns.«

Katja liebt es, so auszusehen.

Sie sagt: Na, wie seh ich aus?

Oder: »Wie ich wohl aussehen würde, wenn ich aussehen würde wie die Monroe?« Das sagt sie zu Meerkopf, als sie in ihrem weißen Slip vor ihm steht. Meerkopf hat Wachs auf die Tischplatte im Arbeiterwohnheim geträufelt und eine Kerze daraufgesteckt.

Er pustet das Streichholz aus. »Wie die Monroe«, sagt er.

»Du meinst, ich wär sie?«

»Du würdest so aussehen. Das wärst trotzdem immer noch du.«

»Aber wenn ich ganz genauso aussehe, und das hast du doch gesagt, oder? Wenn ich also ganz genauso wie die Monroe aussehe, woran zum Beispiel würdest du merken, daß ich nicht die Monroe bin? Wenn ich gar nicht anders aussehen würde als sie, wenn ich aussehen würde wie die Monroe.«

»Du wirst neuerdings so kompliziert, Baby.«

ganz unten

Es ist Juni. Hinter dem Wald steigen Mücken hoch, aber Meerkopf hat das Fenster im Wohnheim offen. Die Zimmer riechen nach feuchtem Beton, und er macht immer zuerst das Fenster weit auf.

Katja steht drüben am Bett. Im Kerzenlicht verschwimmt ihr Gesicht. Es ist vielleicht ihre siebente gemeinsame Nacht oder die achte, Meerkopf zählt solche Nächte nicht. Seit er wieder in Ludwigsfelde ist, kommt sie gleich nach der Schicht zu ihm. Dann macht er mit dem Tauchsieder Kaffee, den sie türkisch trinken aus klobigen Tassen, sie sitzen dabei auf dem Bett, weil es nur einen Stuhl im Zimmer gibt.

Meerkopf wirft das Streichholz in den Eimer unter dem Waschbecken.

»Dann würde ich auch nicht merken, daß du mich nicht liebst, wenn du ganz genauso aussehen würdest«, sagt er und schließt die Tür ab. »Das meinst du doch.«

»Wenn ich wie aussehe?«

»Wenn du so aussiehst, als ob du mich liebst. Das wäre, als ob du aussiehst wie die Monroe.«

»Würde dir das denn gefallen«, sagt Katja vom anderen Ende des Zimmers. »Wenn ich es aber nicht bin.«

Sie kommt jedesmal nach der Schicht zu ihm, obwohl er sie nicht dazu aufgefordert hat. Er zündet sich mit einem neuen Streichholz eine Zigarette an.

»Wenn du mich anguckst, machen deine Augen jedesmal ein Mordsspektakel«, sagt er. Er inhaliert und drückt die Zigarette dann im Waschbecken aus. Sie mag es nicht, wenn er im Zimmer raucht. »Da könnte man glatt drauf kommen. – Wenn du mich fragst.«

Ihr Schatten hängt im Spiegel neben der Tür. Es sieht aus, als warte sie auf etwas, das er tut und von dem er nicht weiß, was das sein soll. Vielleicht wartet sie auch auf etwas, das sie selbst tun müßte und sich nur nicht traut.

Ihr Schatten wird vom Licht der Straßenlaternen nach vorn in die Mitte des Zimmers gedrückt. Der Schatten verunsichert ihn, der Schatten kommt ihm vor wie eine zweite Frau, wie eine Schattenfrau an Katjas Seite. Der Leidenschaft zuliebe würde sie alles tun, denkt er. Sie würde weiterhin nach jeder Schicht zu ihm kommen, sie würde die Schicht für ihn schwänzen. Aber was heißt das schon. Sie könnte sich ihre Leidenschaft genausogut einbilden, sie könnte sich jedes Gefühl einbilden, sogar die Liebe, denkt er. Sie könnte sich die Liebe so stark einbilden, daß die Einbildung schließlich Symptome produziert, die denen der Liebe täuschend ähnlich sind. Sie könnte sich die Liebe einbilden, weil sie ihn unbedingt lieben will.

Es gäbe viele Gründe, das zu wollen. Meerkopf kennt sie alle. In Leipzig und Dresden saß er nie lange allein an den Bars. Selten hat er dann mehr als zwei Glas Champagner ausgegeben. Champagner waren sie hier nicht gewohnt, weil man den nur mit Westgeld bekam, und meistens fragten sie zügig beim zweiten Glas, ob er verheiratet sei.

Katja steht mit dem Rücken zum Fenster. Dahinter verwischt die Nacht im orangefarbenen Straßenlicht. Ihre Schultern sind hell. Aber den Ausdruck in ihrem Gesicht kann Meerkopf nicht erkennen. Er denkt, daß ihre Augen glänzen. Aber wenn die Symptome der Einbildung und die der Liebe sich gleichen, kann das ein Zeichen für beides sein. Hielte er es für Liebe, wäre es schwierig zu behaupten, sie liebe ihn nicht, zöge er dagegen die Einbildung vor, stünde es ihm genauso frei, nur die Einbildung zu sehen.

Die Zigarette im Waschbecken hat sich vollgesogen. Er wirft sie dem Streichholz hinterher in den Eimer.

»War 'n Kompliment«, sagt er. »Das mit den Augen. Das habt ihr hier doch auch gern, wenn man euch Komplimente macht.«

Er geht zu ihr hinüber. Vorsichtig hebt er ihr Gesicht an. Ihr Kinn unter seinen Fingern ist weich. Sie hat die Augen geschlossen. Er wüßte gern, was sich dahinter abspielt, er befürchtet, nichts oder daß sie es selbst nicht weiß. Und sollte Katja doch irgendeine intuitive Ahnung haben von dem, was sie tut, denn es kommt vor, daß man auch unterhalb des Wissens manchmal richtige Ahnungen hat, könnte sie dennoch nicht in der Lage sein zu erkennen, was Einbildung von Liebe unterscheidet.

Bevor er sie küßt, fährt er das braune, dürftige Licht der Kerze auf ihrem Mund mit dem Daumen nach. Sie ist zwei Köpfe kleiner.

»Entwicklungshilfe«, hatte ein Freund nüchtern an einer der Dresdner Bars zu ihm gesagt. »Weißt du eigentlich, was du hier leistest? Das ist 'n Entwicklungshilfejob. Die lassen sich doch vom letzten Krüppel ficken, Hauptsache, er kommt aus'm Westen, und sie kriegen dafür 'n Trauschein.«

»Danke«, sagt Katja und macht seine Finger von ihrem Kopf los. »Für das –« Sie hat die Augen geöffnet. »Kompliment.«

Sie sieht ihn an, und sein Gesicht glüht. Die Haut spannt über seinen Knochen. Nebenan hört er die Schlosser Bierflaschen knacken.

oben
Noch nie wurde Hans Meerkopf so angesehen. Noch nie hat ein Blick ihn so haltlos gemacht. Katjas Blick war beides: verschwommen und gewaltsam.

Sich das klarzumachen. Die Intensität, wenn man sich klargemacht hat, daß es ein Irrtum ist: Nichts ist noch nie passiert.

Sonst könnte man es nicht denken.

Ein Irrtum, der auf dem bloßen Gefühl der Bedeutungslosigkeit beruht.

Das werden Sie kennen. Auch Sie waren noch nie hier. So kommt es Ihnen doch vor. Sie glauben, Sie waren noch nie in diesem Schacht. Zwischen Schattengestalten, die nur manchmal beleuchtet sind.

Auf drei Etagen. Tagsüber oder in der Nacht. Sie sind aus Neugier hier, aber Sie fühlen sich fremd. Gehen Sie näher ans Geländer! Vergessen Sie einmal, daß Sie Journalistin sind.

Und? Immer noch nicht? Sie erkennen nichts wieder?

Irgendwo geht das Licht an, rechts von Ihnen oder unten links. Einiges muß Ihnen vertraut vorkommen. Es ist der Ort, wo Sie nicht mehr schlafen. Wo Sie sich ununterbrochen fragen müssen, was gewesen ist. Der Schacht, in dem jeder immer wiederkehrt. Sie wissen nur nicht, wann.

ganz unten

Katja sieht Meerkopf an.

Und auf einmal kommt ihm das Zimmer schäbig vor, zu klein mit dem Tisch und der Neonröhre, die dauernd zündet. Es kommt ihm vor, als dürfe er sich das nicht bieten lassen, Katjas jämmerliche Haltung, ihre Nachgiebigkeit, die unverputzten Wände und den miesen Geruch vom Klo, die zwei Typen im Mantel, die jetzt immer in der Eingangshalle stehen und woran er sich gewöhnen wollte, nur weil sie das hier gewohnt sind, weil sie das jeden Tag haben und die Gewohnheit sie nicht mehr anfällig macht dafür.

Er hätte sie gern jemandem gezeigt. Er hätte sie gern mitgenommen, einmal, vielleicht nur, um zu sehen, wie sie sich in einer anderen Umgebung macht. Er hätte diesem Schlaumeier von Freund beweisen können, wie unrecht er hatte, so aber wußte er nicht mal das.

»Was soll's«, sagt er. Er stößt sie aufs Bett. Sie fällt, und er findet sich nicht zurecht mit den Laken, die Decke ist heruntergerutscht. Im Auto gibt es ein Kassettendeck, da könnte er jetzt Musik anmachen.

Katja befreit sich aus seinem Griff. Sie hebt die Decke auf. Sie zieht das Laken am Kopfende glatt. Schweigend legt sie sich vor ihn hin. Schweigend öffnet sie den BH. Ihre Beine hält sie eng aneinander, sie sind angewinkelt und zur Seite geklappt.

»Liebe gibt's nicht«, sagt er und bildet sich ein, die Karosserieschlosser von nebenan wären schuld oder jemand lange vor ihm. »Höchstens Beweise von Liebe gibt's.« Als er sich in Hosen neben sie auf den Bettrand kniet, um sie zu betrachten in ihrem weißen Slip, in dem sie viel natürlicher aussieht als die Monroe, zieht sie ihn zu sich herunter.

»Du bist so klug«, flüstert sie. Aber bevor er etwas entgegnen kann, nimmt sie ihn um den Kopf. Sie drückt ihm ihre Brust an die Wange, die nach Holz riecht. Sie öffnet seinen Gürtel. Sie macht das schweigend und achtet darauf, daß auch er nichts sagen kann. Als er in sie eindringt und sie auch dann weiter schweigt, beschließt er, später darüber nachzudenken. Aber später überläßt sie ihm ihren Mund, und noch später hat er es vergessen.

Dafür reist er am nächsten Morgen, drei Tage früher als ausgemacht, ab.

unten

Katja nimmt Schapers Hand und hält sie. Vor ihr liegen die Türme von Gdansk. Es ist noch nicht Mittag.

Sie steht inmitten dieser Stille, die ihren Körper wie in einer Verschalung aufbewahrt. Jeder Meter zwischen ihr und diesen Türmen bringt sie den Händen der Staatssicherheit näher. Die Verschalung trägt den Namen Ines.

Schaper drückt Katjas Hand. Beide sagen nichts. Vor ihnen die rostrote Farbe der Schienen. Parallel bis zum Ende des Bahnsteigs.

*

Die Bahnhofsansage rauscht.

Meerkopf. Denkt Katja. Vielleicht hat er es sich nur anders überlegt. Vielleicht hat er an einem bestimmten Punkt einfach aufgehört, an sie zu denken.

Wie im letzten Sommer, als die Hitze die Kiefern staubig

und schwer gemacht hatte und die Sprenger in den Gärten die ganze Nacht liefen. Als Meerkopf plötzlich für drei Monate verschwand. Ohne Abschied. Sich einfach nicht mehr meldete.

Heimatluft schnuppern, wie er hinterher sagte.

Pause vom Entzug, wie Lutz Schaper sagte.

Als er nach zwei Monaten nicht wie üblich aufgetaucht war. Als er nicht kam und die Vergaserkolben auch ohne ihn reibungslos arbeiteten. Die Vergaserkolben, die ihn nicht interessierten, wenn er nachts an ihrer Halsbeuge lag.

Katja lief durch die staubigen Gartenstraßen, es roch nach Rosen und Phlox, und trank rote Limonade aus Flaschen, die viel zu warm war.

Meerkopf war irgendwann wiedergekommen. Eine Hand in der Hosentasche, hatte er an einem neuen Auto gelehnt, ein hellroter Opel, tiefergelegt, wie er sagte, mit blitzenden Felgen und weißen Kunstfellbezügen auf den Sitzen. Er hatte von Auftragsschwierigkeiten, einem zu spät beantragten Visum und dem jungen Grenzer mit Pflichtgefühl erzählt, der ihn erst gefilzt und obendrein dann zurückgeschickt hatte, und daß das Schreiben nicht so seine Sache wäre, und telefonieren hätte er ja nicht können, weil sie hier nun mal alle kein Telefon hatten.

Bevor er gesagt hatte: »Du könntest mich auch mal ansehen. Beim Küssen. Nur so zur Abwechslung.«

Im letzten Sommer. Vor ziemlich genau einem Jahr.

Er hatte ihr Kinn zwischen Daumen und Zeigefinger genommen. »Ich küsse nicht gern Frauen, die mich nicht ansehen.«

Es war der Sommer, als sie ihm gesagt hatte: »Ach. – Küssen wohl alle auch viel besser da drüben, was« und der Himmel blau war wie Trockeneis.

Sie ließ ihn stehen an seinem Auto in seinen 501, das eine Bein übergeschlagen, mit einem dünnen Lächeln zwischen den Brauen. Hinter ihm im Radio lief Rock 'n' Roll auf Band. Sie klappte den Seitenständer von ihrem Fahrrad zurück, schob das Rad aus dem Zuckersand und sagte, ohne sich umzudrehen, aber laut: »Ist dir wohl alles nicht mehr gut genug.«

Das war der Abend, als sie sich die Fingernägel lackierte und im Flur mit ihrem Vater zusammenstieß.

Das war auch einer der Abende, an denen Bernd Siems zu seiner Frau gesagt hatte: »Du bist schließlich ihre Mutter!«

ganz unten
Katja fuhr in den Jugendclub der NVA, der hinter den Wohnblöcken der Offiziere lag. Es war ein Flachbau mit verdunkelten Fenstern, wenn Disko war. Draußen standen Jungs und pißten.

Katja bestellte Cola-Wodka, lehnte an der Theke und dachte an die Jeans von Meerkopf und warum sie so blau waren. Sie waren blauer als die Ostsee, es war ein anderes, dunkleres Blau.

'n Fünfer, wer es schafft, eine Nietenhose als 501 auszugeben. 'n Zehner, wer's auch auf ein Meter Entfernung noch hinkriegt. Das waren Wetten, wie sie in den Umkleideräumen und auf Betriebsfeiern abgeschlossen wurden, wenn das offizielle Programm vorüber war.

Es gab eine Wette, die niemand gewann. 'n Fuffi, wer es schafft, als Westler durchzugehen.

Die Mamas und die Papas sangen *Dream a little dream of me*. Gegenüber tanzten Angolaner.

Katja hob ihr Glas und ließ die Angolaner auf der Spiegelfläche ihres Cola-Wodka weitertanzen. Es gefiel ihr. Bis einer von ihnen sie bemerkte und herüberkam.

Sie redeten nichts.

Beim Tanzen hielt Katja den Rücken gerade, unter den weißen Trägern traten ihre Schlüsselbeine hervor. Nach dem dritten Lied wechselte die Musik. Der Angolaner nickte ihr zu, drehte sich um und ging an seinen Tisch zurück. Sie ging ihm hinterher. Der Angolaner setzte sich, streckte seine Beine aus, seine Füße stießen fast an ihre Schuhe. Er versuchte, an ihr vorbei auf die Tanzfläche zu sehen. Aus den Boxen klagte City. *Ach, auch mein Gefieder näßt der Regen, flieg ich durch die Welt.*

Als Katja anfing, auf eine, wie sie dachte, unverblümte Weise zu lächeln, winkte der Angolaner sie zu sich herunter.

Er sagte in ihr Ohr: »Wieso glaubst du, daß du reif genug bist, mit einem Nigger ins Bett zu gehen?«

Während er sanft über ihr Schlüsselbein strich.

Er nahm sie auf seiner Fahrradstange mit. Schlenkernd fuhren sie durch die Gärten und über die Hauptstraße. Vor dem Arbeiterwohnheim hielten sie an. Sein Zimmer war aufgeräumt, als wohnte hier niemand. In der Ecke stand eine Angel. Als er sich auszog, verschmolz seine Haut mit dem Dunkel.

Sie setzte sich rittlings über ihn, die Hände auf seine Schultern gestützt, um zu fühlen, wo sein Körper aufhörte. Regen prasselte gegen das Fenster.

Das Prasseln des Regens kam ihr vor wie ein anhaltendes Sinken von Worten. Meerkopfs Worte am Auto, ihre eigenen und die ihres Vaters, verschiedene Gespräche, das Gespräch mit Lutz, der darauf bestand, daß Meerkopf eine viel zu unsichere Größe war, ein Gespräch mit Verona, in dem sie verächtlich die Mundwinkel verzog. Die Worte kamen nirgendwo an. So, in der Schwebe, glichen sie einem Kristall, der unter Wasser lag und dessen Gewicht oberhalb der Wasserfläche nicht wahrnehmbar war.

Sie wollte dringend jemand anders sein.

Aber ein Stockwerk unter ihnen schlief Meerkopf. Wenn der Regen plötzlich aufgehört hätte, hätte er sie atmen gehört.

unten

Etwas geht schief.

Und es gibt Schlimmeres. Es gibt Situationen, in denen dieser Satz bereits der Vergangenheit angehört.

Die Bahnhofsuhr in Gdansk zeigt halb elf, als der Paris-Leningrad-Expreß endgültig hinter der Biegung verschwunden ist. Die Uhr ist in den 48 Meter hohen Renaissance-Turm des Bahnhofsgebäudes eingelassen und glänzt in der Morgensonne. Schaper nimmt Katjas Ellbogen. Er führt sie an den Fahrplänen und am Stationshäuschen vorbei, er führt sie hinüber zur Treppe. Halb elf wird eine Uhrzeit sein, die sich Katja in Zukunft immer in einem Renaissance-Turm vorstellt. Eingelassen. Angehalten. Stehengeblieben.

Vielleicht hat Schaper noch auf der Treppe vorgeschlagen, in ein Café zu gehen. Vielleicht haben sie keins gefunden und sich auf eine Bank in den Park nah am Bahnhof gesetzt.

Vielleicht haben sie festgestellt, daß die Sonne ungewöhnlich früh aufgegangen ist oder daß die Schwalben tief fliegen. Und dann hat Katja gesagt: »Wir werden auch tief fliegen.« Das hing mit den Tickets in ihrer Handtasche zusammen.

Vielleicht hat Schaper darauf gesagt, daß sie noch viel Zeit hätten, mit dem Rückflug morgen früh acht Uhr, noch einen Tag und eine ganze Nacht Zeit, daß noch viel passieren könne bis dahin, daß noch jede Menge Züge ankommen und Schiffe ablegen werden und daß Aufregung jetzt komplett unangebracht sei, geradezu blödsinnig, und sie doch keine Hosenscheißer mehr seien, jetzt mal ehrlich!

Dabei wird er an die Paßkontrolle in Schönefeld gedacht und sich gleichzeitig eingebildet haben, am Ausgang des Parks stünde jemand und wartete nur auf sie.

So in etwa wird es vor sich gegangen sein.

*

Vielleicht hat Katja auch die Dinge in die Hand genommen.

Sie setzte sich neben Schaper auf die Bank und zog fröstelnd die Schultern hoch. Unter den Bäumen war es schattig. Über die Straße des 3. Mai strich der Berufsverkehr. Moskvitches und lauter kleine Harleys.

»Scheiße«, sagte sie. »Du hattest recht.«

»Ist ja noch nicht raus«, sagte Schaper. »Ist auch völlig egal. Wenn's raus wäre. Dann wär's eben so.«

»Trotzdem.«

»Jetzt warte erst mal ab.«

»Dann hättest du deine Harley noch«, sagte sie. »Wenn wir mit diesem Blödsinn gar nicht erst angefangen hätten.«

»Kein Ding«, sagte er.

»Du hättest nicht mitkommen sollen. Dann hättest du wenigstens noch den Traum.«

»Das war nur 'ne Simson.«

»Wenn was Reales kaputtgeht, das kann man ersetzen. Aber beim Traum ist das schlimmer. Das ist schon fast das ganze Leben.«

Schaper stützte die Hände auf die Knie und sah auf den Weg, der in der Mitte nach oben gewölbt war, so daß das Regenwasser seitlich in die Büsche laufen konnte.

»Geht schon in Ordnung«, sagte er. »Ich frag mich nur, was die jetzt ohne uns machen. Die werden ganz schön aufgeschmissen sein, zwei Abtrünnige, das wird ihnen den ganzen Sozialismus versauen!«

Katja wollte sich entschuldigen, aber sie hatte diese Sätze im Kopf. Sätze aus der Kindheit, die nachts wie eine Decke über ihr gelegen hatten. Ein Mensch ist nicht verloren, solange man sagen kann, daß er's ist. Das war nur ein einzelner Faden aus dieser Decke, ein erbärmlich dünner, aber hier auf der Parkbank, mit der Turmuhr im Hintergrund, ließ sich ein ganzer Pullover aus so einem Faden stricken. Den Pullover mußte sie dem Nichts vor ihnen überwerfen, und dann verwandelte sich dieses Nichts in einen Menschen, und Meerkopf stand da, direkt vor ihr, und drückte seine Zigarette grinsend in einem mitgebrachten Stück Alufolie aus.

»Vielleicht hat er mich verlassen. Besser wär's.«
»Man verläßt keinen in so einer Situation.«
»In so einer oder in einer anderen.«
»Du hast doch mit ihm, du weißt schon ...«
»Eben«, sagte Katja. »Gerade weil ich mit ihm gepennt habe.«
»Wieso denkt ihr immer so von hintenrum?«
»Weil es nichts zu sagen hat.«
»Aber hast du.«
»Er war in meinem Körper, und er hat nicht gemerkt, daß ich in meinem Körper gar nicht da war.«
»Aber hast du doch.«
»Es war Kino«, sagte sie. »Und vielleicht hat er das kapiert.«

Schaper sah Katja an. »Na, trotzdem«, sagte er nach einer Weile. »Deswegen läßt er dich noch lange nicht hängen.«

Aber als Katja zurücksah, als sie ihm in die Augen sehen wollte, wandte er den Kopf ab. Er sah in die Baumwipfel, die sich in der Morgensonne gold färbten. Er sagte: »Deswegen nicht.«

»Besser wär's«, sagte sie. »Das wär immer noch besser.«
»Garantiert nicht. Das kriegt der nämlich gar nicht mit. Diese Spitzfindigkeiten, das schnallt einer wie der nicht.«
»Lutze«, sagte Katja. »Hör auf mit dem Scheiß, ja?«
»Er hat dich nicht verlassen. Er ist ein Angeber.«
Katja sagte nichts.
»Angeber kommen immer durch.« Schaper lachte. Er lachte, nickte und faltete die Hände. »Nur was ist jetzt mit uns.«

oben
Manche Sachen wird man nie erfahren. Egal, auf welcher Etage man ist.

Man denkt irgendwann, man ist durch mit dem Denken, man weiß, daß rückwirkend nichts zu ändern ist und man darüber hinausgehen muß, damit die ganze Sache komisch wird. Man lacht. Man versucht es auf die sanfte Tour. Mit Ironie.

Mit Humor, dem man anmerkt, daß er was durchgemacht hat.

Die Kurve gekriegt hat vor der Resignation. Deeskalierungsstrategie, wenn Sie so wollen.

Aber vorher will man immer noch wissen, warum. Und das ist der Fehler. Denn wenn sich herausstellt, gerade die Sachen, die man am dringendsten geklärt haben will, sind nur überraschend und ohne Logik passiert: was dann.

Wenn sich herausstellt, Sie sind die Dumme. War alles nicht so gemeint. Kurzschluß.

Was denn zum Beispiel dann.

Manchmal liegen die Wurzeln einfach zu tief, wie Schaper sagen würde. Schotten dicht und basta. Auch ihn macht das nicht unbedingt froh.

unten
»Tu's nicht«, sagte er auf dem Bahnsteig in Gdansk, nachdem Katja die angebissene Bockwurst ihm überlassen hatte. Sie war plötzlich auf den Gedanken gekommen, zur Bahnhofsinformation zu gehen und die Grenzkontrolle in Frankfurt/Oder anzurufen. »Hast du sie noch alle?« sagte er und griff nach ihrem Arm. Er sah nicht ein, warum sie das tun sollte. Jedenfalls gab es keinen vernünftigen Grund. Aber er war sich nicht sicher. »Du kannst da nicht einfach anrufen und nach ihm fragen, als wär's 'ne verdammte Fahrplanauskunft! Willst du, daß sie dich gleich einbuchten?«

»Diese widerlichen Drecksschweine«, sagte Katja.

»Glaubst du, Meerkopf würde das gefallen?«
Um ehrlich zu sein: Meerkopf war von jetzt an eine ziemlich tote Figur.

*

Er wird aus dem Zug geholt, zu einem Auto geschleppt, die Fenster sind schwarz, er sieht nichts, er wird in eine Zelle gesperrt, in der er auch nichts sieht, weil das Neonlicht Tag und Nacht furchtbar grell ist. Man hat das alles schon gelesen. Fünfmal am Tag pißt er in einen Kübel in der Ecke, nachts träumt er Träume, die aus dem Chlordampf des Kübels aufsteigen. Kein Detail, das er ihnen gibt, kann sie überzeugen. Sie sagen, er monologisiere zuviel, sie sagen, er erzähle einen Film nach, er mache sich lächerlich. Dann drehen sie das Licht hoch, stellen erneut das Band ein, und auf den Fotos, die sie machen, drückt er sich die Nägel in die Haut. Es ist widerlich, sagen sie, aber was soll man machen. Die Zeit vergeht nicht von selbst.

Demnächst werden sie ihn nachts vernehmen oder in den frühen Morgenstunden, wenn die Hunde anschlagen.

oben
Ein Höhepunkt, wenn Sie so wollen.

Crash der Ereignisse, das Autoscooterprinzip, wir sind da, wo es knallt. Die Parallelen kollidieren. Die ersten stürzen wieder ab. Das Unwahrscheinliche ist wahrscheinlich geworden. Böse Wölfe, Schwiegermütter, Schneekönigin und Murgor.

Gibt es alles.

Man steht allein auf einem Bahnsteig in Gdansk.

Vor Schaper steht Katja. Meerkopf existiert nicht mehr. Nicht auf diesem Bahnsteig, nicht für sie beide in den Morgenstunden des 28. August und nicht später. »Er ist ja schon ein großer Junge«, war das einzige, was Schaper dazu einfiel.

Aber es ist schwierig, eine Sache zu Ende zu denken.

»Noch fünf Minuten«, sagt Katja, »bitte. Noch, noch – bis die Sonne den nächsten Stützpfeiler erreicht.«

Bevor man eine Sache zu Ende denkt, beschäftigt man sich lieber damit, das Ende zu vermeiden, aufzuhalten, abzuwenden. Man läuft hoch und runter. Man geht noch einmal alles sorgfältig ab.

Auch Ihnen fällt immer noch eine nächste Frage ein.

»Verehrte Geschworene«, sagte der Richter im Mai 1979. »Zu welchem Urteil sind Sie gelangt?«

Selbst unter Geschworenen gibt es diese merkwürdige Scheu, eine Sache zu Ende zu denken. Sogar wenn ihnen die Tat von allen Seiten, mit allen Konsequenzen bereits vor Augen geführt wurde, warten sie noch. Auf einen Ausweg. Ein Einsehen. Auf den rettenden Grashalm.

»Laß uns hier abbiegen«, sagt Schaper, als sie die Straße des 3. Mai in Richtung Innenstadt überqueren. Die Morgensonne fällt rot über den Bordstein, vor ihnen liegt der Marktplatz. Aber Schaper will auf einmal nicht in die Innenstadt. »Wir machen lieber einen Umweg.«

Sie gehen eine Seitenstraße entlang, Schaper einen halben Schritt vor Katja, dann holt Katja auf. Sie benutzen keinen Stadtplan. Sie kommen an einem Gemüseladen vorbei, in dem mit Südfrüchten bemalte Pappen in den Fenstern hängen. Wo der Fußweg aufhört, ragen gekappte Leitungen aus der Erde.

Schließlich geraten sie auf einen Trödelmarkt. Kinder haben Decken auf den Boden gebreitet und bieten alte Plüschtiere feil. Der Sand ist fest und noch kühl von der Nacht. Es gibt einen Bauchladenverkäufer, der hinter dem Slibowitz-Stand auftaucht und sie auf polnisch ruft. In der Tiefe seines Bauchladens zwischen Lurex-Tüchern und angelaufenem Silberbesteck liegt eine Pistole. Sie hat einen mattschimmernden, leicht gebogenen Griff.

unten

Wie Schaper am Eingang zum Trödelmarkt steht: etwas vorgebeugt, Daumen und Zeigefinger streichen mehrmals den Schnauzer glatt, die andere Hand in der Hosentasche. Vor ihm tief ausgefahrene Bodenlöcher, die eingetrocknete Pfützen sind.

Katja ist neben ihm. Sie hält ihre Handtasche auf die gleiche Weise umklammert wie den ganzen endlosen Morgen.

»Was sollen wir denn hier«, sagt sie.

Schaper nimmt ihre Hand. Es ist eine schmale, kühle Hand, während seine schwitzt.

»Die letzten Groschen auf'n Kopp hauen?« sagt Katja.

Er läßt ihre Hand los und wischt den Schweiß am Hosenbein ab. Sein Schuh stößt gegen eine trockene Kröte im Sand.

»Henkersmahlzeit?« sagt Katja. Ihre Hand ist kühl, aber ihr Gesicht ist schlohweiß. Es ist so weiß wie heute morgen im Schönefelder Flughafenklo, in das er ihr hinterherging, so weiß wie auf dem Bahnsteig.

Wie Schaper vor den Spiegeln im Damenklo steht. Wie er in einer Telefonzelle steht. Wie er da steht am Eingang zum Trödelmarkt. Aber egal, wie. Immer an einer Stelle kommt er nicht weiter.

Er konzentriert sich auf die Bäume. In den Ästen glitzern Pullover auf Kleiderbügeln. Sie stehen wie Vögel im Wind.

»Scheiße«, sagt Katja dann. »Ich muß schon wieder –« Er folgt ihr an den Rand des Platzes. Büsche mit Knallerbsen wuchern auf einem zusammengebrochenen Zaun. Wo Katja hinkotzt, liegt verwehter Abfall.

Er hält sie mit einem Arm knapp unterhalb der Rippen. Auch ihre Schultern sind schlohweiß, die Unterarme und die Rücken ihrer Hände, die sie auf die Oberschenkel stützt. Er legt ihr eine Hand an die Stirn, um sie besser zu halten. Er spürt in seinem Handteller den Schädelknochen, der hart und zerbrechlich ist.

Vornübergebeugt hängt sie in seinem Arm. »Wo sollen wir denn jetzt hin. Wir wissen doch gar nicht, wo wir hin sollen.« Schaper sucht nach seinem Taschentuch. Es ist zerkrümelt und feucht vom vielen Benutzen. Er zieht sein Hemd aus der Hose. Auch sein Hemd ist schweißnaß.

»Oder? Hast du vielleicht 'ne Ahnung? Was wir jetzt machen sollen? Wo sollen wir denn jetzt hin?«

»Abwarten und Tee trinken«, sagt er. »Ich meine, hier hat doch bestimmt einer 'n Samowar. Du kriegst erst mal 'n ordentlichen Schwarztee mit viel Salz. Altes Hausrezept gegen die Kotzerei.« Mit seinem feuchten Hemd wischt er ihr vorsichtig den Nacken unter dem Blusenkragen, über den ein Schmutzrand läuft, er fährt über ihren Hals zum Ohr und unter dem Kinn entlang.

Heute morgen im Damen-Flughafenklo, als die Frauen ihn erst erschrocken, dann vorwurfsvoll anglotzten, hat er an dieser Stelle aufgehört zu denken. Das Denken mündete in ein hohes Vibrieren, in dem Schaper seine eigene Stimme nicht mehr hörte. Es klang wie der Sputnik, der früh um fünf auf kreischenden Rädern in Genshagener Heide einfuhr.

Genshagener Heide liegt westlich von Ludwigsfelde an der Anschlußstrecke nach Berlin. Dazwischen reihen sich Schrebergärten, in denen der Phlox blüht, ein paar hundert Meter weiter wurde vor Jahren ein Freibad aus hellblauen Kacheln gebaut. Seitdem riechen die Gärten nach Chlor.

HoKaHe, hat Schaper unter dem Kreischen der Räder gedacht, HoKaHe, als der Sputnik in Richtung Schönefeld anfuhr. In die andere Richtung fuhren die Kiefernwälder. Die Fensterscheiben waren zerkratzt.

Schon im Flughafenklo war es schlimmer geworden. Da hatte er HoKaHe zum ersten Mal in der Übersetzung gedacht:

Auf In Den Tod.

Seitdem laufen alle anderen Geräusche außerhalb der Hörfrequenz ab. Sie sind für einen Satz wie diesen zu schwer. Sie gehen unter. Sie sinken über hellblaue Kacheln zum Grund.

Als Katja sich vor den Knallerbsenbüschen wieder aufrichtet, sagt er: »Was?«

»Warum du so schreist«, sagt Katja.

»Was bleibt einem denn anderes übrig.«

oben

Einem.

Warum sagt er nicht: mir. Warum sagt er nicht: mir, Schaper. Man kann von einem normalen Menschen verlangen, ich zu sagen, wenn er sich meint. Warum sagt er nicht: Mir bleibt wohl nichts anderes übrig. Ich, Schaper, hätte an dieser Stelle auch lieber gesagt: Wir beide, du und ich. Aber wo sollen wir jetzt bloß hin?

Das kann man doch wohl verlangen. Daß einer ich sagt.

Sagt er aber nicht. Da denkt der nicht mal dran. Da hat es nie auch nur den kleinsten Funken gegeben.

Aber hören Sie nicht auf mich. Man muß nämlich unterscheiden. Man darf das eine nicht immer als Zeichen für etwas anderes sehen. Sonst sind Sie am Ende ganz unten und wissen nicht, wie Sie wieder nach oben kommen sollen. Trotz der Leitern überall. Oder Sie sind oben auf einmal nicht mehr sicher, ob der Ausgang nicht doch unten gewesen ist.

Sehen Sie alles nur als das, was es ist. Sonst verfinstert es sich. Sonst bleiben Sie für immer im Schacht, an eines der Gitter gelehnt, wo Sie darauf angewiesen sind, daß ein Knastwärter von drüben winkt und ruft: Hier wird nicht geträumt, hier wird, hopphopp, weitergelebt. Auch wenn er nicht weiß: Das fließt ja alles hier mit rein.

Der Knastwärter ist nur eine Redensart. In Ludwigsfelde hat es noch nie einen Knast gegeben. Aber es ist doch vorstellbar. Es ist denkbar, sobald Sie durch eines der Gitter sehen.

Die Potsdamer Straße ist bis zum Bahnhof verglast. Der

Rat der Stadt ist ein Glashaus geworden. Man sieht alles, man kann jetzt durch alles durchgucken. Es gibt niemanden, der einem noch Auskunft erteilt. Man entgeht keinem. Aus dem ganzen Sand hier wurde Glas gemacht. Man hat die Spielplätze ausgehoben, die Teststrecke geräumt, jeden Sandhügel abgetragen in den Schrebergärten und rings um den Pfuhl, auch die Kiefernwurzeln liegen jetzt frei. Darüber wurden blanke, hochwertige, glatte Scheiben gesetzt. Sie wissen vor lauter Glas manchmal nicht mehr, ob Sie noch vor einem Haus stehen oder ob Sie schon reingegangen sind. Ob Sie aus einem Fenster nicht hinaus, sondern vielleicht wieder ins Innere sehen und also aus ganz Ludwigsfelde kein Rauskommen ist. Da ist das doch immerhin denkbar.

Aber ich werde versuchen, alles nüchtern zu Ende zu formulieren.

Von irgendwas müssen Sie ja leben.

Ich werde Ihnen sagen, was ich weiß, bevor hier für immer Schluß ist. Schicht im Schacht. Das ist keine Strategie. Ich wollte das nur schon mal andeuten.

Aber keine Angst. Noch sieht es aus, als kämen wir fast überallhin. Sie können immer noch auf alle drei Etagen gehen. Noch ist es nicht zu spät, sich vorzustellen, wie er immer am Fenster stand.

Er, Schaper, den ich jahrelang gekannt haben muß.

unten

Der sagte: »Man steigt in so einen Flieger und denkt: aus der Traum. Bye bye, baby blue.«

Der sagte: »Die Pistole hatten wir schön offen in die Handtasche gelegt. Nur ein Geschenk. Das Mitbringsel aus dem sozialistischen Bruderland.«

»Sie wollen sagen, daß Frau Siems an der Entführung beteiligt war?« fragte die Anwältin.

»Wenn Katja nicht dauernd gelächelt hätte – wer weiß. So,

wie die einen gefilzt haben. Und dann zurück im Flieger. Aber noch nicht in Sicherheit. Wer weiß schon, was das für Leute sind«, sagte Schaper. »Hab ich zu Katja gesagt. Vielleicht sind das nur Leute wie du und ich. Die haben ihre Exklusivreise und alles gehabt und warten jetzt nur noch darauf, daß die Stewardeß mit dem Futter durchkommt. Kein Grund zur Aufregung. Hat man ja auch so gemacht. Hätt ich doch nicht im Traum dran gedacht. Ich und mit 'ner Knarre im Flugzeug.«

»Können wir also festhalten, daß Sie sich von Anfang an im Besitz der Pistole befanden«, sagte die Anwältin.

»Pistole, genau. Ich und so 'n Ding unter der Jacke«, sagte Schaper. »Nicht mal im Traum. Und um dich rum dann vielleicht noch die Stasi.«

Unter Katjas Jacke, dachte er. Unter Katjas Jacke, die sie öffnete, als er ihr die Hand auf den Oberschenkel legte, aber das machte keinen Unterschied. Es war seine Geschichte. Sein Eigentum. Die Entführung und die Geiselnahme gehörten ihm.

Katja hatte sich im Sitz 12 A zur Seite gedreht, um an ihre Jacke zu kommen, die zwischen Bordwand und Armlehne eingeklemmt war. Er legte ihr die Hand wie verabredet aufs Bein, sie saß links von ihm, also mußte es das rechte Bein gewesen sein, und spürte das unkontrollierte Zittern ihres Oberschenkels. Sie schob ihm die Pistole in die Hand. Aber er war es, der aufstand. Er ging nach vorn. Er richtete die Pistole auf die Stewardeß, und er war es auch gewesen, dem so übel war.

»Es ist also Ihre Jacke gewesen?« fragte die Anwältin. »Katja Siems hat Sie nicht angestiftet? Sie haben von Anfang an die Tat alleine geplant und auch ohne die Hilfe von Frau Siems durchgeführt?«

Die Schultern zittern und der Nacken, und das Schlimmste ist der Kopf, hatte Katja gesagt. Wenn es sich bis zum Kopf hochzieht. Jemand legt da eine Schraubzwinge an, jemand hat meinen Kopf in der Gewalt, er schlägt vor und zurück. Ich kann ihn nicht mehr beherrschen.

»Ich geb mir Mühe«, hatte sie im Flugzeug geflüstert, als sie ihm die Pistole in die Hand schob. Unter ihnen zog Frankfurt vorbei. »Aber es fängt schon wieder an.«

»Was, es«, sagte Schaper. Sie überflogen die Oder, und er dachte an nichts. Erst auf dem Weg zum Cockpit dachte er: Es macht mir nichts aus. Es regt mich auf, aber es macht nichts. Es geht vorüber. Und hatte sich plötzlich gefragt, ob das, was Katja meinte, dasselbe »es« war.

Die Anwältin wartete. Sie kam aus Westberlin, sie sprach deutsch. Aber auch sie mußte wegen ihrer amerikanischen Kollegen erst die Übersetzungen abwarten. Wenn ihre Hand nicht in der Hosentasche gesteckt hätte, hätte man das Trommeln der Finger gesehen.

»Solarplexus«, sagte Schaper. »Und die Sonne bricht aus. Kaum waren wir durch die Wolkenbrühe durch. Tadellose Beleuchtung. Wie wenn man jemandem die Haut abzieht. Runter bis auf die Knochen. Eine Wahnsinnssonne. Da muß man den Leuten das doch ansehen. Wer dazugehört und wer nicht. Die Stewardessen gehörten immer dazu. Das habe ich gleich gesagt, paß auf die Stewardessen auf. Das war doch alles unterwandert. Das Bodenpersonal, die Passagiere, die Piloten. Nur gesehen hat man's nicht. Pustekuchen«, sagte er. »Da oben, neuntausend noch was, in dieser Sonne, da war alles gleich. Die Sonne hat alles blank gelegt, jedes Gesicht. Man konnte ihnen nur nichts ansehen. Was weiß ich, wie das geht. Aber in diesem Flugzeug«, sagte Schaper, »das waren nicht nur normale Leute. Das hat man gespürt.«

*

»Mich würde interessieren, wer von Ihnen auf die Idee mit der Pistole gekommen ist«, sagte die Anwältin. »Falls ich mich da nicht klar genug ausgedrückt habe.«

Schaper sah zu Katja hinüber. Dann sagte er: »Wozu hat man schließlich schießen gelernt.«

Er sagte: »Fadenkreuz, Kimme und Korn. Haben sie einem doch alles haarklein erklärt. Und dann die Stasi im Flugzeug und Schönefeld vor Augen. Was soll man da machen, als die Sache durchziehen.

Loslegen«, sagte Schaper vor dem amerikanischen Gerichtshof im Mai 1979 in Berlin.

Den Terrorismus ohne Wenn und Aber und ohne jede sentimentale Verklärung der Tätermotive zu verfolgen war das, was Helmut Schmidt 1977 vor dem Bundestag gesagt hatte.

Schapers Verteidiger, der ebenfalls Deutscher war, obwohl es Zeiten gegeben hatte, in denen er daran zweifelte, schraubte seinen Kugelschreiber auf. Er setzte ein Häkchen hinter einen wichtigen Stichpunkt seiner Strategie und fragte: »Herr Schaper. Haben Sie sich vorher auch über die Konsequenzen auf westdeutschem Boden Gedanken gemacht?«

Schaper legte die Hände um das Geländer der Anklagebank. Er schüttelte den Kopf.

»Was nicht heißen soll, daß ich nicht aufgeregt war«, sagte er schließlich. »Das nicht. Ich habe noch nie so geschwitzt. Kann mich jedenfalls nicht erinnern.«

*

Vor Aufregung hatte er den Arm der Stewardeß zuerst nicht erwischt. Er hatte danebengegriffen und den Vorhang heruntergerissen, der das Cockpit vom Passagierraum trennte. Die Stewardeß streckte helfend den Arm nach ihm aus, den er dann problemlos packen und festhalten konnte. Sie hatte noch Zeit gehabt, ihn auf deutsch zu fragen, ob alles mit ihm in Ordnung sei. Sie sprach sehr gut Deutsch. Auch die Piloten konnten ein bißchen Deutsch, aber sie hatten weniger Lust gehabt zu sprechen.

Schaper drückte die Pistole an den Bauch und rannte durch den Gang nach vorn.

»You go to Tempelhof«, rief er, beim ersten Mal noch ziemlich laut, Flugzeugentführer brüllen, wahrscheinlich brüllte er. »You go. Tempelhof, o. k., go to Tempelhof!« Er hielt die Stewardeß am Arm, er drehte ihr den Arm weit auf den Rücken hoch, bis das Schultergelenk nachzugeben schien. Erst da bemerkte er, wie fest er sie hielt, und ließ locker.

»You«, brüllte er in Richtung Cockpit, »you not move! Or I shoot«, brüllte er. »I shoot that woman.«

»Sie sprechen Deutsch«, flüsterte die Stewardeß. »Ferien«, sagte sie. »FDGB. Sie können Deutsch von den Ferien. Rügen, *na more*, du verstehst?«

»Scheißegal«, brüllte Schaper. »Wir fliegen jetzt nach Tempelhof. Klar? Tempelhof, oder ich schieße. I shoot«, brüllte er. »*Ponimajesch*? – Bambambam.«

»Verstanden«, sagte die Stewardeß. »Wir fliegen nach Tempelhof, wir haben das verstanden.«

»Bist du Deutsche? Dann sag ihnen, ich schieße, sag ihnen: Tempelhof, oder ich schieße.«

»Sie machen das«, sagte die Stewardeß. »Sie haben das verstanden.«

»Tempelhof, wer rumzickt, wird erschossen, sag's ihnen!«

»Sie drehen schon, sie sprechen Deutsch.«

»Tot, verstehst du, tot, erschossen, Exitus.«

»They do it, they do it«, sagte sie. »Tempelhof. *Ponimajut.*«

»Bambambam«, brüllte Schaper. »Sag's ihnen. Los.«

Wenn die Stewardeß nicht gewesen wäre, hätte es ein Problem geben können.

»*Pa Polska*«, sagte sie. »Wir verstehen. Tempelhof«, sagte sie immer wieder. »Wir fliegen nach Tempelhof. We go.«

Die Piloten hatten in ihrem Training alles gelernt, was sie

im Notfall wissen mußten, aber sie hatten nicht gelernt, auch ihre Angst in die Formeln und Abkürzungen des Flugalphabets zu übersetzen oder wie mit dieser Angst sonst umzugehen war. Deshalb hätte es mit Tempelhof doch noch ein Problem geben können, und es war ein Glück, daß es die Stewardeß gab.

Schaper hatte sie auf den Klappsitz verfrachtet, der für das Bordpersonal bei Start und Landung vorgesehen war und neben dem Einstieg hing. Schaper klappte den Sitz herunter. Die Stewardeß wird sofort nachgegeben haben, so daß er keine Gewalt anwenden mußte.

»Los, los. Hinsetzen«, sagte er.

*

»Hinsetzen oder I shoot«, sagte Schaper und hielt der Stewardeß die Pistole an die Schläfe. Er stand schräg hinter ihr im Gang, der zum Cockpit führte. Auch die Pistole wird er ihr schräg von hinten an die Stirn gehalten haben, damit sie sie nicht im Augenwinkel aus der Nähe sah. Dann lehnte er sich an die Falttür zum Klo. Die Stewardeß rührte sich nicht. Mit geschlossenen Knien und gesenktem Kopf saß sie vor ihm. Die Hände lagen zusammengefaltet in ihrem Schoß, vielleicht betete sie. Schaper versuchte am Geräusch der Turbinen zu erkennen, ob das Flugzeug schon gewendet hatte. Ihm wurde heiß, und er fuhr sich mit der freien Hand durch die Haare.

Die Stewardeß atmete heftig, sonst war es still. Die Passagiere rührten sich nicht. Der Vorhang zwischen Toilette und Bordküche fehlte, und es war für alle zu sehen gewesen, wie er die Stewardeß am Arm herumgerissen und in die Knie gezwungen hatte. Sie war gerade dabeigewesen, eine Kaffeekanne zu verstauen.

Er sah ins Cockpit hinüber zu den Piloten, von denen er nur die Hinterköpfe erkannte, ordentlich gekämmte Hinterköpfe, vielleicht bedeutete Schönefeld nur eine Zwischenlandung für sie, vielleicht hatten sie vorgehabt, noch weiter zu fliegen, nach Budapest oder Sofia, woraus jetzt nichts wurde, und überall wartete ein Anschlußflug, ein Hotelzimmer mit Aussicht aufs Schwarze Meer, eine Frau.

Trotzdem bedienten sie scheinbar gelassen die Geräte, sie flogen das Ding nach Hause, wie Schaper in jeder anderen Situation gesagt hätte. Jetzt wurde ihm schlecht. Er dachte, daß es auch schlecht um ihn stünde, um sie beide, was, wenn die Stewardeß log.

Er dachte, sie hatten alles auf eine Karte gesetzt, und jetzt war es vorbei, und er würde Ludwigsfelde nicht wiedersehen und Katja nicht und Westberlin auch nicht, er dachte, wenn die mich bescheißen, wenn die nur so tun, als ob, wenn die.

Er hatte genug. Er wünschte, Katja würde ihm das abnehmen. Sie käme herüber, um ihm die Pistole aus der Hand zu nehmen, sie striche ihm noch einmal über die Wange, bevor er sich bis zur Landung einfach neben die Stewardeß auf einen zweiten Klappsitz setzen und so tun könnte, als ob auch er nur eine Geisel sei. Aber vor Katja saß ein grauhaariger Mann, dessen Kopf die Sitzlehne überragte. Er konnte sie dahinter nicht sehen.

»Da unten. Da ist Tempelhof«, sagte plötzlich einer der beiden Piloten auf deutsch. »Zugegeben. Man sieht es noch nicht, aber erahnt es.« Der Pilot hatte eine helle, junge Stimme und sprach in einem sachlichen Ton. Er drehte sich nicht um. Auch der andere sah weiter geradeaus durch das Fenster, wo ein unverschämt blauer Himmel zu erkennen war. Den linken Kopfhörer hatte er hinters Ohr geschoben, wahrscheinlich um zu hören, was hinter ihm an Bord passierte.

Schaper reagierte nicht.

»Nehmen Sie das Ding herunter, und gucken Sie«, sagte der Pilot. »Kommen Sie hierher.«

Schaper drehte sich nicht um. Er faßte die Pistole fester.

»Wollen Sie nicht gucken? Das ist neue Heimat. Wollen Sie das nicht gucken? Wo Sie zu Hause sind morgen?«

Schaper schüttelte den Kopf.

»Sie werden nicht so früh wieder Gelegenheit haben. Man kann nicht oft von oben gucken«, sagte der Pilot. »Man hat nicht oft eine Chance.«

Die Stewardeß wollte lächeln, aber es gelang ihr nicht, und so nickte sie nur. Sie nickte vorsichtig wegen der Pistole an ihrer Schläfe, aber Schaper hatte den Druck schon verringert und sah zwischen Cockpit und Stewardeß hin und her.

»Wir fliegen nach Tempelhof?« sagte er. »Ja? Wir sind auf dem Weg nach Tempelhof?«

»Ja«, sagte die Stewardeß. »Ich verspreche es Ihnen. Wir sind auf dem Weg.«

»Ist das sicher?«

»Wir müßten schon über der Grenze sein.«

»Und warum soll ich das glauben?«

Nachdem es der Stewardeß gelungen war zu lächeln, sah Schaper den Schweiß, der sich unter ihren Augen gesammelt hatte und der, als sie jetzt lächelte, über ihre Wangen lief. Sie hatte breite Wangenknochen, die vorsprangen, und eine Neigung zu Augenringen, Schaper nahm das alles präzise wahr, die Haut unter ihren Augen, die am Rand der Knochen leicht geschwollen war, innen aber eine Mulde bildete. Da hatte sich der Schweiß gesammelt wie Wasser in Felsvorsprüngen, die sich dann mit dem Lächeln verschoben, und am Ende hatte Schaper ihr Gesicht jahrelang studiert.

Er verringerte den Druck der Pistole noch weiter, und schließlich nahm er sie ganz weg. Er merkte, wie ihm die Schultern nach unten sackten.

»Dann sind wir also im Westen«, sagte er, bevor er die Pistole herunternahm.

»Gucken Sie«, sagte der Pilot. »Gropiusstadt. Lauter Hochhäuser. Immerhin kein sehr schönes Zuhause. – Nein, nein«, sagte er dann, als er bemerkte, daß Schaper kapitulieren und die Pistole vor sich auf den Boden legen wollte. »Behalten Sie. Sie müssen das behalten. Nicht wegwerfen, bis wir da sind. Sonst gibt es Problem. Große Problem!«

Schaper nickte der Stewardeß zu. Er nickte entschuldigend und zog die Schultern hoch, was völlig unangemessen war. Aber er wußte nicht, was er sonst hätte tun sollen. Es kam ihm vor, als wäre gerade ein wichtiges Gespräch zwischen ihnen unterbrochen worden, und das war ein Gefühl, was nicht zur Situation paßte. Er drehte sich um und ging ins Cockpit.

»Man kann sehen Grenze«, sagte der Pilot. »Ganz lange, lange, leere Streifen. Sehen Sie?«

»Ja. Ich seh's, ich seh's. Aber wir sind drüber, verdammt noch mal, wir sind drüber!«

»Gratulation«, sagte der Pilot. »*Pasdrawljaju.*«

»Wie eine Narbe. Eine verdammte riesige Narbe.«

»Unten werden Sie das nicht sehen.«

Er stand hinter dem Rücken des Piloten, neben einer Reihe von Armaturen, Hebeln und Knöpfen. Er stand am linken Fenster, und wenn er zurücktrat, sah er sich selbst gespiegelt im Fensterglas, und ging er näher, war unten die Grenze auszumachen, unbebautes, vermintes Land, und ein heller Streifen, der die Mauer war.

»Mein lieber Scholli«, sagte Schaper. »Mein lieber Scholli.«

Er stand eine Weile da. Er beugte sich vor und stützte sich dabei mit den Händen auf der Kopflehne des Piloten ab. Er beugte sich dem Himmel entgegen, der hier unten schon nicht mehr blau, sondern gelb war, und als sie weiter runtergingen, fast farblos wurde und über den Hausdächern endete, sich auflöste in ihren gleißenden, zerrissenen Oberflächen, und immer wieder sah er zu der Stelle, wo die Grenze lag, die jetzt langsam hinter der linken Tragfläche verschwand.

Niemand sprach. Vier, fünf Minuten vergingen, der Pilot hielt mit beiden Händen das Höhenruder, hin und wieder meldete er sich über Funk, die Stewardeß hatte das Cockpit nicht betreten.

Schaper dachte an Katja und an Verona und an den Parteivorsitzenden, der das alles hier niemals sehen würde, was er seltsam fand. Und dann dachte er an Meerkopf, aber nur sehr kurz und nicht besonders deutlich. Er stand hinter dem Rücken des Piloten, und die Pistole hing ihm aus der Hand.

»Verdammte Scheiße«, sagte er, »wir sind drüber. Wir sind über die ganze Scheiße einfach drüber weg.« Auch das dachte er nicht deutlich, oder er wußte nicht, ob es deutlich war oder er es nur wegen Katja sagte. Er sagte es an ihrer Stelle. »Ich halt's nicht aus«, sagte er. »Wir haben es gepackt, wir haben es wirklich gepackt!«

»Und was werden Sie machen?«

»Kann ich eine rauchen? Ich würde gern eine rauchen. Hat einer 'ne Kippe? Ich muß jetzt, ich weiß nicht, ich muß eine rauchen.« Der Pilot hatte ein Zigarettenpäckchen aus seiner Brusttasche gefischt und für alle Zigaretten hervorgeschnippt, und er hatte das mit solcher Ruhe getan, daß es Schaper vorgekommen war, als hätte außer ihm niemand wirklich Angst gehabt. Von Anfang an nicht.

Jedenfalls war es den Piloten über Funk nicht anzuhören. Sie gaben die Daten von Geschwindigkeits- und Höhenmesser durch, erhielten vom Tower neue Koordinaten zurück und wurden erst nervös, als sich plötzlich ein Offizier der Air Force in die Leitung klinkte. Glücklicherweise hatte die Stewardeß noch genug Angst oder konnte sich gut genug erinnern, um täuschend echt zu klingen, so daß man sie schließlich ans Funkgerät ließ, wo sie in Tränen ausbrach, das allerdings wirklich.

»Behalten Sie sie«, sagte der Pilot. »Machen Sie mit Pistole, was Sie machen wollen. Sie dürfen nicht sie wegwerfen.

Nicht zu früh. Wir müssen abwarten bis zur Landung, bis der Einstieg offen ist. Sonst gibt es Problem. Ungeheuer große Problem, ja?«

Die Stewardeß hatte getan, was sie konnte. Aber später, vor Gericht, war angesichts der Russen im Saal von ihr nichts mehr zu erwarten.

*

»Erinnern Sie sich! Sie müssen sich erinnern.

Das dürften doch alles Bilder sein, die Sie sehr gut gespeichert haben. Wir haben eine große Bildspeicherkapazität in unseren Köpfen, wenn es um außergewöhnliche Bilder geht. Wenn es um Bilder von Ausnahmezuständen geht, von Katastrophen und Schicksalsschlägen. Schalten Sie Ihre Erinnerung ein. Denken Sie! Und schon werden Sie auf einer der Tonspuren das hohe Singen einer Maschine im Landeanflug hören, hören Sie es? Es klingt wie eine Kreissäge an ihrem tiefsten Punkt im Holz. Darüber liegt die Stimme des Funkers im Tower.

›Korrigieren Sie auf 180 Grad!‹

›Roger, Berlin. Starten jetzt Sichtanflug, Wind bei 2,5.‹ Oder nicht.

Sie sehen an den Schulterstücken des Flugkapitäns und des Copiloten vorbei durch das Fenster eines Cockpits Wolken, dann Häuser, Baumspitzen und nach einer Weile auch die Landebahn. Sie hören das zäh wiederholte und fälschlicherweise ins Cockpit geleitete Kommando der Air Force am Boden: ›Alarmbereitschaft an alle Einheiten! Alarmbereitschaft an alle Einheiten.‹

Sie halten eine Zigarette in der Hand, nicht wahr? Sie halten eine Zigarette in der Hand, während Soldaten eines Sondereinsatzkommandos aus einem Hubschrauber springen, die Maschinenpistolen auf Autodächern abstützen und hinter den Einsatzwagen der Bodentruppen Deckung suchen.

Es folgt die Großaufnahme eines amerikanischen Offiziers. Erinnern Sie sich? Der Offizier ist unbewaffnet. Er breitet die Arme aus, während Sie die Zigarette im Aschenbecher neben dem Flugschreiber ausdrücken und das Cockpit verlassen. Die Gangway ist soeben angerollt, und der Offizier geht lächelnd auf die Gangway zu, in seinem Rücken die Mündungen der entsicherten Gewehre wie Hundeschnauzen, deren Hecheln man für Momente eingefroren hat. Man sieht die Tür des Flugzeugs sich öffnen. Die Zigarette ist noch nicht ganz ausgegangen, und Sie müssen noch einmal zurück und sie fest mit dem Daumen gegen den Rand des Aschers drücken. Hilft Ihnen das, sich zu erinnern?«

Das fragte Schapers Verteidiger die polnische Stewardeß, die nervös an ihrem Ring drehte.

»Sie haben geraucht, nicht wahr. Deshalb waren Sie verzögert in der offenen Flugzeugtür zu sehen. Sie haben kurz vor der Landung noch eine geraucht, obwohl Sie in Schapers Gewalt waren. Sie brauchen nur mit Ja oder Nein zu antworten.« Er wandte sich dem Publikum zu, das hinter der Holzabsperrung saß. »Wird Ihre Erinnerung an dieser Stelle vielleicht von einem tobenden Rachmaninow untermalt? Hat der Regisseur Ihrer Erinnerung beim Durchgehen der Szenen im Schnitt vielleicht gesagt, da müssen wir noch passende Musik raussuchen, und Ihnen ist zuerst Rachmaninow eingefallen? Sie haben ganz recht, große Musik, berauschende Glockenpolyphonien. Das war der Situation ja auch angemessen! Da war wie in jeder großen Musik alles vorhanden. Die Doppelnatur alles Irdischen, die wurde Ihnen plötzlich offenbar, zugleich real existent und die immanente Existenz Gottes zu sein oder, für Sie als Polin, der Jungfrau Maria? Zugleich faßbar und unfaßbar nah und sehr weit entfernt zu sein, als Sie da auf der Gangway standen und der Westwind Ihr Gesicht kühlte? Oder hatte Ihr Regisseur den Namen Rachmaninow noch nie gehört und am Ende die Musik lieber ganz weggelassen? Ist es vielleicht still, mucksmäuschenstill gewesen, als Sie zum ersten Mal im Westwind standen?

Auch für Schaper war nur das langsame Herunterfahren der Turbinen zu hören, als er hinaus auf die Plattform der Gangway trat. War es vielleicht seine Zigarette, die Sie da ausgedrückt haben? Oder Ihrer beider Zigarette?«

»Mister Herbig«, sagte der Richter. »Bleiben Sie mal bei der Sache.«

oben

Der Bundeskanzler hatte sich die Sache vom Hals geschafft. Er hatte rechtzeitig verweigert.

Vielleicht ohne lange darüber nachzudenken. Er wird einfach im Bett gelegen haben. Hinter ihm lag ein Jahr voller Anschläge. Neben ihm Loki. Nachts träumte er, wie er in sein Auto stieg und in einem orangefarbenen Ball in die Luft flog. Auf die gleiche Weise wie der Generalbundesanwalt. Mitsamt seinem Fahrer und einem Aktenkoffer aus Metall.

Vielleicht stellte er sich eines Nachts vor, nicht mehr am Leben zu sein, was darauf hinauslief, sich vorzustellen, was seine Frau dazu sagte. »Mogadischu ist in Afrika«, sagte seine Frau, als sie ihn aus dem Schlaf riß. »Und zwischen uns und Afrika liegen noch die Akropolis und der Islam, allerhand unentdeckte Bromeliensorten und die Meerenge von Gibraltar. Laß uns morgen früh darüber reden.«

Sie müssen das nicht glauben. Aber ich kann Ihnen sagen, was Schmidt darauf geantwortet hat.

»Moralisch«, sagte Schmidt, was ein beliebtes Wort gewesen ist. Ich habe mir inzwischen einiges angelesen.

»Moralisch ist der Mensch nicht auf sich allein gestellt. Er ist kein Einzelwesen. Es gibt immer eine Bindung an letzte Werte, an sittliche Prinzipien, die dem einzelnen übergeordnet sind. Die dem Land oder einer Nation übergeordnet sind, sogar dem Kontinent, auf dem er lebt. Eine Bindung an Höheres«, sagte Schmidt. »An eine Religion, eine Moral, das ist dasselbe elementare Bedürfnis in allen fünf Erdteilen!« Womit er wahrscheinlich sagen wollte, daß Mogadischu quasi in Kreuzberg liegt. Daß das dort seine Leute sind.

Die DDR dagegen war ihm plötzlich zu dicht auf die Pelle gerückt.

Inzwischen ist der Mann über achtzig. Er hat vier Herzschrittmacher gehabt. Auch ihm wird es schwerfallen, sich zu erinnern. Irgendwann geht es los.

Sie sind jung. Aber irgendwann haben Sie den ersten Fehler gemacht. Und schon beginnen Sie, Handwerkern eher zu trauen als sich selbst.

»Aber Fehler in der Erinnerung stellen die Glaubwürdigkeit des Erinnerten sicher. Haben Sie das mal bedacht? Sie halten doch einen Rachmaninow auf Schallplatte auch für authentischer als auf CD?« fragte Schapers Verteidiger die Stewardeß, die darauf nichts zu entgegnen wußte.

unten

»Bleiben Sie mal bei der Sache, Mister Herbig«, sagte der Richter und sah den Verteidiger an. »Und erklären uns das mit der Zigarette.«

Aber die Russen saßen im Saal, und Herbig ging das Thema vorsichtig an.

»Ich wollte nur auf eine kleine Merkwürdigkeit aufmerksam machen. Auf die in der Tat fast unmerkliche Besonderheit, daß eine Stewardeß Muße hat zu rauchen, während sie angeblich gerade mit einer Pistole bedroht wird«, sagte er. »Während der angebliche Entführer ihr angeblich die Pistole an die Schläfe hält, geht sie ins Cockpit, um sich eine Zigarette zu holen. Sie bringt auch dem Angeklagten eine mit. Denn wie wir vorhin gehört haben, sind weder die Stewardeß noch der angebliche Entführer im Besitz von Zigaretten. Sie besitzen keine, weil sie Nichtraucher sind oder notorische Schnorrer, was hier nichts zur Sache tut. Die Stewardeß jedenfalls ist in der Lage, die Zigarette aus der Schachtel zu nehmen, sie anzuzünden und auch noch gemütlich bis zum Filter herunterzurauchen, was an den Beweisstücken drei und vier ersichtlich ist. Und das, während ihr angeblich ein Pistolenlauf unangenehm an der Schläfe drückt. Aber vielleicht erhöht das den Genuß. Ich möchte jedenfalls zu bedenken geben, daß sich hier, wenn schon keine Kooperation, dann aber doch ein zartes Einvernehmen zwischen Entführer und Crew des angeblich entführten Flugzeugs andeuten könnte.«

Von diesem Zeitpunkt an sagte die Stewardeß kein Wort mehr.

»Einspruch, Euer Ehren«, sagte die Staatsanwältin. »An den angeblichen Beweisstücken«, sie betonte ›angeblich‹, »an diesen Zigarettenstummeln hier müßte dann schon nachgewiesen werden, wann genau sie geraucht wurden. Man müßte den Zeitpunkt ihres Gerauchtwerdens feststellen. Ich bin mir nicht sicher, ob die Verteidigung dazu in der Lage ist.«

»Stattgegeben«, sagte der Richter. »Weitere Beweise?«

Aber die Stewardeß verweigerte die Aussage. Bis zum Ende der Verhandlung saß sie rechts neben dem Copiloten und drehte an ihrem Ring.

Saftschubse, wie Schaper dachte.

oben

Ich bin noch nicht fertig mit dem Bundeskanzler.

Helmut Schmidt. Was lange vor Ihrer Zeit gewesen ist. Sehen Sie ihn? Mit diesem Gesicht wie ein Vierkantholz? Die Züge nicht besonders ausgefeilt, statt dessen wenige, kräftige Linien, klare Kontur.

Schmidt, der eine Weile im Dunkeln liegt, bevor er zu seiner Frau sagt: »Die Opposition hat recht. Diese Leute sind eine gefährliche, Menschen vom Leben zum Tode befördernde Organisation, der man mit Gewalt begegnen muß. Das ist die Sprache, die sie verstehen. Ich sage das nicht überspitzt.«

Und seine Frau, die das Kissen aufklopft und sich sehr gerade hinsetzt, bevor sie antwortet.

»Aber ich bitte dich«, sagt sie, »denk dran: Eine Demokratie ist kein Polizeistaat.«

Ich habe hier einen Brief. Den Brief hat ein Staatssekretär unterzeichnet. Eines der Dinge, die man aufbewahrt. Die Ihnen am Ende nichts nützen. Adressiert an Katja Siems und Lutz Schaper, Staatsbürger dieses Landes, womit offenbar die Bundesrepublik gemeint war. Darunter der Empfangsstempel der JVA Moabit vom 23. November 1978.

Hier steht, daß der bisher noch ungeklärte Fall, die sogenannte Umleitung einer Tupolew im August dieses Jahres, Aktenzeichen soundso, jetzt den Amerikanern überantwortet wird. Den Rosinenbomberpiloten, wenn Sie so wollen. Der Pershing und McDonald's.

Der Fall liege ab sofort in den Händen des United States Judge von Berlin. Was er, Schmidt, für das Beste hielte und was er den beiden Beteiligten ebenfalls wünsche. Das Beste. Und zwar Gerechtigkeit, wie sie ihnen als Bürgern eines demokratischen Staates trotzdem und in jedem Fall widerfahren würde.

Ziemlich hochgestochen, finden Sie nicht. Aber wenn man will, kann man diesen Brief für einen Ausdruck von Zärtlichkeit halten. MfG, im Auftrag des Bundeskanzlers.

Oder nur für eine persönliche Eigenart wie das spitze Hamburger »S«, das man aus Fernsehinterviews kennt.

Schmidt setzte das »S« strategisch ein. Während eines Gesprächs mit Honecker auf der KSZE-Konferenz in Helsinki benutzte er es ziemlich häufig.

Was er von Honecker hielt, ist in einem der Interviews zu erfahren: »Der Mann hat mir nicht gefallen. Im Vergleich zu Tito oder auch zu Kádár wirkte er auf mich sehr simpel; außer in taktischen Dingen war er möglicherweise tatsächlich ohne eigene Urteilskraft. Er sprach in einer leicht sächselnden Weise, so daß ich häufig gedacht habe, er müsse sich in der Ulbricht-Ära an dessen Idiom angepaßt haben. Mir ist nie klargeworden, wie dieser mittelmäßige Mann sich an der Spitze des Politbüros so lange hat halten können.«

Man darf die Zärtlichkeiten nicht vergessen.

Dieses Streicheln.

Ein Streicheln mit der Rückseite der Hand. Man fährt mit dem Handrücken an der Wange des Gestreichelten entlang, als wolle man schlagen. So werden Leute behandelt, die man verraten hat.

Man behandelt sie mit Nachsicht und Güte. Man vergibt ihnen das, was man ihnen doch selbst angetan hat. Man wechselt einfach die Position. Und dafür liebt man sie, weil es die Bitte um Vergebung für einen selbst, für den Verräter, unnötig macht.

Manchmal ist so eine Zärtlichkeit nur die Anpassung an ein Idiom, manchmal ein ganzer Brief.

In jedem Fall ein Kraftakt.

Eine Glanzleistung. Psychologisch gesehen.

Im Gerichtssaal sah Schaper häufig Katja an.

Auch das hätte man zärtlich nennen können.

unten

Er saß da und empfand Zärtlichkeit und überlegte, was so eine Stewardeß dachte, während sie ebenfalls nur in ihrem roten Kostüm dasitzen und nichts sagen konnte wegen der Russen im Saal mit ihren Sonnenbrillen und den eckigen Mänteln. Die Sonnenbrillen hatten sie auch hier, in einem Raum ohne Tageslicht, nicht auf die Stirn geschoben. Sie trugen sie als Tarnung. Sie waren so auffällig getarnt, daß auch eine Stewardeß die Tarnung wahrnehmen und ahnen konnte, was sich darunter verbarg und weswegen sie besser den Mund hielt.

Aber es war Katja, die Schaper ansah.

Er fragte sich, ob die Stewardeß ihn haßte, weil er ihr zuerst diesen Schreck eingejagt und sie als Geisel genommen hatte und dann nicht in der Lage gewesen war, ihr diesen Schreck auch zu erhalten. Sie hätte daraus eine vernünftige Aussage ableiten und echte Angst zeigen können. Sie hätte die Russen zufriedengestellt.

Aber er sah Katja an. Die langen Haare fielen ihr auf die Schultern. Sie wirkte angespannt. Er sah sie nach Monaten zum ersten Mal wieder. Sie trug eine Bluse, die zu dünn war für die Jahreszeit. Sie war blaß. Vielleicht war sie in all der Zeit kein einziges Mal nach draußen gekommen.

Schaper sah sie anders, als er sie je in Halle 11 gesehen hatte oder am Pechpfuhl oder auch an jenem Morgen unter dem Wellblechdach.

Vielleicht war das nur eine Folge der Haft. Eine Art Sensibilisierung der Netzhaut.

Dreimal darfst du raten.

oben

Ob der Verrat eines Politikers mehr wiegt als der einer Privatperson, ob ein Verrat überhaupt mehr wiegen kann als ein anderer. Was eigentlich ein politischer Verrat ist, ob beispielsweise ein Verrat aus politischen Motiven, obwohl er von einer Privatperson begangen wird, nicht auch ein politischer Verrat ist und ob – umgekehrt – ein Verrat der Politik an Privatpersonen nicht eigentlich privat und also unmoralischer ist als ein politischer, der zum Geschäft gehört, und damit am Ende auch mehr wiegt.

Moral. Ein Zugpferd von einem Wort.

Alles Fragen, für die sich heute keine Sau mehr interessiert. Wie Schaper Ihnen sicher schon gesagt haben wird.

»Weil es euer sauberes Bild stört«, sagte er, »was?«

unten

Eines dieser sauberen Bilder. Direkt aus dem Bundeskanzleramt.

Schmidt sitzt in einem Sessel. Als ihn die Nachricht von der Entführung erreicht, ist es kurz vor elf. Seine Lippen werden zu einem dünnen Halbmond, der auf den Spitzen steht.

»Naivlinge«, sagt er in den Hörer nach Berlin. »Was sind denn das für Naivlinge.« Dann läßt er sich ins Innenministerium durchstellen.

»Tut mir leid«, sagt man ihm im Innenministerium. »Die Wagen sind gerade mit jugoslawischen Regierungsvertretern unterwegs. Den Herren fehlt gewissermaßen ihr fahrbarer Untersatz.«

»Ja, dann kommen sie eben geradelt«, sagt Schmidt, »Himmelherrgottnochmal.«

Lassen Sie sich davon nicht beeindrucken.

Bleiben Sie gelassen. Wie schon die Staatssekretärin des Innenministeriums gedacht haben wird, als Schmidt sie in der Vorstellungsrunde überging.

»Meine Herren«, sagt Schmidt. Nach einer Weile deutet er eine Verbeugung in Richtung Staatssekretärin an. »Verzeihung. Was schlagen Sie vor?«

Seine Hände bewegen sich, als würden sie in etwas blättern. Auf dem Schreibtisch vor dem Bundeskanzler liegen nur die beiden Hände. Er schiebt sie flach über die Tischplatte, fährt sie über die Tischkanten aus, die Finger gespreizt wie Flügel, wie Flugkörper, die Adern treten vor. »Wie sehen die gesetzlichen Grundlagen für das schnellstmögliche Verfahren aus?«

Der Staatssekretär vom Justizministerium räuspert sich.

»Nur mal angenommen«, sagt er, »angenommen, ein DDR-

Flüchtling würde auf der Flucht von einem ostdeutschen Grenzer erschossen. Theoretisch. Würde dieser Grenzer, der nach ostdeutschem Recht richtig gehandelt hat, nicht von einem westdeutschen Gericht des Mordes angeklagt? Mal angenommen, die ebenso einfache wie richtige Antwort lautete: ja. Und nehmen wir weiter an, ein Ostdeutscher würde auf der Flucht einen ostdeutschen Grenzer erschießen, der versucht, ihn zu stoppen, würde er von einem westdeutschen Gericht für schuldig befunden? Die Antwort lautet: nein. Wir wissen alle, warum das so ist. Wenn wir ihm das Recht zusichern, Westdeutschland zu betreten, und jemand ihn mit der Waffe davon abzuhalten versucht, und zwar egal, wer, selbst wenn dieser Mensch von einem anderen Staat dazu autorisiert worden ist, dann hat dieser Flüchtling, laut unseren Gesetzen, auch das Recht, sich dagegen zu wehren.«

»So ist es«, sagt der Justizminister. »Die letzten Gesetzesänderungen bezüglich terroristischer Aktivitäten sind allerdings noch im Druck. Um die Sache zu präzisieren.«

»Mußten die gerade jetzt dieses Ding entführen«, sagt Schmidt. »Da kaufen wir doch täglich welche raus –«

»Es fällt mir schwer, Ihnen zu folgen«, sagt die Staatssekretärin des Innenministeriums, die vorübergehend vergessen hat, daß sie eigentlich gelassen ist.

»Und für eine hübsche Summe«, sagt Schmidt. »Für eine völlig abstruse Summe, die ich mir einfach nicht merken kann.«

»Fünfundneunzigtausendachthundertsiebenundvierzig D-Mark pro Person zum Festpreis«, sagt die Staatssekretärin. »Trotzdem kann ich Ihnen da nicht folgen.«

»Haben die überhaupt eine Ahnung von dem, was hier vorgeht«, sagt Schmidt. »In ihrem goldenen Käfig da drüben! Also gut. Wie sind die Möglichkeiten. Gibt es Vorbilder in der Rechtsgeschichte? Musterprozesse, Grundsatzurteile et cetera.«

»Wahrscheinlich haben die auch nicht die leiseste Ahnung, wieviel sie kosten«, sagt die Staatssekretärin, die sich leider immer weiter von jeder Gelassenheit entfernt und deshalb von ihrem Minister zum Schweigen gebracht wird. »Wo so ihr Wert liegt«, sagt sie. »Ob der Kurs vielleicht schwankt.« Aber das geht schon unter.

»Es gibt keine.« Der Staatssekretär vom Justizministerium zögert. »Vorbilder, meine ich. Es gibt Einzelfälle. Es hat Flugzeugentführungen gegeben, die der Staatsflucht dienten. Allerdings nur von Bürgern anderer kommunistischer Länder. In solchen Fällen hat man sich entschieden, daß die Flucht eine Entführung weder entschuldigt noch rechtfertigt. Artikel 34 und 35 im Grundgesetz.«

»Na also«, sagt Schmidt.

Der Mann vom Justizministerium kneift die Augen zusammen und korrigiert die Bahn der Staubteilchen über der Schreibtischplatte.

»Wissen Sie«, sagt er, als der Staub sich seinen Wünschen fügt. »Solche Fälle gehen mir an die Nieren. Aber meine Nieren können allemal mehr verkraften als unser Rechtssystem. Ich will uns hier die Auswirkungen im einzelnen ersparen. Vielleicht nur so viel: So was kommt nicht gut an. Vorsichtig formuliert. Wir können nicht einerseits behaupten, alle Deutschen, auch die Ostdeutschen, seien Bundesbürger und hätten dieselben Rechte. Wir können nicht einerseits das Gesetz der DDR nicht anerkennen, das ihnen den Zugang verwehrt, und sie dann bestrafen, wenn sie rüberkommen, weil sie dieses Gesetz ebenfalls nicht anerkennen und die Grenze überqueren. Und zwar egal, wie. Das sprengt uns die ganze Verfassung!«

»Was wollen Sie damit sagen?« sagt der Bundeskanzler. Unter den Rädern seines Ledersessels gibt es einen Knack, als er aufsteht. »Wir haben Verträge!« sagt er. »Die Konventionen von Tokyo und Den Haag. Wie Sie wissen, gibt es

Zahlen, die von 32 Versuchen einer Flugzeugentführung allein im letzten Jahr sprechen, über dreißig Prozent davon in Westeuropa, meine Herren. Denken Sie an diesen Horror da unten in Somalia. Wir müssen dem ein Ende setzen, wir sind sogar gezwungen dazu, und zwar unterschiedslos und mit den härtesten Maßnahmen. Und glauben Sie, ich lasse mich von zwei Naivlingen daran hindern, von zwei DDR-Bürgern, die von der Welt nicht mehr als den Schwarzen Kanal gesehen haben? Als Mitglied der NATO haben wir Vereinbarungen unterschrieben. Also werden wir einen Straftäter auch verurteilen, ob er ein DDR-Bürger ist oder nicht. Wird dieses Land jetzt zu einem Luxus, den wir uns eigentlich nicht leisten können? Das ist ja grotesk!«

»Richtig.«

»Was soll das heißen?«

»Das heißt: Solche Fälle dürfen nicht vorkommen.«

Es gibt eine Pause.

»Wie bitte?«

»Ich sagte, das sind Fälle, die nicht vorkommen dürfen.«

Schmidt muß kurz auf den Boden sehen, vielleicht hat er den Eindruck, sein Schnürsenkel ist offen. Mit einer Hand stützt er sich auf dem Schreibtisch ab, seine Schuhe sind tadellos blank, und er hört, wie er atmet.

»Aber ich bitte Sie«, sagt er dann. »Wir leben doch nicht in einem Polizeistaat.« Wobei er die Formulierung für seine eigene hält.

»Entschuldigung«, sagt der Justizbeamte mit hochgezogenen Brauen und vermeidet es, in Richtung der beiden Minister zu sehen. »Das wollte ich damit nicht andeuten.«

»Meine Herren. Wir sind doch immer noch eine Demokratie, wenn ich das richtig verstanden habe, und eine Demokratie muß tolerant sein. Selbstverständlich muß sie auch gegen Intoleranz selbst intolerant werden können. Aber wir werden nicht die totale Gewalt verkünden. Wir leben in einer pluralistischen Gesellschaft, also muß es in dieser Gesellschaft einen dritten Weg geben, ob wir ihn kennen oder nicht. Was Sie da andeuten, wäre übrigens der Punkt, an dem diese Demokratie zu einem totalitären Staat pervertieren würde.«

»*Das* hat er damit nicht sagen wollen«, sagt der Justizminister.

»Und warum sagt er dann nicht, was er sagen will, es ist zwei, mein Lieber, und ich bin nicht sicher, was da inzwischen in Tempelhof passiert.«

»Er hatte Sie darauf hinweisen wollen, daß wir noch die Amerikaner im Land haben«, sagt der Minister. »Es wäre besser, wenn dieser Fall ein amerikanischer Fall wäre.«

»Wo sie denen quasi schon in die Arme geflogen sind, nicht wahr?«

»Es wäre ein Kompromiß. Das Urteil über einen DDR-Bürger würde dann gewissermaßen nicht von einer westdeutschen Regierung gefällt.«

Schmidt sieht aus dem Fenster. Ein Kiesweg verläuft schräg in den Park hinein, junge Kastanienbäume lehnen, noch in Transportnetze verpackt, am Geländer.

»Nicht gelaufen und nicht gefahren, weder angezogen noch nackt«, sagt er dann.

*

Unklar bleibt, ob Katja von all dem etwas mitbekam. Ob sie mitbekam, was in den Monaten nach ihrer Landung um sie herum vorging. Ob ihr jemand von den Telefonaten zwischen der deutschen und der amerikanischen Regierung erzählte, in denen ihr Name fiel. The case Schaper/Siems, wie es hieß, wobei Siems von Spaßvögeln auf der amerikanischen Seite als »the It-Seems« bezeichnet wurde. Das hatte einen tieferen Sinn, der auf Kosten der Hardliner im amerikanischen Außenamt ging. Die darüber jedoch nicht informiert wurden oder es einfach nicht registrierten, weil sie zu sehr damit beschäftigt waren, alle Verdachtsmomente auf Katja zu konzentrieren.

The case, der so schnell wie möglich geschlossen werden sollte. Der von beiden Seiten belächelt wurde und dennoch an bestimmten Stellen jedesmal peinliches Schweigen auslöste, während man die Einheiten in der Ohrmuschel durchklickern hörte.

Den man jetzt einfach mal vom Tisch haben wollte. Ad hoc. Eine fixe Entscheidung.

Vor Gericht trug Katja eine helle Bluse und wirkte auf Schaper angespannt.

Unklar ist auch, ob sie von Schmidts Träumen erfuhr, in denen orangefarbene Bälle und Schatten durch die Luft flogen, die ihr glichen.

Ob sie wußte, daß ihre Post kopiert wurde, daß jede einzelne Karte zuerst kopiert und später abgefangen und gelesen wurde. Ob sie sich fragte, ob die, die ihre Karten abfingen und lasen, eigentlich wußten, daß alles zuvor bereits kopiert und ebenfalls schon einmal gelesen worden war.

Ob ihr jemand von den fieberhaften Versuchen Washingtons erzählte, gesetzliche Regeln für den United States Judge zu entwerfen, der bisher nur auf dem Papier existierte. Reine Formsache. Trotzdem hatten sich nacheinander drei amerikanische Richter geweigert, diesen Fall zu übernehmen. Ob sie wußte, daß der dritte, der direkt vom Weißen Haus mit einem Diplomatenpaß ausgestattet worden war, Westberlin innerhalb von 48 Stunden wieder verließ.

Sagte Herbig, Katjas Anwalt.

Klar ist, daß sie gern mal rausgegangen wäre. Nicht sofort. Nicht gleich in den ersten Wochen. Aber daraus wurden Monate, und Anfang November hatte man sie noch immer über nichts informiert.

Sie wollte wissen, was hinter dem Rollfeld und jenseits der

Mauern lag. Um nicht am Ende auf den Gedanken zu kommen, die Flucht liege vielleicht noch vor ihr.

Unklar ist auch, ab wann Katja begann, Clerk zu durchschauen. Ob sie wirklich bis zum Ende glaubte, er wäre da, um mit ihr Tischtennis zu spielen. Sie sieht ihn mit den Beinen auf dem Glastisch, und das Glas nimmt die Farbe der Beine an oder die Beine die Farbe von Glas. Eine glatte Figur. Tadellos und vollkommen durchsichtig. Sagte Herbig. Was ebenfalls eine Fehleinschätzung war.

In Tempelhof wußte das jeder.

Katja wußte es nicht.

*

Wenn sie versuchte, ihre Situation im Flughafen zu beschreiben, verwendete sie denselben Satz wie Schmidt am Tag der Entführung. »Nicht gelaufen und nicht gefahren. Weder angezogen noch nackt.«

*

Sie joggte. Einmal täglich umrundete sie das Flughafengelände. Wenn sie ihr Zimmer verließ, nahm der Wachposten vor der Tür Haltung an.

Von den harten Sohlen der Straßenschuhe schmerzten ihr bald die Füße, und sie hörte auf zu laufen und ging spazieren. Sie strich wie ein Tier durch ein großes Gehege.

Sie ging die stillgelegte Startbahn hinauf und wieder hinunter, sie hörte, wie der Wind den Klang ihrer Schritte verwischte, und die Kameras bewegten sich mit. Sie waren installiert an der Grenze zur Stadt. Auch vom Tower aus wurde sie beobachtet. Aber wohin sollte sie schon gehen mit fünfzig D-Mark und dem blauen Ausweis der DDR.

Am Ende ihrer Streifzüge kam sie an einem Außenflügel des Flughafengebäudes vorbei, zu dem der Zutritt verboten war. Plastetüten und Dosenmüll waren zu einem Haufen an die Gebäudemauer gekehrt. Seit einiger Zeit stapelten sich neben der Eingangstür sauber eingeschweißte Paletten. Die Aufkleber stammten von einem amerikanischen Postdienst. Katja hatte sie gelesen, aber nichts weiter erfahren als die Namen von Straßen in Washington.

Sie setzte sich gewöhnlich auf die Böschung, die dem Außenflügel gegenüberlag. Sie saß dort eine Weile, je nachdem, wie das Wetter war. Die Planen auf den Paletten schlugen vom Wind getrieben gegen das Holz. Sie saß allein hier. Die Böschung lag am äußersten Rand.

»Bis hierher und nicht weiter«, hatte Clerk gesagt. »Trinken Sie was, wenn Ihnen das nicht reicht.«

In der Ferne, jenseits der Gebäude und des Rollfeldes und weit hinter dem Gras, konnte sie am kurzen, hellen Aufblitzen der Luft Autos erkennen, deren Fensterscheiben die Sonne traf.

Zwischen den Paletten stand plötzlich ein Junge. Dann sah sie ihn rechts von sich. Erst die Bewegung der Kameras hatte sie auf ihn aufmerksam gemacht. Er stand dort, wo die Böschung zum Zaun hin abfiel, und guckte zu ihr herüber. Als er sicher war, daß sie ihn bemerkt hatte, drehte er sich um und verschwand hinter einem Bauwagen. Er tauchte wieder auf, er hatte sie umkreist. Er sah nicht aus, als gehörte er zum Bodenpersonal.

Er war keine achtzehn.

»Bist du der Platzwart«, rief sie.

Er zuckte die Schultern und kam näher.

»Nicht 'n bißchen verboten, was du hier machst? Die haben dich jetzt auf Video.«

»Wenn's nicht verboten wär, würd's keinen Spaß machen«, sagte er und schoß Steine weg, die man nicht sah. »Müßten Sie doch am besten wissen.«

»Woher soll ich wissen, was du an verbotenen Sachen findest.«

»Weil es das gleiche ist, was Sie daran finden.«

»Na toll«, sagte Katja. »Dann bist du ja hier richtig. Wo fangen wir an?«

»Hä?«

»Mit dem Geheimgang. Ich will raus, und du hilfst mir buddeln.«

Der Junge zog müde eine Braue hoch.

»Klar. Ich im Unterhemd, schwitze wie ein Schwein, und alles ist echt gefährlich, die Bullen und so, macht Sie wahnsinnig an, Schummerlicht, tiefe Blicke, 'ne Esoterikmucke, die auf zerstörerisch macht, Sie lassen die Schippe fallen, ich die Hose, alles ist eng und matschig, macht aber nix, weil es ja Leidenschaft ist und noch nie passiert, und raus kommen wir als Pärchen, scheiß auf den Knast.«

»Hallo?« sagte Katja.

»Ja.« Der Junge war sehr gelangweilt. »Welcome to the West. Wenn Sie abhauen, dann buchten die Sie erst richtig ein.«

Und vielleicht weil er so gelangweilt war und sie auch, sagte Katja nichts und zog ihren Block aus der Jackentasche. Es war ein karierter Notizblock, und gewöhnlich spielte sie gegen sich selbst. Es war ein Spiel für zwei, aber sie hatte es abgewandelt. Mit drei Strichen legte sie den Grundstein für einen Galgen. Dann stellte sie den Pfahl auf und gab sich eine bestimmte Anzahl von Strichen vor, die sie mit einem beliebigen Anfangsbuchstaben und zwei Vokalen füllte. Immer wieder verringerte sie die Zahl der Striche. Trotzdem waren die Worte, die sie zu den Buchstaben fand, zu kurz, hatten irgendwo eine Lücke oder ergaben keinen Sinn.

Am Ende hing dann ihr Kopf in der Schlinge.

»Denk dir was aus«, sagte sie. »Da bist du ja gut drin. Irgendein Wort. Was dir grad einfällt.«

Der Junge sah sie mißtrauisch an.

»Nur Anfangs- und Endbuchstaben, für alle anderen machst du einen Strich.«

»Galgenraten«, sagte der Junge, nachdem er sich den Block angesehen hatte. »Bevor man's raus hat, wird man gehängt.« Er trug ein buntes Hemd und eine Jeansjacke, obwohl es kalt war. Schließlich schrieb er etwas auf und gab ihr den Notizblock zurück.

Sein Wort begann mit A, der letzte Buchstabe war ein L. Dazwischen lagen fünfzehn Striche. Sie probierte eine Weile herum. Er stand daneben, die Hände in den Taschen.

»Arbeiterrudel«, sagte sie. Es paßte nicht. »Anstreicherbordell?«

»Wenn Sie nicht aufpassen, sind Sie bald eine Leiche«, sagte der Junge.

Katja mußte plötzlich an Lutz denken. Sie sah sein Gesicht hinter den vergitterten Fenstern des Polizeiwagens, mit dem er abgeholt worden war, nach Moabit, wie man ihr gesagt hatte, in ein Gefängnis, in dem es Radio und Zeitungen auf den Zellen gab. »Das hast du dir doch grade ausgedacht.«

»So was denkt man sich nicht aus.«

»Wird ja immer geheimnisvoller. Ist das ein Lebewesen, eine Stadt, ein Ort –«

»Bingo.« Der Junge nahm ihr das Notizbuch aus der Hand und füllte die Striche mit Großbuchstaben auf. »Aviation-Terminal«, sagte er triumphierend. »Da drüben. Der Kasten da.«

»Zusammengesetzte Worte gelten nicht«, sagte sie. »Fremdsprachen auch nicht. Kennst du doch nicht, das Spiel, was?«

Er checkte sie. Dann flüsterte er: »Ich bin übrigens Ronni.« Katja sah ihn an.

»Hätte gern 'ne Karte für die erste Reihe gezockt. Gibt aber keine Karten.«

»Gibt keine Karten«, sagte Katja, und sie hätte auch sagen können Muckefuck oder Petrischale oder Halt die Klappe, es hätte nicht schlechter gepaßt.

Ronni grinste.

»Die halten Sie nicht grad auf dem laufenden, was? Hier laufen bald die richtig hohen Tiere auf! Die haben da alle ihre Rüssel drin: BND, KGB, FBI, das volle Programm, ich sag's Ihnen. Warum machen die sonst so 'n Scheißgeheimnis drum, die Arschlöcher.« Er machte eine Pause und sah sich vorsichtig nach allen Seiten um. »War verdammt schwierig, an Sie ranzukommen, verstehen Sie. Aber ich wollt schon immer mal wissen, wie 'ne Entführerbraut von nahem aussieht.«

»Dann weißt du ja jetzt Bescheid«, sagte Katja. Das Rollfeld lief aus dem Kopf des Jungen direkt hinein in den Horizont.

»Bleibt mir glatt die Spucke weg«, flüsterte er, »um es mal so zu sagen.«

»Schön, daß es dir gefällt«, sagte sie. »Es ist nämlich todlangweilig. Erklär mir lieber, was die hohen Tiere hier wollen.«

»Ihnen richtig schön ans Bein pinkeln, was denn sonst. Was der Palast die allein kostet!« Er schien jetzt nicht mehr besonders gelangweilt. »Da drüben. Wo die Bauarbeiter rein- und rausrennen. Eigentlich ist der Terminal lange stillgelegt.« Sie sah in die Richtung, in die der Junge zeigte. »Die motzen das richtig auf, Eichenholzwände, Richtersitz, Anklagebänke, die amerikanische Flagge soll auch rein. Damit's aussieht wie in 'nem Film aus Amiland. Da haben die sogar Fachleute eingeflogen für. Aus Washington und so«, sagte er.

»Wegen uns?«

»Stell'n Sie sich vor!«

»Und seit wann weiß man das?«

Ronni zuckte die Schultern. »Richtig weiß das keiner, wenn man nicht gerade 'n bißchen rumspioniert, so wie ich. Und jetzt wissen Sie's auch.«

»Mir war der Zustand vorher fast lieber«, sagte Katja.

»Kann man uns nicht behandeln wie ganz normale Menschen?«

»Sie haben ein verdammtes Flugzeug entführt!«

»Mir kommt es gar nicht so vor«, sagte sie.

»Na, da fragen Sie mal die Amis.«

Dieser Galgen jedenfalls wurde nie fertig.

*

Sie haben wichtige Informationen vor uns geheimgehalten. Versuchen Sie mir zu sagen, wer Sie sind.

Clerk hatte die Beine auf den Glastisch gelegt. Die Gardine wehte ins Zimmer. »Liebe Katja«, sagte er.

»Liebe Katja. Eine Flugzeugentführung ist ja keine so schlimme Sache.«

Es war das Jahr 1979. Der Grundlagenvertrag zwischen beiden deutschen Staaten war vor sechs Jahren in Kraft getreten. Clerk hatte die Unterzeichung vor dem Fernseher im Offizierskasino verfolgt. Heavy stuff, hatte jemand gesagt und eine Flasche entkorkt. Im Fernsehen hatte man zwei Staatsoberhäupter, die sich nur durch die Krawatte voneinander unterschieden, einander die Hand schütteln sehen, und später war Clerk an dem Versuch gescheitert, an den Beinen einer Dame ihre Nationalität abzulesen.

Inzwischen hatte er gelernt, daß die Staatsoberhäupter es als Sport betrachteten, sich gegenseitig übers Ohr zu hauen, und daß, wenn es zwei souveräne deutsche Staaten gab, sie nur auf dem Papier existierten. In diesem Fall war es das beste abzuwarten, wie sich die Dinge entwickelten. Wie beim Tischtennis. Man durfte den Ball nicht zu früh annehmen, aber wenn er kam, kam es darauf an, die richtige Bewegung zu machen.

»Das Problem, das wir nun haben«, sagte Clerk und kehrte zu Katja zurück. Er legte seine Hand auf ihre, mit der sie dauernd über eine ziemlich einfältige Handtasche strich.

»Das Problem ist, daß Sie uns helfen müssen«, sagte er. »Dann kann ich Ihnen vielleicht auch helfen. Eine Hand wäscht die andere, sagt man so?«

Die Tasche war auf der Vorderseite mit Schlangenhautimitat abgesetzt. Die Tasche brachte Clerk auf einen Gedanken, und er versuchte herauszufinden, wo dieser Gedanke herkam. Dann fiel ihm ein, daß die Tasche in Katjas Händen genauso unpassend aussah wie die Tochter eines hohen amerikanischen Diplomaten in diesem Helikopter, mit dem sie die Jungs aus Saigon ausgeflogen hatten. Die Diplomatentochter war ein Junkie und hatte sich einen Spaß daraus gemacht, ihre Entziehungskur mit einem längeren Abstecher nach Vietnam zu belohnen und Pommes frites und Coca-Cola im amerikanischen Legion Club an der Hauptstraße zwischen Tan Son Nhut und Saigon zu servieren. In der Endphase der Evakuierung. Sie hatten in Washington Himmel und Hölle verrückt gemacht, um sie zu finden, und dann saß sie in einem der Helikopter. Der Helikopter war voller Schuhe und zerbrochenem Spielzeug gewesen. Ein billiger Pelz fiel über die gerade mal zwanzigjährige glatte Haut ihrer Hände, und sie sagte, sie wäre lieber dageblieben, als in dieses sinnlos überlebende Scheißland zurückzukehren, in diese ewige Monotonie. Genau das hatte sie gesagt; dieses sinnlos überlebende Scheißland. Clerk hatte damals den Schluß gezogen, daß man die Dinge nicht einschätzen konnte. Daß man abwarten mußte, wie sie sich entwickelten. Um dann die richtige Bewegung zu machen.

Er sagte: »Sagen Sie mir einfach alles, was Sie über Meerkopf wissen.« Er sagte das sanft, aber bestimmt. Meerkopf war nicht das Problem. Meerkopf war nur ein Name, den Katja ihm bisher verheimlicht hatte.

»Sehen Sie, Katja«, sagte er und lehnte sich wieder zurück, »Frau Meerkopf war hier.«

Es war nicht so, daß ihm das Spaß gemacht hätte. Es machte ihm keinen Spaß, Leute einzuschüchtern. Das war keine besonders interessante Strategie. Aber er müsse da jetzt mal rangehen, hatte der Außenminister gesagt, irgendwann sei das Maß voll, und Clerk hatte den Außenminister nicht gern persönlich am Telefon. Also bemühte er sich, das Ganze sportlich anzugehen.

Er sagte: »Frau Meerkopf. Also Hans Meerkopfs Frau. Sie hat Andeutungen gemacht, die ich nun zu enträtseln habe. Sie würden mir das sehr erschweren, wenn Sie weiterhin schweigen.«

Frau Meerkopf war es, die ihm in diesem Fall den Ball zugespielt hatte.

»Ihr Schweigen, Katja, könnte Sie in größte Schwierigkeiten bringen. Man könnte auf die Idee kommen, Sie seien nicht die, die Sie vorgeben.«

Frau Meerkopf hatte perfekte Zähne, war Ende dreißig und geschieden. Sie war nur eines sentimentalen Gefühls wegen zu ihm gekommen. Sie gehörte zu den Frauen, die es romantisch fanden, ihre Ex-Männer in den Händen der Feinde zu wissen. Sie konnten sich dann für den Rest ihrer Tage einreden, für die Rettung ihrer Männer nichts unversucht gelassen, am Ende sogar noch ihr Leben für sie eingesetzt zu haben und trotzdem nie gebührend geliebt worden zu sein. Vietcongs oder russische Kommunisten waren ein glänzendes Lebensrisiko. Beide schienen jedenfalls gerade gleichermaßen hoch im Kurs zu stehen. Einen Unterschied machte nur die Seite der Welt, auf der man sich befand.

Als er Katja über seine Stiefelspitzen hinweg musterte, wußte er, daß er die richtige Bewegung gemacht hatte. *Coax it out.* Er ließ eine Kugelschreibermine schnappen.

»Es fällt mir nicht leicht, Ihnen das zu sagen, Katja, aber Frau Meerkopf hat angedeutet, daß Sie an der Verhaftung ihres Mannes durch die DDR-Justiz nicht unbeteiligt sind.«

*

Das Fenster stand offen, und die Gardine wehte. Es sah aus, als würde sie Luft holen.

»Dann wissen Sie ja mehr als ich«, sagte Katja. Auf dem Fensterbrett standen Trockenblumen, der Aschenbecher war seit gestern nicht geleert worden, was man roch.

»Es würde uns schon helfen zu erfahren, was Sie wissen.«

»Er ist verheiratet«, sagte Katja.

»Er war verheiratet. Das ist ganz richtig. Ich glaube nicht, daß er es noch ist.«

»Sie glauben das nicht.«

»Ich bin mir sogar ziemlich sicher.«

Katja lächelte. »Dann sag ich Ihnen mal, was ich glaube. Ich glaube auch nicht, daß er das noch ist. Ich glaube nämlich, daß er noch nie verheiratet war und daß das jetzt überhaupt keine Rolle mehr spielt, es ist nämlich egal, ob einer verheiratet ist oder nicht, wenn die ihn haben, höchstens, daß es besser ist für alle, die mit ihm verheiratet sein könnten, wenn sie es nicht sind.«

Clerk sah die junge Frau vor sich an. Ihr Körper hatte sich versteift, obwohl sie ihre Tasche auf die gleiche Weise hielt wie zuvor, obwohl sie weiterhin lächelte, auch wenn das Lächeln bereits in ihren Augen weniger wurde. Es rutschte über das Gesicht weg nach unten. In einer Bewegung, die langsamer und dünner war als ein Schatten, der mit der Sonne wandert, erreichte das Lächeln den Mund, bis es auch den Mund mitnahm, der dann nur noch ein gerade gezogener Mund mit geschminkten Lippen war. Absonderlich, dachte er, wie durch minimale Korrekturen der gesamte Ausdruck sich zu ändern schien und das Gesicht straffer, geglätteter, aber auch widerstandsfähiger zurückblieb. Aber für jemanden, der nicht so genau hingesehen hätte wie er, wäre nicht feststellbar, ob sich in diesem Gesicht etwas verändert, ob überhaupt etwas in den letzten Minuten stattgefunden hatte. Sie trug den Kaschmirpullover. Er konnte nicht verhindern, daß ihm das gefiel.

»Regen Sie sich nicht auf. Eine Flugzeugentführung ist keine so schlimme Sache«, sagte er und überlegte, daß er das nicht zu oft sagen sollte. »Im Vergleich zu anderen Sachen. Wo man Sie nicht mehr für ganz so unschuldig halten dürfte.«

»Die haben ihn also«, sagte Katja. »Dann haben sie ihn also wirklich erwischt.«

»Ja. Tut mir leid. Daß ich Ihnen da nichts anderes sagen kann.«

»Und woher weiß man das?«

»Woher man so was eben weiß.«

»Und das ist wohl ganz sicher, was?«

»Ganz sicher«, sagte er. »Hundertprozentig.«

»Sie wußte das, oder? Diese Frau hat das gewußt. Und Sie wissen es und können mir nicht sagen, woher Sie das wissen? Am Ende wissen Sie das von dieser Frau, und die weiß es, weil ihr krankes Hirn ihr das eingegeben hat. Oder weiß es am Ende schon die ganze Welt, Sie und Ihre Army-Leute und Ihr Präsident und der Kreml, und selbst die Kolchosbauern in Sibirien wissen es, nur ich nicht? Wer verteilt hier eigentlich das Wissen, können Sie mir das mal sagen?«

Clerk konnte es nicht. Er zog den Vordruck zurück, legte den Stift quer darüber und stand auf. Er dachte, er sollte besser noch warten. Es war nicht gut, zu schnell zu sein, zu voreilig auf einer Sache zu bestehen, die nicht ganz wasserdicht war, auch wenn der Außenminister jetzt jeden Tag anrief. Vor dem Fenster wendete eine Transportmaschine und fuhr zur Landebahn hinaus.

»Was soll ich unterschreiben«, sagte Katja plötzlich in seinen Rücken.

»Sie müssen das vom Standpunkt der internationalen Politik aus sehen.« Clerk ging zu ihr zurück und legte ihr eine Hand auf den Arm. Sie drehte den Arm weg. »Sie müssen verstehen, daß es auf allen Seiten Vorbehalte gibt, die unterschiedlichsten Vorstellungen, wie ein Staat seine Bürger behandelt, wie ein Rechtssystem auszusehen hat –«

»Was soll ich unterschreiben«, sagte Katja.

»Da entstehen komplizierte Verwicklungen, das ist oft schwierig zu überblicken, aber wenn Sie unterschreiben, sichert Sie das auch gewissermaßen ab –«

An diesem Tag wird Katja zum ersten Mal alles zu Protokoll geben. Wie sie mit Schaper über den Flohmarkt geht. Wie sie ihm vorschlägt, ihre Uhr zu verkaufen, die Blusen und eine Jacke. Wie sie auf dem Bordstein sitzen und das Geld zählen, bis Zigeunerkinder sie ausfindig machen und sich mit ihren bemühten, kleinen Gesichtern vor sie hinhokken, den Kopf schief legen und die ausgestreckten Hände öffnen. Das Geld reicht für die Pistole. Für die Pistole und zwei Waffeleis, und Katja erzählt, wie die Kinder ihnen das Eis fast aus der Hand reißen. Wie sie die Pistole später durch den Zoll bekommen. Als Mitbringsel für das Kind einer Kollegin. Wie Schaper aus Sitz 12 B aufsteht und sie ihm nicht in den Arm fällt. Der gefälschte Paß mit dem Namen Ines und das Schiff, das ohne sie vom Gdansker Kai ablegt. Unser Traumschiff, wie Schaper dazu sagte. Dream Boat.

Das kennen Sie schon.

Was Sie nicht wissen, ist, daß dieses Protokoll als Grundlage für die Anklage dienen sollte.

*

»Was Sie nicht wissen«, sagte Herbig, Katjas Anwalt, »ist, daß das, was Euer Ehren da vorliegt und aussieht wie ein Protokoll, ein erzwungenes Geständnis ist. Clerks Fragen, die, wie wir annehmen müssen, den Techniken eines Verhörs nicht unähnlich waren, hat man rausgestrichen. Von dem Namen Meerkopf kann ich in diesem Protokoll ebenfalls nichts mehr entdecken. Auch das wurde nachträglich gestrichen. Wie Euer Ehren sehr wohl wissen«, sagte Herbig, »handelt es sich hier um eine Vorgehensweise, die gegen die Verfassung verstößt. Dieses von einem Colonel der Air Force erpreßte Geständnis soll dazu dienen, das Verfahren ohne Geschworene abzuwickeln. Man hat vor, Katja möglichst schnell, streng und ohne Aufsehen zu verurteilen. Das entspräche den Regeln eines Kriegsgerichts, und wenn ich mich nicht irre, ist zumindest dieser Krieg mehr als dreißig Jahre vorbei, verbessern Sie mich, wenn ich da falschliege.«

Oder besser: Das hätte er gern gesagt.

Aber auch das kommt erst später.

Selbst einer wie Herbig konnte diesem Geständnis nicht ansehen, daß es erzwungen worden war. Solange er keinen Tip bekam. Solange ihm nichts von einem Fluchthelfer namens Meerkopf gesteckt wurde. Solange ihm Schaper in seiner Zelle nichts anvertraut hatte oder ein Foto in Umlauf gebracht worden war.

»Halten Sie ihn da raus, ich bitte Sie«, hatte Katja zu Colonel Clerk am Ende des Tages gesagt. »Ich habe es Ihnen nur gesagt, weil ich Ihnen vertraue. Aber lassen Sie Meerkopf aus dem Spiel. Ich will nicht, daß ihm was passiert.«

Clerk war aufgestanden. Er hatte die Gardine eingefangen und das Fenster zugemacht.

»Wir haben die Information, daß die ihn bereits verhören«, hatte er mit dem Rücken zu ihr geantwortet, »was soll ihm da noch groß passieren?«

oben

Dream Boat. Es wird alles nicht so heiß gegessen, wie es gekocht wird. Kleine Lady. Versuchen Sie mir zu sagen, wer Sie sind. – Sätze, die überaltern.

Was soll noch passieren, wenn die Zeit steht. Es ist heiß. Von den Gitterrosten tropft Kondenswasser. Man kriegt kaum Luft. Die Gelenke müssen schmerzen von derselben Haltung, stundenlang. Wenn Sie schlucken, ist jedesmal ein trockenes Knacken zu hören. Der Kieferknochen. Oder die Kehle ist ausgedörrt. Und jemand wird warten.

Wartet man nicht auf Sie? Fragt sich keiner, wo Sie bleiben? In Ihrem Stuck-Altbau, Ihrer Studenten-WG, in der Doppelhaushälfte, falls Sie verheiratet und untergekommen sind, der Gatte verdient bei Mercedes? Irgend jemand wird sich doch sehnen oder sich einmal kurz inmitten all der Hektik fragen, wo Sie geblieben sind.

Also schreiben Sie schnell ein paar Worte. Sagen Sie Ihren Lieben, was noch zu sagen ist.

Hinterher wird man nichts finden. Eventuell noch Reste vom Gerüst, Versprengtes, unzusammenhängendes Knochenmaterial, eine gesprungene Uhr, ein bißchen Gummibaum. In der Luft das Nachbeben einer Explosion, es riecht verbrannt. Später wird man versuchen, das Geschehen zu rekonstruieren. Man wird nie erfahren, wie es sich im einzelnen verhalten hat. Was die letzten Worte sind. Wie jemand gelitten hat. Ob Sie gelitten haben. Ob Sie vor lauter Angst überhaupt leiden konnten.

Das Gute an Rekonstruktionen ist, daß sie ohne Mitleid auskommen.

Die Zeit steht. Und hören Sie die Mücken? Die Mücken werden aggressiv, und die Hunde sind nachts kaum zu bremsen. Sie bellen und schwitzen, als hätten sie tagelang nichts zu fressen gekriegt.

Meerkopf wird das Hemd am Körper kleben. Die Schweißtropfen sind Spinnen, die ihm in die Unterhose krabbeln. Seine Waden hat er entblößt. Vielleicht stellt er sich vor, am Pechpfuhl zu sitzen, wo die Luft kühl unter den Kiefern ist. Vielleicht stellt er es sich immer seltener vor, weil selbst die Luft in seiner Vorstellung sich erhitzt.

Auch am Pfuhl steht die Zeit wie ein stiller, maßloser Tümpel. Die Hunde sind noch die einzige Abwechslung.

Aber entgegen jeder menschlichen Erwartung, die auf der

unhaltbaren Vorstellung beruht, das eigene Leben würde immerfort andauern, wird auch das irgendwann zu Ende sein.

Das Flugzeug wird irgendwann landen.

Deutsche Regierungen werden Imageprobleme oder finanzielle Schwierigkeiten haben, Meerkopf wird dann frei sein.

Auch ein Prozeß hat oft ein überraschend klares Ende. Ich plädiere für schuldig, sagt die Staatsanwältin, und ihr kleiner Finger fährt in die Hosentasche.

Für Katja hatte die Geschichte mit Meerkopf im Offiziersbüro des Militärischen Geheimdienstes der amerikanischen Besatzungsmacht ein Ende. Draußen stiegen Tauben auf.

Sie legte beide Hände an die Schläfen und wunderte sich, daß ein so abruptes Ende sie so ungeheuer müde machte.

Sie trat nach draußen in das Sonnenlicht, das über den Flugplatz wehte, und legte den Kopf in den Nacken.

Über ihr kreisten die Tauben. Gerettete, kleine Körper.

In einer unverschämt sicher geführten Choreographie drehten sie ein paar Runden über ihrem Kopf, bevor sie flatternd davonzogen.

unten

Katja sieht den Tauben nach und hat das Gefühl, jemand müsse sie vor dem Himmel schützen.

Als sie in ihr Zimmer zurückkommt, ist es größer geworden. Der Teppich kommt ihr bedrohlich vor, die Tapeten scheinen beweglich. Sie rückt das Bett ein Stück näher ans Fenster.

Vor ihren Augen spielt sich nichts ab. Dann verschwimmt alles, und sie sieht sich im Spiegel.

Der Spiegel hängt vor ihr über einer Konsole. Katja schlägt den Kragen ihrer Jacke hoch und versucht, darin schön auszusehen.

Zwei Haarsträhne fallen in ihre Stirn. Sie legen ein Schattenmuster über ihr Gesicht, wie eine zweite, gemaserte Haut, die man der ersten übergezogen hat. Die Maserung ähnelt den Linien auf einem Stadtplan. Ein Stadtplan, wie ihn Meerkopf ihr einmal gezeigt hatte. Darauf gab es dicke rote Linien, die von Südwesten in den Norden hoch verliefen, die Avus, hatte er gesagt und dann auf einen Halbkreis gezeigt, der in eine gelbe Linie auslief, Detmolder Straße, dort fahre ich ab, wenn ich nach Hause will. Die gelben Linien waren Straßen, in denen Bäume dicht vor den Fenstern standen und nachts die Katzen die Fahrbahn beherrschten. Die Straße, in der Meerkopf wohnte, lag östlich von Tempelhof, meine Wahlheimat, wie er gesagt hatte, mein Domizil.

Die Straße bildete die rechte Kathete eines gleichschenkligen Dreiecks.

Katja sieht kein Haus, keine Katzen, nicht die Straßenmarkierungen oder das kleine Café mit dem vertrockneten Ficus im Fenster. Sie hat nur ein Bild von seiner Wohnung im Kopf, eine weiße Schrankwand, auf der Massai-Frauen in Form von hölzernen Zahnstocherhaltern stehen. Tourinepp, wie Meerkopf dazu gesagt hatte.

Sie sieht auch ihre eigene schmale Kirschholz-Kommode neben der Flurgarderobe stehen. Meerkopf hatte sie in Einzelteilen über die Grenze geschafft und drüben wieder zusammengebaut und vorläufig neben die Flurgarderobe gestellt, damit Katja, wenn sie käme, den Platz in seiner Wohnung dafür selbst aussuchen konnte.

Katja sieht ihr Gesicht im Spiegel, das Dreieck mit seinen zwei Katheten rechts und links der Mundwinkel, und ist enttäuscht, daß Meerkopfs Wohnung nicht auf der Hypotenuse liegt.

Als sie mit dem Finger über ihre Lippen fährt, verschwindet sie.

Meerkopfs Wohnung.

Unter der Kuppe ihres Zeigefingers.

Die Zukunft.

Eine Wurzel aus der Erinnerung.

Nachts steht sie noch einmal auf. Sie nimmt das Foto, das sie bisher achtlos zwischen der Unterwäsche im Schrank verwahrt hat, und legt es in den Nachttisch. Das Foto wurde mit Selbstauslöser aufgenommen. Am unteren Bildrand ist noch ein Stück vom roten Autodach zu sehen.

*

Die einzigen Tränen, die Katja in Tempelhof weint, sind Tränen, die ihr der Fahrtwind in die Augen treibt.

Sie lehnt ihren Kopf weit aus dem Autofenster, und der scharfe Wind drückt ihr die Wimpern auseinander.

Sie wird gewußt haben, daß es ihr nicht gutging. Aber als es ihr länger nicht gutging, hörte sie auf, das zu wissen, und konzentrierte sich auf die wesentlichen Dinge.

Für Katja gehörte zu den wesentlichen Dingen, Routine als Hauptbestandteil des Lebens zu betrachten. Womit zusammenhängt, Enttäuschungen nicht zu fürchten, sondern sie zu erwarten. Sich nichts einreden zu lassen. Womit auch zusammenhängt, Männern keine Liebesgeständnisse zu machen. Jedenfalls nicht, ohne ihnen vorher mitzuteilen, daß der Sex als Geschenk zu verstehen war. Was unter anderem dazu führte, nicht warten zu müssen, wenn sie es gerade nicht aushielt. Sich die Voraussetzungen, ob man wartete oder nicht, entsprechend zu schaffen.

Bisher war Katja das meistens geglückt.

Sie schrieb Meerkopf in jenem Sommer keinen Brief, auch nicht, als er nach zwei Monaten noch immer verschwunden blieb.

Wenn Kolleginnen sich in der Mittagspause vorrechneten, wie lange es her war, daß ein Mann ihnen Blumen geschenkt hatte, und entweder ihren Charakter oder die Farbe ihres Lippenkonturstifts dafür verantwortlich machten, stand Katja meist etwas abseits.

Vielleicht hatte sie nie geliebt.

Vielleicht kam einfach nicht viel an sie heran.

Vielleicht dachte sie, auf diese Weise wenigstens ein paar der Unwägbarkeiten in der Hand zu haben.

Jedenfalls wußte sie irgendwann, wie der Hase läuft.

»Feigling«, wie Verona gesagt hätte. »Du hast bloß Schiß, mal nicht mehr durchzusehen.«

Herbig wird eines Tages neben ihr in seinem Auto sitzen, das fast geräuschlos den Straßen des Stadtplans folgt. Sie kreuzen Fußgängerüberwege und unterqueren die Avus.

»Das ist deins, Katja«, wird er sagen. Er wird nach draußen zeigen auf die Parks im Abendlicht, auf Supermärkte, Bankfilialen und auf die Leute, die mit schlanken, spärlich bedruckten Plastiktüten aus dem KaDeWe kommen. Er wird sich dann sofort korrigieren. »Das könnte alles deins sein.«

Die Armaturen leuchten mattgrün. Katja wird das Fenster herunterkurbeln und den Kopf in den Nachthimmel halten, wo der Fahrtwind ihr die Tränen in die Augen treibt.

»Ach, Herr Herbig.« Das ist alles, was sie ihm antworten wird.

*

Eines Tages betrat ein Mann das Zimmer, den Katja nie zuvor gesehen hatte.

»Raten Sie«, sagte er.

»Was?«

»Na, jetzt raten Sie mal, wer ich bin!«

Sie sah ihn an und sagte: »Der Anwalt.«

»Mehr, Frau Siems, noch ein bißchen mehr als das. Ich bin der, der die Hand für Sie ins Feuer legt. Und deshalb«, sagte er, »müssen Sie mir alles sagen. Ich verbrenn mich nicht gern.«

»Klar«, sagte Katja.

»Klar ist daran erst mal überhaupt nichts, Katja, denn

wenn wir hier eine klare Sache vor uns hätten, hätte mich dieser Fall nicht interessiert. Darf ich Katja zu Ihnen sagen, gut, dann verrate ich Ihnen jetzt mal was, Katja: Dieses Gericht hat vor, ohne Geschworene zu arbeiten. Wir haben es hier aber mit einem amerikanischen Gericht zu tun, mit einem amerikanischen Verfahren, mit einer amerikanischen Verfassung, Sie kriegen sogar einen amerikanischen Anwalt, zusätzlich zu mir, versteht sich. Aber wissen Sie was? Wenn wir keine Geschworenen kriegen, dann heißt das, das amerikanische Recht ist ein paar tausend Seemeilen von der Freiheitsstatue entfernt noch nicht mal, Entschuldigung, einen feuchten Dreck wert. So sieht es aus. Und was heißt das? Es gibt offenbar Menschen, denen es unmöglich ist, ein einheitliches Bewußtsein zu besitzen. Anderes Land, andere Sitten, und schon sitzt der Kopf andersherum auf den Schultern. Das ist es, was mich interessiert! Vielleicht ist die Umgebung wichtiger als das Bewußtsein. Vielleicht sollte man die Umgebung dem Bewußtsein sogar vorziehen, wer weiß? Vielleicht ist das Bewußtsein so ganz und gar ohne Umgebung gar nicht existent, vielleicht bestehen wir alle nur aus Umgebung, was würden Sie sagen, wenn ich sage, daß die Umgebung uns gewissermaßen denkt und nicht wir die Umgebung? Ich bin kein Bolschewist, aber ich sage Ihnen, die Stelle des Bewußtseins ist so leer wie ein Manschettenknopfloch. Jedenfalls kommt mir sporadisch dieser Gedanke, wenn ich mir diese halbwüchsigen Hohlköpfe vom Außenamt so angucke.«

Katja nickte und überlegte, ob es Sinn hatte, irgend etwas darauf zu entgegnen.

»Aber lassen Sie sich bloß nicht verrückt machen. Ich werde tun, was in meiner Kraft steht. Herbig. Entschuldigen Sie.« Er gab ihr die Hand. Dann stellte er seine Aktentasche auf den Tisch und ging ans Fenster. Er schob die Gardine zur Seite. »Eine schöne Aussicht haben Sie immerhin.« Er holte Luft. Ohne sich umzudrehen, winkte er sie herüber.

»Riechen Sie das?« Er sog die Luft ein. »Und? – Nichts? Sie riechen nichts?«

»Rasierwasser«, sagte sie.

»Nein«, sagte er. »Pferd! Es riecht doch hier nach Pferd, oder? Täusch ich mich da. Sagen Sie nicht, es würde hier nicht nach Pferd riechen, Katja! Das riechen Sie doch auch!«

Er beugte sich wieder zum Fenster und sah sie dabei an. »Na? Eindeutig, oder? Das ist doch eindeutig Pferd. Pferdemist! Du meine Güte, müssen die hier die Rennbahn vollgemacht haben. Wußten Sie das? Daß das hier mal eine Rennbahn war?«

Draußen vor dem Fenster lag das Rollfeld, und Katja roch das Waschpulver, das streng in der Gardine hing.

»Nicht? Na, wahrscheinlich sind Sie einfach noch zu jung«, sagte Herbig und trat vom Fenster zurück. »Schade«, sagte er dann zu sich selbst. »Dabei war ich mir gerade so sicher. Aber vielleicht riecht man das erst, wenn man älter wird. Wenn man anfängt, sich rückwärts zu entwickeln. Was meinen Sie?« Er drehte sich wieder zu Katja. »Riecht man es nur, wenn man weiß, daß hier eine Rennbahn war, als wäre es gestern gewesen? Wenn einem alles anfängt, so vorzukommen, als wäre es erst gestern gewesen? Entschuldigen Sie, ich rede zuviel. Aber gerade haben hier noch die preußischen Häuptlinge ihr Erbe verwettet, und heute morgen waren die Leute zur Sommerfrische hier, normale Bürger wie Sie und ich, die sich für einen Sonntagnachmittag auf der Wiese ergehen wollen, allerdings ohne die Erfahrung von zwei Weltkriegen in den Knochen. Eine riesige große Grünanlage war das da draußen, ein ganzer gewaltiger Grunewald! Aber dem Bismarck ging das gegen den Strich, ein bißchen viel Sommerfrische in der Stadt, hat er gedacht, kluger Kopf, dieser Mann, denn am Ende hat er doch nicht alles bebauen lassen. Aus volksbiologischen Überlegungen. Na, wie klingt das, volksbiologisch? Doch wie eine große gewaltige Fortpflanzungsorgie. Das könnten also auch gut die Hippies gewesen sein. Wissen Sie, wer die Hippies sind?«

»Logisch.«

»Es gibt keine Vorschrift, nach der Sie immer nur mit einem Wort antworten dürften«, sagte Herbig. Er setzte sich auf einen der beiden Stühle am Fenster.

Katja stand neben ihm und sah von oben auf seinen Kopf. Unter der Überkämmfrisur schimmerte an dünnen Stellen die Haut durch. Sie hätte gekränkt sein können, aber sie war es nicht. Sie zog den zweiten Stuhl unter dem Tisch hervor.

»Es hört hier niemand zu«, sagte Herbig und sah von der Zimmerdecke zum Bett, von ihrem Nachttisch zurück zum Fenster, dann zu ihr. »Falls Ihnen da irgendwas angst macht. Und selbst wenn, dann dürfte er jetzt wohl den Kanal schon gestrichen voll haben.« Er lachte.

»Macht Ihnen denn was angst?« sagte Katja.

Es war ein sonniger Tag, und weil sie nichts zu verlieren hatte, erzählte sie ihm vom Pechpfuhl. Sie erzählte von Halle 11, vom Feilschen um die letzte schwarze Spielzeugpistole im Kasten des Bauchladenverkäufers, von ihrer Übelkeit und dem Zittern, als die Tupolew abgedreht war.

Meerkopf sparte sie diesmal aus.

Als sie fertig war, stand draußen der Mond über einer Nebelbank.

»Man kann sich jetzt einbilden, da Rennpferde zu sehen«, sagte sie.

Der Anwalt stand auf und stützte seine Hände am Fensterrahmen ab.

»Erzählen Sie mir vom Licht«, sagte er. »Von diesem Licht aus den Schweißanlagen.«

Soviel zu Herbig.

*

Wenn jemand mit ihm sprach, wischte er sich unablässig die Stirn. Er schwitzte nicht. Aber er zog ein gestreiftes, viermal gefaltetes Taschentuch aus der Hosentasche, faltete es Ecke für Ecke auseinander, bis es gleichmäßig an allen Seiten über seinen Handteller hing, und sah hinein. Dann wischte er sich die Stirn. Wenn ihn jemand fragte, warum er das immer und immer wieder tat, obwohl gar kein Schweiß da war, sagte er: »Das ist die Realität, mein Freund. Das ist die Realität.«

*

Der Anwalt kannte die Realität.

Er hatte vor gut fünfunddreißig Jahren auf einem Lastwagen gestanden und zu einem beleuchteten Fenster geschaut. Er hatte das Abendessen auf dem Tisch hinter dem Fenster gesehen, an dem er selber gerade noch gesessen hatte, und die Frau daneben. Er hatte gewußt, daß es seine Frau war, und sich trotzdem nicht von der Stelle rühren können. Die Ladefläche war überfüllt von Männern, sie zwängten ihn ein, und er schaffte es nur gerade so, den kleinen Koffer zwischen seinen Füßen zu plazieren und auf die Uhr zu sehen.

Er hatte die Uhrzeit sofort wieder vergessen. Er hatte beobachtet, wie sich das Licht verformte und dann nur noch als schmaler Streifen durch die Klappe der Ladefläche drang. Er hörte, wie die Klappe an der Außenseite mit Schlössern gesichert wurde. »Solange du arbeiten kannst, passiert dir nichts«, sagte jemand. »Die brauchen uns für ihren Krieg.«

Dann hatte er mehrere Stunden, ohne sich selbst bewegen zu können, durch ein Loch in der Plane die Landschaft vorüberfliegen sehen. Die Realität.

Jedesmal, wenn er in sein Taschentuch sah, wußte er, wie wenig man darauf zählen konnte.

oben

Es ist besser, rechtzeitig auszusteigen. Sich zu verabschieden, bevor es zu spät ist.

Da hat man einen Menschen jahrelang gekannt. Aber wer sagt denn, daß er einem nicht plötzlich entwischt. Daß er einem nicht fremd oder unheimlich wird. Gerade war noch alles in Ordnung, man hat sich vernünftig unterhalten, man stand miteinander auf dem Gang, es gab keinerlei Anzeichen für Gewalt. Und dann dreht er frei. Sackt zusammen oder nimmt den Hörer ab. Hat Schaum vor dem Mund oder zieht mit Sprengstoff los.

Wer sagt, daß ich mir nicht selbst längst fremd und unheimlich geworden bin.

Es wird enger hier. Man riecht schon den eigenen Schweiß. Die Luft ist abgestanden. Von unten zieht sie langsam hoch, setzt sich fest, und wird immer dünner.

Man müßte hier raus.

Versuchen Sie's. Sehen Sie nach, ob Sie oben oder unten noch rauskommen, vielleicht haben Sie Glück. Auf mich ist hier kein Verlaß.

Irgendwann stehen Sie da. An der Wand. Obwohl Sie doch süchtig gewesen sind. Nach Leben, nach Bewegung, nach einem Zweck, wie immer Sie das nennen wollen. Sie haben sich treiben lassen, Sie trieben immer weiter, weil es Sie nirgendwo lange gehalten hat. Aber eines Tages stellen Sie fest: Von hier aus geht es nigendwo mehr hin.

Sie kommen nicht mehr raus.

Das Problem ist, etwas zu oft zu durchdenken. Sie wollen der Sache auf den Grund gehen. Aber die Möglichkeiten sind schon begrenzt. Sie klammern, Sie halten jetzt hartnäckig an jeder einzelnen fest. Denn Sie glauben bereits, daß nichts mehr besonders verläßlich ist.

Immer wieder steht der Mann eines Morgens in Halle 11. Er ist wegen Verona da. Er trägt einen hellen Mantel. Aber mal angenommen, Schaper hat das auf eine Idee gebracht. Er hat sich diesen Mann gründlich angesehen, und dann kommt ihm die Idee. Nur für den Notfall. Wenn alle Stricke reißen.

Meerkopf im Rücken und die Stasi vor Augen. So was kommt vor.

Natürlich wird Schaper die Idee sofort verwerfen. Der Meißel fährt kreischend ins Metall. Abends im Alten Krug trinkt er mehr als sonst. Nachts schlingert das Moped durch die leeren Straßen der Stadt. Er wehrt sich, nach Kräften kämpft er dagegen an, ein, zwei Monate, Nächte, in denen er nicht schläft, Tage, an denen er ungewöhnlich gesprächig ist. Zwei, drei Monate. So viel kann ihm schon zugestanden werden.

Und eine Idee ist schließlich noch lange nicht die Realität.

Sie kann nur sehr hartnäckig sein.

»Stört Ihr sauberes Bild, was«, wie Schaper, wenn er könnte, gern wiederholen würde.

Aber wer sagt denn beispielsweise, daß Verona bisher richtig eingesetzt worden ist. Wer sagt, daß es da keine Lücken gibt?

ganz unten

Frauen wie Verona sind mißtrauisch. Sie tragen noch mit vierundzwanzig ihren Schlüssel an einem Bindfaden um den Hals. Sie sind Schlüsselkinder, noch wenn sie erwachsen sind.

Der Bindfaden verschwand unter dem Kragen ihres blauen Arbeitsanzugs. Sie nahm den Schlüssel auch beim Arbeiten nicht ab. Niemand wußte, ob sie ihn über oder unter ihrer Unterwäsche trug. Und es gab einige, die das gern herausgefunden hätten.

»Süße, komm mal ran«, riefen sie vom Gabelstapler und versuchten im Vorbeifahren, Verona am Kragen zu erwischen. Verona lächelte. Sie stand weit genug weg. Sie hörte auf das

Singen des Elektromotors. Sie registrierte den Schweiß auf der Stirn des Fahrers und rührte sich nicht.

Sie hielt Menschen nicht für gut. Sie mochte lange, heiße Sommer und den Geruch nach Harz, der frisch aus Baumrinden quoll. Sie mochte blühenden Lavendel, sie mochte es, reglos in einem staubigen Getreidefeld zu stehen, die Rispen höher als ihr Kopf, in diesem Geruch nach Hitze, Erde und Holz. Dann mußte sie sich konzentrieren, um nicht auszuflippen. Jetzt flipp mal nicht aus, war jedenfalls das, was Katja zu ihr gesagt hatte, als Verona taumelnd ins Feld hinausgerannt war und sich auf die rissige Sommererde hatte fallen lassen, um dem Geruch und dem Staub und den Farben noch näher zu sein.

Menschen gegenüber war sie gewöhnlich auf der Hut.

Sie glaubte nicht, daß es etwas grundsätzlich Gutes gab. Sie glaubte, Menschen taten sich ununterbrochen die unterschiedlichsten Dinge an und hatten Glück, wenn zufällig etwas Gutes dabei herauskam.

In den Wochen vor der Flucht fragte sie Schaper oft, warum er mit Katja ging und dafür alles aufgab.

»Weil sie Angst hat allein«, sagte er und nickte.

Und Verona zog den Bindfaden über ihren Daumen, aber nicht so weit, daß der Schlüssel hätte hervorrutschen können. Sie nagte an der Unterlippe und sah auf seine kräftigen Arme unter dem dünnen blauen Stoff.

»Weil sie Angst hat allein?«

»Ja. Irgendwas komisch?«

»Du glaubst, du bist ihr das schuldig. Oder langweilst du dich«, sagte sie, »soll sie dich retten? Sie kommt bei den Chefs drüben bestimmt gut an.«

Schaper schob eine Hand zwischen die Spanner und fegte widerständige Späne weg. Bei allem, was sie sagte, schüttelte er den Kopf.

Der Gabelstapler drehte. Neben den rostenden Fässern,

aus denen Bohrmilch sickerte, stoppte er. Der Fahrer setzte eine Metallkiste mit Rohlingen krachend auf den Boden und sprang vom Sitz. Er nickte Schaper zu.

»Sonderlieferung, extra für euch. Sonst liegt mir eure nette Kollegin noch bis Weihnachten in den Ohren. Und die hat 'ne Stimme, das ist schweißtreibend –« Er faßte Verona um die Schulter. »Da ist mir die sanfte Tour lieber.« Er zog sie von Schaper weg.

»Nach Schichtschluß vor der Kantine. Ich hol dich ab, alles klar?«

Verona zierte sich nicht. Jedenfalls war es das, was unter den Männern kursierte. Sie zierte sich nicht, aber sie zog sich, bevor sie mit einem ins Bett ging, allein, in seiner Abwesenheit, aus. Sie schickte ihn weg. Sie schloß sich im Bad ein. Sie sagte, er solle ein paar Minuten auf dem Flur warten, bis sie soweit sei, das mache ihm doch nichts aus. Auch das kursierte. Von den meisten wurde sie deswegen gemocht. Sie hielten das für praktisch.

Sie stand nackt vor ihnen, ihr Körper lag für alles, was sie wollten, blank.

Sie stand vor ihnen auf dem Flur, mit vorspringenden Brüsten, hart vor Kälte, und einem Kugelbauch, den die Männer mochten.

Darüber vergaßen sie die Sache mit dem Schlüssel. Und so wußte niemand im Werk, wo genau Verona ihn trug, über oder unter dem BH, oder ob sie sich vielleicht nur einen Bindfaden um den Hals hängte, um alle glauben zu machen, es gäbe so was wie einen Schlüssel. Das ging keinen was an.

Jedenfalls wurde sie immer falsch eingeschätzt. Auch ein Staatssicherheitsapparat könnte bei Frauen wie Verona ins Schleudern kommen.

Man glaubt, man sieht ihnen alles an. Denn man soll, was man sieht, ja auch glauben.

oben

Hans Meerkopf. Im Paris-Leningrad-Expreß über Gdansk.

Mal angenommen, sie wäre dazu gar nicht in der Lage gewesen.

Verona, das Rumpelstilzchen.

Die Meerkopfs Namen nie aussprach. Die immer nur von HM redete. »Trifft sie schon wieder diesen HM?«

Oder: »HM hat sie ja voll erwischt.« Was, wenn sie es sagte, wie eine tödliche Infektion klang.

»Sie könnte doch echt jeden haben«, sagte Verona. »Aber nein, da nimmt sie diesen Schleimer, diesen Heini, diesen Halt's-Maul«, sagte sie zu Schaper. »Und du hängst dich da auch noch rein.«

Es könnte doch sein, daß sie seinen richtigen Namen irgendwann nicht mehr wußte.

Das beispielsweise könnte Schaper auch aufgefallen sein. Verona nimmt den Hörer ab und lauscht. Sie nimmt den Hörer in beide Hände, als wollte sie ihn an die Wand schlagen, aber dann kann sie seinen Namen nicht sagen, weil ihr in diesem Moment nur die Abkürzung einfällt.

Das könnte es gewesen sein, womit Schaper während seiner Untersuchungshaft in Moabit viel Zeit verbrachte.

Und er hatte viel Zeit.

*

Engel. Warum zeigst du dich nicht?

Der Engel aber denkt gar nicht dran.

*

Denn alles liegt Hunderttausende von Worten entfernt. Hunderttausende von Blicken, Morgenappellen, von Alpträumen und Kiesgruben, die stinken, wenn sich die Hitze in ihnen sammelt. Kiloweise Zeitung, und trotzdem werden Sie es nicht verhindern. Sie vergessen. Erinnerungen laufen selten chronologisch ab, und man kann sie sich vor allem nicht aussuchen.

Meerkopf konnte das nicht. Wußte er noch, daß die rote Limonade, die Katja in den Gartenstraßen trank, Leninschweiß genannt wurde und ekelhaft süß war? Konnte er sich noch an die Farbe der Sessel im Büro des Parteivorsitzenden erinnern, auf denen er zweimal gesessen hatte? Einmal, um sich seine Rolle innerhalb des Fünfjahrplans anzuhören, das zweite Mal wegen Katja. Vergaß nicht auch er langsam, wie alles angefangen hatte?

Mit einer kranken Phantasie.

Mit einer leeren Colabüchse als Ascher, mit zuviel Natur, einer Levis und dem Tauchsieder in der anderen Ecke des Zimmers. Oder es fing schon damit an, daß Bernd Siems nicht mehr aufhören konnte, die Wand anzustarren.

Sicher ist nur: Was schön ist, steht im Präteritum. Wie man früher in Ludwigsfelde gesagt hat.

Perfekt, wie das heute heißt.

Ich bin kein Sprachkünstler, aber achten Sie mal auf den Unterschied.

Früher lag das Schöne immer davor. Das Schöne hat man vermißt. Man raffte. Man stapelte, man sammelte an.

Im Präteritum war alles schön, weshalb es auf Familienfesten gern heraufbeschworen wurde.

Ich will nur sagen: Früher hatte man sein Bein gewissermaßen immer noch in der Tür.

Ist eine Sache aber erst mal perfekt, gibt es nichts mehr daran zu rütteln. Die Türen sind zu, der Zünder ist eingestellt.

Und dann sagt jemand: Aber ich weiß doch noch genau, wie alles war! – Eben. Wie bei Aschenputtel. Nur die Tauben sind ein paar Absätze weiter oben schon weggeflogen. Die Tauben sind raus. Und man sortiert immer noch weiter.

unten

Meerkopf sortierte. In seiner fünf Quadratmeter großen Zelle in Hohenschönhausen wird er nur eins gewußt haben: Der Platz war schon am Anfang verstellt. Die Zukunft hatte man ihm rausgekürzt.

Also sortierte er. Er sortierte, was gewesen war, und mußte nur aufpassen, daß er darüber nicht den Verstand verlor.

Es ist schwierig, nicht den Verstand zu verlieren. Man braucht Anhaltspunkte, Wegmarkierungen der Erinnerung, die eine oder andere Boje. Ein Gedächtnis wird schnell ungerecht.

Meerkopf stellte sich seine Wohnung vor. Er stellte sich die weiße Schrankwand vor und den Couchtisch. In der Glasplatte blinkten Lichtkreise in Regenbogenfarben, sobald man den Stecker einsteckte. Er stellte sich die Farbe seines Fußbodenbelags vor, hellgrau, er sah die Römergläser aufgereiht an der Wand, purpur, aquamarin, türkis, karmesinrot und Pariser Blau. Er sah den Vogelbauer des Wellensittichs in der Küche. Er wußte nicht mehr, ob er die Tür des Vogelbauers zugemacht hatte. Es war ein geräumiger Bauer. Man klappte die Tür hoch und befestigte einen Metallhaken an der Strebe oberhalb der Öffnung. Zwei Wochen lang stellte er sich das vor.

Es gibt Menschen, die nicht in der Lage sind, sich in Gedanken umzudrehen.

Meerkopfs Problem war viel größer.

Er versuchte, zwischen dem Moment, als er den Bauer geöffnet hatte, und dem, als er die Küche verließ, eine gedankliche Verbindung herzustellen. Menschen, die sich in Gedanken nur nicht umdrehen können, können sich immerhin in Wirklichkeit umdrehen und den Gedanken so auf die Sprünge helfen.

Schaper beispielsweise hätte jederzeit herausfinden können, was zwischen dem Abnehmen des Hörers und dem Verlassen der Telefonzelle am 28. August geschehen war. Er hätte sich nur bemühen und die gleiche Bewegung noch einmal machen müssen, und es wäre ihm sofort eingefallen.

Für Meerkopf gab es kein Pendant in der Wirklichkeit. Er hatte keinen Vogelbauer, um die Erinnerung durch Wiederholung zu beleben. Er versuchte es.

Er brachte seinen Körper in Stellung. Langsam drehte er sich vom Fensterloch zur Tür.

Alles, was er herausfand, war, wie sein Körper vor Anstrengung roch.

Als der Wärter das Essen brachte, ließ er die Eisenklappe an Meerkopfs Tür offen. Durch den schmalen Schlitz paßte gerade ein Teller. »Wenn ich versuche, das zusammenzukriegen, den Bauer und die Küchentür, dann springt's«, sagte Meerkopf. »Da ist eine Lücke. Und ich war nicht besoffen oder was. Aber ob ich den Bauer jetzt zugemacht habe oder nicht, kommt, scheiße, einfach nicht vor. Juckt Sie gar nicht, was«, sagte er. »Wenn Sie wissen wollen, ob Sie das Ding hier zugemacht haben oder nicht, kommen Sie einfach nachgukken.«

Den Wellensittich stellte er sich nicht vor. Und eines Tages hatte er auch den Vogelbauer vergessen, ohne daß es ihm aufgefallen wäre. Statt dessen fiel ihm sein Nachbar ein.

Das Badezimmerfenster seines Nachbarn grenzte im rechten Winkel an seines. Wenn beide Fenster geöffnet waren, hörte er Dusch- und Klogeräusche von nebenan, manchmal fiel der Duschkopf in die Wanne, was ein metallenes Plautzen gab. Er hatte sich oft aus dem Fenster gebeugt, um eine Person in diesem Bad nebenan zu erkennen. Aber nur das Oberlicht stand offen, die Scheiben der unteren Fenster waren blind. Er hatte immer nur Umrisse gesehen, er sah den Scherenschnitt eines Kopfes, wenn das Badlicht brannte. Er kannte die Gewohnheiten seines Nachbarn, die Zeiten, zu denen er aufs Klo ging, vielleicht war es auch eine Frau. Er wußte, wann sie sich fönte, und manchmal fiel er in denselben Rhythmus beim Zähneputzen wie sie.

Aber er wußte nicht, wer da wohnte. Er hatte die Person nie gesehen. Solange er zu Hause war, hatte ihm das allerdings auch nie besondere Sorgen gemacht. Jetzt quälte ihn nachts der Gedanke, daß es von seinem Verstand abhängen könnte zu wissen, wer diese Person war und wie sie aussah. Es kam ihm vor, als hätte er das mal gewußt. Plötzlich schien es ihm, als wäre er nur nicht mehr in der Lage, sich daran zu erinnern. Woran er sich dagegen wirklich nicht erinnerte, war, daß er das, woran er sich erinnern wollte, nie gesehen hatte. Daß es zur Person seines Nachbarn einfach keine Erinnerung gab.

Also glaubte er, den Verstand zu verlieren, und paßte jedes Gesicht, das er in seiner Vorstellung auftreiben konnte, der Person seines Nachbarn an. Jedes beliebige Foto wurde, wenn er es lange genug betrachtete, zu ihm oder ihr. Manchmal hörte er ein Summen, wie er es abends gehört hatte, bevor der Fernseher lief, allerdings so leise, daß er nicht ausmachen konnte, ob die Stimme alt oder jung, ob sie krank, glücklich oder verschüchtert war.

Und dann kam es ihm so vor, als sei er von sich selbst schon so weit entfernt wie von dieser Person nebenan.

*

Meerkopf ist sich selbst nicht näher, als Katja ihm in Tempelhof gewesen sein kann.

Sie steckte Sonnenblumenkerne in Joghurtbecher. Wenn es Kirschjoghurt zum Frühstück gab, hob sie die Becher auf, spülte sie und füllte sie mit Erde. Die Sonnenblumenkerne hatte Clerk ihr gebracht.

Als sie die ersten Kerne mit dem Daumen in den Boden trieb, stand Herbig im Zimmer.

»Ich versuche, mich in die Menschen hineinzuversetzen«,

sagte Herbig. »Was bei diesen Herren vom State Department keine so leichte Aufgabe ist. Ein Jude und ein Schwarzer, zwei amerikanische Staatsanwälte, und beide klingen wie verdammte Nazis! Darf ich?« Er warf seine Jacke auf Katjas Bett. »Aber nein, wir haben hier ehrenhafte Bürger des amerikanischen Staates vor uns, die ihren Kindern in der Heimat gern berichten, wie sie das alte Europa wieder auf die richtige Bahn bringen. Offenbar schwierige Jahre, um bei seinen Kindern den richtigen Eindruck zu erwecken.« Herbig nahm sein Taschentuch aus der Hosentasche und faltete es auseinander.

»Wollen Sie einen«, sagte Katja. »Nußjoghurt. Eß ich sowieso nicht.«

»Sie werden mäkelig, Katja, das heißt, Sie sind nicht glücklich. Soll ich Ihnen zur Aufheiterung sagen, womit sich diese Herren hauptsächlich beschäftigen? Sie tüfteln Notlügen aus. Kleine Notlügen zugunsten der politischen Stabilität. Sonst könnten die Kinder zu Hause ins Schwanken kommen. Und, Katja, das ist alles Ihre Schuld. Ich will Ihnen um Gottes willen da nichts einreden, aber diese Familienväter, ich sag's Ihnen, all miteinander gütige Familienväter, jeder einzelne von ihnen heiß geliebt, haben Sie schon mal überlegt, warum Familie immer in Heuchelei endet? Da gäbe es viele interessante Aspekte, aber was ich sagen will: Sie haben die Herren in eine echte Zwickmühle gebracht. Und das ist in ihrem an Zweckoptimismus und Rechtschaffenheit gewöhnten Heimatland nicht gerade wenig. Ich sage Ihnen das nur, damit Sie nicht denken, man hielte Sie hier für die Rächerin der Enterbten. Sie sind eher so was wie der Dorn im Auge. Ein unerwünschtes Subjekt, hübsch, übrigens, was Sie da machen«, sagte er. »Wenn die Pflanzen da sind, könnten die Becher allerdings umkippen.«

Er wischte sich die Stirn.

»Jedenfalls sind Sie schuld, Katja. Und wenn es um Schuld

geht, wird natürlich nicht gefragt, ob man für seine Schuld kann oder nicht. Das mag Gründe haben, es reicht, wenn die Schuld bei einem gelandet ist, da wird nicht gefragt, wie sie da hinkam. Sie ist ja gut aufgehoben, wenn sie bei einem ist, die anderen müssen sich dann nicht mehr darum kümmern, und so gerät man manchmal an eine Schuld, die viel größer ist als man selbst, können Sie mir noch folgen? Gut. Denn eigentlich müßten alle sehen können, wie klein man im Vergleich zu dieser Riesenschuld ist, zu diesem Schuldelefanten, zu diesem, was sag ich, Orbit von Schuld, falls man sich überhaupt vorstellen kann, was ein Orbit ist, nehmen wir an, eine Maßeinheit, nicht wahr.«

Draußen kam Wind auf.

»Und wenn es schon im Normalfall so schwierig ist, glauben Sie, die Herren würden Ihnen zuliebe vor ihren Kindern zugeben, daß sie hier immer noch Krieg spielen? – Warum nehmen Sie übrigens nicht Familienjoghurtbecher?« sagte Herbig. »Gibt man Ihnen keine?«

Er sah Katja an, schien dann den Gedanken zu verwerfen und sagte: »Man muß sich beschäftigen, nicht wahr? Jedenfalls, wenn Jimmy Carter nicht dummerweise vor genau einem Jahr bedingungslos die Auslieferung von Luftpiraten verlangt hätte – aber er mußte es tun, und alle Staaten des Ostblocks haben ihm dabei zugehört –

Er mußte es tun, Sie wissen doch, was die RAF ist? Logisch?« Er lachte, und endlich setzte er sich.

Er rückte den Stuhl unter dem Tisch vor, wie immer, wenn er sie besuchen kam, zeigte auf den zweiten Stuhl daneben und setzte sich.

Für eine Zehntelsekunde war es still.

Aber weil Stille mit ihm so ungewohnt war, kam Katja der Moment sehr lang vor. Sie lehnte sich mit dem Rücken an die Wand. Sie wußte nicht, wo sie ihre Hände hintun sollte.

»Eigentlich kann man Sie nicht ausliefern«, sagte er endlich.

»Hatte man das denn vor?«
Herbig sah sie an.
»Ich würde hier nicht gerade von ›hatte‹ sprechen, Katja. Ich wette sogar, in den Alpträumen der Herren vom Außenamt werden auf den Flughäfen von Moskau, Bukarest und Prag schon französische, amerikanische und westdeutsche Luftpiraten mit offenen Armen und Crème brûlée empfangen.«
Katja sagte nichts. Sie hätte nicht gewußt, was. Sie hatte auch nicht den Eindruck, ihn wirklich zu verstehen.
»Jedenfalls, Katja, stecken wir noch mittendrin, auch wenn sich das alles schon zu lange hinzieht, aber man hat mich zu spät benachrichtigt, da sehen Sie, daß Ihre Verteidigung nicht unbedingt der Liebling am Hofe der amerikanischen Interessen ist. Kein Wunder, die Russen machen Druck, die hätten Sie gern für ein Exempel, das bietet sich von denen aus gesehen auch an, Sie wären ein Prachtexemplar von Exempel, eine einmalige Gelegenheit, um zu zeigen, was mit einer passiert, die zu hoch hinauswill. Sie kippt um. Wie Ihnen das mit den Joghurtbechern auch bald passieren wird, und in Zukunft bleiben alle hübsch im Körbchen.«
»Sie wollen mir doch angst machen, oder?«
Für einen Moment sah es tatsächlich so aus.
»Na, Katja«, sagte Herbig schließlich, »nun werden Sie nicht gleich nervös. So einfach geht das jetzt auch wieder nicht. Aber im Außenamt muß man sich erkenntlich zeigen, und soweit ich weiß, will man deshalb schnell ein hartes Urteil, in camera, falls der juristische Fachbegriff Sie interessiert, selbst wenn die Beweislage gegen Sie ziemlich dürftig aussieht. Sehen Sie, wie brenzlig unsere Angelegenheit hier ist? Ich sage unsere, weil ich vorschlagen würde, wir machen gemeinsame Sache. Ich jedenfalls bin mit Ihnen.«
Und er fürchtete sich nicht.
Er wußte, die Herren vom State Department waren emp-

findlich, wenn es um die Freiheitsstatue ging. Die Freiheitsstatue war die amerikanische Realität mitten in Berlin. Und in diesen Dingen war Herbig ihnen weit voraus.

»Elterliche Sorgen hin oder her; ich werde ihnen da wohl ins Handwerk pfuschen.«

*

Und das Leben geht weiter wie immer.

Neunundsiebzig Tage zieht es an Katja vorbei. Dann blühen die Sonnenblumen. Auf Kirschboden gewachsen, schreibt sie auf eine Postkarte an ihre Eltern, auf echtem Westjoghurt mit Kirschgeschmack, drei komma fünf Prozent Fett.

Neunundsiebzig Tage, in denen Schaper jedesmal, wenn der Justizvollzugsbeamte seine Zellentür abschließt, ruft: »Können Sie mir noch welche von den Südfrüchten bringen?!«

Orangen.

Kirschen.

Kuba-Apfelsinen und Schattenmorellen, Navelfrüchte und Kirschkonzentrat.

Was auf einer morgendlichen Besprechung im Außenamt Anlaß gibt zu der Frage, ob die Fruchtmetaphorik der Entführer eine tiefergehende Bedeutung hat. Ob man das mal jemandem zeigen solle. Einem Spezialisten. Einem Entschlüsselungsteam. Ob es da nicht einen Code zu knacken gebe. Eine Art Geheimbotschaft. Etwas, worüber Washington Bescheid wissen müsse.

Wie das mit dem Apfel, sagt jemand. Die vergiftete Seite und hundert Jahre Schlaf.

oben

Der Schlaf macht das, was ist, zu dem, was werden könnte.

Der Schlaf oder das Märchen.

unten

Schaper schlief schlecht. Er träumte von Glassplittern. Jede Nacht hatte er Glas im Mund, er biß einen Flaschenhals ab, er wußte, während er biß, daß er das nicht tun durfte. Trotzdem zerbiß er fast jede Nacht Glas, er biß in den Hals einer Limonadenflasche, die Splitter schnitten ihm in den Gaumen und setzten sich zwischen den Zähnen fest. Sie gruben sich in sein Zahnfleisch, und wenn er nicht aufpaßte, rutschten sie ihm in den Rachen, und er versuchte, röchelnd und hustend aufzuwachen, er versuchte, das Glas mit den Fingern aus dem Mund zu klauben, aber die Splitter waren hartnäckig wie Sand, und statt weniger zu werden, wurden sie mehr.

ganz unten

»Warum du so schreist«, sagt Katja in Richtung der Knallerbsenbüsche und richtet sich auf. Ihr Gesicht bekommt wieder Farbe. »Ich möchte lieber Brause statt Tee –«

Günstig, daß in diesem Moment der Bauchladenverkäufer zu Hilfe kommt. Es ist der 29. August. Inzwischen fast Mittag. Es gibt einen Stand mit Slibowitzflaschen in allen Größen, und hinter diesem Stand hervor kommt der Bauchladenverkäufer und ruft.

»Nein, warte«, sagt Katja. »Laß uns erst was überlegen. Alles andere hat ja keinen Zweck.« Aber Schaper ist schon losgegangen. So ein Bauchladen steckt voller Spielzeug und Flaschen mit seltsamen Etiketts, voller Handschuhe und Puderdöschen aus vergangenen Zeiten.

»*Ich* werde mir was überlegen«, sagt Katja, als sie ihn einholt. »*Ich* habe uns das schließlich eingebrockt. Jetzt warte doch mal!« Als sie ankommen, wischt der Verkäufer die Lurextücher beiseite.

»Wie's aussieht, kriegen wir deine Brause hier nicht.«

»Ich hab uns das eingebrockt«, sagt Katja, »also werde ich das auch auslöffeln.«

»Da wäre ich mir nicht so sicher.« Das ist das, was Schaper dazu sagt. »Ich wäre mir nicht so sicher, daß du das warst.«

Katja greift zu. Sie dreht ihre Hand mit der Pistole in die Sonne.

»Warum nicht«, sagt sie. Schaper zuckt die Schultern und zeigt auf die Vorrichtung, wo die Zündplättchenrolle eingehängt wird.

»Ich meine, warum du dir nicht sicher bist.«

»Das hat seine Gründe.« Irgendwo an dieser Stelle taucht eine Brauseflasche auf, und jedesmal kann er sich nicht zurückhalten und beißt in den Hals.

»Wenn man keine Ahnung hat, könnte man es glauben«, sagt Katja. Sie zielt in die Luft und sagt zu dem Bauchladenverkäufer: »Man könnte doch glauben, daß das Ding schießt.«

Als sie abdrückt, zieht ein Rauchfähnchen aus der Mündung.

»Wozu hat man das schließlich gelernt. Kimme und Korn. Und oben ist die Luft dünner, da guckt niemand so genau hin. Oder hast du 'ne Ahnung, was wir sonst machen sollen.« Sie spricht schnell und lacht den Verkäufer an, und inzwischen hat sich ein Ehepaar zu ihnen gesellt, das vorgibt, das Besteck zu begutachten.

»*Ich* mach das«, sagt Schaper dann. Er zieht sein Portemonnaie aus der Gesäßtasche. »Was kostet das, wir wollen das kaufen.« Auch er redet jetzt schnell und überdeutlich, und den ganzen Mund hat er voller Glas. »Wir kaufen das.« Er klappt das Fach mit den Scheinen auf. »Zweihundert«, sagt er. »Zweihundert haben wir. – Wenn das einer macht«, sagt er und sieht Katja an und denkt, daß er ihr nicht in die Augen sehen kann, und sieht mitten hinein in ihre blaßblaue Iris, »wenn das einer macht, dann ich.«

oben
Jedenfalls erzähle ich Ihnen das so.

Damit es leichter nachzuvollziehen ist. Es gibt da Gesetze im Denken.

Schließlich war es Schaper, der nach der Landung zuerst auf der Gangway gesehen wurde. Die Pistole hing ihm aus der Hand. Und als die Bilder dann um die Welt gingen, sah auch die Welt zuerst Schaper.

Sehen Sie ihn unten stehen? Neben dem großen Scheinwerfer?

Schaper ist der Entführer. So hieß es auch vor Gericht. Die Entführung gehört dem Mann. So ist es am glaubwürdigsten.

Aber vielleicht war es nur Schapers Traum.

Wie man einen Arm auf den Rücken hochdreht, weiß jeder. Wie es klingt, wenn das Schultergelenk der Stewardeß dann knackt.

Die Frage ist doch, wer die Hoheit des Erzählens hat.

unten
Katjas Träume waren hauchdünn wie das Seidenpapier im Souvenirshop in der Flughafenhalle. Hauchdünn wie der Hosenstoff ihrer Sommerhose, die seit Oktober im Schrank hing. Wie der Winter an ihrem Fenster.

Sie zog die Eiskristalle an der Fensterscheibe von innen mit dem Zeigefinger nach.

Sie hatte alles gesagt.

Oder es wurde ihr langsam egal, wie die Geschichte ausging.

Egal ist achtundachtzig, hätte Meerkopf gesagt. Wie bist du denn heute wieder drauf?

Dachte Katja.

Als sie an Meerkopf dachte.

ganz unten

Er war drei Tage früher als ausgemacht abgereist. Er war aufgestanden und losgefahren, und an die Straßenränder draußen war Sand geweht. Er hatte sich nicht umgesehen und nicht in den Rückspiegel geschaut außer beim Linksabbiegen.

Er betrachtete seine Pinnwand aus Kork, die in der Küche über dem Gasherd hing. Er saß jetzt jeden Morgen hier. Er pinnte Zeitungsausschnitte mit Stecknadeln fest, schwarz umrandete Kästchen, in denen menschliche Körper auf ihre Gerüste zusammengestrichen waren. So simpel die Strichversionen von Menschen auch wurden, dachte er, sie waren verläßlich. Schon von weitem ergaben sie Mann und Frau.

Über jeder Zeichnung prangte in fettem Großdruck: »LIEBE IST...«

Jeden Morgen beim Frühstück sah er sich diese nackte Behauptung an. Der Wellensittich zog Kreise durch die Küche.

LIEBE IST...

Jeden Morgen brachte ihn diese Behauptung aus dem Konzept.

Hinter diesen Worten bestand Absturzgefahr. Man verendete im Kopfsteinpflaster der nachfolgenden drei Punkte. Das war der Sinn dieser Rubrik, es sollte einem gezeigt werden, Freundchen, wenn du nicht aufpaßt, dann stürzt du ab. Das war die Drohung.

Wenn die Pinnwand voll war, wechselte Meerkopf die Zeichnungen aus, wobei er einem Prinzip folgte, was hier nicht erläutert werden muß. Immer hingen jedenfalls genug Bilder da.

Sie bedrohten ihn schonungslos. Sie definierten einen ganzen Planeten. Wirkungsvoller als die Atombombe hielten sie den Planeten in Schach, dachte Meerkopf, wenigstens seine bessere Hälfte, da man davon ausgehen mußte, daß hinter dem Eisernen Vorhang die Definitionen andere waren.

Er köpfte das Ei, und der Vogel landete auf seiner Hand. Im Licht, das durchs Küchenfenster fiel, leuchtete sein Bauch grün.

»Ja, Freundchen«, sagte Meerkopf, »das fragst du dich auch, was. Warum dieser Schwachsinn so eine Wirkung hat.« Der Vogel ruckte mit dem Kopf, noch eine Botschaft, die unklar blieb.

LIEBE IST.

Unter dieser Flagge konnte alles verdammt und alles erreicht werden. Denn niemand wußte wirklich Bescheid. Das war das Geschickte und das Gefährliche daran, dachte Meerkopf. Die Liebe wurde in Schlagern besungen, zwischen Buchdeckel und in Hochglanzmagazine gepreßt, man diskutierte Sternzeichen, Lieblingsfarben und Kindheiten und wie gut eins zum anderen paßt. Man sehnte sich ferne Strände herbei, machte sich Geschenke oder nicht, brachte Haustiere ins Spiel und das untrennbare Band zwischen Eltern und Kind. Manche schafften sich um ihretwillen Blumen an oder wünschten sich Geschwister.

Ihm war das Inselleben vertraut gewesen, die Deiche, der böige Wind auf der Marsch, die Polder und Kögen, die überschaubaren Linien des Watts. Er hatte mit Frauen nie mehr als drei Nächte in einer Scheune verbracht. Manchmal erinnerte er sich an eine Haarfarbe, manchmal an den Lippenstift, an die Spuren auf Zigarettenkippen, aber von mehr konnte keine Rede sein.

Meerkopf setzte den Wellensittich auf der Wachstuchdecke ab. Er schüttelte Sitzkissen und Platzdeckchen über der Spüle aus und dachte, er kannte die unterschiedlichsten Menschen. Er traf jeden zu einer anderen Gelegenheit, er hatte Arbeitskollegen, Nachbarn, Bekannte, eventuell Mitbewohner, mit den einen diskutierte man über Schleyer, mit den anderen ging man zum Sport, und in allen diesen Verhältnissen erlebte man sich verschieden. Wenn er aber die unterschiedlichsten Menschen für verschiedene Gelegenheiten hatte, für die ausgefeilten Zustände, in die sein Körper geriet, dachte Meerkopf, wenn doch nicht nur er selbst, sondern auch sein Körper niemals der gleiche schien, wie sollte er sich dann auf etwas einlassen, das ewig war. Eine Ewigkeit, die niemand kannte.

Die einzigen, die vielleicht ahnten, wovon sie redeten, waren weibliche Teenager. Aber die zählten nicht, und solange man nichts über die Liebe wußte, war man mit ihr immer im Recht. LIEBE IST. Ein Mensch, der nicht liebte, der nicht wußte, was Liebe war, oder ausschloß, daß LIEBE IST, der nicht lieben wollte, weil er keinen Sinn darin sah, war nicht nur nicht vorstellbar. Er war gar nicht erlaubt. Er war vogelfrei. Er wurde auf Parties nicht eingeladen, und die Nachbarn hörten auf, ihn zu grüßen. Er war ein Psychopath. Ein Aussätziger. Er war peinlich und abgestumpft, er war eigentlich ein Mörder.

»Man verliebt sich gewissermaßen von selbst«, hatte eine Freundin zu ihm gesagt. »Wir sind doch so gemacht. Wir können da gar nicht anders.«

Meerkopf lebte jetzt schon ziemlich lange allein. Die Inseln hatte er aufgegeben, oder er dachte, daß es angesichts von Inseln vielleicht riskanter war, irgendwo dauerhaft zu bleiben. Er hatte es versucht, und die Ehe war gescheitert.

Denn er wußte nicht wie. Wenn er ehrlich war, hatte er einfach keine Handhabe. Es schien nicht daran zu liegen, daß er ungeduldig wurde, weil die Zeit ihn abnutzte. Die Zeit nutzte ihn vielmehr aus, und jetzt benutzte sie ihn gegen Katja.

Früh am Morgen war er abgefahren. Er hatte ihr Kaffee gemacht, er hatte sie zur Tür gebracht. Sie gab ihm die Hand. Dann legte sie ihm ihre Stirn an die Schulter. In diesem Moment hätte er ihr alles geglaubt.

Zwanzig Minuten später war er auf der Landstraße. Er

brauchte lange, bis er in Adlershof eine Würstchenbude fand. Er stieg aus und aß in Ruhe eine Bulette, bevor er sich in Richtung Checkpoint Charlie begab. Seinem Chef erklärte er später, er sei das Gefühl nicht losgeworden, verstärkt überwacht worden zu sein, und habe deshalb den Aufenthalt vorzeitig abgebrochen.

Mit der Zeit aber begann er nichts mehr zu glauben, nicht den Bewegungen ihrer Hände, nicht seiner Erinnerung daran. Er begann auch Katjas Seufzern nicht mehr zu glauben. Er stellte sich vor, sie hier zu haben. Er stellte sich vor, Katja säße drüben auf der Couch. Aber wenn er hinsah, sah er nicht Katja. Er sah seine Frau. Er sah, wie seine Frau auf dem Sofa saß, er sah auch das Gesicht seiner Frau und die hohen Bögen ihrer gezupften Brauen. Er erinnerte sich nicht an das Gesicht von Katja, aber sehr gut an das Gesicht seiner Frau. Er fürchtete, es würde immer dasselbe sein, und wußte nicht, wie das zu verhindern war.

Er traute auch diesen Schluchzern nicht, diesem hohen Schlucken, diesem kleinen Geräusch ihrer Kehle, wie der Wind es unter Türschwellen macht, dabei wollte er Katja seufzen hören, jedesmal wartete er darauf. Katja in ihrem weißen Slip, in dem sie schöner als die Monroe war. Er wollte sie die ganze Nacht hören und morgens, bevor sie überhaupt wach wurde und er aufwachte, neben einem Waschbecken mit dem ewig tropfenden Hahn und einem gardinenlosen Fenster, und ihre Kehle sah, ihren Hals und die weiße Haut ihres Schulterblattes und dachte, er war umgeben von ihr.

Er war umgeben von ihr, obwohl er sie doch getrennt von sich und klar umrissen in den Bettlaken sah. In der Haut seines Bettes.

Die ihre Haut war.

Die ihn umhüllte.

Er wollte mit ihr all die Male, die er schon erlebt hatte, zurückerleben bis zum ersten Mal.

Er hatte es versucht.

Meerkopf saß am Küchentisch vor dem sorgfältig ausgeschüttelten Platzdeckchen, es war zehn vor sieben, er hatte noch Zeit. Er mußte noch nicht aufstehen und zur U-Bahn gehen, noch nicht in den Blaumann von Reitz & Söhne wechseln, und er wußte, daß er es versucht hatte.

Aber wenn er hinüber ins andere Zimmer sah, saß auf der Couch seine Frau.

Vor ihm hing die Pinnwand. Er sah sich die niedlichen Zeichnungen unter der Drohung an. Mann und Frau, und sie hatten die gleichen kreisrunden Gesichter. Nur die Kleidung unterschied sie und ein überzähliger Strich. Der Mann trug absurd gestreifte und meist kurze Hosen. Die Frau steckte immer im Rock. Liebte sie ihn besonders doll, dann schielte sie unter dick gezeichneten, schwungvollen Wimpern.

»Klimperwimpern«, sagte Meerkopf zum Sittich, der in der Gardine hing. Dann hörte er auf die Stille und das Flügelschlagen, und dann fühlte er sich besser.

Die Zeichnungen waren dazu gedacht, daß er die Schere aus dem Schubfach nahm und sie an der schwarzen Linie entlang aus der Bild-Zeitung ausschnitt. Sie ausschnitt und sammelte und froh war, wenn am nächsten Morgen die nächste Zeitung kam.

Das wußte er alles. Er nahm das ausgeschnittene Kästchen, stand auf und pinnte es mit einer Stecknadel auf der Korkwand fest. Die Stecknadeln hatten bunte Köpfe.

Tortenstücke. Luftballons. Herzen.

ganz unten

Eines der Bildchen hatte er Katja schließlich mitgebracht. »Zur Versöhnung«, hatte er gesagt, drei Monate später, sie schob ihr Fahrrad aus dem Zuckersand. »Jetzt sei nicht sauer, guck's dir doch wenigstens mal an!«

Er sagte das ironisch, aber er meinte es ernst.

Er fuhr im Schrittempo hinter ihr her. Kurzärmelig lehnte er aus dem offenen Fenster. Sie trat in die Pedale und sah geradeaus. Die Straße machte ein paar Kurven. Wenn niemand entgegenkam, holte er auf, und wollte ihn einer überholen, fiel er zurück, und jedesmal streckte er ihr den Zettel hin, sobald er auf gleicher Höhe war.

Oben in der Mitte war noch das Einstichloch der Stecknadel zu sehen.

»LIEBE IST... für sie auch mal in den sauren Apfel zu beißen.«

Die Fruchtmetaphorik der Entführer.

Für Meerkopf war das ein Geständnis.

»Nicht wegen der ganzen Bibelkacke«, hatte er am nächsten Tag im Alten Krug erklärt. Der Alte Krug lag hinter den Gleisen, am Ende der Stadt. An der Fassade trug ein Bär über Kopf drei große Gläser.

»Und was willst du dann hier«, sagte Katja. »Wenn der Apfel sauer ist.«

Meerkopf versuchte, sich dem Wirt bemerkbar zu machen.

»Ich frag ja nur. Du könntest es mir erklären. Du könntest es deiner kleinen Lady –«, sagte sie und zog das Wort lang. »Du könntest wenigstens den Versuch machen. Drei Monate«, sagte sie. »Es waren immerhin drei.«

Am Stammtisch spielten sie Skat. Der Fußballwimpel war abgeräumt.

»Stört dich doch nicht, oder?« sagte Meerkopf und zündete sich eine Zigarette an.

»Wenn du einen blassen Schimmer hast von dem, was du hier machst, könntest du mich dann davon in Kenntnis setzen?«

»Ich rauche«, sagte Meerkopf, »und versuche herauszufinden, ob es meine Lady stört.«

»Die Lady geht mir ganz schön auf die Nerven.« Katja wandte sich ab, um zu sehen, wo der Wirt blieb.

Es waren die Tage, an denen sie nicht wußte, wie sie sich ihm wieder nähern sollte. Sie war dazu nicht weich genug, sie fühlte ihr Inneres wie eine Wand. Sie hätte sich Meerkopf in der letzten Nacht zurückholen können über Körper und Geruch des Angolaners. Es war die Art Sex, bei dem man an jemand anderen dachte, für den an jemand anderen zu denken die notwendige Voraussetzung war.

»Zweieinhalb Monate«, sagte Meerkopf.

»Wenn du glaubst, ich führe eine Strichliste – das hier ist kein Knast.«

Meerkopf blinzelte.

»Es ist dir egal, was hier passiert. Wenn du weg bist. Stimmt's? Du kannst dir das nicht mal vorstellen. Vergiß es«, sagte sie. »Mir geht's gut. Mir geht's ganz gut. Wer sich auf krumme Dinger einläßt, muß eben am Ende dafür bezahlen. So ist das nun mal.«

»Wieso bedient uns hier keiner?« rief Meerkopf in Richtung Tresen. Einer der Skatspieler sah auf. Der Wirt reagierte nicht. »Ich bin kein Drogendealer.«

»Du dealst mit der gefährlichsten Droge, die man sich vorstellen kann. Sonst würde es sie ja nicht jucken. Und dazu denken sie sich noch was Hübsches aus. Manchmal nehmen sie einem den Personalausweis ab.«

Auf dem Tisch lag ein grünes Tischtuch, und Katja stellte fest, daß sie am Tisch mit den meisten Krümeln saßen.

»Alles nicht weiter wild. Wenn man es schafft, in der Kantine von der Essensausgabe zum Tisch zu kommen, ohne daß einem die Sülze vom Teller fliegt oder die Mayonnaise auf die Bluse klatscht, weil irgendein feiner Kollege dich anrempelt. Die sollen doch die Schnauze halten«, sagte Katja, »denen geht's doch allen genauso scheiße. Aber dann glauben sie, es ginge ihnen besser, wenn's den anderen noch mehr scheiße geht.«

»Äpfel sind jedenfalls was Besonderes«, sagte Meerkopf

dann. »Deshalb habe ich diesen Spruch ausgewählt. Du mußt dir diese Dinger nur mal angucken. Alles ungespritzt. Ein Boskop von so einem Havelland-Bäumchen!«

»Unser Obst- und Gemüsehandel steckt voller Besonderheiten«, sagte Katja, »voller nützlicher Überraschungen.«

Es war jener Tag im Alten Krug, als der Wirt sie ignorierte. Für die Skatspieler zapfte er Bier. Aber als Meerkopf zu ihm hinüber an die Theke ging, sah er sich die Fußballergebnisse an. Meerkopf wartete. Er zog sogar sein Portemonnaie aus der Tasche und legte einen Schein auf die Theke. Aber der Wirt drehte sich nicht zu ihm um.

»Also, ich meine mal«, sagte Meerkopf dann und blieb hinter ihrem Stuhl stehen. »Immerhin.« Er legte ihr die Hände auf die Schultern. »Immerhin bin ich wieder da.« Er stand so, hinter ihr, an ihrem Stuhl. »Das ist doch was«, sagte er. »Oder. Ist das etwa nichts. Ich meine ja nur.«

Aber Katja wußte nicht, wie sie sich ihm nähern sollte nach diesem Sommer, in dem die Sprenger in den Gärten die ganze Nacht liefen. Nach diesem Sommer, in dem sie schon angefangen hatte, sein Gesicht überall zu suchen.

Sie sah einen Mann mit Stirnlocke und hellen Haaren in der Größe von Meerkopf. In der doppelten Verzerrung der Sputnikfenster gelang es ihr, den Grundriß mit den Zügen Meerkopfs aufzufüllen, bis das fremde Gesicht dem seinen ganz angeglichen war. Es machte sie nicht traurig. Wenn sie nur ein solches Gesicht zwischen all den anderen fremden Gesichtern gefunden hatte, wußte sie, es würde nicht ewig so sein. Es wäre nur zur Vorbeugung.

unten

Das mit dem Apfel. Die vergiftete Seite und hundert Jahre Schlaf.

Meerkopf war einundzwanzig, als er die Nordseeküste verließ.

In den ersten Jahren wirkte er mit seinen blonden Haaren und den schmalen Schultern hilfsbedürftig. Dann begann er die Ausbildung. Er fräste Metall, schnitt Formen aus Blechen, einen Monat lang stapelte er Paletten. Seine Schultern wurden kräftig, sein Körper blieb schlank.

Das Pastellige seiner Kleidung war langsam ins kräftig Bunte, ins Großkarierte der siebziger Jahre gerutscht. Er wohnte in Wedding oder Moabit, und eines Tages zog es ihn zu einem besetzten Haus hinter der Gotzkowskybrücke. Es war orange und rosa angemalt, vom Erdgeschoß bis zum Dach, sogar die Fensterscheiben überzog Farbe.

Im ganzen Haus machten sie Kunst. In einem Zimmer lehnten wild aufragende Drähte, ein anderes war mit getöpferter Keramik vollgestopft. Es roch nach Gras und Terpentin. Die Frauen trugen Kittel oder Männerhemden, eine hatte rote Haare. Sie umgab sich mit riesigen flachen, breitgedrückten Menschenkörpern in irre bunten Farben.

»Eine Stadt mit Mauer, und was hält man davon?« sagte die Malerin zu ihm, während sie weiter ein blaues Schultergelenk ausbesserte. Und ohne abzuwarten, was er antworten würde, sagte sie sinngemäß: »Man hat froh zu sein, mein Lieber, da drüben, das ist alles viel zu hetero.«

Die Frau, in die er sich verliebte und mit der er später das orangefarbene Haus verließ, um was essen zu gehen, sah seltsam fremd und gut gekleidet zwischen den Künstlergestalten aus. Sie schien wie er selbst nur Gast zu sein, auch sie wollte nur mal gucken. Sie trafen sich im Treppenhaus.

Er mochte ihre konisch geformten Finger, ihr breites Haarband, das sie passend zur Farbe des Pullovers trug. Er mochte sogar ihre zu schmalen Strichen gezupften Augenbrauen. Sie konnte Tarte Tatin, was schwierig war, und eine spezielle Auswahl indischer Gerichte. Er mochte auch die altmodische Art, in der sie ihm vor den Graffitis im Treppenhaus zuflüsterte: »Sind die nicht alle ein bißchen chichi?« Was sie später ausnahmslos ebenso auf den Bürgermeister von Berlin, ihre neue Friseuse, ein paar verirrte Spontis und die radikalen Linken auf der Oranienstraße mit ihren überdimensionalen, verlotterten Hunden oder auf die Kinder der türkischen Nachbarin bezog. Er mochte die Büstenhalter, die sie trug. Darin staken ihre Brüste fest und spitz wie Pyramidenköpfe in den engen Pullovern hervor. Er mochte sie, und wenn ihm danach war, begehrte er auch meistens sie, aber er konnte keine großen Unterschiede zu den anderen vor ihr feststellen. Er hatte nur den Eindruck, daß Leute, die er in Filmen lieben sah, mehr liebten oder aufregender, anders oder irgendwie richtig, was ihm auf jeden Fall begehrenswerter als das eigene Erleben schien.

Und weil er sich unsicher war, nahm er sie mit auf den Deich und präsentierte sie seiner Mutter. Seiner Mutter schien sie zu gefallen, jedenfalls packte sie am Ende jede Menge Handtücher und Bettwäsche ein mit den Initialen ihrer Mutter auf den Zipfeln.

Also wählte er diese Frau zu seiner Frau. Da war er achtundzwanzig.

Vielleicht war das einfach zu früh.

Vielleicht mußte er mal was riskieren.

oben

Meerkopf, der Taschengesangbuchgläubige.

Dabei hätte er nur einmal in der Bibel nachschlagen müssen und nicht in der Bild.

Er besitzt ein schwarzes, in Leder gebundenes Buch mit Goldschnitt, wahrscheinlich geerbt, das in einer unteren Schublade der Schrankwand liegt. Trotz der altdeutschen Buchstaben sieht es aus wie neu. Darin steht: »Gott ist die Liebe, und wer in der Liebe bleibt, der bleibt in Gott und Gott in ihm.«

unten

Die Glasplatte im Couchtisch wechselt die Farbe. Rot in Grün in Blau. Wie Warnblinker am Rand von Wasserstraßen. Farbkreise, Spiralnebel, Punkte aus Licht. Die ganze Nordseeküste schwebt durch den Raum, Lichtinseln, die ständig ihren Umfang ändern. Aber als er aufsieht, sieht er nur seine Frau.

Wie auf ein Zeichen hin schiebt sie den Rocksaum hoch. Sie trägt einen hellen Rock, der sich auf ihren Oberschenkeln zu einem Kegel weitet. Er endet eine Handbreit über den Knien. Vielleicht denkt er jetzt so was wie *let's do it* oder: woll'n wir mal, vielleicht braucht er irgendeine Art der Anfeuerung.

Dann sieht er sich in voller Länge auf dem Körper seiner Frau, das wird Knitter geben, sie wird den Rock nachher wechseln müssen, er weiß, er kennt das Theater.

Er sieht Meerkopfs Frau, die, während er mit ihr schläft, einen Apfel ißt. Ihre Bluse ist offen, ihr Arm ragt aus dem Bett. Auf dem Tisch steht eine Obstschale. Ihr Gesicht ist zur Seite gedreht, die einzige Anstrengung darin scheint die, einen Apfel aus der Schale zu fischen. Sie reckt das Kinn, damit sie an seinem Arm vorbei, der neben ihrem Kopf aufgestützt ist, hineinbeißen kann. Der Saft rinnt in ihren Mundwinkel und von dort auf seine Hand. Als sie zubeißt, überlagert das Geräusch des krachenden Apfels sein eigenes heftiges Atmen. Oder er hört für einen Moment damit auf.

Äpfel und Birnen. Das macht wohl in diesem Fall keinen Unterschied.

Wenn Meerkopf schlau ist, denkt er, daß die Zeit vielleicht einen macht. Daß die Zeit manchmal zu was gut ist.

*

Auch er hatte Träume.

Beispielsweise sah er seine Frau rücklings unter ihm, aber sobald sie in den Apfel biß, sah er ein Skelett.

Sie griff nach dem Apfel. Der Film sprang an. Er spulte in einer irren Geschwindigkeit ihr Gesicht bis aufs Gerippe herunter. Es sah aus, als würde auf eine Totenmaske ein lebendiges Gesicht projiziert. Die Haut bekam Flecken, sie wurde trocken und gelb. Erst wuchs noch Flaum auf den Wangen, dann fielen ihr die Härchen aus. Meerkopf sah durch auf die Knochen. Er sah ihre Augen nach oben wegrutschen, Klimperwimpern, bis sie blind in ihren Höhlen lagen, mit blaugeäderten Rändern und einer Iris, die sichtbar verdorrte.

Sie trug lilafarbenen Lippenstift, egal, zu welcher Kleidung, der sich jetzt vergröberte. Er fraß das ganze Gesicht, während die Lippen zurückklappten, sich hochschoben und das Gebiß entblößten. Die Kieferknochen lagen frei. Es sah aus, als ob das Gebiß noch wuchs. Höhlen entstanden in den Wangen. Das Gebiß wuchs nach vorn und nach oben mit seinem lilafarbenen Rand, während Wangen und Stirn in sich und schließlich rundherum zusammenstürzten.

Am Ende standen nur die Zahnreihen und die Außenwände noch. Er sah ein Knochengehäuse, das wundgescheuert war und blank, das aussah wie eine eingebeulte Dose.

Vielleicht hatte er auch nur zuviel über radioaktive Strahlung in den Nachrichten gesehen, über Menschen in entlegenen Gebieten Amerikas, denen der Wind die Strahlung zutrug, die dann mit dem Atem durch ihre Körper floß und die Körper transparent machte. Vielleicht hatte er zuviel von Atomwaffentests auf Atollen im Pazifik gehört. Vielleicht war es das, wovor er Angst hatte.

Er konnte es nicht sagen. Aber immer war es das Skelett seiner Frau, das am Ende in den Apfel biß, ein Strichweibchen.

oben

Schaper hielt in Moabit zum ersten Mal ein Neues Testament in der Hand. Sie lagen dort unter jedem Waschtisch. Das Buch war in rote Pappe gebunden und trug ein helles Kreuz auf dem Deckel. Es hatte keinen Titel. Aber Schaper wunderte sich nicht. Er dachte an das Kommunistische Manifest. Auch da wußte jeder sofort, was das war. Mit oder ohne Titel.

Moneyfest, wenn Sie so wollen, Moneyfesto. Was Ihnen wahrscheinlich geläufiger ist. Machen Sie sich wegen der paar Buchstaben keine Sorgen.

Man kann sich bemühen. Man bemüht sich jahrelang. Um die richtige Reihenfolge, um Distanz. Man versucht, einmal außerhalb der Gefühle zu erzählen, ohne die Aufregung vom Band.

Aber was, wenn sich herausstellt, Sie sind die Dumme. Wenn es für nichts, was passiert ist, einen vernünftigen Grund gibt. Da treiben Sie sich noch so an, da können Sie noch so genau gucken. Aber der Artikel ist trotzdem schon vor Ihnen fertig.

Sie stürzen sich in die Sache hinein, in der Annahme, sie dann anders zu sehen. Aber am Ende stehen noch genügend am Geländer. Am Geländer gehen immer alle lang. Immer sind genügend übrig, die Ihnen klarmachen, Sie haben es dabei zu nichts gebracht. Die Sie behandeln wie ein Kind. Nachsichtig. Die einen verrückt machen mit ihrem ständigen Gewedel. Als schlügen sie nach Fliegen.

Passen Sie auf, damit man nicht glaubt, Sie hielten Ihren Kopf hin. Damit man nicht glaubt, Sie warteten darauf, daß einer kommt. Einer kommt mit ausgebreiteten Armen auf Sie zu.

Sie gehen wie immer durch Ludwigsfelde, Sie können sehen und hören, aber in Ihrem vergifteten Kopf steht die Luft. Kein Atmen kommt Ihnen über die Lippen. Sie räumen auf, Sie ackern, Sie sind dabei, die Dinge zu zerlegen. Vielleicht läuft für Sie sogar alles erstaunlich einleuchtend ab. Vielleicht zum ersten Mal richtig. Aber von außen betrachtet, holen Sie nicht mal mehr Luft.

Und dann öffnet einer die Arme, und seine Hände treffen mit Karacho von beiden Seiten Ihren Kopf.

Da wäre die Sorge um ein paar Buchstaben wirklich kleinkariert.

Auch Schaper hat sich keine Sorgen gemacht. In Moabit, wo er nichts zu tun hatte, las er die Bibel von vorn bis hinten durch. Die Sprache machte ihm zuerst Schwierigkeiten, er stolperte über die umständlichen Sätze, die merkwürdigen Gepflogenheiten, die Menschen wurden neunhundert Jahre alt.

Aber es unterhielt ihn. Und als es ihm vertraut geworden war, stellte er fest:

Liebesgeschichten sind leicht zu erzählen. Es kommt dabei auf die Auslassungen an. In Katjas Geschichte ist Meerkopf die Auslassung. Die Lücke in der Geschichte. Wie Phantasien wachsen, die auf Lücken gebaut sind, ist hinlänglich bekannt.

unten

Ende Februar schneidet Katja den ersten blühenden Zweig von der Forsythie vor ihrem Fenster. Sie legt den Zweig quer über das Foto in ihrem Nachttisch. Sie bedeckt das Foto mit einem Schwall gelbleuchtender Blüten.

Unter dem Zweig wirkt Meerkopf auf einmal verletzlich.

Unter dem Zweig oder wegen des Arrangements.

ganz unten

Das Arrangement wäre in diesem Fall zumindest in Betracht zu ziehen, denn das Foto wurde nicht mit Selbstauslöser gemacht.

Schaper hatte mit dem Körper quer über dem Autodach gelehnt, ein Bein auf dem Einstieg der Beifahrertür, das andere hing in der Luft. Das Auto gehörte Meerkopf, ein Opel Kadett, wie Schaper sofort registrierte.

»Mach schon«, hatte Meerkopf gesagt. »Oder willste damit in 'ne Ausstellung.«

»Was ich nicht will«, sagte Schaper. »Darum geht's. Nur was ich nicht will. Und ich will nicht, daß meine junge Kollegin hier aussieht wie frisch geschleudert.« Er war noch einmal vom Auto heruntergeklettert.

»Was soll 'n das jetzt?«

Aus irgendeinem Grund war das Foto schließlich in Katjas Besitz gelangt, was Schaper erst in Moabit bemerkt haben wird, als man ihn bat, seine Taschen zu leeren.

Er war vom Auto geklettert und zu den beiden hinübergegangen. Er zog Katjas Bluse zurecht und rückte ihr ein Haar aus der Stirn.

»Du bist wohl 'n ganz Pingeliger«, hatte Meerkopf gesagt. »Drück endlich ab. Sonst komme ich noch auf diverse Gedanken.«

Schaper hatte darauf geachtet, daß Katja an keiner Stelle von Meerkopfs Körper verdeckt wurde. Er beharrte darauf, daß Meerkopf ein Stück hinter ihr stand, und behauptete, es sehe besser aus, wenn seine Hand nicht auf ihrem Bauch liege. Er hatte gewartet, bis Meerkopfs Hand in Katjas Jackentasche verschwand.

»Und was wären diese diversen Gedanken«, sagte Schaper.

Am Ende hatte er ein Foto gemacht, von dem man Meerkopf problemlos abschneiden konnte.

oben

Vielleicht bemerkte auch der amerikanische Geheimdienst die Lücke in der Spalte, wo Meerkopfs Name war.

Irgendwo fehlt immer ein Detail.

Details, die eine Sache, die passiert ist oder nicht, wahrscheinlich machen. Dingfest. Sehen Sie sich Verona an. Sehen Sie Schaper. Am Ende taten sie nichts. Und für nichts gibt es einen Grund.

Um so mehr wollen Sie die Einzelheiten. Jedes verfluchte Detail.

Kriegen Sie aber nicht.

Die vorher am Geländer standen, stehen da noch und strengen sich genauso an, kein Aufsehen zu machen. Damit alles schön ruhig bleibt. Gedeckelt, wenn Sie so wollen. Damit keine der Wunden mehr aufreißt. Immer wird um alles zuviel Wirbel gemacht.

An die Details kommen Sie jedenfalls nicht heran.

Unmöglich.

Verschlußsache. Auch die amerikanische Seite hatte keinen Zugriff auf die Vorgänge im Strafvollzug der sowjetischen Besatzungszone.

So viel hatte Colonel Clerk von seinen Vorgesetzten erfahren.

Er hatte auch erfahren, daß von amerikanischer Seite demzufolge kein Interesse mehr an Meerkopf bestand.

Closed file.

Top secret. »Haben Sie das verstanden? Also. Dann sehen Sie zu, daß Sie das Foto nie aus diesem verdammten Nachttisch genommen haben, Sie Idiot!«

Wie man es im Zusammenhang mit Clerk auch formulieren könnte: Es gibt immer eine Spindel, die in den Brunnen fällt. Und dann muß jemand sie da wieder rausholen.

unten

Wenn Katja auf ihn wartete, schmerzten ihre Hände.

Sie saß auf einem Bett, das mit Air-Force-Bettwäsche bezogen war, und wußte, er käme gleich, und dann begännen ihre Hände zu schmerzen. Sie ahnte den Schmerz immer vorher, sie spürte ihn schon, wenn noch gar kein Schmerz da war.

Kam er nicht, stand sie am Fenster, sah hinaus auf das Rollfeld und beobachtete, wie das Licht schräg über dem Asphalt stand, wie es später ganz darin zu verschwinden schien, bis ihr auffiel, daß es der Himmel war, der dunkel wurde, und sie schaltete die Nachttischlampe ein mit dem in gelbe Falten gelegten Schirm.

Auf dem Gang ging der Wachposten in einer störenden Regelmäßigkeit auf und ab. Sein Schritt fraß sich in ihren Kopf wie das lärmende Ticken einer Uhr. Auch er litt darunter, daß nichts geschah.

Wenn Clerk sie in diesem entfernten Teil des Gebäudes besuchen kam, schien er einen weiten Weg zurückgelegt zu haben. Die Flure seien verzweigt, sagte er, Treppen und Seitenaufgänge kreuzten sich, drifteten auseinander, bogen unerwartet ab oder endeten abrupt vor Bürotüren. Erwischte er die falsche Treppe, schnitt er sich den Weg ab, statt ihn zu verkürzen, so daß er sich unter den hohen Decken immer wieder verlief.

Er schwitzte, wenn er ihr Zimmer betrat. Er zögerte jedesmal in der Tür.

Es war ein kurzes Anhalten des Atems.

»Hello again!«

Clerk holte Luft, was Katja genug Zeit gab, sich selbst zu hören, sich in seinem Zögern warten zu hören. Sie wußte, gleich würde er mit ihr reden, und dann mußte sie ganz wach sein, ganz aufmerksam, dann mußte sie ihren Körper, der so dünn und unzuverlässig geworden war, angestrengt konzentrieren, damit ihr nichts entginge, damit ihr nicht alles in den Tag hinein davonrutschte, in ein Zimmer aus Staubgeflimmer und einer Sonne, die nicht genug Licht gäbe.

Sein Zögern zog neuerdings Linien durch ihren Körper, dünne Drähte, die sie spürte, als würde Strom durchgejagt.

Sie wußte, das war nicht logisch.

Es war Clerks Aftershave, das der Luftzug vom Fenster aufwirbelte.

Clerks Schlipse waren einfarbig wie die Uniform.

Auch seine Schuhe blitzten.

Aber sie glaubte, den Matsch zu erkennen, der an Meerkopfs Hosenbeinen hochgespritzt war, wenn sie durch die Gärten oder um den Pechpfuhl gelaufen waren. Sie glaubte Meerkopf lachend mit der Hand die Hosenbeine abschlagen zu sehen, was den Matsch nur noch tiefer ins Gewebe gerieben hatte. Da war Sommer. Da war Herbst.

»Suchen Sie was?« sagte Clerk. Katja stand vom Bett auf, das Blut schoß ihr in die Finger. Es fühlte sich an, als würden die Finger aufgepumpt.

*

»Alles in Ordnung?« sagte Clerk, und Katja legte unwillkürlich eine Hand ans Ohr.

Hätte Clerk der Anwältin oder irgend jemandem erklären müssen, wie sie ihn in diesem Moment ansah, hätte er das Wort träumerisch verwendet. Sie ist in letzter Zeit so abwesend, hätte er gesagt. *Sort of dreamy I would say. Maybe shy.* Sad, hatte er eigentlich sagen wollen. Aber er ist da, um sie zu trösten, *to stabilize her, make her feel comfortable.* Deshalb würde er vorsichtshalber anstelle von *sad* immer *shy* sagen.

»Sie haben doch alles, oder? Sie sind doch gut versorgt. Man kümmert sich um Sie, ja? Zu trinken haben Sie auch noch«, sagte er mit Blick in Richtung der Martini-Flasche auf dem Fensterbrett.

Katja hörte nichts, und das würde den ganzen Tag so bleiben. Während der Matchs im Tischtennisraum, wo Clerk sich entspannte und langsamer zu reden begann, während sie Kaffee aus Plastikbechern tranken, den er aus einer Thermoskanne im Offizierskasino holte, und später, wenn er mit ihr zurück ins Zimmer kam. Während der ganzen lähmend langen Zeit wäre in all dem, was Clerk sagte, kein einziges verläßliches Wort. Nichts, was Meerkopf auch nur im Traum zu sagen in den Sinn gekommen wäre.

»Da sind Sie ja«, sagte sie, als hätte sie Clerk soeben erst entdeckt. »Ich muß meine Kelle gestern unten liegengelassen haben. Hier ist sie jedenfalls nicht.«

*

An Tagen, an denen Katja allein im Zimmer saß, an denen Clerk sie nicht besuchen kam, versuchte sie sich vorzustellen, was mit ihr passieren würde.

Es war einfacher, an das zu denken, was hinter ihr lag.

Was ihnen hätte passiert sein können.

Katja versuchte sich vorzustellen, was mit ihren Eltern passierte oder was mit Meerkopf passiert war. Aber da auch diese Gedanken durch nichts von außen beeinflußt waren, begannen sie irgendwann zu zerfallen. Sie ließen die Stille zurück, der der Schritt des Wachpostens einen eintönigen Rhythmus gab.

Sie begann jene Momente zu sehen, die sie nicht sehen sollte, die nicht zum Sehen geschaffen sind, weil man selber in ihnen geschaffen wurde.

Das zerwühlte Bettlaken sollte sie nicht sehen, den Schweiß und das Stöhnen und die gespreizten Beine ihrer Mutter, und wovon sie nicht wußte, ob es wirklich so gewesen war, so schön, ob es so außergewöhnlich gewesen war, wie ihr später berichtet wurde, mit einer Kerze und hundertfarbigen Schatten an der Wand. Vielleicht hatten es die Erzählungen nur bedeutungsvoller und wunderbarer gemacht, hatten es ihr und ihren Eltern in der Erinnerung in ein herausragendes Ereignis verwandeln sollen. Vielleicht aber hatte ihre Mutter diese Körperlichkeit nie gekannt, diese strenge Erotik, die man nur entdeckte, wenn man nicht liebte.

Was wußte sie schon von ihrer Mutter.

Und was würde sie jetzt noch erfahren.

Aber fragen Sie nicht.

oben

Man könnte sagen, ausgedacht. Aber man denkt sich nichts aus. Man denkt nicht an dieses und jenes, und dann ist es da. Es war schon da, bevor ich es gedacht habe, aber es wird nicht so gewesen sein. Es ist möglicherweise erst, seit ich es gedacht habe, zu dem geworden, was es heute ist.

Wie Schaper. Aber das werden Sie besser wissen als ich. Sie haben ihn ja gesehen, wie er da sitzt, in seinem Ludwigsfelder Plattenbau.

Er denkt an Katja und an diese ganze Geschichte aus einem Abstand von fast zwanzig Jahren zurück. Es ist das Jahr neunzehnhundertsechsundneunzig. Er kann nicht aufhören, daran zu denken. Er denkt immer in der dritten Person daran. Sonst könnte er sich nicht halten, es würde ihn umbiegen. Er rutschte dann vom Sofa unter den Tisch, was lächerlich ist. Er ist nicht betrunken, er trinkt nur abends, er ist da konsequent. Er hält strikt die Kolonialherrenregel ein, kein Alkohol vor 17 Uhr.

Die Formulierung *ich denke* erscheint ihm nicht logisch. Das leuchtet ihm einfach nicht ein. Das ist sogar vollkommen falsch, auch wenn man von einem Menschen verlangen kann, ich zu sagen, wenn er sich meint.

Aber dann sitzt er in seiner Zweizimmerwohnung mit dem nagelneuen Wäscheständer im Flur, und das Äußerste, was er zu denken fertigbringt, ist:

Einer, der nach dem Engel sucht.

So könnte man es sich jedenfalls vorstellen.

unten

Vielleicht fing Schaper schon in seiner Zelle in Moabit damit an. Als er einmal am Tag laut rief. Bevor er sich wieder schweigend auf die Pritsche setzte.

Der Justizvollzugsbeamte hatte sich daran gewöhnt. Einmal am Tag brüllte ihm der Untersuchungshäftling in Zelle 4 hinterher: »Könnten Sie mir noch 'n Nachschub an Südfrüchten organisieren?«

Sonst war er still, seine Zelle aufgeräumt. Nur anfangs zeigte er sich erstaunt, wie ebenmäßig die Zellenwand war, glatt und mit Hilfe der Wasserwaage gespachtelt. Er tat, was man ihm sagte, aber er tat es so, als sei er in Gedanken woanders. Abends kaufte er regelmäßig ein Bier, was es nur alkoholfrei gab.

Man müßte schon dieser Justizvollzugsbeamte sein, um darin das Verhalten eines Mannes zu entdecken, der die Welt gesehen hat. Korrekt, aber über die Umstände erhaben.

Aber der Beamte war ein schmaler Junge mit vorstechenden Hüftknochen, blaß und keine zwanzig Jahre alt.

Er öffnete die Zellentür, ging zurück zu dem vierstöckigen Rollwagen, dessen Metallräder ohrenbetäubend über den Betonboden schepperten. Er brachte Schaper ein Tablett, und Schaper bedankte sich. Es war sechs Uhr dreißig, und Schaper sagte: »Haben Sie vielen Dank.«

Auf dem Tablett waren Schwarzbrot, eine Thermoskanne mit Tee und ein Schälchen Marmelade, und es gab keinen Anlaß, den Jungen zu siezen.

Orangen gab es nur sonntags. Alle Häftlinge waren darüber informiert. Schaper fragte trotzdem. Und nach einer Weile hob ihm der Junge manchmal welche auf. Dann flüsterte er dem Häftling in Zelle 4 über dem Klimpern seines Schlüssels aufgeregt zu: »Wie wär's mit 'ner Extraportion? – Für den Kumpel der Entführerbraut?«

Was inhaltlich nicht ganz hinhaut.

*

Macht aber nichts.

Denn Katja wird das nie erfahren. Sie hat Ronni nicht wiedergesehen. Auf ihren Spaziergängen bleibt sie jetzt allein. Vielleicht ist er unvorsichtig gewesen, und man hat ihn geschnappt. Oder er findet es aufregender, sich unter die Demonstranten zu mischen.

Die jetzt öfter vorm Flughafen stehen. Wie Clerk sagte.

»Da kommt keiner mehr durch. Plakate, Transparente, die sehen aus wie Profis. Machen das wahrscheinlich täglich. Rennen hin, wo's was zu protestieren gibt. Leider wissen die nicht, daß sie einen wie mich brauchen, der Ihnen das sagt.«

»Warum leider?«

»Die wollen, daß wir Sie freilassen«, sagte Clerk.

Katja überlegte, ob man ihren Kopf wie Fidel Castro oder Lenin mit schwarzer Farbe und im Profil auf eine Fahne gemalt hatte, ob mit ihrem Kopf dann etwas nicht mehr stimmte, ob etwas nicht mehr in Ordnung war, wenn er zweimal, hundertmal da war, ob das auf ihren wirklichen Kopf abfärbte oder es dann keinen wirklichen Kopf mehr gäbe. Sie überlegte, ob auch ihr Name auf einem der Transparente stand, ob es nur der Vorname war und wildfremde Menschen sie plötzlich duzten, was überhaupt eine ungeheuerliche Vorstellung war, von viel mehr Menschen gekannt zu werden, als sie ihrerseits kannte.

Sie mußte versuchen, ein Fenster zu finden, das auf den Vorplatz ging. Sie wollte sich diese Demonstranten angucken.

»Sagen Sie denen, die sollen für Meerkopf demonstrieren«, sagte Katja zu Clerk, als sie die Treppe zum Tischtenniskeller hinunterliefen. »Schöne Grüße, die sollen sich lieber vor die Stasi-Hochburgen stellen«, sagte sie.

»Tun Sie doch nicht so«, entgegnete Clerk. »Kein Mensch ist so uneigennützig.«

Wenn Katja an Meerkopf dachte, sah sie nur seine Gestalt am Auto. Seinen dünnen Schatten auf dem Autodach. In ihrer Vorstellung hatte sein Gesicht keine Farbe. Sie konnte ihre Vorstellung nicht mehr durch sein wirkliches Gesicht ersetzen. Nur noch durch sein Foto.

Aber es geschah, daß sie das Foto nicht mehr fand.

Clerk jedenfalls hatte recht. Sie war nicht uneigennützig.

Sie war eine eingebildete Kuh.

Das hatte Meerkopf zu ihr gesagt. »Das Leben könnte glatt schön sein ohne eine eingebildete Kuh wie dich.« Das mußte im Dezember gewesen sein, Anfang Dezember 1977, drei Wochen vor Weihnachten. In der darauffolgenden Woche hatte es geschneit.

Der Schnee trieb die Busfenster aufwärts.

Während dieses Schneetreibens hatte Katja zum letzten Mal daran gedacht. Als der Reisebus auf einem Betriebsausflug in den Harz im Schnee steckengeblieben war. Das Fahrzeug hatte sich auf der kurvigen Straße gedreht, und jetzt hing das rechte Hinterrad in der Luft. Sie hatten den Bus einzeln und durch die vordere Tür verlassen müssen.

Meerkopf war zu diesem Zeitpunkt schon wieder in Westberlin gewesen. Er hatte den Arbeitern seine Meinung gesagt und war abgereist.

Nicht allerdings, ohne ihr zu sagen, daß er nicht wisse, wann er wiederkomme. Was ihr unter diesen Umständen wohl auch egal sein könne.

Es war auf dem südlichen Werksgelände. Meerkopf war umringt von Arbeitern in blauen Wattejacken.

»Ich sage immer, Probleme sind dazu da, daß man sie löst«, sagte er. Der kalte Wind schlug ihm den Atem vom Mund weg. »Materialschäden!« sagte er. »Wir liefern pünktlich, das Zeug ist billig, was gibt's da zu meckern? Wegen ein paar Kratzern!« Er sah in den Himmel, dann auf die Uhr.

»Das ist richtig«, sagte jemand.

»Warte«, sagte Meerkopf, »du bist gleich dran. Also. Ihr sagt, da klappert was, gut. Ich guck nach. Und was finde ich? Einen Einbaufehler. Ein Einbaufehler ist aber nicht das Problem der Zulieferfirma. Ist nicht mein Problem, wenn ihr das passende Werkzeug nicht habt. Und wenn sich eure Genossen keinen Ersatz leisten können, müßt ihr das eben reparieren, nur der Tod ist umsonst, oder wie seh ich das.«

Die Arbeiter schwiegen. Ihre Gesichter waren bewegungslos, sie waren vom gleichen Stahlgrau wie der Himmel.

Sie rückten enger um Meerkopf zusammen. Die Kälte machte sie gefährlich, die Kälte und die Taubheit ihrer Körper, es war die Art Szene, in der man in frühen DEFA-Filmen Verräter stellt. Die Luft nahm schwarzweiße Konturen an, der Kameramann fuhr eine Totale in Meerkopfs Gesicht, während Meerkopf die Kapuze seines Anoraks hochschlug und mit den Schultern zuckte.

»Ich möchte sagen, daß es Schwierigkeiten gibt, über die wir uns Gedanken machen müssen«, sagte der einzige, der bisher etwas gesagt hatte. »Aber dann möchte ich auch noch sagen, daß wir stolz darauf sind, die Fertigungsstrecke in Betrieb genommen zu haben.«

»Halt's Maul, du bist hier nicht auf'm Plenum«, sagte ein anderer, dann achteten sie nicht mehr auf ihn. Sie bedrängten Meerkopf, und der fiel zurück, er fiel einfach von der Gruppe ab, stand außen, wo er sich, von den anderen fast unbemerkt, noch einmal umdrehte.

Katja hätte sich auf Meerkopfs Seite geschlagen, sie hätte ihm beigestanden.

Wenn Meerkopf nicht im selben Moment hinzugefügt hätte: »Alles eine Frage der Selbständigkeit.«

Daraufhin hatte sie ihn nicht begrüßt. Er mußte sich beeilen, um sie einzuholen. Sie waren an der Endmontagehalle vorbeigegangen und bis zum Pförtnerhäuschen gekommen, bevor Meerkopf schließlich gesagt hatte:

»Wenn du nicht irgendeine Krankheit hast, von der ich nichts weiß, könntest du aufhören, mir mit dem Lenker dauernd in die Seite zu fahren?«

»Wenn du nicht irgendeine Krankheit hast, solltest du den

Mund nicht immer so voll nehmen«, hatte sie geantwortet. »Sonst hast du mich die längste Zeit gesehen.«

Meerkopf hatte sich langsam zu ihr gedreht.

»Gut«, sagte er dann. »Gut. Wenn ich's mir recht überlege, könnte dieser Job glatt schön sein ohne eine eingebildete Kuh wie dich. Aber jetzt kapier ich endlich, wie gut es ist, daß die mir das Visum immer begrenzen!«

»Weil ich eine eingebildete Kuh bin.«

»Exakt«, sagte Meerkopf.

Als die Hinterräder durchdrehten und keinen Halt auf der spiegelglatten Straße fanden, hatte Katja beschlossen, sich an jedes zurückliegende Erlebnis zu erinnern, auf das die Eigenschaft »eingebildete Kuh« zutreffen könnte. Wenn der Bus rechtzeitig zum Stehen kam. Während im Rückspiegel der Abhang immer näher kam.

Als sie dann im kniehohen Schnee stand und ein Schneeschieber versuchte, den festgefahrenen Bus wieder herauszuziehen, stellte sie fest, daß das, was Meerkopf gemeint haben mußte, nichts mit ihrem wirklichen Leben zu tun hatte. Sondern mit ihrer Vorstellung von dem, was morgen kam.

Sie war eine eingebildete Kuh, wenn sie über den Moment hinauswollte. Sie wollte nie wieder Bohrmilch unter den Fingernägeln haben. Sie wollte nicht mehr in Bussen sitzen, deren Fenster bis zum Dach, von Lauge und Schlamm bespritzt, starrten vor Dreck, sie wollte Fenster, durch die man rausgucken konnte. Sie wollte Paris nicht nur auf Buchdeckeln sehen, und sie wollte sich einmal zwischen verschiedenen Weinsorten nicht entscheiden können.

Sie wollte zu der Welt gehören, in der es möglich war, vierundvierzig Sonnenuntergänge an einem Tag zu erleben. *Forty-four sunsets, said the little prince*, und Katja hatte es gewagt, sich vorzustellen, daß ein so riesiges Versprechen von Meerkopf tatsächlich einzulösen war.

Das Hinterrad des Busses hatte den Abhang erfaßt, sich

durch die am Straßenrand aufgeworfene Schneewehe gefressen, und der Bus war sicher auf der Straße zum Stehen gekommen. Das Räumfahrzeug fuhr donnernd zurück ins Tal, wo Rauch über den Schieferdächern der Häuser hing.

Vielleicht hat sie mehr gewollt, als sie wußte. Aber es waren alles Dinge, vor denen ihr gegenwärtiges Leben bedeutungslos wurde, weshalb sie eine eingebildete Kuh war. Wie Meerkopf sagte.

unten

Clerk hatte einen Fehler gemacht, und jetzt gab es die Möglichkeit, ihn zu korrigieren.

»Warum haben Sie mir das nicht eher gezeigt?« fragte Herbig, Katjas Anwalt, mittags auf dem Flur des Flughafengebäudes.

»Wissen Sie eigentlich, was Sie da geheimgehalten haben? Das ist dreimal soviel wert wie ein paar Jahrhunderte Politik der Vereinigten Staaten von Amerika und dieses ehrenwerte Gericht, Gott segne es, zusammen. Was Sie da in der Hand halten, mein Freund, ist die Freiheit meiner Mandantin!« Er wollte Clerk auf die Brust tippen, auf den geschlossenen oberen Knopf der Uniform. Dann besann er sich. »Ich will Ihnen nicht sagen, wofür ich Sie halte. Nicht, um Sie zu schonen, im Gegenteil, ich würde alles tun, um Ihnen auch nur eine Ahnung von einem Bewußtsein zu vermitteln, Sie wissen doch, was ein Bewußtsein ist? Vielleicht wären Sie ein guter Kommunist, mein Freund, auch wenn Ihnen das nicht in den Kram passen dürfte, aber ich will Ihnen verzeihen. Und zwar aus einem Grund, der nicht ganz unwesentlich ist. Warum ich Ihnen also verzeihe«, sagte er und legte die Hand auf die Türklinke zu seinem Büro.

»You bombed Berlin!« Er sagte das in englisch. In seiner eigenen Sprache wäre ihm das ganz ungeheuerlich vorgekommen. »Falls Sie das noch interessiert.«

»Machen Sie damit, was Sie wollen«, sagte Clerk und zeigte auf das Foto. »Aber denken Sie dran: Von mir haben Sie's nicht.«

Er war nicht der Mann, der eine Spindel wieder aus dem Brunnen holt. Er hatte nicht mal ein schlechtes Gewissen.

Er fand nur, ein Danke wäre die Sache schon wert gewesen.

*

Herbig wird Katja dieses Foto vorlegen.

Es wird an einem Märzmorgen sein.

Auf dem Foto waren ein Mann und eine Frau vor einem Auto zu sehen.

»Was ist das für ein Foto?« sagte Herbig und sah Katja an.

»Dieses Foto«, sagte er. »Warum haben Sie mir das nicht gleich gebracht?«

Katja lehnt an Meerkopfs Brust, einen halben Kopf kleiner als er, mit seiner Hand in ihrer Jackentasche. Im Hintergrund sieht man Bäume.

Sie wird sagen: Das bin nicht ich.

Sie wird sagen: Wo zum Teufel haben Sie das her?

Keine weiteren Fragen, wird Herbig sagen. Er weiß, wie er formulieren muß, um die Unschuld seiner Mandantin zu beweisen. Für ihn ist Hans Meerkopf eine spekulative Größe, deren Wert über ein Foto bestimmt werden kann.

Bevor er ging, sagte er noch: »Die Verfassung, Katja, wird nicht jedem in diesem Gericht herzlich gleichgültig sein.«

Aber Katja hatte recht. Es ging bereits mit dem Teufel zu.

*

Sie ging direkt zu Clerk. Er war gerade dabei, einen Strumpf zu stopfen.

»Wie konnten Sie so etwas tun?« fragte sie.

»Du wirst frei sein, Katja«, sagte Clerk. Die Frühstückspause lag hinter ihm. Er hatte eine halbe Stunde im Nieselregen unter dem riesigen Vordach der Abfertigungshalle verbracht, in der besonderen, echolosen Stille weit überhängender Stahlträger, auskragend, wie das im Deutschen hieß.

Katja sagte: »Falsch. Sie hatten mir was versprochen.«

Clerk stand auf und wollte ihr die Hand geben. Aber seine Hand steckte im Strumpf und sah aus wie ein Frosch.

Also versuchte er ihr klarzumachen, daß es Mächte gab, die um sie herum ein Match austrugen. Er ging ein wenig in die Knie dabei.

Er sagte: Das Match sei schon an den verschiedensten Fronten mit unterschiedlichen Resultaten ausgetragen worden, wobei auf lange Sicht jede Seite ungefähr gleich viele Punkte gemacht habe. »Zwei Mächte, die sich gut leiden können«, sagte er. »Und wenn nicht, dann gehen sie weg. In ein Land, das keiner so richtig kennt.«

Wo Clerk manchmal allerdings lieber gewesen wäre. Jeden Abend vergaß er den nächsten Morgen, er vergaß, daß der nächste wie der letzte war, die Rundgänge und Patrouillen, der Dienst auf dem Tower, dieselben krümelnden Kekse in gelben Plastikschalen im Kasino jeden Tag.

»So ist das«, sagte er. »Innerdeutscher Konflikt. Kriegsbereitschaft der Russen. Strategisches Gleichgewicht. Jede Menge Synonyme.«

»Alle dauernd mit ihrer Angst vor den Russen«, sagte Katja, »nicht besser als mein Vater.«

Bernd Siems und seine Cordhosen und der Kinderbettstab in der Glasvitrine.

Ihr Vater ist der einzige Mensch, der immer recht hatte.

oben

Es ist schwierig mit so einem Vater. Er läuft einem dauernd wie ein Schatten hinterher. Auch jetzt treibt er sich noch auf den Gängen herum.

Meist sieht man ihn ganz unten im Schacht. Wenn er angestrahlt wird, tritt er hinter eine der Pflanzen, wo er nicht mehr zu sehen ist. Sie können ihn auch nicht rufen. Er hat einen Walkman auf. Eine Art Strategie. Er kommt, wann er will, und wenn er auftaucht, geht alles seinen geregelten Gang. Anständig, wenn Sie so wollen.

Dabei bringt es nichts. Man rauscht nur immer tiefer dahin, wo es dunkler wird, je klarer man sieht.

Es wird langsam Zeit. Anständig kann man das Zeug hier höchstens in die Luft jagen. Das ist die logische Folge. Die Konsequenz.

Pech für Sie, daß Sie gerade jetzt vorbeikommen mußten.

unten

Katja setzte sich in den roten Schalensessel neben Clerks Schrank und musterte seine Näharbeit. Er zog den Strumpf von der Hand und stellte das Radio an.

Es war ein Transistorradio Caprice, grau und klobig wie ein Küchengerät, mit weißen Zahlen auf einer schwarzen Skala.

Tough guys, sagten sie auf AFN. Sie wiederholten es ziemlich oft. *You folks from the Berlin Brigade, you brave men, your country is proud of you, your country loves you, you are really thumbs up!*

Eine Sicherheitsgarantie für die Stadt, wie Jimmy Carter auf seinem Berlinbesuch bekräftigt hatte.

Meilensteine auf dem Weg der Entspannungs- und Sicherheitspolitik, wie Breschnew das nannte.

Auch dafür gab es Synonyme.

Man stellte eins hinter das andere, man stellte immer noch ein Wort davor. Das war beruhigend, das ergab Verbindungen, so entstanden die üblichen Kanäle, hier und da eine Freundschaft, die nicht näher spezifiziert war, am Ende hatte man gültige Papiere oder Zeugenaussagen, eine Diplomatentochter beispielsweise galt dann als vermißt.

»*Here is AFN Network, hi guys!*« sagten die Moderatoren. »*This is John today, calling the heros from Berlin.*«

»Wissen Sie jetzt, wovon ich rede«, sagte Clerk. Katja stieß sich mit dem Fuß ab und drehte eine Runde im Sessel.

Es war die Dominotheorie, wie Clerk sie sah.

Unterhalb der Synonyme rollte das Lied von der Schlacht. Da erscholl der alte Gesang von *Mord und Blut und Männergeröchel*. Singen durfte das keiner mehr. Aber denken. Früher hatte das Singen das Denken gewissermaßen ersetzt. Aber seit nicht mehr gesungen wurde, fiel das Denken daran wieder um so leichter. Und man fiel auch wieder leichter darauf rein.

Unter Worten wie *hero, glory* und *brave* kippte einer nach dem anderen um. Unter *sword, the field of honour* oder *Schmiß*, ein Wort, wie es nur im Deutschen möglich war. Manchmal versuchte sich ein Sprecher auf deutsch. Dann drehte Clerk lauter. Er dachte, da er Deutsch weniger gut konnte, würde er es bei größerer Lautstärke besser verstehen.

Noch was, um drauf reinzufallen.

Er dachte an *Schild, Waffenrock* und *Lanze*, an *erdolchen, erlegen, niederstrecken*. Er fand, er hatte einen breiten Wortschatz dafür. Er dachte an *heldenhaft, tapfer* und *siegesgewiß*, er mochte auch die Adjektive. Man fiel darauf herein, obwohl das alles leicht zu durchschauen war.

Da er wegen seiner chronischen Bronchitis jedoch nie reale Schlachtfelder würde sehen müssen, hatte ihm das bisher keine größeren Sorgen gemacht.

Er durfte nur nicht rauchen.

Die Hälfte seiner Kindheit hatte er in kalten Wickeln verbracht. Jeden Abend hatte ihn seine Mutter in nasse Tücher eingewickelt und ein riesiges trockenes Badehandtuch fest darum geschlungen. Die halbe Nacht lag er reglos auf dem Rücken, die Arme waren steif an seinem Körper verschnürt. In den kalten Umschlägen ließ der Husten vorübergehend nach. Aber meistens lag er trotzdem wach, denn da er sich nicht rühren konnte, hätten die Träume unbeschränkt Zutritt zu seinem Körper gehabt. Es gelang ihm nicht, sich zu wehren. Irgendwann hatte er dann Worte als Gegenwehr benutzt.

Worte wie *battle*, *fray* and *courage*. Sie stimmten ihn mild.

Er zündete sich eine Zigarette an. Er würde rauchen, solange er Luft in die Lunge bekam.

Auf ein Wort wartete Clerk allerdings vergeblich. Er hatte es in Yale in einer Geschichtsvorlesung zum ersten Mal gehört. Er wartete immer bis elf, aber das Wort *Aventiure* kam nie. Es war ein schwieriges Wort, und er hatte es sich oft vorgesagt. Nur es richtig auszusprechen war ihm nie gelungen.

Er ersetzte es später durch *azur*.

Azur war auch der Hintergrund für das Schwert auf dem Wappen der Berlin-Brigade am Ärmel seiner Uniform.

So kam es, daß das Wort *azur* einen großen Anteil an seiner Rede hatte.

Jeden Tag brachte er es mindestens zweimal irgendwo unter.

*

»Supermächte eben«, sagte Clerk zu Katja und stellte das Radio wieder ab. Mit erhobenen Händen fuhr er fort: »SALT I und II. Fragen der inneren Sicherheit. Politische Ränkespiele. Wenn Sie Nachrichten hören würden, wüßten Sie das. Die amerikanische Regierung liefert Kampfflugzeuge an Israel, Ägypten und Saudi-Arabien. Während in Afghanistan das Militär putscht. Warum wohl. Die Welt ist eine Scheibe, der Herr mit dem Ei hatte nicht recht. Es gibt oben und unten, und es zählt nur, wer am Ende oben bleibt. Das ist der ganze Sinn. Da entlassen die Jugoslawen vier Terroristen, deren Auslieferung die BRD verlangt. Die sieht sich aber gehindert, nun ihrerseits jugoslawische Gewalttäter auszuliefern.« *Und tief in die Gurgel drang zweischneidig das Schwert.* »Pech, die haben nicht aufgepaßt. Oder nehmen Sie den Schah, der setzt eine Militärregierung unter General Azhari ein. Indira Gandhi wird verhaftet. Alles Stellvertretergeschichten, Platzhalter für ein und dieselbe Sache. Oder gucken Sie sich die VR China und Kambodscha an. Das dort sind nicht die Probleme der Asiaten. Das sind Stellvertreterkriege, Stellvertreterkonflikte, Brennpunkte, das ist das Gerangel, um oben zu bleiben, guten Morgen, wir schreiben 1978!« *Und voll sind bereits von Toten die schönen Gewässer.* »Verstehen Sie mich? Was mit Ihnen passiert, daran hat kein einzelner schuld. Das geht über Ihr bloßes Dasein hinaus.«

Beweise der Dominotheorie, wie Clerk sie sah.

Er konnte Katja alles mögliche erzählen. Nur belügen konnte er sie nicht.

»War das wirklich nötig? Ihn preiszugeben?«

»*All this stuff here is completely azure*«, sagte er. Es klang wie absurd.

Manchmal benutzte er Worte dann eben sinnentstellt.

»Und jetzt tun Sie mir den Gefallen und sind eine gute Tochter und halten dem Papa zuliebe den Mund, ja?«

Das Warten war gar kein Warten. Es war Bewegungslosigkeit.

oben

So was kriegen Sie nur schwer wieder raus. Allein der Weg von der Stirn zum Hinterkopf. Dafür brauchen Sie Stunden. Von außen betrachtet, bewegt sich nichts. Und dann treffen die Hände mit Wucht Ihren Kopf, und langsam sickert die Nachricht durch, daß Sie jetzt da sind, wo alle sind. Wenn man es sich genau überlegt. Weit ab vom Schuß, um es mal so zu sagen, vom Gefühl her ungefähr dort, wo in Ludwigsfelde der Friedhof ist.

Sie bekommen es nur deutlicher zu spüren.

Ziemlich entlegene Geschichte, werden Sie hören, ziemlich

zum Weiterfahren. Da hält keiner mal eben an. Nur weil Sie sich nicht rühren. Weil Sie versuchen, etwas hinten im Kopf zu verstauen, was doch immer wieder nach vorn dringt.

Weil Sie nicht zu atmen in der Lage sind. Denn wie gesagt: Luft. Ludwigsfelder Sommerluft. Jeder Kubikmeter gereinigt von Sand.

Aber vielleicht mit Recht. Weil man eben nie wissen kann. Es gibt immer noch eine Möglichkeit.

Unter dem wenigen ist eine klare Erinnerung. Eine, die man anfassen kann, wenn Sie so wollen. Man glaubt doch, man könne sich etwas besser vorstellen, wenn man die Enden der Vorstellung anfassen kann. Ich habe hier einen Schlüssel, der nirgendwo paßt. Es ist Veronas Schlüssel.

Der Schlüssel, von dem Verona behauptet hat, es wäre ihrer. Sie hat nie einen Schlüssel gebraucht, sie war ein Heimkind. Sie habe, hat sie erzählt, ihn geschenkt bekommen. Sie habe ihn nicht annehmen wollen, aber dann nicht anders gekonnt, und so wurde es ihr Schlüssel, und jetzt ist es meiner.

So ist die Reihenfolge.

Es ist zuerst der Schlüssel eines Paares gewesen, eines jungen Paares, das sich Kinder ansehen ging in verschiedenen Heimen des Landes, Kinder unter fünfzehn, aber älter als fünf. Dann ist es Veronas Schlüssel geworden, und da ich ihn nicht weggeschmissen habe, ist es meiner. Ich habe ihn nicht abgelegt. Bis zu diesem Moment.

ganz unten

»Dieses Ding da?« hatte Katja zu Verona gesagt. Das mag an der Ostsee gewesen sein, es wurde schon dunkel. »Das will man ja nicht mal geschenkt. Den hast du doch nur um, weil du denkst, daß du damit was Besonderes bist.« An der Ostsee, als sie nebeneinander lagen und der Sand ihnen in die Halsgruben rieselte. »Sogar beim Sportunterricht, dabei ist das verboten.«

»Na und.«

»Zeig mal.« Auch der Schlüssel war unter dem Sand, nur der Bindfaden sah heraus. Er schlang sich grau um Veronas noch weißen Hals. Er sollte zuvor einem Paar gehört haben, das ihr zum Abschied übers Haar gestrichen und gesagt habe, bis bald, du gefällst uns bisher am besten. Ein Mann und eine Frau, und die Frau habe milde braune Augen gehabt, und einmal habe sie mit ihnen auf den Rummel gedurft und sei Kettenkarussell gefahren, vier Runden, was zuviel gewesen sei, aber die Frau habe gelacht und geduftet und einige Wochen später diesen Briefumschlag geschickt. Als Trost, wie in dem Brief stand, als Erinnerung und als ausgesprochene Hoffnung auf Zukünftiges. »Glück vielleicht«, hatte Verona gesagt, »den Schlüssel zum Glück« und gelacht und gehustet, »aber ich hatte mir ja schon vorher gesagt, das kriegen sie nicht hin. In diesem Laden, wo du hier bist, da darf nichts schieflaufen, da muß alles sein, wie es ist, da kann nicht jemand kommen und dich mitnehmen, alles hat immer schon seine Ordnung gehabt, und wir haben uns bemüht, es richtig zu machen, wir haben uns nicht bewegt beim Mittagsschlaf, das war so vorgesehen, wir haben die Mittage in der gleichen Stellung verbracht, das lernt man«, hatte sie gesagt. »Nur nach dem Karussell haben sie mich gefragt, was ich denn lieber hätte, Papa oder Vati, wenn ich will, kann ich mal probieren, wie es klingt, und ich dachte, probieren mußt du schon, wenn du es wissen willst, und Papa hat mir gut gefallen, auch jetzt noch, jetzt spreche ich es allerdings französisch aus, nur richtig war es nicht, und wie willst du da jemandem böse sein, ich hätte es vielleicht an den Fingern abzählen müssen, Papa, Papi, Vati –«

»Jetzt zeig doch mal«, hatte Katja an der Ostsee gesagt, als Verona bis zum Hals im Sand verbuddelt war. »Oder ist der so scheißwertvoll.«

»Vergiß es.«

»Wieviel. Los. Ich will's wissen.«
»Das ist ein Verräterschmuckstück«, sagte Verona.
»Also ein Scheißdreck.«
Verona schwieg. Die Ostsee stieg an und ab hinter ihren Füßen. Dann sagte sie: »So was ist unbezahlbar.«
»Wieviel?«
Verona grub mit den Fingern nach dem Schlüssel auf ihrer Brust und starrte, so gut es unter dem steifen Sand ging, auf ihn runter.
»Sinzig«, sagte sie dann.
»Sinzig?« Katja drehte sich auf die Seite. »Also ungefähr soviel wie alle Perlen in einer Sektflasche?« Der Sand brach von ihrem Körper und rutschte am Bauch und an den Schenkeln ab.
»Mindestens sinzig mal soviel, maßstabsgetreu.«
»Soviel wie Schaum zwischen einer Welle und der nächsten?«
»Schaum ist zuwenig, wenn das Meer tief ist.«
»Soviel wie«, sagte Katja und stützte das Kinn auf die Faust, »wie hundert von den Fischköppen auf einen Sachsen?«
»Du spinnst. Und außerdem klingst du wie ein Film.«
»Gib ihn mir.«
»Den Schlüssel? Wozu?«
»Ich will ihn tragen«, sagte Katja, der Sand war blau im Licht, das vom Meer kam. Veronas Profil stand gestochen scharf davor, und dann drehte Verona den Kopf, und sie sahen sich an. »Ich will deinen blöden sinzigen Schlüssel tragen. Jetzt guck nicht so! Kannst ja meinen kriegen, wenn du willst, ich hab zwei.«
»Du willst, daß wir die Schlüssel tauschen?«
»Ja, jetzt gleich. Ich will deinen Schlüssel, und du kriegst meinen, und dann sind wir Blutsbrüder.«

oben

Ein Scheißdreck.

Man sieht diesem Schlüssel nichts an. Aber so kommen Sie nicht davon. Immer hat alles irgendeine Bedeutung.

Jetzt, wo wir diesen Schlüssel haben, dieses Schmuckstück, dieses Verräterding, hätte es gut in jenem Sommer passiert sein können, als die Sprenger in den Gärten die ganze Nacht liefen: Katja begehrt Meerkopf. Aber sie liebt ihn nicht. Sie findet ein Gesicht in den Zugfenstern, das ihm gleicht, und stellt fest, daß man auf diese Weise viele Gesichter lieben kann.

Meerkopf muß nicht lange abwesend sein, um Katja begreiflich zu machen, wie das geht mit der Liebe. Es kommt dabei auf die Auslassungen an.

Katja liegt wach im Zirpen der Grillen und liebt Meerkopf noch nicht.

Heißt es nicht aber, für die Liebe täte man alles?

Hans Meerkopf im Paris-Leningrad-Expreß über Gdansk. Wer hätte das besser gewußt als sie. Wem wäre es flüssiger über die Lippen gekommen. Sehen Sie jetzt, worauf ich hinauswill?

Eine Geschichte hat viele Schlupflöcher.

Ich weise Sie nur auf die besser versteckten hin.

unten

Nachts wachte Katja manchmal am Grenzübergang Frankfurt/Oder im Licht einer riesigen Straßenlaterne auf. Das Licht strahlte, als sollte alle Helligkeit aus ihr herausgezogen werden, aus ihr und aus Meerkopf, der neben ihr war und ihre Hand hielt, und sie stellte verwundert fest, daß sie seine Levis in lange Bahnen gerissen und sich um die Hände gewickelt hatten. Sie trugen die Levis wie Handschuhe. Katja verstand nicht, warum, bis sie verstand, wo sie waren.

Das Licht klatschte auf ihre Körper wie Regen. Sie dachte

immer zuerst, es wäre Regen, und später fiel ihr ein, daß es ein Traum war und sich in diesen Träumen der Regen in Licht auflöste. Nur diesmal war sie hellwach, und Soldaten rannten mit vorgehaltenen Maschinengewehren durch den Regen auf sie zu, und Hunde hielten mit den Soldaten Schritt. Aber dahinter kam schon der Morgen hoch. Dahinter lag die schönste Zeit des Tages, da hing der Morgen in den fernen Ausläufern des Himmels, den der Stacheldraht glänzend zurückwarf.

In den Lichtkegeln davor ragten die Soldaten wie Giganten in die Nacht.

Sie warf sich über Meerkopf, jedesmal barg sie seinen Körper vor dem Licht und hielt danach ihr Deckbett umarmt, lag da, im Morgengrauen, das durch das halboffene Fenster an die Wand gegenüber fiel, und ihre Hände schmerzten vom Stacheldraht, und die Decke war trocken und warm von ihrem Körper.

Der Posten vor der Tür zündete sich eine neue Zigarette an. Die Wände waren dünn. Manchmal dachte er *poor girl*, und manchmal hörte man ihn in der Kantine anzügliche Bemerkungen über gewisse Geräusche im Zimmer der jungen Deutschen machen. Aber das kam auf die Veranlagung des jeweiligen Wachpostens an.

*

Herbig sah Katja nur manchmal und von fern auf ihren Spaziergängen. Eine hohe Gestalt, die vor dem Nachmittagslicht im Horizont zerfloß. Wenn er sich die Zeit genommen hätte, sich länger mit ihr zu unterhalten, hätte er vielleicht die Veränderung an ihr festgestellt. Er hätte bemerkt, daß sie ihm nicht mehr direkt in die Augen sah.

Er hätte auch feststellen können, daß ihr Gang unsicherer als früher war, wie die Ferse gegen den Unterschenkel des anderen Beins schlug. Ihre beiden Hosen hatten schon dünne Schmutzränder.

Aber Herbig saß über Einschreiben und Beschwerdebriefen. Abwechselnd adressierte er sie an die Herren vom State Department oder an die amerikanische Regierung, und so bekam niemand mit, wie Katja begann, sich in ihrer Schutzhaft in Tempelhof einzurichten.

Katja stellte sich das in den Bildern der westlichen Gesellschaft vor.

Zum Beispiel als Limbo.

Wer im Limbo ist, findet vielleicht bald das Glück.

ganz unten

Bernd Siems fand nur eine Überschrift. Jeden Abend saß er auf einem der Barhocker am Küchenfenster. Die Gardine hatte er zur Seite geschoben. In den Gärten gegenüber standen die Buschwindrosen kurz vorm Verblühen. Es waren schöne Abende in diesem September, es waren Vögel da, Rotkehlchen, Amseln und Buntspechte in den Akazien, letzte Schmetterlinge ließen sich auf der verrosteten Fahnenstange neben dem Fensterbrett nieder. Kohlweißlinge, Pfauenaugen.

Er saß jeden Abend hier. Er wußte nicht, warum sie ihn jedesmal gehen ließen, aber sie ließen ihn gehen, und dann saß er wieder hier.

Er ging die Zeitungen durch. Zuerst die Märkische Volksstimme, dann die Berliner. Er übersprang die schlimmsten Sachen im Politikteil, die ihn, als er sie noch las, jedesmal eine Dummheit hatten begehen lassen. Er behauptete dann, sein FDJ-Hemd nicht mehr zu finden. Es sei ihm zwischen Trommel und Waschmaschinengehäuse gerutscht, aber dort sei es nach dem Waschgang nicht mehr zu finden gewesen. Er sagte seine Teilnahme an der halbjährlichen Altstoffaktion ab wegen einer plötzlichen Allergie gegen Druckerschwärze. Vor dem Kreisschulrat bestand er als einziger auf dem Namen Zwiebelschule, obwohl die Umbenennung in »Arthur Ladwig« von höherer Stelle längst beschlossen war.

Siems fand eine Überschrift, die er nicht übersprang.

Staatsbürger von Berlin-West auf frischer Tat am Grenzübergang ertappt.

Das sagten sie auch in den Nachrichten.

»Hans Meerkopf beging sein Verbrechen unter Verletzung des Transitabkommens und Mißbrauch der Vereinbarung zum Reise- und Besucherverkehr für Einwohner von Berlin-West.«

Siems lief ins Wohnzimmer und schaltete den Fernseher ein. Durch die halboffene Balkontür rief er seine Frau, die draußen auf der Bank mit den runden karierten Kissen saß.

»Die für die Straftat vorbereiteten Papiere waren gefälscht und wurden eingezogen«, sagte der Nachrichtensprecher. Dann wechselte das Bild.

Als Doreen Siems vom Balkon hereingekommen war, zog bereits das All über den Bildschirm. Sie sahen Aufnahmen, die zu keiner Seite der Welt gehörten, die von außerhalb kamen, aus einem unvorstellbar fernen Raum, in dem es sehr viel Licht gab. Die Bilder wurden seit Tagen wiederholt, sie zeigten Männer in Raumanzügen, schwebende weiße Körper, sie zeigten Umarmungen, eine Gestik der Ungewißheiten des Aufbruchs und der Erleichterung, irgendwo anzukommen, sie zeigten die Raumkapsel und eine Steppe in Kasachstan. Als wären Abschied und Begrüßung das Wesentliche einer Unternehmung, die die Grenze jeder Vorstellungskraft überstieg.

»Sie haben nur ihn«, sagte seine Frau. Sie zog die Schultern hoch und sah weiter auf den Bildschirm, wo der Nachrichtensprecher jetzt das Wetter vorhersagte. »Sie haben nichts gesagt von Kollaborateuren. Das würden die sich nicht entgehen lassen.«

Nein, wollte er sagen. Die werden sich hüten. Aber er sagte es nicht. Er kannte seine Frau. Sie meinte nicht, was sie sagte. Sie meinten seit mehreren Wochen schon nicht mehr, was sie sagten.

Die Balkontür stand offen. Von draußen kam ein warmer Geruch herein. Es roch nach frischgemähtem Gras, nach der Wäsche, die auf dem Wäscheplatz hing. Die Abende waren lange hell. Es roch auch nach Doreens leichtem Parfüm, das der Luftzug zu ihm herübertrug. Man hörte die Kinder, die unten auf dem Spielplatz an Klettergerüsten hingen.

Siems hatte sich daran gewöhnt, daß manche Dinge seine Vorstellungkraft überstiegen.

Er sah seine Frau in der Balkontür stehen. Es war der schönste September seit Jahren. Aber er hatte aufgehört zu wissen, ob sie dasselbe dachte wie er. Beispielsweise wußte er nicht, ob sie insgeheim dankbar war dafür, daß Katja ihnen nichts verraten hatte. Daß sie klammheimlich verschwunden war. Sie sprach nicht davon. Nur einmal hatte sie gefragt, wo es Katja wohl hinziehen mochte. Seitdem hatte sie einfach weitergemacht.

Für einen Moment konnte er seine Frau nicht ansehen und ihr auch nicht zunicken, als sie wieder auf den Balkon ging. Für einen Moment verdächtigte er sie sogar, mehr zu wissen als er selber, verdächtigte auch ihr Schweigen, für das sie andere Gründe haben konnte als er, und selbst ihr Parfüm, das er so mochte, war nur dazu da, ihn einzulullen, und er wollte sich beruhigen, und ihm fehlte die Luft.

Denn er kam nicht darüber hinweg. Katja war ohne ein Wort gegangen.

Es verletzte ihn. Aber es machte ihn seltsamerweise nicht wütend.

Er kam sich nur vor wie die Männer im Fernsehen auf ihrer Reise durchs All.

*

Die Überschrift in der Märkischen Volksstimme wird auch Hans Meerkopf bekannt gewesen sein.

Unklar ist, ob ihm Zeit blieb, den Artikel zu lesen. Man

wird ihm die Zeitung unter Gelächter und einer auf ihn gerichteten, nackt strahlenden Lampe vorgelegt und dann vor seinen Augen zerrissen haben. Woraufhin Druckerschwärze an den Daumen der Staatssicherheit klebte.

Das Zerreißen klingt, als ob Wind durch eine Gardine fährt.

Sauber.

Sauber, aber fast unhörbar. Jedenfalls für Katja.

Katja war im Limbo. Wer einmal im Limbo ist, kommt nicht mehr zurück.

oben

Das war das, wie es heute heißt.

Alles weitere Anhang. Anhängsel.

Das war das, wie sie in Ludwigsfelde sagen, wo der Alte Krug dichtgemacht hat. Wo niemand Katja vermißt.

Katja. Männerhemden und Stirnbänder. Makramee oder geflochtenes Leder.

Das war das.

Irgendwann sind alle Stricke ausgelegt, die Brotkrumen verpulvert, und noch immer ist es nicht siebzehn Uhr. Immer ist es noch zu früh, um anständig betrunken zu sein.

Das war das, wird auch Bernd Siems an einem bestimmten Tag gedacht haben. Als die Mauer fiel, ging er ins Wohnzimmer und setzte sich auf die Couch. Inzwischen war er elf Jahre älter. Immer noch hatte er dieselbe Angewohnheit. In entscheidenden Momenten betrachtete er die Wand.

Das war das, nur am Körper bemerkt man Veränderungen. Wenn man die Fotos ansieht. Wenn man sich mit der auf den Fotos vergleicht. Auf den Fotos ist man jung. Jung oder Anfang dreißig.

Vom Gefühl her wird dann Nacht.

Das kann genausogut auf der Straße passieren, zwischen Klubhaus und Eis-Schröder, der sich gerettet hat und jetzt schon morgens geöffnet ist. Das kann überall passieren. Andauernd fällt was runter oder steht im Weg, andauernd stößt man gegen irgendwas oder stürzt über die Telefonschnur, die Gummibäume kippen um. Das Telefon ist abgestellt. Ich würde auch nicht mehr abnehmen.

Das war das. Ich laß keinen mehr rein. Die Kirschholzkommode ist vor Jahren zusammengekracht.

Aber wie gesagt, das kann überall wieder passieren. Weil die Erinnerung auch jene Augenblicke beherrscht, die gegen sie sind. In denen man versucht, ihr zu entkommen. In denen man sich klarmacht, was man hat, was man nicht hat, und versucht, in dem, was man nicht hat, seinen Vorteil zu sehen.

Das Foto von Katja und Meerkopf am Auto ist verschollen. Die Gerichtsprotokolle liegen in Washington oder in einem der übriggebliebenen deutschen Stützpunkte der US-Armee. Besser so. Besser, es nicht so genau zu wissen.

Man kann es dann gegen sich verwenden. Gegen die Erinnerung. Man kann ins Blaue hinein erzählen. Hör auf, dir was vorzumachen, wie Schaper sagen würde. Er wäre nicht der Typ für so was. Er würde Archivmaterial sichten, die Freundlichkeit der Frauen vom Rundfunkarchiv in Babelsberg ausnutzen, sich dabei helfen lassen, Ordnung zu schaffen, einzuordnen, was auf welche Etage gehört, und sich einbilden, es gäbe ein Interesse an Menschen wie ihm. An einem, der die Sache aufdeckt, der Licht ins Dunkel bringt, klar Schiff macht.

Jede Menge Synonyme.

Das Problem ist, daß einer wie Schaper nie klar Schiff macht.

In Ludwigsfelde wird er schon aus Gewohnheit geschnitten.

Wir sind alle schön. Und wir sind alle korrumpierbar, was bei Lutz Schaper nicht mal dazu führt, daß er die Leute haßt. Haß setzt voraus, daß man die Menschen kennt, nicht, daß man ihnen fremd bleibt. Aber nur die Ruhe. Wie er schon damals sagte. Als ihn ein Polizeikommando der Justizvollzugsanstalt Moabit vor Katjas Augen in Gewahrsam nahm. Als klar wurde, daß man sie getrennt inhaftieren würde. Als nicht klar wurde, warum. Katja war nicht krank, sie befand sich in guter körperlicher Verfassung und hätte eine Untersuchungshaft in jedem Fall überstanden. Gegen sie lagen allerdings auch keine Beweise vor.

Dann aber hätte man sie freilassen müssen.

Versuchen Sie mir zu sagen, wer Sie sind.

Das ist wohl die einzige Frage, die hier noch beantwortet werden muß.

Schwierig, wenn Sie mich fragen.

unten

Katja beschloß, keinen Hehl mehr daraus zu machen.

Neunundsiebzig Tage hatte sie dem Leben zugesehen. Am achtzigsten ging sie zu Herbig.

Es war vier Uhr nachmittags, die Sonne schien. Aber sein Büro hatte keine Fenster. Er saß am Schreibtisch. Neben ihm saß ein Mann, der die Hemdsärmel aufkrempelte.

»Schön, daß Sie da sind, Katja. Ich hätte Sie heute oder morgen auch aufgesucht. Wir können beweisen, daß Clerk das Geständnis von Ihnen erpreßt hat.« Herbig gab Katja die Hand. »Sie müssen jetzt nur noch Ihre Zustimmung geben.«

Katja legte ihre Fingerspitzen aneinander.

»Ich werde beweisen, daß Meerkopf aus dem Protokoll gestrichen wurde. Und zwar von Clerk.« Von der Hochglanzfolie der Mappe, die Herbig über den Tisch schob, starrte Katja sich seitenverkehrt entgegen. »Lauter Zauberworte, sag ich Ihnen. Übrigens ein hübsches Foto, anhand dessen ich beweisen werde, daß Sie die Entführung nicht geplant haben. Ich werde beweisen, daß es den Fluchthelfer Hans Meerkopf gab, durch dessen Verschwinden Sie in eine Notlage gerieten.

Nur das hat Sie schließlich auf die Idee mit dem Flugzeug gebracht. Na? Was sagen Sie.«

Katja betrachtete sich. Seitenverkehrt auf der Mappe. Was sie dazu sagte, muß auch seitenverkehrt gewesen sein, denn der Mann neben Herbig sah zum ersten Mal auf.

»Ich kann Ihnen meine Zustimmung nicht geben. Ich will nicht, daß Meerkopfs Name fällt.«

Der Mann neben Herbig hatte einen amerikanischen Akzent, als er sagte: »Was ist mit diesem Land.«

Dann ließ man sie erst mal eine Weile warten.

*

»Ich bitte Sie«, sagte Katja leise.

»Ich glaube, man will uns ersticken«, sagte der Mann neben Herbig. Womit er die fehlenden Fenster meinte oder auch nicht.

In Herbigs Augen lag ein tadelloser Glanz. »Sehen Sie, Katja. Das amerikanische Außenamt hat Sie erpreßt. Colonel Clerk hat Sie erpreßt. Lauter Suggestivfragen, wußten Sie, was man mit dieser englischen Sprache alles machen kann?«

»*A pack of lies*«, sagte der Amerikaner. »Das kommt nicht in Frage.«

»Und wissen Sie, wie man den Stasi-Knast in Hohenschönhausen nennt? Das U-Boot«, sagte Herbig. »Die sind sprachlich auch nicht grade auf den Kopf gefallen da drüben, was.« Aber niemand lachte.

»Ich will nicht, daß Meerkopfs Name fällt«, sagte Katja. Sie zählte bis zehn. Sie bemerkte, wie sich Herbigs Fingerspuren von der Hochglanzfolie verflüchtigten. Dann hörte sie ihn sagen:

»Man muß sich eine schräge Einstellung zum Leben bewahren. Ein kleines Danebenliegen. Ein Herunterkippen von den normalen Sorgen, nicht wahr, Katja? Ja, man muß sogar – schlimmer als das – hemmungslos sein. Vergessen, wer man ist und wo, so lange, bis einem davon schwindlig wird. Man muß manchmal die Tage wie gefüllte Gießkannen behandeln, blaue, rote, ganz egal, Katja, ich versteh das, sonst säße ich jetzt nicht hier. Ich bin auch so einer, der in die Wolken guckt und dann denkt, Wahnsinn! Wenn die jetzt alle runterknallen würden, direkt auf dich drauf, was das für ein Geräusch geben muß oder ob das nur so ist wie Baumwolle, Federn, so schwebend wie Musik, sagen wir ein Mozart, sogar der Kanzler liebt Mozart!« Herbig holte Luft. »Sie werden Ihrem Freund nicht helfen, und das wissen Sie. Sie müssen hier nicht die Welt retten!«

Katja aber blieb dabei. Nachdem sie die Flüchtigkeit seiner Fingerspuren gesehen hatte, war das leicht.

Nur Herbig schien sich mühsam daran erinnern zu müssen, daß es nicht sein Fehler war. Katja hatte den Vorteil, schön zu sein. Ihre Schönheit ließ ihn glauben, der Fehler liege bei ihm und es müsse einen Trick geben, sie zum Sprechen zu bringen, den er nur einfach nicht herausfinde.

»Diese Aufmüpfigkeit steht Ihnen nicht«, sagte er laut. »Sie scheinen zu vergessen, wo Sie herkommen!«

Da legte ihm sein amerikanischer Kollege die Hand auf den Arm.

ganz unten

Katja wird gewußt haben, daß es zu spät war. Sie kannte Meerkopf. Nach jenem Hochsommertag, als die Sprenger in den Gärten die ganze Nacht liefen und sie ihn an seinem Auto stehenließ, Rock 'n' Roll vom Band, mit diesem Lächeln, trafen sie sich morgens auf dem Gang.

Meerkopf, der Schwarze und sie.

Der Gang lag im morgendlichen Halbdunkel. Ein leichter Wind kam irgendwo durch eine offene Tür. Sie hatte vergessen, sich die Haare zu kämmen, oder ihre Bürste lag in Meerkopfs Zimmer.

Der Angolaner trug ein rotes T-Shirt über einem langärmeligen Hemd, Meerkopf war im Anzug.

Katja stellte sie einander nicht vor.

Sie hätte auch den Namen des Schwarzen schon nicht mehr gewußt. Sie wußte nur noch, daß er aus der Hauptstadt von Angola kam. Daß er mit offenem Mund schlief.

Meerkopf hatte auch später nicht nach dem Namen gefragt.

Er wollte von ihr hinterher keine Erklärung. Er wollte nichts hören. Sie versuchte, ihm die Tanzfläche im Jugendclub zu beschreiben, und er knallte die Tür zu.

Als sie sich traute zu klopfen und zurück ins Zimmer kam, sagte er, sie habe sich an diesem Abend in einem außerordentlichen Streßzustand befunden. Seine Rückkehr habe sie überrascht. Er sagte, daß er das verstehe. Sie sei in einer schwierigen Lage gewesen, sie befinde sich momentan allgemein in einer unmöglichen Position.

Auf dünnem Eis. Zwischen den Fronten. Auf glattem Parkett.

Das waren die Bilder, die er im Laufe des Gesprächs benutzte. Während er mit dem Rücken zu ihr am Fenster stand.

Er sagte, mit ihm sei für sie alles neu, so was wie Wiedergeburt, Reinkarnation, sagte er, was er englisch aussprach. Aber er wolle jetzt nichts weiter hören.

Und sie hielt sich daran.

Sie schwieg, bis er an einen Punkt gelangte, wo er sie verstand. Er suchte nach Erklärungen, und am meisten leuchteten ihm die ein, die er selbst fand. Dann war er zufrieden. Dann wurde er anschmiegsam. Dann war er sanft. Er kroch mit seinem Kopf unter ihr Kinn, in die Höhle, sagte er, an den geheimnisvollsten und sichersten Platz der Welt, und sie verwirbelte ihm die Haare.

Das waren die besten Momente zwischen ihnen, die Schräglage, und sie hatte sich über diese Schräglage nie beschwert. Sie lief mit ihm über das Werksgelände, die Hände in den Taschen. Sie schlüpfte in seinen unruhigen Schlendergang wie unter einen Schirm. Er schützte sie vor den Blicken, die sich auftaten, wenn sie vorbeikamen, in die aber nur sie hineinging, nicht er. Ihn konnten sie damit nicht treffen, den Ausländer, den Aussätzigen, den Gott. Er schien es nicht mal zu bemerken.

Sie hatte nur nie zu früh anfangen dürfen zu reden. Sie redete nicht, bevor er an diesen speziellen Punkt gelangt war, wo er dann auflachte, erleichtert, wie faßbar sie ihm geworden war, und sie in die Arme nahm.

Etwas von dem Schweigen war auch, wenn er sie anfaßte, immer noch da.

Sie sah über seinen Kopf hinweg zu den flackernden Neonröhren, und er bemühte sich, sie zu küssen, und dann fiel alles von ihr ab. Seine ungelenke Zunge, die Kollegen, die Schönheit der Städte und Gemeinden, die Belästigungen während der Lehrlingszeit am Band, die Belästigungen später, bevor man sich einen Stand erkämpft hatte, einen Stand und eine große Schnauze.

Sie schloß die Augen. Sie schloß die Augen halb und knöpfte wie im Traum die Bluse auf, sie drückte seinen Kopf auf ihre Brust, sie wollte seinen Kopf sich bewegen sehen, seine Lippen, die Zähne, die Hände. Es kam ihr vor, als wäre ihr Körper losgebunden, als hätte sie ihn losgelassen wie einen Ballon und sähe zu, wie er aufstieg.

Sie begehrte Meerkopf. Sie begehrte seinen konzentrierten Blick.

Sie begehrte ihn, aber sie bot sich ihm nicht an. Sie versuchte nicht herauszufinden, was ihm gefiel. Sie achtete nur darauf, wo er war.

Vielleicht war es das, was ihn herausforderte, was sie von den anderen unterschied. Ihre Lust, in der sie abwesend war. Vielleicht ahnte er es. Vielleicht merkte er, wie er ihr verschwamm, wie sie ihn nur noch entfernt und aufgelöst wie unter Wasser wahrnahm.

Er sagte, sie habe sich sehr schnell, fast aufdringlich an ihn herangemacht, ob das hier so üblich sei und warum sie ihn dann jetzt manchmal erschreckt von sich stoße, als würde sie ihn nicht erkennen.

Nur einmal und nah an ihrem Gesicht sagte er, sie sei nicht nach ihm verrückt, sie sei verrückt nach dem Westen.

Da zog sie ihn über sich, weil sie plötzlich sein Gewicht brauchte. Seinen schweren, eindeutigen Körper.

Meistens wartete sie schweigend ab, damit ihm die Erklärung nicht verrutschte und unüberschaubar wurde, ins Kippeln kam, wie er sagte, damit er selbst nicht ins Kippeln kam mit ihr, das wollte er nicht, das war ihm zu ungewiß, unheimlich, hatte sie manchmal gedacht.

*

Es war leicht, jemanden wie Meerkopf ins Kippeln zu bringen. Man mußte ihm nur zeigen, daß die Welt, wie er sie sich dachte, falsch war. Er nahm dann an, selber in dieser Welt falsch zu sein, und das war für ihn kein vertrauter Gedanke.

unten

Katja wußte, wie Meerkopf war, wenn er ins Kippeln kam.

Wenn sie ihn verhörten, war ihm bereits alles, was ihm passieren konnte, passiert. Wie Clerk gesagt hatte.

Katja wußte, daß ihm ihr Schweigen diesmal nichts nützte. Und möglicherweise hatte sie ihn nie geliebt. Aber vielleicht glaubte sie, es gäbe eine mathematische Gerechtigkeit im Leben. Eine Gerechtigkeit, die es erlaubte, Dinge wiedergutzumachen, indem man einfach das Gegenteil tat. WZBW. Die einfache Algebra. Und die Welt aus den Angeln. So wie früher. Sie hatte einmal nicht auf sich gehört. Sie würde es kein zweites Mal tun.

Sie saß da und betrachtete die Holzverkleidung der Wände auf der Höhe, wo normalerweise die Fenster hätten sein müssen, und hatte plötzlich wieder das berauschende Gefühl zu leben.

Es war, als könne man die Fenster doch sehen.

Über den Köpfen der beiden Anwälte.

Die Männer saßen ihr gegenüber auf Stühlen aus blauem Kunstleder. Ihre Hände rotierten, bis ihre Gestalten kleiner wurden und Katja sie nur noch als entfernte Punkte sah. Jenseits des Rollfeldes und der Grasnarben, jenseits aller Landkarten oder Stadtpläne wirkten sie zusammengesunken. Auf Herbigs Jackett sah man Schuppen. Sie waren freundlich, zwei Männer mit vernünftigen Argumenten und durchschaubaren Absichten. Verteidiger einer ihr fremden Welt.

Washington, Westberlin, Ludwigsfelde. Was für ein unmöglicher Vergleich.

oben

Vielleicht gingen ihnen die Vergleiche langsam aus.

Die Frage ist, ob zu diesem Zeitpunkt überhaupt noch jemand wußte, wovon hier geredet wurde. Was eigentlich Sache war.

Vielleicht gingen ihnen auch die Begriffe verloren. Oder die Bedeutungen fielen von den Begriffen ab, wie sie abfallen von Worten, die man zu oft wiederholt. Von Worten, die überaltern.

unten

Der Amerikaner legte Herbig die Hand auf den Arm und sagte: »Sie sind eine mutige Frau. Ihr Freund kann stolz auf Sie sein. Aber wenn Ihr Freund wüßte, daß Sie 15 Jahre im Gefängnis verbringen werden können, entschuldigen Sie, mein Deutsch. Was würde er sagen? Ohne das Protokoll können Sie nicht auf Strafmilderung hoffen.«

»Katja«, sagte Herbig.

»Lassen Sie uns handeln, wie Ihr Freund handeln würde. Wir werden seinen Namen spätestens in, *how do you say*: Hauptverhandlung? *Right*. Wir müssen den Namen in der Hauptverhandlung sagen.«

»Katja!« sagte Herbig.

»Ich habe Sie schon gehört. Ich bekenne mich schuldig. Ganz einfach.«

»Was zum Teufel hat Sie denn bloß gestochen!«

»Was zum Teufel wissen Sie denn vom U-Boot«, sagte Katja.

»Die Kommunisten wird freuen, daß Sie sich selbst kreuzigen«, sagte der Amerikaner, ohne die Hand von Herbigs Arm zu nehmen.

Er dachte: »Crucify.«

»Lieber ich als er«, sagte Katja.

oben

Und jetzt sagen Sie mir, wo wir sind.

Keine Angst. Sie müssen ja nicht nach unten sehen. In die Tiefe. Ins endlose Dunkel des Schachts. Gucken Sie mich an.

Sagen Sie mir, wo wir uns gerade befinden. Wie Herbig schon sagte.

»Sagen Sie mir das, Katja! Sagen Sie mir Ihren Namen, nein, den Vornamen, Katja, sagen Sie mir einfach den Vornamen, darf ich Katja zu Ihnen sagen, ich, Herbig. Was wollen Sie denn ohne mich machen?«

Irre, wie der amerikanische Anwalt beim Rausgehen gesagt hatte. Irre, was von einigen Gremien sofort aufgegriffen und zum Thema gemacht wurde. Wofür man Katja daraufhin im allgemeinen gern gehalten hat. Auch den Russen ging das Wort flüssig über die Lippen.

Eine Frau macht das erotisch. Dreckige Fingernägel und Augen wie ein Monolith.

Der Dauerbrenner, wenn Sie so wollen. Auf dieser Seite

und woanders. Auf jeder Seite der Welt. Man kann sich das sonst nicht vorstellen. Es gibt da Sperren im Denken. Immer noch. Erklärungsnotstand. Alles wie gehabt.

Gehen Sie vom Geländer weg. Und gucken Sie mich an. Sehen Sie.

Mehr gibt's bei manchen Sachen nicht zu erfahren.

Es kommt vor, daß eine mit Sprengstoff umgehen kann. Sprengstoff oder Dynamit. Was nicht weiter erstaunlich ist. Was nicht schwierig ist, wenn man jemanden kennt, der es einem zeigt. Man bringt die Sprengsätze an den zentralen Punkten an, am besten unterhalb der Gitter, der Rest kommt in einem Gürtel um den Bauch.

Jetzt werden Sie nicht gleich nervös. Legen Sie die Zündschnur weg. Ich habe sie schon über alle drei Etagen verlegt. Jetzt muß nur alles noch verbunden werden.

Dann wird gezählt. Zehn, neun, acht, sieben, sechs. Wo alle so schön beisammen sind.

Ich will das nur sagen. Vielleicht, um zu spüren, daß man es zu sagen hat.

Und Sie hören mir zu bis zum Ende. So haben Sie sich das nicht vorgestellt, aber es ist zu spät. Wir kommen hier nicht mehr raus.

unten

»Lieber ich als er«, sagte Katja, und Herbig sah einen Kreis, der sich schloß.

Er hatte den Kreis deutlich vor Augen. Es war seine Frau, die aus dem Haus kam. Sie trat auf die Straße, während er hinter der Plane verborgen auf dem Laster stand. Ihr Haar war straff in einen Zopf gebunden. Er wußte genau, wie es duftete. Seine Frau sah sich kurz um, dann griff sie den ersten Soldaten an. Das Geschrei der Kinder setzte aus. Sie rannte los, sie lief dem Laster hinterher, bis sich ihr Haar gelöst hatte und ihr Gesicht rot war vor Anstrengung, sie streckte ihre Hand nach dem geschlossenen Verdeck des immer schneller fahrenden Lastwagens aus und rief: »Ich komme mit. Laß mich doch mitkommen!«

Es gab nichts Schöneres. Und nichts, was sinnloser war.

*

»Warum, zum Teufel, glauben Sie mir denn nicht?« sagte Herbig zu Katja.

Aber sie tat es nicht.

Das war Ende November. Das Thermometer zeigte fünf Grad über Null. Wenn Katja das Fenster in ihrem Zimmer öffnete, beschlugen sofort die Scheiben.

ganz unten

Bernd Siems öffnete die Fenster nicht.

Er hörte Chöre. Er saß auf dem Sofa, es war Nachmittag, und er legte Chöre auf. Opernchöre. Den Thomanerchor. Männerchöre, die Volkslieder sangen.

Er wollte sich beruhigen, und ihm fehlte die Luft, und er hörte Chöre. Er legte die Hexenchöre aus Macbeth auf, er hörte die Fischerchöre und den Gefangenenchor aus Nabucco.

Er kam aus dem Werk, wo man ihn jetzt die Post sortieren ließ, und setzte sich ins Wohnzimmer. Er stand nur auf, um die Platte zu wechseln. Den Saphir wischte er vorsichtig mit dem Antistatiktuch ab. Er hörte den Pilgerchor aus Tannhäuser und Verdis Triumphmarsch.

Vor drei Monaten hatte ein Mann vor seiner Tür gestanden.

Am Weltfriedenstag.

Ein Montag im September 1978.

»Wir sollten uns einrichten«, hatte Bernd Siems, als der Mann gegangen war, zu seiner Frau gesagt. »Sie gehen in die Offensive.«

*

Der Mann, der am Weltfriedenstag an der Wohnungstür von Bernd und Doreen Siems klingelte, achtete auf die Beschaffenheit der Eingangstür, wenn er eine Wohnung betrat. Es gab Mieter, die ihre Wohnungstüren von innen mit Styropor abdichteten. Sie steckten grünes oder braunes Kunstfell mit Stecknadeln auf den Styroporplatten fest. Ein Mitarbeiter der GEWOBA hatte sich beschwert, ob man das nicht verbieten könne oder ob man bei Zwangsräumungen den Mietern nicht wenigstens genug Zeit lassen könne, das wegzumachen. Sonst bliebe die ganze Sauerei hinterher immer an ihm hängen.

Das konnte Bernd Siems nicht wissen. Er machte die Tür so gelassen wie möglich wieder zu. Gedankenverloren schob er eine Stecknadel in die altrosa Stoffbespannung zurück.

»Freut mich, daß wir uns jetzt mal persönlich begegnen.« Der Mann sah auf die Tür. »Ausgefallener Geschmack.«

Auch er beließ es nicht dabei, den Dingen zu glauben. Ihrem Anschein zu vertrauen. Er hatte die Handakte gelesen.

In der Handakte stand alles, was man landläufig über Siems wußte. Siems, wie er in Cordhosen und einem blauen Pullover vor ihm stand.

Folgende Landläufigkeiten interessierten diesen Mann nicht:

»... daß der Genannte seit August 1947 wohnhaft gewesen war in Ludwigsfelde, Str. der ODF 03, bei einer Fam. Schubert. Am 25.07.1950 ging er (in Potsdam) seine erste Ehe ein mit:

Siems, Doreen, geb. Liebmann
Pkz: 300637596835
(siehe eigener Bericht)

Sein Ehe- und Familienverhältnis wird als geordnet bezeichnet. Zwar nimmt seine wesentlich jüngere Ehefrau familiär eine bestimmende Position ein, größere Schwierigkeiten resultieren daraus aber nicht. Er paßt sich ihr sehr gut an, kümmert sich auch um viele Belange der Häuslichkeit. Sein Familienleben verläuft insgesamt sehr unauffällig, sie leben etwas zurückgezogen. Aus der Ehe ist eine Tochter hervorgegangen, zu der der Genannte ein fürsorgliches Verhältnis einnimmt. Von ihm geht im wesentlichen auch der erzieherische Einfluß auf sie aus. Sie fahren regelmäßig weg. Eine Parteizugehörigkeit des Genannten wurde im Wohnbereich lediglich daraus geschlußfolgert, daß er schon an Versammlungen der WPO teilnahm. Im Wohnbereich selbst trat er bisher in keiner Weise aktiv in politisch-gesellschaftlicher Hinsicht in Erscheinung. Zwar ist er im Gegensatz zu seiner Ehefrau etwas aufgeschlossener und geht auch persönlichen Gesprächen nicht aus dem Weg, eine konkrete Beurteilung seiner politischen Grundhaltung konnte aber dennoch nicht erfolgen. Im Wohnbereich ist sein Leumund insgesamt gut. Dabei zeigt er sich in seiner ganzen Art sehr selbstsicher, ohne in den Vordergrund zu rücken. Offensichtlich liegt ihm nicht an engeren Kontakten. Spezielle charakterliche Eigenheiten wurden darüber hinaus nicht bekannt. Sein moralischer Lebenswandel gibt im Wohnbereich bisher keinen Anlaß zur Kritik. Außereheliche Verhältnisse werden bei ihm nicht bemerkt. Allerdings besitzt er umfangreiche Kontakte zu anderen Lehrern bzw. Lehrerinnen, die sich aber nicht auf seinen privaten Bereich ausdehnen. Nähere Hinweise konnten dazu nicht erfolgen. In seiner Wohnung erhält er keine Besuche. Über seine Verwandtschaftsbeziehungen liegen im Wohnbereich keine Hinweise vor. Über NSW-Verbindungen des Genannten gibt es weder im Wohnbereich noch in der KMK/VPKA Zossen Anhaltspunkte.«

Aber die Wahrheit über Bernd Siems steckte hier, im Geruch der Wohnung, in diesem zwei Meter langen Flur, der wegen der ringsum geschlossenen Zimmertüren dunkel war. Die Wahrheit befand sich immer auf der anderen Seite vom Styropor.

An der Wand hing eine Kuckucksuhr, deren Unruh bis zum Anschlag hochgezogen war, und tickte. Bernd Siems trug Koteletten. Im Halbdunkel sahen sie aus wie Flöße, die den Kopf zwischen sich gebunden hatten und hinunterzogen in eine tiefe, schwimmende Dunkelheit, die dunkler war als seine Stimme im Alltag. Es war dort, wo der eigentliche Sinn seiner Gedanken verlief.

So jedenfalls dachte dieser Mann, der gelernt hatte, Bernd Siems anzusehen. In seiner Schublade verwahrte er drei Fotos. Das eine ist bereits bekannt. Es zeigt Siems in kurzen, geschlitzten Turnhosen, wie er eine Wäschestange entspant. Die Aufnahme ist schwarzweiß, die sonnengebräunte Haut ist nur zu erahnen. Für den Mann wurde sie mit jedem Betrachten deutlicher. An Siems rechtem Oberschenkel ragte ein Stück weißer Unterhose hervor, fast schon unanständig, jedenfalls war es ein Rätsel, wie gerade dieses Foto in eine Gewerkschaftszeitung hatte geraten können.

Bernd Siems war sein Fall. Lange genug hatte er daran gearbeitet, das zu beweisen.

Jetzt hatte er allen Grund, Katja dankbar zu sein.

*

Von der Ablage im Flur hing die Zeitung vom Wochenende.

»Zwei Zeitungen, alle Achtung. Das Regionale beschränkt die Sicht auf die Welt, nicht wahr? Aber der Mensch ist neugierig. Das macht ihn so verführbar, finden Sie nicht? Fragezeichen«, sagte er dann und zog das Zeitungsblatt an zwei Fingern näher.

»Gekritzel«, sagte Siems. »Ich muß da gedankenverloren vor mich hin gekritzelt haben.«

»Hm. Sie verlieren Ihre Gedanken schnell, was. Ein ganz Fixer, Sie wechseln sie wie die Uniformen. Aber wir machen Ihnen da keinen Vorwurf. Der Mensch ändert sich. In diesem Fall sind wir erfreut, daß Sie Ihre Gedanken so schnell verlieren. Da haben Sie ja genug Platz, sich wieder welche zu machen, was?«

Gedanken zu meiner Einstellung zur DDR. Zum Beispiel. Gedanken zu den Plänen meiner Tochter, die DDR zu verlassen. Oder auch, gegen Ende der sich über drei Monate hinziehenden Verhöre im MfS-Untersuchungsgefängnis in Potsdam und schwieriger zu beantworten, weil allgemeiner: Gedanken zur Rolle der Partei der Arbeiterklasse.

Nur in letzter Zeit, wenn in den Morgenstunden das Licht der Straßenlaternen rauh wurde, wenn auf die Tapete und den Eichenholzschrank schon die ersten Streifen der aufgehenden Wintersonne fielen oder Siems sich das zumindest einbildete, weil er nicht schlafen konnte und hoffte, es würde bald hell, fragte er sich, wo Katja jetzt war, mit vierundzwanzig und einem Koffer, verlorengegangen auf den Luftverkehrsstraßen zwischen Schönefeld und Gdansk. Runtergefallen. Oder nur falsch abgebogen.

Manchmal hörte er unten die Haustür. Dann schlug er die Bettdecke weg, rollte sich aus der Kuhle, die sich durch das jahrelange Liegen in der Matratze gebildet hatte, wie viele Jahre schon, ging in den Flur und lauschte. Nur so. Ohne eine Sekunde zu vergessen, daß es Katja nicht sein konnte.

Hätte es einen Mittschnitt des Gesprächs zwischen Herbig, dem amerikanischen Anwalt und Katja gegeben, und jemand hätte ihm den in die Hände gespielt, hätte er die Echtheit dieses Mitschnitts sofort angezweifelt.

Das ist nicht sie. Hätte er gesagt.

Das ist nicht meine Tochter.

Möglicherweise hätte er später geweint. Was allerdings wegen der Lautstärke der Chöre und der gepolsterten Tür von draußen nicht zu hören gewesen wäre.

Er hätte sich zum ersten Mal erlaubt zu denken, daß er Katja im Leben vielleicht nicht wiedersah.

»Wir haben ihr das alles ganz genau so beigebracht«, hätte

Doreen Siems gesagt und den Saphir wieder an den Anfang der Platte zurückgehoben. Sie hätte sich auf die Armlehne neben ihren Mann gesetzt und ihr Kinn auf seinen Kopf gelegt. Gemeinsam hätten sie das Lied noch mal gehört. *Wer hat dich, du schöner Wald, aufgebaut so hoch da droben.*
Alles Dinge, die man nicht weiß.
Und da auch Siems nichts von Katja wußte, ist es viel wahrscheinlicher, daß er tapfer blieb. »Glauben Sie mir, wir hatten keine Ahnung. Sie ist erwachsen, ich habe ihr nicht dauernd auf die Finger geguckt.«
Aber mal ehrlich: Diese Tapferkeit widert doch an.

*

Sie hat den gleichen Rhythmus wie die sinnlos tickende Kuckucksuhr im Flur. Jede volle Stunde fliegt das Türchen auf, und der grünlackierte Holzvogel nickt im Takt mit dem Kopf.

oben

Abnicken, wie man heute sagt.
Wenn man in Ludwigsfelde jemanden trifft. Wenn man überhaupt an Menschen gerät. Es werden wieder weniger. Dabei kommen immer neue an. Kommen ahnungslos her, wühlen überall rum, und wenn sie gehen, bleiben unter dem Hochglanz nur Schutt und kaputte Leute, die schieben sich weiter durch die Gartenstraßen, schieben sich, wo sie früher noch gelaufen sind, über nacktes Glas, werden angestoßen und geschubst, unter blauleuchtenden Mercedes-Himmeln durchgeschleust, der Pförtner öffnet die Tore.
Und immer fallen welche hin. Fallen ab oder runter. Bilden Schatten in Trainingsanzügen hinter geschlossenen Gardinen. Tun so, als würden sie glauben gemacht, daß sie gescheitert sind. Ich weiß nicht, wie das gehen soll. Jemanden glauben zu machen, wenn man selbst nicht glaubt.

Machen Sie mir nichts vor! Ich nehme Ihnen nicht ab, daß Sie Journalistin sind. Oder besser: daß Sie als Journalistin eine Ausnahme sind. Ich wette, man wird schon geborsten geboren. Niemand würde umsonst so schreien.

Dabei geht es nur darum, mal wieder im Gespräch zu sein. Sich was Nettes zu sagen, wie der Pechpfuhl beispielsweise so ordentlich geworden ist, ein Naturschutzgebiet mit Bachstelzen und Sumpfdotterblumen und Rasen, auf den man nicht treten darf. Kein Grashalm steht über, auch wenn Sie gern einen hätten. Über die kostbaren Cremes, die sie benutzen. Wie sie damit so furchtbar modern und jung geworden sind. Während sie an mir den Makel suchen, etwas Sichtbares in der Haut, ein Zeichen für irgendwas. Dabei ist längst alles weg.

Abgerubbelt, wenn Sie so wollen. Sie gehen hoch und runter und versuchen, ruhig zu bleiben. Was schon schwierig genug ist.

Aber kaum hat man angefangen, nicken sie ab.

Nicken dich ab, sagte oder dachte auch Lutz Schaper, sah auf die Uhr und goß Cognac ins Glas.

unten

Bleiben wir bei den Uhrzeiten. Uhrzeiten sind eine sichere Sache.

Etwas, woran man sich halten kann. Menschen, die langsam den Zugriff auf ihr Leben verlieren, umgeben sich gern mit Uhren. Alte. Jemand, der bis auf die Knochen verunsichert ist.

Wenn man sonst nichts tun kann, sieht man auf die Uhr.

Herbig zum Beispiel tat das dauernd. Seit er wußte, daß das Foto für ihn wertlos war, kontrollierte er seine Armbanduhr. Es war eine alte Uhr mit einem goldenen Zifferblatt auf hellbraunem Grund, und er mußte sie jeden Morgen aufziehen.

So sah ihn Lutz Schaper. Er saß neben Katja auf der Bank der Verteidigung. Mit gezückter Armbanduhr, als wäre er in Eile. Es war der letzte Tag der Vorverhandlung im Anklagepunkt Katja Siems. Der Tag, an dem Clerk beschloß, ein Paar neuer Strümpfe zu kaufen.

Der Tag, an dem Schaper wie üblich ein Schälchen Marmelade und zwei Scheiben Brot in die Zelle gebracht, aber erst eine halbe Stunde vor Abfahrt der Termin der Vorverhandlung bekanntgegeben worden war. Der Tag, an dem er sich nach Wochen wieder rasierte. Er haßte es, sich zwischen den Zahnpastaflecken und den eingetrockneten Farbspritzern auf dem Spiegel rasieren zu müssen. Mit einem Zipfel seines Handtuchs hatte er den Spiegel gewienert, aber die Spritzer hatte er trotzdem nicht beseitigen können.

Katja trug ein kurzärmeliges Shirt und ein hellblaues Tuch um den Hals. Zu kühl für die Jahreszeit, wie Schaper fand.

*

»Kalt«, hatte sie gesagt, »es ist kalt hier, es ist so verdammt kalt in diesem Flughafen. Ich habe es ihnen gesagt. Aber sie machen nichts.« Sie hatte Lidstrich und Wimperntusche aufgelegt.

Als er bei ihr war, flüsterte sie: »Sie stellen die Heizung nicht an. Es ist arschkalt, ich glaube, sie müssen Strom sparen, ich habe ihnen gesagt, daß es zu kalt ist, ich habe ihnen gesagt, machen Sie die Heizung an, ich friere jede Nacht, ich kann nicht schlafen.« Ihre Wange hatte seine Wange berührt, sie hatte ihre Wange nicht zurückgezogen. »Merkst du?« Sie kam noch dichter. Sie sprach ihm ins Haar. »Ich bin ein Eisblock, alles ist kalt, meine Haut, meine Finger.« Sie legte ihm eine Hand um den Kopf. »Es ist noch nicht Frühling, und sie haben die Heizungen abgedreht. Sie sind nicht reich, diese Amerikaner, sie wollen es einem einreden, aber sie sind es nicht. Sie sind bettelarm, sie haben kein Geld für Strom, sie lassen einen glatt erfrieren.« Er hatte versucht, sein Ohr an ihren Mund zu schieben, er hatte sein Ohr ganz nah an ihren Mund gebracht und ihre Lippen gespürt, ihr Atmen an seinem Ohrläppchen. »Es ist kalt, aber sie tun nichts.« Weil er so nah an ihren Lippen war, konnte er ihre Augen nicht sehen. Er fuhr mit dem Finger ihre Halsschlagader hoch, er spürte das Blut, ihr Blut immerhin war warm. »Und es ist duster. Sie haben mich in einen Bunker gesteckt, in ein kaltes, dunkles Loch, sie müssen Strom sparen, ich habe es ihnen gesagt, bringen Sie mir eine Kerze, habe ich gesagt, sehen Sie denn nicht, wie ich zittere.«

Er hielt sie am Hals, er spürte das Gewicht, das ihr Kopf hatte, und sie zitterte wie auf dem Bahnsteig in Gdansk.

Als der Zug ausgefahren war. Die Landschaft zog auf wie ein Vorhang, und der Zug raste in eine weiße, konturlose Fläche hinein, seiner Auflösung entgegen. Oder Schapers Auflösung, das konnte er nicht so genau unterscheiden. Er stand mit beiden Füßen fest auf dem Boden, aber gleichzeitig spürte er die Geschwindigkeit des Zuges. Er bemerkte den Druck, der die ganze Zeit auf ihm gelastet hatte, weil er jetzt langsam nachließ.

Zuvor hatte er zweimal Hans Meerkopf gesehen, und jedesmal hatte er gewußt, daß das nicht sein konnte.

Meerkopf. Im Paris-Leningrad-Expreß über Gdansk.

Katja zitterte, und der Druck war weg, und Schaper hielt sie und wünschte, er könnte, einfach indem er sie hielt, ihr Zittern ersticken.

Mit einem Wummern sprang grell das Licht an. Er sah hoch und wachte auf und merkte, daß er es war, der fror. Daß er in seiner Zelle, die überheizt war, wie jede Nacht fror.

*

Er zog die Decke ans Kinn und drehte sich zur Wand. Er blieb liegen. Er wußte, sie würden gleich kommen und wissen wollen, ob er noch lebte. Jeden Morgen rasselten die Schlüssel, sie kamen zur Lebendkontrolle, wie das hieß.

Schaper zog unter der Decke die Knie an. Es war sechs Uhr, und der Morgen hatte ein schmales Rechteck auf den Boden unter dem vergitterten Fenster gelegt. Die Decke war aus grobem grauen Zeug. Er zog die Knie an und erinnerte sich an die Frauen, die er gekannt hatte. Sie schienen ruhiger zu schlafen mit angezogenen Knien. Er schlief nie so. Er schlief auf dem Rücken oder auf dem Bauch, die Beine lang ausgestreckt.

Sie gaben ihm noch wenige Minuten.

Er schlang die Arme um seine Knie, um wärmer zu werden, um das bißchen Wärme zu halten, was noch da sein mußte, damit das Herz schlug. Er war nicht sicher, ob es noch schlug, ob er es in letzter Zeit hatte schlagen hören oder gespürt hatte oder ob da nur die Zeit war, die ablief, der Sand, der sich langsam durch die Adern wälzte und in den Herzkammern von Kolben und Pleuelstange zu etwas noch Kleinerem als Sand gemahlen wurde. Der Sand, der, wie es ihm jetzt schien, schon immer durch ihn hindurchgelaufen war, den er mitgebracht hatte und der auch hier also nicht aufhören würde, durch ihn hindurchzulaufen, ihn träge machte und gleichgültig, hier und an jedem anderen Ort der Welt.

Jeden Morgen kamen sie zur Lebendkontrolle, pünktlich um sechs, und er richtete sich auf, die Decke an die Schultern gezogen, und lehnte sich mit dem Rücken an die gelbgestrichene Zellenwand. Er fröstelte und rief, daß er da war, daß er lebte. Er existierte, atmete, aß und fror, etwas anderes war gar nicht denkbar, er hatte begriffen, daß der Sand immer da sein würde.

Daß er nur einmal für kurze Zeit zum Stoppen gebracht worden war. Aber jetzt hatte der Sand ihn wieder fest im Griff.

*

Später war er gerade dazugekommen, wie Herbig sagte: »Wir fordern das Gericht auf, von einer Anklage gegen Katja Siems wegen Beteiligung an der Entführung abzusehen. Die vorliegenden Argumente sind unzureichend, ihre Konstruiertheit ist offensichtlich. Das ist alles, Euer Ehren.«

Das Ordnungspersonal brachte Schaper zu seiner Bank, die von einer separaten Holzverkleidung umgeben war.

Er sah Katjas kurzärmeliges Shirt. Dann wandte er sich an eine der Ordnungskräfte. »Könnten Sie mir Ihren Kuli leihen?«

»Die Mitschuld von Katja Siems an den Verbrechen, die hier zur Diskussion stehen, ist eindeutig«, sagte die Staatsanwältin. »Ihren eigenen Aussagen zufolge war sie am Kauf der Tatwaffe beteiligt.« Schaper brauchte einen Moment, um den Entführer, von dem die Rede war, mit sich selbst in Zusammenhang zu bringen.

»In dieser Jacke«, sagte die Staatsanwältin, »hatte Frau Siems die Waffe unter Täuschung des Bodenpersonals mit an Bord genommen, und sie tat nichts, und ich wiederhole: nichts, um die Besatzung oder die Passagiere zu warnen. Sie wußte nicht nur, daß eine Entführung bevorstand. Sie hatte sie auch selbst mit geplant, wie Sie dem Geständnis gegenüber Colonel Clerk entnehmen können. Ich erhebe Anklage gegen Katja Siems wegen Entführung, Geiselnahme und Verletzung des Luftraums über Berlin.«

Herbig erhob keinen Einspruch.

Er schob eine Hand in die Mappe, die vor ihm auf dem Tisch lag. Dann nahm er die Hand wieder weg und sah auf die Uhr.

Er trank sein Wasser.

Schaper hörte das Perlen der Kohlensäure im Glas. Er hatte keine Ahnung von den Problemen des Anwalts. Er zerknüllte nur den Zettel, auf den er »Achtung! Wärmer anziehen! Auch in der Freiheit gibt es die Frühlingsgrippe« geschrieben hatte. Es war Mitte April, und draußen riß der Wind die ersten Blüten wieder von den Bäumen. Schaper hatte die Nachricht über die Anwälte an Katja weiterleiten wollen.

*

Er zerknüllte den Zettel und dachte: Manchmal weiß man nicht mehr, auf welcher Seite man stehen soll.

*

Das war nicht nur Schapers Problem.

Als das Flugzeug gelandet und weit draußen zum Stillstand gekommen war und die Militärfahrzeuge zwar schon unterwegs waren, aber das Flugzeug noch nicht erreicht hatten, war es sehr still an Bord gewesen. Niemand hatte etwas gesagt. Niemand war aufgestanden. Die Turbinen wurden heruntergefahren.

Katja hatte ihre Hände langsam von den Sitzlehnen gelöst, sich aber nicht getraut, den Kopf zu bewegen. So hatte sie nach einer Weile das schwierige Prinzip erkannt, nach dem das Haar der Stewardeß in einem Knoten am Hinterkopf zusammengehalten wurde. Der Vorhang zum Cockpit war halb offen. Aber auch dort hatte sich nichts bewegt. Katja sah ein Stück weißer Fläche. Das konnte schon ein Ausschnitt des Westberliner Sommerhimmels, aber ebensogut nur der Rücken des Copiloten sein.

Zweiundsechzig Bürger der DDR waren ohne Schwierigkeiten und sanft in den Westen geflogen worden und konnten sich nicht rühren.

»Tommy-Nutte!« war das, was Katja auf dem Weg in den

Verhandlungsraum von einem sowjetischen Beobachter zugeflüstert wurde.

Der Sowjet trug eine Sonnenbrille und sprach Englisch.

*

»Manchmal weiß man nicht mehr, auf welcher Seite man stehen soll«, sagte Schaper, als ihn der Justizvollzugsbeamte am Stationszimmer vorbei zu seiner Zelle zurückführte.

»Tempo, Mann!« sagte der Beamte, als er die Zellentür vor Schaper öffnete.

Schaper trug noch dieselbe Hose wie auf dem Bahnsteig in Gdansk. Sie spannte über dem Bauch. Gewöhnlich bewahrte er seine Papiere in der rechten Gesäßtasche auf. Jedesmal, wenn er an seinen Hintern griff, um sich zu vergewissern, daß die Papier noch da waren, erschrak er. Er vergewisserte sich mehrmals am Tag. Er konnte es sich einfach nicht abgewöhnen. Abends bestellte er sich vom gepumpten Geld des Anwalts ein alkoholfreies Bier.

»Manchmal weiß man es einfach nicht mehr«, sagte Schaper.

Der Beamte war für die Zellentüren von Block B der Justizvollzugsanstalt Moabit zuständig. »Bißchen Bewegung«, sagte er, »hab noch vier Neuzugänge, also hopp.« Er wedelte mit der Hand, als könnte der Luftzug Schaper vorantreiben.

»Man weiß es nicht mehr.«

*

»Aber wäre echt nett, wenn Sie mir noch 'n Nachschub an Südfrüchten organisieren könnten«, ruft Schaper, als der Junge seine Zellentür verriegelt. Er stützt sich mit drei Fingern an der Innenseite der Tür ab und ruft: »Wär' echt nett! Ehrlich –«

Der Wasserhahn in der Ecke tropft. Die Zelle ist überheizt, und von der Unterhaltung der Hausarbeiter auf dem Gang sind nur die Zischlaute zu hören. Lutz Schaper setzt sich auf die Pritsche, das Gesicht in den Händen. Kurze Zeit später steht er wieder auf. Er geht in die Mitte seiner Zelle und streckt den Arm vor. Er stellt den Zeigefinger auf, krümmt ihn und geht mit dem Arm noch ein paar Zentimeter tiefer. Die Zelle ist hell erleuchtet, das Licht projiziert seine Finger als Hund an die Wand. Schaper steht da, wie er vor Monaten im Cockpit der Tupolew gestanden hat. Vor ihm kniet die Stewardeß.

Er hält den Zeigefinger so, daß sich die Fingerkuppe der Mulde zwischen ihrem Wangenknochen und der Stirn anschmiegt. Mit der anderen Hand faßt er die Stewardeß am Kinn, damit ihr Kopf nicht wegrutscht.

Unter seinen Fingern wird die Stewardeß weich. In neuntausend Meter Höhe. Neuntausend und ein paar zerquetschte.

Das Haar an ihrer Schläfe ist blond und ein bißchen feucht. Ihr Hinterkopf liegt an seiner Hose. Wenn die Maschine dreht, hat sie Tränen in den Augen.

Schaper hat alles wie auf einer Glasplatte unter sich, die kniende Stewardeß, die durchbrochene Wolkenschicht, die kleiner werdenden Gestalten in ihren Sitzen, die dünne Stahlschicht, die ihn trägt. Es war nur dieser kurze Moment, aber es war der Moment, in dem er die Verhängnisse der Zeit und seines Lebens nicht mehr gespürt hatte, in dem er sich und seine Gesten nicht erkannte, in dem er in den Raum, den das Flugzeug um ihn gebildet hatte, übergetreten war.

Es war ein unveränderbarer, gefährlicher Raum seines Inneren.

Ein Hochsicherheitstrakt. Betreten verboten.

Es läßt einen denken, Gott kommt, hatte er vor Gericht gesagt. Aber das war nicht die volle Wahrheit.

Dann wendet er sich wieder der Stewardeß zu. Er beobachtet, wie aus seinem Zeigefinger an ihrer Schläfe die Kugel austritt, die zuerst eine glatte Bahn durch ihren Schädel treibt, dann in die Windschutzscheibe des Cockpits einschlägt und das vollbesetzte Passagierflugzeug vom Kurs abbringt, der Kopf der Stewardeß legt sich seitlich.

Ihm bricht der Schweiß aus. Der Sand, der zum Stillstand kommt.

Es ist sein Moment.

Man hat keinen zweiten, denkt er. Im Leben nicht.

Dem Beamten ruft er jedesmal hinterher. Aber nicht wegen der Orangen.

Es ist seine einzige Chance, wieder auf den Boden zurückzukommen.

oben

Jedenfalls erzähle ich Ihnen das so.

Da dachten Sie, Sie gehen zu Katja. Da werden Sie schon alles erfahren. Das Nötigste. Das, was man für einen Dreispalter braucht.

Sie werden enttäuscht sein.

Es gibt Schmetterlinge, die tarnen sich, indem sie aussehen wie ein Blatt.

Wie ein Blatt, das von Läusen befallen ist.

Was ich nur sagen will: Passen Sie auf. Sonst sind Sie bald eine Leiche.

Wie Ronni bereits auf dem Rollfeld gesagt hat.

*

Sie werden enttäuscht sein, weil an einer Persönlichkeit, die von allen Seiten betrachtet wird, nichts Positives bleibt. Das ist in jeder Gerichtsverhandlung dasselbe.

Trotzdem ist es möglich, Sympathie zu empfinden. Geben Sie Ihr Sympathieempfinden nicht auf. Stellen Sie sich beispielsweise vor, Sie stehen an der oberen Station einer Seilbahn, und die Seilbahn voller Menschen bleibt stecken. Sie sehen, wie die Gondel kurz vor der Station hängenbleibt und über dem Abgrund hin- und herschwankt. Sie sehen den schroffen Steilhang, an dem die Bahn unweigerlich zerschellen wird.

Es ist leicht, mit Menschen Sympathie zu empfinden, die sich in einer steckengebliebenen Gondel befinden.

In einem havarierten Fahrstuhl.

Einem entführten Flugzeug.

Sagte die Staatsanwältin.

unten

»Aber wenn Sie sich das vorstellen«, sagte sie, »und wenn Sie sich dann weiter vorstellen, selbst in so einem Fahrstuhl für, sagen wir, vierzig Minuten steckenzubleiben, dann können Sie sich auch vorstellen, wie lang vierzig Minuten sind, wenn Ihnen jemand eine geladene Pistole an den Kopf hält.

Vierzig Minuten Angst um Ihr Leben ergeben die Frage: Steht dem Angeklagten Lutz Schaper das zu. Hätte man von ihm nicht erwarten sollen, daß er, ausgehend von einem ganz normalen menschlichen Sympathieempfinden, von seinem sogenannten Fluchtplan Abstand nimmt? Daß er sich nach einer geeigneteren Fluchtmöglichkeit umsieht? – Einer, bei der er möglicherweise nur sein eigenes Leben riskiert?«

Die Staatsanwältin stützte einen Arm auf das Pult und ging die Reihe der Geschworenen durch. »Sie, die Berliner sind, genau wie ich, Sie brauchen keine Beweise für das, was täglich an der Mauer und hinter der Mauer passiert. Jeder Bürger, jede Bürgerin dieser Stadt weiß das und leidet darunter. Lassen Sie uns also Mitleid empfinden, lassen Sie uns Sympathie empfinden, zeigen wir Verständnis für den Angeklagten. Aber lassen Sie uns nicht die Tatsachen aus den Augen verlieren.

Insbesondere die Tatsache nicht, daß Schapers Handlung eine Handlung war, die sich gegen die Sicherheit der zivilen

Luftfahrt richtete. Nirgends in der Welt ist der Schutz der zivilen Luftfahrt so bedeutend wie genau hier. In dieser Stadt. In Berlin. Der Angeklagte hat sich der Flugzeugentführung, der Geiselnahme, des Freiheitsentzugs der Passagiere und der Körperverletzung schuldig gemacht. Und ich bin überzeugt, daß Sie zu dem einzig richtigen Urteilsspruch kommen werden.«

Die Staatsanwältin dankte und nahm ihre Papiere auf dem Pult zusammen.

Herbig, der neben Schaper Platz genommen hatte, konnte endlich niesen. Er hatte die ganze Zeit sein Taschentuch ans Nasenbein gepreßt. Die Staatsanwältin war vielleicht dreißig. Sie hatte die Haare zu einem Pferdeschwanz gebunden und sah aus wie ein Jockey.

Er lehnte sich zurück und war froh, daß er noch Zeit hatte. Diese Argumentation würde ihm bei der Verteidigung zu schaffen machen.

*

Herbig lehnte sich zurück und dachte an etwas anderes.

In den letzten Tagen hatte er Katja mehrmals am Tag besucht. Er hatte ihr beim Abendessen Gesellschaft geleistet und sie schon nach dem Frühstück wieder zu Spaziergängen abgeholt. Sie ging in ihrer roten Winterjacke neben ihm. Ihre Hánden hatte sie in den großen kastenförmigen Taschen vergraben. Er hatte an ihre Vernunft appelliert, an ihren Stolz, später sogar an ihren Überlebenstrieb, was ihm einfältig und unpassend vorkam, aber auch er hatte einen Ruf zu verlieren.

»Ich hatte keine schlechte Kindheit, und ich bin nicht psychisch krank«, sagte Katja. »Mir geht es ziemlich gut. Insgesamt gesehen.«

Er sagte, so sanft er konnte: »Wie meinen Sie das, Katja?«

»Es gibt keine Erklärung. Ich habe keine, und ich gebe keine.«

»Kein Problem, Katja, Sie müssen nur das Richtige tun.«

»Ich werde mich schuldig bekennen. Sie haben doch gesagt, Sie wären auf meiner Seite.«

»Hier kann nicht jeder machen, was er will.«

»Nein? Es geht also nicht um mich. Es geht um Ihr Wohlfahrtsstaatsgefühl. Aber gut. Ich erklär's Ihnen. Ich will ihn nicht wiedersehen. Verstehen Sie. Nie.«

»In Ordnung, Katja. Ich nehme an, daß wir hier von Meerkopf sprechen, ja? Aber Sie haben alles für ihn aufgegeben. Würden Sie nicht auch sagen, daß wir hier auf einen gewissen Widerspruch stoßen?«

»Finden Sie.«

»Und da ist noch was.« Herbig machte eine Pause. »Wenn Sie ihn nicht retten wollen, und das ist ja nicht Ihr Anliegen, wenn ich Sie da richtig verstanden habe, warum geben Sie dann trotzdem seinen Namen nicht bekannt?«

»Sehen Sie«, sagte Katja. »Ich erkläre Ihnen nichts. Ich sage bloß, was ich denke. Und ich kann Hans jetzt klar und deutlich erkennen. Das war früher nie so. Aber jetzt hat sein Gesicht endlich Sinn, für mich, verstehen Sie, es hat eine Logik. Wenn man es ansieht, begreift man, warum. Man begreift die ganze Kiste hier. Auch Sie. Ja, ich glaube, ich begreife dann auch Sie. Ich sehe Hans nämlich jetzt oft an. Jeden Tag. In aller Ruhe. Genosse Clerk muß nur zwischendurch immer mal wieder aufhören zu reden. Dann sehe ich Hans am besten, wenn der eine nicht mehr redet, dann ist der andere so was von gestochen vor mir.«

»Wer genau«, sagte Herbig.

»Tun Sie alles, damit er freikommt. Ich bitte Sie. Aber ich will ihn nicht wiederhaben. Ist schon komisch, wie eine so große Entfernung einen auf einmal so nahe bringt. Das ist wie nach dem Tod. Man kriegt sich nicht wieder, weil man sich für immer hat. An so was glaubt doch jemand wie Sie, oder nicht?«

Herbig verspürte plötzlich Durst. Er hätte gern ein großes Glas Wasser gehabt. Aber sie waren draußen auf dem Rollfeld, und das einzige Wasser weit und breit waren ein paar an den Rändern schon trocknende Pfützen.

»Das wächst sich raus«, sagte er dann. »Alles wächst sich irgendwann raus. Da vertrauen Sie mal ganz den Geschichtsbüchern.«

Schließlich hatte er sich die Erlaubnis besorgt, sie in seinem Auto durch die Stadt zu fahren. Es war ein windiger Tag. Zwischendurch fing es an zu regnen, und er mußte die Scheibenwischer einschalten. Sie fuhren am KDW vorbei, das vor einigen Wochen neu eröffnet worden war. Es strahlte in der Gischt, die die Scheibenwischer auf der Windschutzscheibe aufwühlten. Die Gelenke quietschten im Takt.

Katja legte den Kopf zurück. »Sie tun Ihr Bestes, ich weiß. Ich habe nur blöderweise dasselbe Gefühl. Ich habe das Gefühl, mein Bestes zu geben. Dann passen wir einfach nicht zusammen.« Sie sprach an den kunstlederbespannten Autohimmel. Er war mit Punkten übersät, dicht an dicht lagen sie in gleichem Abstand aneinander. Ein Terrazzofußboden in Ludwigsfelde.

»Erinnerungen, die man träumt, werden wahr«, sagte Katja. »Aber wozu sage ich Ihnen das.«

Herbig fuhr rechts ran. Er hielt an einer Nachthaltestelle für Busse. Er stellte den Motor ab und legte einen Arm auf Katjas Lehne.

»*Was* wollen Sie mir sagen«, sagte er, und hinter ihrer Schulter bemerkte er den vielen Regen. »Was denn, Katja?«

Sie lächelte ihn an, aber wie etwas, was hinter ihm lag oder noch nicht bei ihm angekommen war. Man hörte den Regen aufs Autodach pladdern. Aber dann kam ihm eine Idee, und er sagte: »Ich bin kein Katholik, aber wissen Sie, was im Buch der Prediger steht? ›Was war, das war längst gewesen, und was noch sein soll, war längst gewesen; so sucht Gott das Hinweggeeilte auf.‹ Ich weiß, daß Sie das nicht tröstet.«

Katja setzte sich aufrecht hin, zuckte die Schultern und sagte: »Ich versteh's auch nicht. Können wir jetzt weiterfahren?«

Sie saß auf ihren Handrücken.
Im Autoradio lief ein Klassiksender.
Milonga Triste.
Es gibt eine Stimme darin, die nur atmet. Gegen Ende. Immer nur atmet. Und ein paar Klaviertöne darunter.
Nachdem Glas gesplittert ist. Die Fenster zersprungen, die Lampen geplatzt, die Träume zerborsten, die Bücher verbrannt. Der Kopf ein Skelett.
Das könnte alles deins sein.
Die Tonkrüge, die Herbig zerreiten kann.

*

Meistens fuhr er knappe dreißig und hielt Katja alles vor Augen. Den Tauentzien, die Siegessäule mit ihrem goldenen Kopf, den Schriftzug vom Zoo. Die Arbeitsmarktsituation, die Cafés und die Weiterbildungsmöglichkeiten an Volkshochschulen.

Katja kurbelte das Fenster herunter und hielt ihr Gesicht in den Regen. Von irgendwoher kam der bittersüße Geruch nach Patschuli.

»So, Katja«, sagte Herbig, als er sie zurück auf ihr Zimmer brachte, »jetzt ist Schluß.«

Er hatte seine schwarze Tasche dabei. Er stellte seine Tasche auf den Tisch. »Nein, Sie werden jetzt nichts trinken. Sie setzen sich jetzt da hin.«

Katja spürte, wie das Zittern im Nacken begann. Wie sich plötzlich die Muskeln verkrampften.

»Glauben Sie etwa, Sie wären schlauer als wir? Schlauer

als die Politik?« sagte er. »Sie? Als Frau? Und dann da, wo Sie herkommen?«

Katja zählte. Sie kam bis fünf und multiplizierte mit zweiundzwanzig, der Hausnummer in Ludwigsfelde, als Herbig sagte: »Ein letztes persönliches Wort.«

»Sie haben bisher immer nur von der Sache geredet«, sagte Katja und wurde vom Novemberlicht, das gebrochen durch die Gardinen kam, gelöscht.

Herbig lachte kurz.

»Überall reden sie über die Sache. Das kenne ich gut.«

Katja setzte sich aufs Bett. Hundertzehn und die Wurzel, dachte sie, das war schwierig.

»Menschenskind. Setzen Sie sich doch bloß hin!« Ruckartig bewegte Herbig den Körper, leicht verdreht stand er da.

oben

Das Knistern der Scheinwerfer, die verlöschen.

Hören Sie das? Die unteren Reihen fallen schon aus. Man kann zusehen, wie es dunkler wird.

Auch Herbig ist nur noch halb im Licht. Seine linke Seite ist schon verschwunden. Wobei das bei ihm keine Rolle spielt. Er gehört zu den Figuren, die schwer einzuschätzen sind. Er ist einer von denen, die Sie nie deutlich sehen. Selbst wenn Sie ihn vor sich haben. Sie werden den Verdacht nicht los, daß er das meiste vor Ihnen verbirgt.

Machen Sie mir das nicht zum Vorwurf. Sie wissen, daß es hier keine positiven Figuren gibt.

unten

»Das ist ein Tisch«, sagte er irgendwohin. »Ein Tisch, den man anfassen kann, nicht wahr?« Er schob den Mund vor, seine Kaumuskeln mahlten. »Den man anfassen kann.«

Katja blieb sitzen und rührte sich nicht.

»Das ist einfach. Aber wie, Katja, wie wollten Sie ihn denn

anfassen, wenn Sie nicht wüßten, daß das ein Tisch ist und man Tische anfassen kann. Sehen Sie, wie zerbrechlich das Gewebe der Realität ist? Daß sie nichts weiter ist als die Voraussetzung unserer Illusionen? Sie funktioniert, weil wir daran glauben. Und nun machen wir einen einfachen Umkehrschluß. Wenn wir nicht glauben, daß es Realität wirklich gibt, machen wir uns auch keine Illusionen mehr, weil das eine das andere löscht. In der Welt habt ihr Angst, aber ich habe die Welt überwunden, steht bei Johannes. Finden Sie das nicht einen begehrenswerten Zustand? Oder glauben Sie, Sie wären schon auf dem Weg dahin? Dann sehen wir diese Welt wohl sehr verschieden, aber wollen Sie wenigstens hören, auf welchem Weg ich glaube, daß Sie sind?«

Es war nicht genug Zeit, um zu antworten.

»Sie sind auf dem besten Weg, sich unglücklich zu machen«, sagte Herbig. »Ich sehe da einen Haufen Zeug in Ihrem Kopf, von dem Sie die Finger lassen sollten. Hier kann nicht jeder machen, was er will. Freiheit, sagen Sie? Ich glaube, Sie haben das Konzept dieser Freiheit bloß noch nicht verstanden. Ich helfe Ihnen da gern auf die Sprünge.«

Es war auch nicht genug Zeit, um zu nicken.

»Zunächst wird es eng, Katja, weil man nun mal nicht alles denken kann. Also denkt man das, was alle denken, man trifft gewissermaßen eine Auswahl. Damit ist nichts falsch zu machen, was nicht bloß gefährlich wäre, sondern tödlich, aber nicht etwa, weil man dann bestraft würde. Fehler sind tödlich, weil man danach nicht mehr vorhanden ist. Durchgestrichen, ausgelöscht, Sozialhilfe. Es gibt sie natürlich, die happy few, die das Leben nach ihren Wünschen gestalten. Aber wir gehören leider nicht dazu. Wir hängen von allem möglichen ab, ich will das nicht im einzelnen ausführen. Wir haben hier einen Fall zu gewinnen. Wir müssen die Staatsanwaltschaft und den Richter überzeugen. Ich gebe zu, daß wir nicht wissen, was deren Strategien sind, auch ihren Standpunkt kennen wir nicht hundertprozentig. Es geht darum, was immer es ist, bereits gewußt zu haben, es vorauszusehen und dann richtig darauf zu reagieren. Das ist wie im Leben, Katja, die Kunst besteht darin, die Meinung der anderen bereits vor ihnen selber zu haben, nur so gibt es eine Chance. Wir kommen damit nicht hoch hinaus, aber beruflich kommen wir weiter. Was auch finanziell manchmal von Vorteil ist.« Er ging zum Fenster und goß zwei Martini ein. Bevor er trank, drehte Herbig das Glas ins Licht.

»Und was Sie betrifft –« Er sah das Glas an oder das Licht im Glas. »Sollten Sie tatsächlich angeklagt werden und sollte der Richter sich mit dem Außenamt über die Strafe nicht einig sein, könnte es passieren, daß man Sie doch noch gegen alle guten Vorsätze ausliefert. Was ich sagen will, einen richtig guten Anwalt haben Sie dann mal gehabt.«

*

Katja hielt ihr Gesicht in den Regen. Denn vielleicht ging es ihr um etwas anderes.

Jahre später wird sie in der Neuköllner Stadtbibliothek ein Lexikon aufschlagen. Sie wird herausfinden, daß zur Zeit ihrer Gerichtsverhandlung ungewöhnlich viele extreme Unternehmungen geglückt waren. Die Ballonüberquerung über den Atlantik. Die Erreichung des Nordpols im Alleingang.

Das alles hat nichts mit ihr zu tun. Aber sie hat plötzlich das Bedürfnis, Schaper anzurufen. Sie hat das Bedürfnis, mit ihm zu reden, seine Stimme zu hören. Sonst ruft sie kaum noch an.

Einmal haben sie sich in einem Café getroffen, ein paar Monate nach der Verhandlung. Da hat Katja bereits wieder Arbeit, sie arbeitet in einer Kfz-Werkstatt, sie ist die einzige Frau, die Werkstatt heißt Reitz & Söhne. Sie wohnen in verschiedenen Teilen der Stadt. Es hat sich so ergeben. Sie telefonieren. Dann hören sie damit auf, obwohl Katja das bestritten hätte.

Bei Schaper wird also das Telefon klingeln, es ist Abend, ein Abend in den Achtzigern und ausnahmsweise wird er zu Hause sein. Er tritt an das kleine Schränkchen im Flur und nimmt den Hörer ab. Seit über einem Jahr hat er nichts von ihr gehört, und Katja wird zu ihm sagen: »Mensch, Lutze, die Erreichung des Nordpols im Alleingang. Zur gleichen Zeit wie wir! Hättest du das gedacht?«

Vor Schaper an der Wand sind Muster, Krüge oder Kelche, die sich von der Tapete abheben. Sie ergeben kein Gesicht. Er hat Katja lange genug gekannt. Aber er kann sich Gesichter nicht merken. Besser gesagt, es ist ihr Gesicht, das er sich nicht merken kann.

»Und im selben Jahr haben sie einen Vertrag mit dem Mond gemacht, damit der uns beerben kann. Die sind wirklich größenwahnsinnig hier. Da ernennen die eine idiotische Secondhand-Beleuchtung zum Erben der Menschheit. Phänomenal, oder«, sagt sie, ein Wort, das sie noch nie benutzt hat. »Ich glaube, wir haben da bisher echt was verpaßt.«

Schaper lehnt sich mit dem Rücken an die Wand. Einmal geht er ins Wohnzimmer, um was zu trinken zu holen. Er trinkt Cognac, während sie reden. Sie redet den ganzen Abend. Er lehnt da noch, nachdem er aufgelegt hat.

*

Er war tot diese Nacht. Jemand hatte ihn erschossen, er entdeckte das Loch, das die Kugel gerissen hatte, in der Mitte der Stirn, als er in ein spiegelndes Fenster sah. Ihm wurde kurz schwindlig, das war der Übergang. Er merkte den Wechsel vom Leben zum Tod nur aufgrund dieses Schwindelgefühls und weil er die aufklaffende, blaurandige Wunde auf seiner Stirn wahrnahm.

Früh um vier war er aufgewacht und konnte nicht mehr schlafen. Er wurde um diese Uhrzeit nie von selbst wach, er stellte den Wecker auf dreiviertel sechs, er wachte pünktlich mit dem Einsetzen des Klingelns auf. Er wußte, das war Katja.

Er hatte schon nicht einschlafen können wegen ihr. Katja hatte gesagt: »Du mußt nichts sagen. Mußt du echt nicht. Geht's dir denn soweit gut?«

Er hatte gezögert und auf das trockene Knacken gelauscht, das statt einer Antwort aus seiner Kehle kam. Sie hatte es so endgültig, so tödlich nachsichtig gesagt, wie überhaupt alles an diesem Abend am Telefon, so, als wäre es von unschlagbarer Bedeutungslosigkeit, etwas zu sagen, als käme es nicht mehr darauf an. Alles war mehr als fünf Jahre vorbei. Irgendwann hatte er aufgelegt.

Er hatte dann eine Weile am Fenster gestanden. Er hatte das Fenster auf- und wieder zugemacht. Er hatte die gewellten Gardinen in den Fenstern gegenüber gesehen, er hatte die Jalousie heruntergelassen, und danach hatte er es gewußt.

oben

Sehnsucht ist nichts, was man wissen kann. Man kann sie nicht transportieren. Man kann sie nicht begreiflich machen, man sieht sie einem nicht mal an. Man kann sie auch nicht hören. Man wird weinerlich, aggressiv, spitz oder stumm.

Sehnsucht ist laut.

Nur hören kann man sie nicht.

unten

Schaper hatte nicht einschlafen können über dem aufgelegten Telefon, und jetzt, früh um vier, lag er wieder wach, und die Fenster im Zimmer waren so vereist, daß er nicht mal draußen die Dunkelheit sah. Die Eiskristalle wucherten bis ans Fensterkreuz hoch. Er hatte nicht die geringste Chance zu entkommen.

Alles war Jahre vorbei.

Er hatte geträumt, er würde erschossen, und war tot, und lag dann lange wach.

Und das war alles sie; das Erschießen, das Totsein. Das war längst geschehen. Nur sie wußte es nicht. Und das sehr helle Wachen, das ihn fortan nicht mehr schlafen lassen würde, war ebenfalls sie.

Am frühen Abend wird er entsetzlich müde.

Er liegt nur so da, auf dem Bauch, auf dem Bett, und vor dem Fenster fällt Schnee. Er treibt schräg vor den Scheiben entlang, setzt sich auf das Fensterbrett und wird mit der Zeit dichter. Es ist längst nicht mehr die Jahreszeit für Schnee.

oben

Vergessen Sie die Jahreszeit.

Das einzige, was die beiden deutschen Staaten im Jahre 1979 einvernehmlich beschließen, ist die Einführung der Sommerzeit. Da sehen Sie, wie wichtig das Wetter ist.

Es kommt nicht auf die Fakten an.

Fakten wie die Anzahl der Monate, die nach der Landung vergehen, was nichts über die Länge dieser Monate verrät. Nichts über wunde Nächte. Nichts vom Lärm, der von der Straße kommt, wo sie jetzt täglich demonstrieren und Katja nicht genau weiß, für oder gegen wen. *Could be this, could be that*, würde Clerk dazu sagen und die Füße vom Glastisch nehmen.

Monate. Genug Zeit für den Parteisekretär, die Reißzwecken aus Katjas Porträt zu ziehen und das Porträt von der Straße der Besten zu entfernen. Hunderte Lkw rollten inzwischen vom Band. Hunderte neuer W 50 in Frontlenkerbauweise und mit Allradantrieb, Pritschenfahrzeuge mit fünf Tonnen Nutzlast in grüner oder blauer Lackierung wurden auf Güterwaggons verladen und nachts aus dem Land gebracht. Sie wurden auf extra gefertigten Gleisen über die Grenze gefahren und durch eine Reihe befreundeter Länder transportiert, wofür man Umwege und beschwerliche Bergpässe in Kauf nahm. Sie ratterten durch die Karpaten, an der Donau entlang und am Witoscha-Gebirge vorbei, in Schnee und Hitze standen die Lastwagen wie stille Herdentiere auf den Waggons, bis die Züge schließlich eine albanische Küste erreichten. Dort wurden die Lkw verschifft. Jetzt ging es weiter nach Süden, in Länder, wo sie als Krankentransporter und Viehwagen den Sozialismus stärkten, man rüstete die W 50 zu Waffenlagern und Rübenschuppen, zu Wohnwagen und Schützenpanzern um, und jedem wurde eine staubige rote Fahne unter die Heckklappe gestopft. Manchmal sah man die Fahnen auch neben den Totemkettchen am Rückspiegel.

Monate, in denen weder Bernd Siems noch Verona erfuhren, was mit Katja geschehen war.

ganz unten

Am Morgen des 20. Januar 1979 schleicht Bernd Siems auf Socken über den Flur. Er hat vier Monate durchgehalten. Jetzt trägt er die Schuhe in der Hand bis zur Wohnungstür. Er zieht sie auf der Treppe an. Seine Frau schläft. Sie liegt auf der Seite, das Gesicht eng ans Kissen gedrückt. Über die Haut ziehen silberne Regenwolken. Jedenfalls sieht es für Siems an diesem Morgen so aus. Er küßt die Luft über ihrem Nacken, um sie nicht aufzuwecken, und geht.

In der Nacht hat er ein langes Gespräch geführt. Er hat mit Katja geredet, bis das Licht an der Zimmerdecke grau wurde vom Morgen. Er redete, bis er am Ende auf die Idee kam, sie habe vielleicht nicht genug zu essen, da, wo sie jetzt sei. Sie könne vielleicht jemanden brauchen, der sich darum kümmere. Er komme sofort vorbei. Sie müsse ihm nur sagen, wo er sie finde.

Ob er denn Gazpacho kenne, hatte Katja auf einmal klar verständlich im Traum zu ihm gesagt, ob er wisse, was ein

Entrecote bleu sei oder ein Gargouillou, sie habe sich jetzt auf Gourmetgerichte verlegt. Er hatte mit Krause Glucke irgendwie mitzuhalten versucht, aber da hatten sie beide schon eingesehen, daß das keine so gute Idee war.

Behutsam schließt Bernd Siems die Tür.

Er geht dem Strom der Radfahrer entgegen zur Bushaltestelle. Er fährt mit dem Bus und dann mit dem Sputnik, und er summt, während er fährt, denn er hat jetzt genug nachgedacht.

Die Bezirksbehörde steht im Eisregen.

Hinter einem Metallschreibtisch sitzt ein Mann in einem Anzug, der ebenfalls die Farbe von Eisregen hat. Der Schreibtisch steht am anderen Ende des Zimmers. Als der Mann die Tasse absetzt, kleckert ein Schwapp Kaffee auf die Wachstuchdecke und duftet.

»Kommen Sie«, sagt er. »Wenn ich was für Sie tun kann.«

Siems stellt den rechten Fuß auf die Türschwelle. Aber er sagt kein Wort. Er steht wenige Schritte entfernt in vollkommener Stummheit, neben ihm schwingt ein Spartakiadewimpel an einem Gummisaugnapf an der Wand. Man hört das Geräusch, mit dem der Stoffwimpel über die Wand schabt.

Siems wartet, bis der Mann schließlich die Schultern zuckt und auffordernd in Richtung eines Schreibblocks nickt.

Langsam und für den Mann auf dem Kopf stehend, notiert Siems: *Sagen Sie mir, wo sie ist, oder ich sterbe.*

Wie auf Kommando legen draußen die Sirenen los.

*

Wenn Sie auf dieser Seite der Welt die Uhrzeit wissen wollen, müssen Sie nur auf die Sirenen achten. Einmal am Tag, mittags um zwölf, schlagen sie an. Dann steht irgendwo die Sonne im Zenit, und man weiß, noch ist kein Krieg. Die Sirenen sind auf allen Dächern. Sie jaulen langgezogen wie verletzte Hunde. Sie steigern sich in einen hohen, aufdringlichen

Weckruf hinein und verebben nur langsam. Mit schleichender Penetranz verharren sie noch im letzten tiefen Summen, ihr Ton frißt sich in den Köpfen fest und hält sich dort bis zum nächsten Mittag. Bis man wieder wissen wird, noch ist kein Krieg.

Die Sirenen legen los, aber es kommt vor, daß ein Mensch nicht gleich alles auf Anhieb versteht. Der Mann am Schreibtisch sieht erstaunt auf. Dann schleudert er den Notizblock vom Kopf auf die Füße.

Bernd Siems hat groß und deutlich geschrieben. Sie werden ihn nicht mehr unterrichten lassen. Aber in dieser Sache will er auf keinen Fall mißverstanden werden.

Draußen schlägt der Eisregen auf das Fensterbrett. Die Wände glänzen stahlbetongrau, von der Decke blendet das Grau der Schalldämmplatten, über den Flur scheint hier selten jemand zu gehen. Die Wände glänzen, als hätte sich der Atem der Menschen, die ·in den vergangenen Jahren vor Siems hiergewesen sind, in Schichten und Stollen abgelagert und als würde neuer Atem die Schichten jedesmal wieder mit feinem Kondenswasser überziehen und anders gestalten. Im Winter frieren sie ein. Trotz des grauen Kolosses, der unter dem Fenster hängt und als Fernheizung dient, werden sie zu purem, glattem Eis. Der Atem steht in Eisschollen an den Wänden und zieht sich über den Fußboden bis zur Tür. Wird die Tür geöffnet, fällt eine Schicht krachend zu Boden.

Mitten in diesem Getöse krümmt der Mann seinen Zeigefinger. Er winkt Siems zu sich heran, bis dieser fast mit der Stirn auf die Fingerkuppe stößt. Dann reißt er den Zettel durch. Der Zettel reißt hinter »oder«.

»Sehen Sie«, sagt er. »Wie schnell man zum Überlebenden wird.«

Mal angenommen, Bernd Siems hätte so was geschrieben.

oben

Handschriften beginnen sich zu ähneln, wenn die Zeit sie verwischt. Es könnte auch Katjas Satz gewesen sein.

»Sagen Sie mir, wo er ist, oder ich sterbe.«

Sie könnte ihn erst Jahre später in einem anderen Zusammenhang verwenden, nachdem sie einen Brief begonnen und sich eine filterlose Van-Nelle-Zigarette gedreht hat. Circa sechs Jahre danach. Sie wird einen Block karierten Papiers beschreiben und zwischendurch am Stift kauen. Sie wird sich nicht an die Kästchen halten, sie konnte noch nie geradeaus schreiben. Katja wird sich den Satz, um den es hier geht, besonders sorgfältig überlegen. Als im Radio die Fans von Elvis wiederholt in Taschentücher schneuzen, in die sie zuvor seine Initialen gestickt haben.

Sätze sind nichts. Man kann mit ihnen meinen, was man will, sie bleiben unberührt. Die Sätze sagen immer dasselbe, sie gehen durch die Menschen durch. Elvis war tot, und immer noch sang er auf allen Kanälen.

Clerk hörte AFN. Er lag auf dem Rücken, er lag angezogen auf dem Bett, und Elvis sang: *I'm the great pretender, too real is this feeling of make-believe.* Clerk nahm die Füße vom Bett und drehte auf. Er sang mit. Es war seine Zeile. Sie sprach ihm direkt aus dem Herzen.

Jedenfalls sagt man heute so.

Elvis ist tot, und er singt, *I'm wearing my heart like a clown, pretend, that you're still around.* Das läuft auf Rias, und Schaper stellt das Glas zurück auf den Tisch. Schaper sitzt in seiner Neubauwohnung, das Radio auf dem kleinen Beistelltisch knarrt, ein Stern-Radio Sonneberg, ein schönes, um genau zu sein, Baujahr 52, mit goldenem Lautsprecher in türkisfarbenem Gehäuse von einem Kreuzberger Trödelmarkt. Nur die Antenne ist nicht ausgerichtet.

Es ist das gleiche Lied, er erkennt es nur an einer anderen Zeile.

Aber Scheiß auf Schaper. Es geht hier nicht um Schaper. Es geht um Katja, es wird immer nur um Katja gehen.

Wie das eben ist bei einer Figur, die keine Umrisse hat.

Alles, was man von Katja sagen kann, steht in Büchern aus den Siebzigern. Ich habe mir nichts ausgedacht.

In einem der Bücher heißt es zum Beispiel:

Sie hat, was man nur vermuten konnte, die äußerste Abneigung gegen das Geformte gehabt. Das ist das Zeichen, wenn es überhaupt eins gibt. Hat, als es wahrhaftig darum ging, mit leichtem Gepäck davonzukommen, doch ein Bündel bei sich behalten, das nun in meine Hände gefallen ist, lose Blätter, Postkarten, Briefe ...

Das ist alles, was man über sie sagen kann. Und ein-, zweimal rief sie noch an.

unten

Im Hintergrund lief Maurice Ravel. Der Bolero. Sie tanzten ihn auf allen Programmen, sie zerfurchten das Eis, sie markierten es mit Linien und Kreisen, sie schnitten es auf zum Beweis ihrer Leidenschaft. Jedem, der es sehen wollte, erzählten sie hundertmal dieselbe Geschichte. Sie trugen gelbschwarze Kostüme, sie waren das klassische Paar. Am Ende rutschte sie ihm auf dem Bauch nach übers Eis. Sie umklammerte sein Bein, ihre Hände umfaßten die Knöchelpartie seines schwarzen Schlittschuhs.

»Stell mal den Ton ab«, sagte Schaper, als Katja anrief. »Man versteht ja sein eigenes Wort nicht.«

»Die gewinnen«, sagte Katja, »ich guck mir die Gewinner an, hast du was dagegen. Hier holen grad welche Gold.«

»Geht das nicht leiser?«

»Nichts mehr gewöhnt, was.«

»Jedem sein Zipperlein, wie dieser Hornochse, wie hieß er noch, immer gesagt hat. Wer gewinnt denn?«

»England.«

»Im Eistanz? Das können doch die Russen viel besser. Warum bist du nicht für die Russen? Damit wärst du immerhin auf der sicheren Seite.« Er lachte.

»Das muß man sich mal vorstellen«, sagte Katja.

»Die Russen oder die DDR«, sagte Schaper. »Diese Westdeutschen können doch nur Fußball.«

»Ich meine damals. Was die sich mit uns geleistet haben.«

»Da denkst du noch dran?«

»Du nicht?«

»Nee. Sonst geht's gleich richtig in den Schacht.«

»Das ist doch Lichtjahre her«, sagte Katja. »Billionen von Lichtjahren.«

oben

Wer in Lichtjahren unterwegs ist, muß damit rechnen, früher anzukommen, als er losgegangen ist.

Vielleicht war Katja damals noch gar nicht losgegangen.

unten

»Du hast dir die Seele aus dem Leib gekotzt«, sagte Schaper plötzlich.

»Wie bitte?«

»Gekotzt«, sagte Schaper und konzentrierte sich darauf, sie atmen zu hören.

»Ich hatte nichts gegessen. Schön, daß du dich gerade daran erinnerst«, sagte sie dann.

»Du hast alles rausgekotzt, was du jemals gegessen hattest«, sagte Schaper. »Als er nicht kam, hast du einfach losgekotzt.«

»Das habe ich auch vorher schon, wenn du dich erinnerst, was soll das. Du erinnerst dich nicht daran, wie wir die Knarre durchgeschmuggelt haben, du erinnerst dich nicht an deine Heldentat oder an den verdammten Offizier mit seinem fiesen Grinsen, ich habe dieses Grinsen schon damals gehaßt, es hatte so was von Genugtuung, so was von Hab-ich-doch-gleich-gesagt. Nein, du erinnerst dich, wie ich gekotzt habe.«

»Weil ich an Hans denken muß.«

»Piss off«, sagte Katja. »Wenn du stänkern willst, piss einfach off, klar?«

»Niemand stänkert.«

»Dann halt die Klappe. Hast du die Glotze jetzt an?«

»Früher hast du Englisch gehaßt.«

»Das ist kein Englisch«, sagte sie, »das sagt jeder. Was nervst du überhaupt mit dieser alten Kacke, was willst du.«

»Du hast angerufen.«

»Ja. Weil du die Gewinner sehen mußt. Mach die Glotze an«, sagte Katja.

»Fragst du dich auch, warum er damals nicht –«

»Lutze, hör mal. Das hat keinen Sinn.«

»Ich mein ja nur.«

»Guck dir die Gewinner an. Ich sag's dir, die haben was, diese Engländer. Die haben das im Körper. Den Erfolg. Und sie haben 'ne gute Mucke.«

Er hörte sie atmen, während er sich an die Wand lehnte, den Fuß auf dem Stuhl abstellte und sich im Spiegel gegenüber sah. Er sah sein angewinkeltes Knie, die gespreizten Finger seiner Hand, die auf der Kniescheibe lagen, es waren knochige Finger mit breiten, spatelförmigen Nägeln. Dann sagte sie:

»Weißt du, was Verona mal gesagt hat.« Sie sprach gedämpft, und im Hintergrund hörte er die Wertungsnoten für Haltung und Technik, für Tulop und Salcho. »Ganz früher. Da war sie noch ein Kind. Wozu will man überhaupt irgendwas. Das hat sie gesagt.«

»Verona?«

»Ja.«

»Und an den Bahnsteig«, sagte er. »Denkst du da auch noch dran?«

»Wozu will man überhaupt irgendwas. Das hat mich beeindruckt«, sagte Katja, »daß eine wie Verona das sagt. Als Kind.«

»Vielleicht wären wir ja umgekehrt. Wenn er gekommen wäre, hätten wir uns das vielleicht gar nicht getraut.«

»Dich läßt das kalt, ja? Daß eine wie Verona das schon so früh kapiert hat, das läßt dich kalt.«

Er wechselte die Beine, er stellte den linken Fuß auf den Stuhl.

»Wozu will man überhaupt irgendwas«, sagte Katja. »Hast du dich das mal gefragt. Hast du dir einmal im Leben diese Frage gestellt?«

oben

Wozu. Man kann es drehen und wenden, wie man will. Wozu will man überhaupt irgendwas. Wie man heute sagen würde.

Wie heute nahezu jeder sagt. Was schon zum Aushängeschild geworden ist.

Zum Winkelement.

Wozu. Beispielsweise macht man die Entdeckung, daß man nichts mehr wirklich wissen will. Irgendwann ist man durch mit dem, was man wissen wollte und was nicht.

Wie beispielsweise der Anruf an einem Augustmorgen vor gut zwanzig Jahren ablief. Irgendwann haben Sie aufgehört, sich dafür zu interessieren. Was es für einen Unterschied macht, ob Schaper es war, der am 27. August eine bestimmte Nummer wählte oder nicht, und warum. Ob allein das der Grund für seine Anhänglichkeit gewesen ist. Die Anhänglichkeit der letzten zehn, zwanzig Jahre.

Ich will es nicht wissen.

Das einzige, was noch zu erkennen ist, ist Schaper, wie er in der Telefonzelle steht. Die Beleuchtung ganz unten ist weniger hell und körnig geworden, kaum noch Tageslicht. Man sieht ihn im kurzärmeligen weißen Pulli mit dem schwarzen Telefonhörer auf der Schulter. Wie er verharrt. Mit diesem fast verträumten Ausdruck im Gesicht. Ein regloses Bild.

Es könnte ein Zeichen für alles mögliche sein. Von hier aus können Sie wieder überallhin gehen.

Das Bild ist so bedeutungsvoll und sinnlos wie ein Schlüssel, der nirgendwo paßt.

Veronas Schlüssel und wo er überall nicht paßt:
in ein Fahrradschloß.

In die Tür einer Einraumwohnung im dritten Stock, in der Verona wohnt, seit sie im Werk arbeitet.

In die Geschichte vom Heimkind.

In ein Schließfach könnte er passen. Es gibt sicher einen Psychologen, der sich zu dieser Behauptung hinreißen läßt. Das Schließfach wird dann eine Metapher für Verdrängung sein.

In Veronas Spind in den Umkleideräumen von Halle 11 jedenfalls paßt er nicht.

Wie man es dreht und wendet, Verona ist nicht als Heimkind geboren. Sie wurde nicht als Baby ins Heim geschafft.

Mal angenommen, sie hat sich die Geschichte mit dem jungen Paar nur ausgedacht. Dieses Paar, das sich Kinder angucken ging, hat es nie gegeben.

Der Schlüssel gehörte von Anfang an ihr. Sie benutzte ihn, wenn sie mittags von der Schule nach Hause kam und ihre Eltern noch auf Arbeit waren. Sie war nicht im Hort, sie war wirklich ein Schlüsselkind.

Ihre Eltern kamen spät nach Hause, sie arbeiteten mehr als andere, wobei ihr Vater besonders fleißig war. Er mußte sehr oft wegfahren, ohne daß Verona gewußt hätte, wohin. Und als sie in das Alter kam, wo man anfängt, danach zu fragen, war sie es, die wegfahren mußte. Im Unterschied zu ihrem Vater kam sie nur nicht mehr zurück. In der Nähe von Ludwigsfelde gab es ein Heim. Dort mußte Verona bleiben. Sie wurde freundlich aufgenommen, auch wenn das ein ungewöhnlicher Vorgang war: Kinder mit acht steckt man nicht mehr so leicht in Heime. Aber Leuten wie Veronas Vater kommt das Ungewöhnliche gerade recht; es eilt ihnen zu Hilfe, denn Kinder in Heimen können sich nicht verplappern über Väter auf geheimer Mission in Westberlin, von der sie nichts wissen.

Eine Drehung, und der Schlüssel paßt. Was nicht heißen soll, Verona könnte der Anruf an diesem Augustmorgen leichter gefallen sein als Schaper. Weil sie das gewissermaßen im Blut hat.

Man kann sich nur eben auf nichts verlassen. Höchstens darauf, wie wir alle sind:

schön und korrumpierbar. Und deshalb muß man manche Dinge selber tun.

Damit das ein Ende hat. Damit diese ewige Warterei aufhört.

unten

»Wenn das der Ausgangspunkt ist«, sagte Katja. »Wenn man es wie Verona zur Voraussetzung macht für alles, was kommt, dann –«

»Was dann. Was spielt das jetzt überhaupt für eine Rolle?«

»Keine. Überhaupt keine. Ich würde es nur gern mal wissen«, sagte Katja.

»Fragst du das auch die Presse?«

»Zu mir kommt keine Presse. Ich laß keine mehr rein. Aber ich wette, du hast dich das noch kein einziges Mal gefragt.«

»Was wolltest du eigentlich?«

»Ja. Genau das. Was wollte man eigentlich.«

»Ich meine mit dem Anruf, warum du mich angerufen hast, können wir mal wieder Klartext reden?«

»Ich rede die ganze Zeit Klartext, ich versuche die ganze

Zeit, dir klarzumachen, worum es hier geht. Und wenn du einschaltest, die heißen Torvell-Dean, also er Torvell und sie Dean oder andersrum, ich kann mir das nicht merken. Also sieh sie dir an«, sagte sie schließlich. »So sehen Leute aus, die Gold holen.«

Elvis singt, der Bolero läuft, es wird überall wahnsinnig laut sein, Elvis rockt, die Kufen schneiden sich ins Eis, irgendwo legt jemand das Wort Ewigkeit.

Katja wird den Brief einmal falten. Sie wird die Seite, die sie mit ihrer bogigen Schrift gefüllt hat, vom Block reißen und in eine Klarsichtfolie schieben und dann den Ton am Fernseher wieder laut stellen.

Der Brief ist nicht für einen Umschlag gedacht. Ein U-Boot hat keine Adresse.

ganz unten

Es könnte auch Veronas Satz sein. Ein Satz aus der Dunkelheit am Pechpfuhl. Hinter den Bäumen stottern die Simsons. Ihre Scheinwerfer schwenken zielsicher über den Sand. Einmal wischt einer über Veronas Knie, und sie hält das Knie an dieser Stelle fest, als wäre das der einzig verläßliche Fleck um diese Uhrzeit und an diesem Ort.

Dann fängt Verona an zu laufen. Sie läuft den Trampelpfad dicht am Ufer entlang, sie läuft über die Betonbohlen der Brücke, die vom Gras zerfressen sind, sie durchquert die Schonung und kreuzt ein Feld. Wie im Traum findet sie die richtigen Tritte, weicht Wurzeln aus und abgerissenen Ästen und vermeidet die Zuckerrüben, die gerade geerntet worden sind.

Sie läuft in Richtung Ahrensdorf, wo sie entfernt Lichter auf der Landstraße sieht. Der Schlüssel springt am Bindfaden unter ihrem Hemd wie ein Metronom hin und her. Aber sie trägt die falschen Schuhe. Die Sohlen sind bald durchweicht, ihre Strümpfe werden naß. Auf rutschigen Fußbetten schafft sie es bis Ahrensdorf. Dort hält sie auf den einzelnen Schuppen am Ortsausgang zu, in dem unzählige Grubber, Hacken und Spaten lagern, das Gartengerät für Schüler zur Produktiven Arbeit auf dem Feld. In solchen Schuppen gibt es Löcher, durch die Verona hineinkriechen kann. Mit dem Rücken hockt sie sich an die Bretterwand. Sie setzt sich aufrecht, ihr Speichel ist sauer.

Nach einer Weile löst sie ihr Haar. Sie schwitzt jetzt nicht mehr, und es wird nicht lange dauern, dann fängt sie im feuchten Hemd an zu frösteln. Sie kreuzt die Beine. Sie drückt den Rücken durch und setzt sich in der Dunkelheit noch einmal sehr aufrecht hin.

Aber Frauen wie Verona beten nicht. Sie wissen gar nicht, wie das geht.

Unter dem Hemd zieht sie den Schlüssel hervor. Katjas Schlüssel. Er ist warm von ihrem Körper.

»Sag mir, wo sie ist«, flüstert sie und spürt das aufgeheizte Metall am Kinn. Dann wird es Morgen. Grellrot steigt der Rauch aus den Schornsteinen. In den Gärten fault Obst.

Sie wartet drei Tage. Drei Tage verläßt Verona den Schuppen nicht. Draußen dreht ein Trecker seine Runden über das Feld.

Als sie zurückkehrt, steht der Brigadeleiter mit gekreuzten Armen am Tor. »Da haben Sie sich ja was geleistet, mein lieber Mann«, sagt er. »Das wird noch 'n Nachspiel haben. Aber jetzt geh'n Sie erst mal zurück an die Arbeit.«

Einmal noch dreht Verona sich um. Und fragt sich, was das ist, was sie da sieht.

Denn wie man schon weiß, Engel zeigen sich nicht.

*

Als sie am Morgen den Schuppen verläßt, sind das Feld und der Waldrand und das, was in der ersten Nacht noch eine Wiese gewesen ist, dunkel von aufgeworfener Erde. Verona kniet sich hin. Sie legt die Hände flach auf den Boden. Sie gräbt ihre Finger in die Erde. Sie atmet die Morgenluft und legt sich dann auf den Bauch. Sie denkt an den Strand, die Ostsee vor wie vielen Jahren, sie denkt daran, wie Katja neben ihr lag, an das fahle Licht hinter den Wellen und wie der Sand ihnen in die Halsgruben rieselte. Es kümmert sie nicht, daß ihr Hemd feucht wird. Der Boden ist weich vom Regen der letzten Nacht. Die Erde klebt an den Fingern, am Bauch, und sie hat plötzlich Lust, dieses Leben zu haben, genau das, es weiter zu haben, den Morgen mit dem fleischroten Horizont und der Sehnsucht und seiner Kühle, den Morgen, an dem sie weiß, was sie will und wer sie ist.

Sie denkt an die Ostsee und an den Sand, der noch aufgeheizt war vom Tag. Nur unterhalb der Oberfläche war er schon kalt. Sie hatte das Licht auf Katjas Armen gesehen, als sie nebeneinander knieten. Sie hatte noch nie eine Frau geküßt.

Sie schöpften mit den Händen eine glatte Sandfläche frei und legten sich rücklings auf den harten Boden. Nach einer Weile wurde ihnen langweilig, und sie richteten sich wieder auf, und dann hatte Verona angefangen, Sand über Katjas Beine zu schütten, immer mehr Sand bis zu den Knien hoch, zu den Oberschenkeln, so daß Katja schließlich bis zur Hüfte eingebuddelt war. Katja hatte sich gesträubt und den Sand wieder weggefegt, aber dann hatte sie sich zurückgelehnt und Verona zugesehen.

Verona hatte sich auch nie gefragt, wie das war, eine Frau zu küssen. Es wäre ihr abwegig vorgekommen, da sie selbst Männer, die mit ihr schliefen, fast nie küßte. Sie war nicht romantisch. Jedenfalls nicht romantischer als alle. Sie hielt sich nie für anders als andere, schon diesen Gedanken fand sie arrogant.

Später hatte Katja den Sand über Verona rieseln lassen. Sie hatte den Sand an Veronas Beinen und der Hüfte festgeklopft. Nur den Oberkörper hatte jede selbst verbuddeln müssen, was nicht ganz geglückt war. Immerzu war irgendwo ein Sandberg abgerutscht und hatte wieder eine Hautstelle freigelegt, und am Ende ragten die Arme heraus.

»Mit dir bin ich ganz schön dicke Tinte«, hatte Katja gesagt. »Sonst so gar nicht mit irgendwem.« Sie hatten beobachtet, wie die Nacht tiefer wurde um die Sterne.

Sie lagen nebeneinander, und Verona konnte die Erhebungen und Vertiefungen von Katjas Körper unter dem Sand sehen. Sie spürte noch die wacklige Sanddecke auf Katjas Bauch. Sie sah Katja an.

Was nichts Ungewöhnliches war.

Sie betrachtete sie nur mit erhöhter Aufmerksamkeit. Eine Aufmerksamkeit, an der sich ihr ganzer Körper beteiligte. Sie spürte den Körper überall da, wo er gegen die kalte Sandhülle stieß, und überall da begann sie zu denken.

Sie dachte zum Beispiel an die aufgesprungene Haut von Katjas Lippen. Sie dachte daran, wie ihre Hand in Katjas Haaren aussah. Wie eine Hand überhaupt aussieht in Haaren, die man noch nie angefaßt hat. Sie hoffte, daß Katja die Augen schloß.

Dann stützte sie die Arme auf, als wollte sie sich aus der Sandhöhle herausziehen.

»Willst du schon abhauen«, sagte Katja.

Der Sand preßte die Beine und den Rücken und den Po fest an den Boden, er drückte innen gegen die Schenkel, und als Verona wieder zwischen ihrem Körper und dem Sand unterscheiden konnte, stellte sie fest, daß nicht der Sand an ihren Schenkeln so feucht war. Und dabei hatten sie immer gesagt: zu trocken. Die reinste Sahara. Das ist ja, als ob man ihn durch die Wüste schrubbt bei dir.

»Du willst doch jetzt nicht abhauen, oder«, hatte Katja gesagt, und Verona war liegengeblieben. Sie lagen da mit den Gesichtern zum Meer.

Hätte sie sich auf die Seite gerollt, hätte sie sich über Katja gebeugt und sie um die Schultern gefaßt, dann hätte es aussehen können wie etwas, was ganz selbstverständlich geschah. Was alle taten. Nur deshalb wahrscheinlich tat Verona diesmal nichts.

Aber als sie jetzt zurückkehrt, als sie nach drei Tagen im Schuppen wieder an ihrem Arbeitsplatz erscheint, trägt sie den Schlüssel nicht mehr um den Hals. Irgendwo in den Feldern zwischen Ahrensdorf und Ludwigsfelde hat sie ihn abgemacht. Den Bindfaden streift sie einem Strauch über. Ein Spaziergänger wird ihn später für das verlorengegangene Band eines Kinderspiels halten.

*

Vielleicht hat Katja den Satz auch schon früher gesagt. Vielleicht schon am Abend nach ihrer Freilassung. Es ist Ende Mai. Die Staatsanwaltschaft hat von einer Anklage abgesehen.

Katja verläßt das Flughafengelände und geht an den drei aufragenden Betonbögen der Hungerharke vorbei zur Bushaltestelle.

Sie steht auf dem Tempelhofer Damm. Keine dreißig Kilometer Luftlinie von zu Hause entfernt, keine zehn Kilometer bis zu Meerkopfs Wohnung.

Es ist dunkel.

Und wieder fliegen Tauben vor ihr auf.

oben

Lassen wir es dabei. Wir bleiben im Dunkeln. Die Gänge sind schwarz, die Etagen unsichtbar. Da ist niemand, der fragt.

Vielleicht wird alles deutlicher, wenn es dunkel ist. Wenn keine Gestalten mehr auf den Gängen sind. Wahrscheinlich tauchen sie oben oder unten wieder auf. Man weiß, daß sie alle immer auferstehen. Aber das Licht bleibt jetzt aus. Das

Cabaret ist tot, Monsieur, die Dressuren gehen weiter. Ich laß keinen mehr rein.

Es ist besser so. Nichts hält mehr auf. Wenn niemand hier ist. Niemand, der mehr was will.

Außer Ihnen. Nur wir zwei. Zündschnur und Sprengstoff, das wissen Sie schon.

Aber erst mal ziehen Sie jetzt den Pullover aus. Ich will Sie ansehen, ich will wissen, wer Sie sind. Und die Hosen. Legen Sie sie irgendwohin. Die Schuhe auch, und nehmen Sie das alberne Tuch ab. Ich will, daß Sie alles ausziehen. Das Hemd. Die Strümpfe. Den BH.

Sie müssen sich nicht schämen, niemand außer mir kann Sie sehen. Sie sind jung. Also werden Sie schön sein. Ich will sehen, wie schön Sie sind. Halten Sie sich nah am Geländer, das ist handschmeichlerglatt. Setzen Sie sich hin. Aber passen Sie wegen der Gitterroste auf.

Die Luft ist kalt, Schachtluft, ausgedünstete, veratmete Luft, die von oben oder unten heranzieht. Bis sie hier ist, hat sie sich abgekühlt, der Schacht ist hoch und tief genug. Es scheint nur so eng, weil es ringsum dunkel ist.

Aber noch ist was übrig. Und vorher dürfen Sie nicht gehen.

Sie müssen mir helfen. Wenn ich meine Hände an Ihren Mund lege, saugen Sie einfach die Finger ein.

Langsamer.

Daß ich das Gefühl habe, Ihnen etwas zu geben. Meine Hände sind das einzige, was ich Ihnen noch geben kann. Bis wir auch damit durch sind.

Nehmen Sie Ihre Zunge. Und atmen. Es passiert Ihnen nichts. Im Gegensatz zu mir kommen Sie hier wieder raus. Es dauert nicht mehr lange. Aber vorher werden Sie Ihre Zunge benutzen. Machen Sie den Mund auf. Weiter! Bis die Mundwinkel schmerzen. Bis Sie sie reißen spüren. So weit Sie können.

Bis Ihre Kehle knackt.

Gut so. Jetzt lecken.

Lecken Sie an meinen Fingern. Erlauben Sie mir das. Es ist das einzige, was ich Ihnen noch mitgeben kann.

Es schmeckt bitter, ich weiß. Der Gaumen, die Schleimhäute, das ist verletzlich. Und die Wange. Sie haben sich die Wange aufgebissen, Sie schlottern, Sie haben ja Angst. Das brauchen Sie nicht. Ganz ruhig. Atmen Sie. Es ist nur meine Hand.

Strecken Sie die Zunge, so weit Sie können, raus. Dann passiert Ihnen nichts. Ich will, daß Sie die Wurzel spüren. Diese weiche, unbekannte, samtige rauhe Stelle am Hang. Merken Sie was?

Merken Sie, wie das ist? Weit hinter den Lippen, unter dem Sand, auf der Höhe des Verrats, an der Grenze zu sonstwas. Die einzige Stelle, wenn Sie so wollen, die gepierct werden sollte.

Die Wurzel. Eine Zukunft in der Erinnerung.

Halten Sie still. Sonst tut es weh. Wenn die Sehnen reißen.

Und hören Sie auf, Ihren Speichel zu schlucken. Lassen Sie ihn runterfließen, Sie machen doch alles öffentlich. Er tropft Ihnen bloß auf die Brust. Sie müssen atmen! Wenn Sie weiter so würgen, ersticken Sie noch.

So ist es gut. Ganz ruhig. Lehnen Sie sich an. Lassen Sie Ihren Kopf zurückfallen.

Sehen Sie. Als hätten Sie eine Erkenntnis gemacht.

So mochten das alle und alle wollten, daß ich zu Schaper gehöre. Zu Meerkopf. Sie wollten mich gern plazieren. Ein Paar. Das ist doch ulkig. Daß da niemand lacht.

Wieviel besser das ist jetzt. Wo nur noch wir zwei übrig sind und sich niemand verplappert. Ich habe Ihnen alles erzählt. Nein, noch nicht ganz. Bleiben Sie noch einen Moment so nah. Bei mir. Halten Sie still. Ich will Sie sehen in diesem Licht, das schon keines mehr ist.

Sie sind nackt. Das ist gut. Dann wird etwas Existentielles daraus. Dann wird man es glauben.

Beruhigen Sie sich! Sie werden gut davon leben. Es funkt Ihnen auch niemand dazwischen. Ich laß keinen mehr rein. Niemand, der uns noch beisteht.

Nur die, die zurückgeblieben sind. Ab in den Schacht, und das ist keine Redensart. Oder glauben Sie, wir könnten uns jetzt noch mit Redensarten helfen? Jetzt, wo wir fast durch sind. Wo es so schön dunkel geworden ist. So ruhig. Wo alles geht. Alles geht irgendwohin. Und dann fallen welche ab und bleiben übrig.

Stehen da und warten, diese ewige Warterei, warten und wissen nicht, wohin. Übrig bleiben immer welche. Immer fallen wieder welche raus.

Weltraumschrott, wenn Sie so wollen.

Wrecked, wie das auf englisch heißt. Man kann heute vieles in vielen Sprachen sprechen. Man ist richtig international geworden.

Früher hast du Englisch gehaßt, wie Schaper sagte.

Auch daran müßte man sich erst mal erinnern.

unten

Und noch immer folgte die Sonne einem dem Richter völlig unbegreiflichen System. Er saß Tausende von Meilen von seiner Heimat entfernt an einem Tisch, über den Sonne flog, die nicht sicherer war als die Rechtsgrundlage, auf der er diesen Fall verhandeln würde.

Die Sekretärin, die Stenotypistin und die Soldaten auf den Gängen sprachen englisch.

Aber die Sonne leuchtete auf und verschwand, und weder Häufigkeit noch Rhythmus ergaben für den Richter einen Sinn.

Während des Anflugs hatte er Tempelhof aus der Luft gesehen. Es war einer jener heißen Augusttage, an denen nichts die Stille über den Rasenflächen störte. Er sah Tempelhof wie die polnischen Piloten zum ersten Mal.

In der Ferne der Tower.

Der Tower ist in ständiger Bereitschaft. Es herrscht dichter Luftverkehr über Berlin, die Funksprüche überlagern sich in den Hörern. Am Morgen des 30. August 1978 ist der Tower mit drei Sergeants der US-Force besetzt. Während sich Berlin auf einen heißen Sommertag vorbereitet, überwachen die Sergeants die Funksprüche, einschließlich der ostdeutschen Frequenzen. Sie hören die Gespräche der Piloten in den Cockpits der Ostblock-Flugzeuge mit, die in Schönefeld starten und landen. Sie hören, wie die Piloten der Tarom, der CSA, der Aeroflot vom Himmel herab und auf Parkposition gelotst werden. Um die Piloten verstehen zu können, hätten sie allerdings Russisch gebraucht.

Sie hören auch die Piloten des polnischen LOT-Flugs 165. Die Maschine soll in Kürze auf der Außenbahn in Schönefeld landen. Einzelheiten sind nicht auszumachen. Bis sich das Gewirr aus Deutsch und Polnisch im Cockpit in einem einzigen, pausenlos wiederholten Funkspruch stabilisiert. Der Notruf dringt nach Tempelhof durch. Als der Kapitän der Maschine eine Flugzeugentführung meldet, beugen sich die Männer der US-Force dichter über die Monitore. Sie hören den polnischen Kapitän den Tower in Schönefeld um Erlaubnis bitten, Kontakt mit Tempelhof aufnehmen zu dürfen. *Contact*, das kann jeder verstehen. Der diensthabende Sergeant löst Alarm aus. Die anderen greifen zu ihren Telefonen.

Die Piloten der Tupolew werden an jenem Morgen Scharfschützen überall auf dem Rasen gesehen haben. Krankenwagen, Feuerwehr und Fahrzeuge der amerikanischen Besatzungsmacht.

Im Gerichtssaal zog ein Wolkenband auf. Die Sonne trieb über die Tischmaserung, flog über den Rand des Tisches und verschwand.

Es war möglich, die gleiche Perspektive zu haben, dachte der Richter, und trotzdem noch lange nicht dasselbe zu sehen.

*

Man hatte dem Richter alles über den Flughafen und die Architektur gesagt. Man hatte ihm alles über die Gebäude gesagt, die ursprünglich für die Olympischen Spiele entworfen worden waren. Die mit dreihunderttausend Quadratmeter Bruttogeschoßfläche zu den größten der Welt gehörten. Nur die Petronas Towers in Kuala Lumpur und das NASA Space Center in Houston waren größer. Sie hatten die Form eines Adlers, der sich im vollen Flug vom Himmel stürzte.

Man hatte ihm gesagt, daß zivile Flüge in Tegel, im französischen Sektor, abgefertigt würden und das Militär selten noch Grund habe, in Tempelhof zu landen.

Man hatte ihm auch gesagt, daß der größte Teil der Gebäude inzwischen leerstehe und es genug Platz für einen Gerichtssaal in einem der Außentrakts gebe. Nachdem der Richter beobachtet hatte, wie es einen Fetzen Papier durch die Gänge trieb, wußte er, was leer in diesem Zusammenhang bedeutete.

Man hatte ihn über den Verlauf der Entführung und die schwierige Situation in Westberlin in Kenntnis gesetzt, man hatte ihm geraten, sich des Falles so schnell wie möglich zu entledigen, wofür deutsche Geschworene nicht förderlich wären. Kriegsverlierer. Besiegte. Das Herz direkt an der Mauer.

Was zu denken er durchaus selbst in der Lage war. Dachte der Richter und fegte die Sonne mit der Hand vom Tisch.

Daß es sich bei der Pistole um ein Spielzeug handelte, hatte man ihm vorher nicht gesagt.

Weswegen ihm die Sonne gewaltig auf die Nerven ging.

*

Bisher hatte es der Richter immer mit echten Waffen zu tun gehabt. Mit .45ern, einer Smith&Wesson .357 Magnum, mit Llamas und zuletzt mit einer kleinen .32er Automatik.

Man hatte dem Jungen die Finger brechen müssen, um ihm die Waffe zu entwinden. Sie hatte einen schlanken Griff aus Elfenbein. Vielleicht hatte sich der Junge noch kurz vorm Abdrücken in sie verliebt. Er hielt sie umschlungen, es war ein merkwürdiger Kontrast; schwarze Finger um einen mattweißen Griff, und nachts hatte der Richter nicht geschlafen.

Der Junge hatte einen Mord begangen. Er war verurteilt und geflohen. Er hatte eine Frau auf offenem Feld erstochen, und man hatte ihn in eine Zelle mit neun anderen Jungen gesperrt. Aber es war ihm gelungen zu fliehen. Als sie ihn jagten und seine Verstecke eines nach dem anderen aushoben und er nirgendwo mehr hin konnte, hatte er sich die Waffe besorgt. Sie gehörte einem dürren Mann mit Goldzähnen. Der Mann erschien vor Gericht. Er wollte den toten Jungen wegen Diebstahls verklagen. Er sagte, das Alter des Jungen interessiere ihn nicht. Er sei bestohlen worden, und da sei das Alter nicht von Belang. Der Junge habe ihn hereingelegt. Mit diesen Rehaugen. Diesem gehetzten Blick. Der Junge habe behauptet, sich die Waffe leihen zu wollen, und er habe ihm geglaubt. Das könne er sich nicht verzeihen. Das sei der eigentliche Schock an der Sache. Dieses Kindchenschema, dem er auf den Leim gegangen sei. Aber wer könne denn auch ahnen, daß sich so einer gleich erschieße, mit einer geliehenen Waffe, das müsse man sich mal vorstellen. Das sei doch Zechprellerei, erst aussaufen und dann erklären, man habe die Kohle nicht, da solle man ihm noch mal kommen von wegen minderjährig.

Der Richter hatte die Mutter beobachtet. Er kam zu dem Schluß, daß der Junge die Waffe niemals bezahlt hätte, auch wenn er es sich hätte leisten können. Es war seine Art der Versicherung. Daß man noch mal zurückkam.

Die Mutter hatte er schließlich von der Schuld ihres Sohnes freigesprochen und dem Händler die Waffe, die der nicht wiederhaben wollte, aus eigener Tasche bezahlt.

Eine .32er Automatik mit Elfenbeingriff. Die jetzt bei ihm zu Hause in einem Samtfutteral auf dem Nachttisch lag.

Der Junge hatte sich ohne Hysterie, ohne Pathos erschossen. Es gab keine Botschaft, es mußte nur den kurzen Moment der Befriedigung gegeben haben, dachte der Richter, ein unmerkliches Aufatmen in der Sekunde, in der man den Schuß hörte, ihn aber noch nicht spürte, den Schuß oder den Stoß, mit dem die Kugel in die Nackenwirbel einbrach.

Der Junge hatte den Pistolenlauf nicht in den Mund genommen. Er hatte sich keinen besonderen Ort gesucht. Er hatte sich hinter das Tor einer leerstehenden Garage gestellt, es war morgens um neun, er hatte sich zu einer nüchternen Uhrzeit erschossen. Wahrscheinlich konnte er in der Ferne Kinder mit Schulranzen hören.

Er hatte sich die Mündung an den Nacken gesetzt und abgedrückt. Er mußte sich vorher überlegt haben, daß sein Körper zusammensacken würde, er hatte das wenigstens in Betracht gezogen, so, wie er dalag, die Füße in Richtung eines Blumenkübels, die Beine angezogen. Er hatte sich mit dem Rücken zur Garage und nah ans Tor gestellt. Sein toter Körper ragte nur wenig auf die schräge Auffahrt hinaus. Er lag so dicht am Garagentor, daß es einen Tag und eine halbe Nacht gedauert hatte, bis jemand die Leiche des Jungen fand. Man konnte ihn leicht übersehen. Das Garagentor war schwarz gestrichen, der Junge hatte ein blaues Sweatshirt an, das er auch im Gefängnis getragen hatte, er trug schwarze Hosen und Turnschuhe aus schwarzem Leder. Selbst die Augen hatte der Junge noch rechtzeitig geschlossen. Nur den Mund hatte er dann nicht mehr unter Kontrolle gehabt, er lag da mit halbgeöffneten Lippen. Die Zähne schimmerten schwach in der Nacht.

Die ihn gefunden hatten, gaben nach längerem Befragen durch die Polizei zu, geglaubt zu haben, sie hätten Muscheln gesehen, kleine geöffnete Muschelschalen, Ozeanmuscheln, strahlendes Perlmutt, und sich verwundert danach gebückt, denn zwischen Tierfarmen und Getreidefeldern gebe es keine Muscheln, sie hätten hier im Mittleren Westen noch nie Muscheln gesehen oder Seetiere, das sei ihnen ganz unwahrscheinlich erschienen, und auf dem Platz um die Garage sei es sehr dunkel gewesen, so hätten sie ihren Irrtum zu spät festgestellt, erst als sie den Toten neugierig berührten, was sie aber auf keinen Fall jetzt hatten publik machen oder auch nur erzählen wollen. Sie hätten das mit den Muscheln zwar wirklich geglaubt, es gäbe so Momente, da komme einem das Unwahrscheinlichste ganz vernünftig vor, aber erzähle man davon, klinge das sofort schief, es klinge doch sofort nach Rassismus, und das wären sie nun wirklich nicht, Rassisten wären sie keine.

*

Auch die Staatsanwältin aus Westberlin kam sich ganz vernünftig vor. Schaper hatte eine Waffe besessen, und das war illegal. Mit den Waffengesetzen im Berliner Strafgesetzbuch konnte man diesen Anklagepunkt untermauern. Spielzeug hin oder her. Man würde eine Expertenkommission vorladen.

Eines wußte die Staatsanwältin allerdings nicht. Wenn vor einem amerikanischen Gericht ein Gesetz nicht eindeutig auszulegen war, ging man in die Gesetzgebungsgeschichte zurück. Man überprüfte Aussagen von Senatoren und vom Kongreß, man durchkämmte die politischen Kommentare der Zeit, man checkte die Umstände, unter denen das Gesetz verabschiedet worden war, um es dann angemessen zu interpretieren.

Der Richter hörte die Verteidigung schon mit gespitzten

Mündern fragen, was die Abgeordneten des Reichstages 1938 wohl unter dem Begriff der Schußwaffe verstanden haben mochten. Was genau die Nazis mit ihrem Schußwaffengesetz eigentlich noch hatten verhindern wollen, die für solche Fragen selber ja leider nicht mehr zur Verfügung stünden.

»Aber oh«, sagte Herbig und machte sein berühmtes Gesicht mit dem Taschentuch an der Stirn. »Wie man hört, schließt es vor allem Juden von jeder Besitzerlaubnis aus. – Herr Schaper, sind Sie Jude?«

Aber wer weiß, dachte der Richter. Es gibt Momente, da kommt einem das Unwahrscheinlichste ganz vernünftig vor.

oben

Momente oder Positionen.

Man muß nur in der Lage sein, die Positionen zu wechseln. Dann erscheint einem irgendwann alles vernünftig. Dann erscheint einem sogar alles ausgesprochen konsequent.

Ein Pilot, der sich von einer Schreckschußpistole überwältigen läßt. Ein Heimkind, das ein Schlüsselkind ist. Ein Schacht im Zentrum von Ludwigsfelde.

Ein Schacht, in dem zwei Leute seit Stunden im Dunkeln sind. Nur die Stablampe brennt, eine Stablampe zum Mitschreiben, ein kleiner Lichtkegel, der den Durchmesser eines Wortes hat. Groß genug, um die Rückwärtstaste noch zu finden. *Rewind*, aber nur, wenn man Englisch nicht haßt.

Zwei Leute, und eine ist nackt. Sie findet ihre Sachen im Dunkeln nicht. Oder sie kommt nur nicht ran. Sie hat sich den Kiefer verrenkt, sie ist schweißüberströmt und fröstelt.

Aber wie Katja schon sagte: Das bin nicht ich.

Zwei Leute, und beide haben Angst. Oder glauben Sie, ich hätte keine. Man kann heute alles lernen, man kann fragen, wie, bitte, geht man mit Sprengstoff um. Aber nachher fliegt nur die Hälfte in die Luft, und alles fängt wieder von vorn an.

Man kann sagen, der Pilot sei aufgeregt gewesen. Man

kann sagen, Verona wäre arm dran oder clever. Auch den Schacht könnte man mißverstehen. Man braucht sich bloß auf die Position des Psychologischen zurückzuziehen. Auf die Ausnahme. Den Einzelfall. Wenn Sie so wollen. Nichts einleuchtender als das.

Ob man auf diese Weise auch das System der Sonne begreifen würde, steht allerdings weiterhin zur Debatte.

Die Sonne brennt immer von

oben

Und manche vermuten Muscheln, wo es keine gibt.

Gespensterseher, Zotenreißer, Fratzenschneider. Wahrsager und Grenzgänger.

Andere wittern in jeder Ecke Verrat.

»Ich möchte sagen, hier stimmt was nicht.« So in etwa könnte die Formulierung lauten.

Wer nach Ludwigsfelde zurückkehrt, kann weder die Schrebergärten am Ortseingang noch den Bahnhof mit neutralen Augen betrachten. Auch mit den Rieselfeldern von Struveshof und dem Freibad, das vor kurzem trotz gesprungener Kacheln und verkalkter Duschköpfe privatisiert worden ist, stimmt was nicht.

Schaper kam sechsundneunzig nach Ludwigsfelde zurück. Er kam mit dem Zug. Er traf mit dem Airport-Expreß auf dem Bahnhof Ludwigsfelde ein. Er hatte zwei Koffer und einen Rucksack von Jack Wolfskin dabei. Er stellte die Koffer vorsichtig auf den neuen Bahnsteigplatten ab, sah in die Sonne, die vielleicht eine Märzsonne war, und streckte sich. Die Trageguerte des Rucksacks spannten, und er dachte daran, daß der Airport-Expreß früher Sputnik geheißen hatte.

unten

Schaper streckte sich, nahm die Koffer wieder auf und ging hinüber zu den Bussen. Er fuhr mit der Linie 601 die Hauptstraße entlang. Während der Fahrt sah er aus dem Fenster. Er hätte sich fragen können, welche Strecke die anderen sechshundert Busse fuhren, wo es bisher nur eine einzige Strecke durch Ludwigsfelde gegeben hat. Aber er dachte nicht über Zahlen nach.

Die ganze Zeit hatte er ein Gefühl, das exakt mit dem übereinstimmte, nachmittags von der Arbeit zu kommen, und das Bett war noch nicht gemacht.

Auf dem Radweg fuhren Skater.

Zwanzig Jahre vergehen, und eine Stadt verändert sich nicht, und dann ist von einem Tag auf den anderen nur der lange Schornstein noch da, der neben dem Heizwerk aufragt. Alles andere ist übermalt.

Das Heizwerk war stillgelegt. Nur der Schornstein überragte die Glasfassaden, die aus dem Boden schossen, wo früher der Friseurladen gewesen war. Er verjüngte sich in den Märzhimmel hinein. März oder April.

Schaper packte seine Koffer nicht aus. Nur die Waschtasche nahm er aus dem Rucksack. Er stellte sie im Bad auf die Heizung. Er zog den Reißverschluß auf, nahm den Rasierer heraus, legte ein neues Blatt ein und rasierte sich. Das war das erste, was er tat, als er in die neue Wohnung kam. Er fuhr sich mit dem Handrücken über die Wange.

Um nicht zu sagen, er streichelte sich.

Die Wohnung hatte zwei Zimmer, ein Bad ohne Fenster und lag in der Anton-Saefkow-Straße, die jetzt Ringstraße hieß. Die Fassaden der Häuser waren orange und blau überstrichen. Sie hatten noch dieselben Balkone mit der grauen Plasteummantelung. Schaper ging an diesem Tag nicht auf den Balkon. Er ließ sich überhaupt nicht draußen blicken. Er wartete, bis es dunkel war.

Er nahm nichts mit. Er zog seine Lederjacke an. Er verstaute den Schlüssel in der Jackentasche und verließ die Wohnung. Vielleicht hätte er jetzt gern jemanden dabeigehabt. Aber vielleicht machte er das besser allein.

Er lief die ganze Strecke zu Fuß. Als er am Wäldchen vorbeikam, bemerkte er den Sand, den es wie immer gegen die Stämme der Kiefern geweht hatte und der an der harzigen Rinde kleben geblieben war. Über dem Werksgelände hing ein dünner Mond. Am Nachthimmel eine Sternenkonstellation, wie sie für April üblich war, mit der Wasserschlange südlich über ihm. April oder noch März.

Am Pförtnerhäuschen wandte er automatisch den Kopf. Das Pförtnerhäuschen war leer, der Schlagbaum geöffnet. Er ragte bleich in den Schein der Laternen.

Schaper hätte sich jetzt alles mögliche sagen können. Er stand allein neben dem Pförtnerhaus, die Fahrradständer unter dem Wellblechdach lagen verwaist in der Dunkelheit. Sie waren grau vor Rost. Hier stand kein Fahrrad, auch Arbeiter waren nirgends zu sehen. Nachtschichten gab es schon lange nicht mehr.

Schaper war siebenundfünfzig. Er brauchte nicht mehr alles, was er besaß. Von den meisten Dingen konnte er sich problemlos trennen. Er hatte den Stummen Diener verschenkt, den er nach der Freilassung bei einem Trödler übertwert ergattert hatte, er hatte seinen Fernseher dem Roten Kreuz gegeben und die Motorradzeitschriften ins Altpapier. Nur das Nötigste hatte er mit zurückgebracht.

Die Zeit, die er weggewesen war, war nicht schlechter gewesen als andere Zeiten. Auch wenn es ihm nicht immer gutgegangen war, hatte er es doch besser gehabt als die meisten hier. Er hatte früher als sie Filme im Zoopalast gesehen, er hatte überhaupt vieles früher gesehen, und wenn er gewollt hätte, hätte er jederzeit nach Paris fahren können.

Er war nicht nach Paris gefahren, nicht weil es ihn nicht

interessierte oder er kein Geld gehabt hätte, er hatte es nur einfach nie getan. Er verdiente Geld, und er gab es aus, er ließ sich nicht gern den Spaß verderben. Am S-Bahnhof Tiergarten sprach er Frauen in langen Lacklederstiefeln an, er zahlte genug, um sie mit nach Hause zu nehmen. Er kaufte zum ersten Mal im Leben Sex und war dann erstaunt, wie angenehm ihm Frauen auf dieser klaren geschäftlichen Basis wurden. Sonnabends ging er ins Elfmeter einen trinken, oder er fuhr zur Spinnerbrücke und sah sich Motorräder an. Aus Neugier besuchte er eine Varieté-Vorstellung im Wintergarten, begleitet von zwei Damen, für die er ein Monatsgehalt springen ließ. Er besaß einen Chopper mit verchromtem Lenker und vorverlegten Fußrasten, der einer Harley ähnlich sah. Katja war nie mitgefahren. Sie hatten sich ja nicht mehr sehr oft gesehen.

Auch der Chopper stand jetzt bei einem Händler zum Verkauf.

Aber das einzige, was ihm jemals Vergnügen gemacht hatte, was er wirklich hatte tun wollen, wie er hinterher feststellte, und worauf er neununddreißig Jahre gewartet zu haben schien und danach wieder warten würde, hatte er schon getan. Nichts kam diesem Moment gleich. Kein Ereignis, keine Frau hatten ihn je so über sich erhoben.

Neuntausendnochwas. Die Herrschaft über ein ganzes Flugzeug. Der Himmel in jede Richtung offen und vor sich die kniende Stewardeß.

Er mußte allerdings zugeben, daß er nicht wußte, ob er von allein darauf gekommen wäre. Er konnte nie sicher sein, ob er dazu grundsätzlich überhaupt in der Lage war. Er schämte sich, das zu denken, das eine und das andere auch, aber es war nun einmal so.

Und wenn man noch die sozialistische Erziehung und die geringen Erwartungen in Betracht zog, die er von vornherein an die Welt jenseits der Mauer gehabt hatte, dann kam er schon ziemlich gut zurecht.

Er hatte auch die Frauen in den Lacklederstiefeln gemocht, er mochte sie wirklich, soweit man das von jemandem in einem geschäftlichen Verhältnis sagen kann. Sie gaben ihm mehr für sein Geld, als ihm Frauen aus Gefühlsgründen hatten geben können, niemand mußte sich rechtfertigen, und aus irgendeinem Grund strengte er sich auch mehr an. In dieser Hinsicht gefiel ihm sein neues Leben besonders.

Aber der Spaß war bereits verdorben, bevor er in Tempelhof gelandet war.

Und mit der Zeit hatte er begonnen zu denken, daß, wenn er eine Chance gehabt hätte, das zu verhindern, die Chance zu klein oder er zu mutlos gewesen war.

ganz unten

Statt dessen steht er vor einem roten Backsteinhaus.

Er ist zwölf. Er wartet auf die Tochter der Nachbarin. Jeden Nachmittag holt er sie ab. Sie ist ein Mädchen in Latzhosen, sie ist stärker als er. Gemeinsam laufen sie die zerschossene Dorfstraße entlang bis zum Krater auf der anderen Seite der Welt, wo junge Erlenbäume stehen. Sie erklimmen die Sandwälle hinter dem Dorf, um Biegebäumchen zu spielen, ein Spiel, das sie erfunden hat. Man klettert barfuß die Stämme gefährlich weit hinauf, man steigt so hoch, bis die Stämme sich biegen und einen durch die Luft schnipsen.

Die Bäume sind jung. Wenn Lutz Schwung holt, geben sie seinem Gewicht sofort nach. Die Wipfel schwingen vor und zurück. Ist der Schwung groß genug, lehnt er sich weit vornüber. Er riskiert einen entsetzlichen Schrei, er fliegt, und der Stamm beugt sich, nähert sich der Erde, bis er mit dem Kopf tiefer als mit den Füßen hängt. Seine Hand berührt den Boden. Wo er für Sekunden reglos verharrt.

Als sie ihn einholt, stürzen sie gleichzeitig ab in den Sand, bevor die Erle mit Wucht zurückschnippt.

Sie ist sein Freund.

Sie hat ihm gezeigt, wie es ist, ein Blitz zu sein, der vom Himmel fährt.

Blitze zucken und sind vorbei.

So kam es, daß sie, als er zwölf war, starb. Vorher wollte sie noch einmal Biegebäumchen spielen und den Sand vom Himmel aus berühren, aber es war nichts zu machen, die Krankheit zehrte ihren Körper aus. Sie war zu schwach, obwohl er sie stützte. Und später, mit Katja, war er plötzlich wieder zwölf gewesen.

Es hatte lange gedauert, bis Schaper sich das eingestand.

Und so ging er auf dem Werksgelände herum, es war Nacht, eine Märznacht, März oder April, das Sternzeichen des Widders war am Himmel erst schwach zu sehen.

Die Telefonzelle, keine fünfzig Meter vom Pförtnerhäuschen entfernt, existierte noch.

oben

Das Telefon ist außer Betrieb. Daneben haben sie einen pinkfarbenen Kasten gesetzt, man braucht jetzt eine Karte, um zu telefonieren. Aber die Zelle mit dem gelben, abgeplatzten Lack stinkt wie früher nach alter Pisse. In den Ecken flattert Schimmel.

»Ich möchte sagen, hier stimmt was nicht.« Verrat ist immerhin das, was hier jeder am besten kennt. Aus dem Effeff, wie Schaper sagen würde. Nur so läßt sich erklären, daß eine ganze Stadt über einen Bescheid weiß, ohne über die Wahrheit informiert zu sein. Wie gesagt, Schaper wird geschnitten.

Dabei ist längst nicht geklärt, was sich damals, in jenem August 1978, in dieser Telefonzelle abgespielt hatte. Inwieweit ein Ereignis mit einem anderen kollidiert. Vielleicht hat Schaper nur unruhig gewirkt. Vielleicht rief er ganz woanders an.

Weiß man aber alles nicht.

Und einer Telefonzelle kann man so was nicht ansehen.

Schließlich sah man auch Herbig nichts an. Ob er beispielsweise in Tempelhof auf Katja angesetzt gewesen war oder nicht, als West-IM von Veronas Vater insgeheim instruiert, das sah man nicht mal ihm selber an. Und da kam er am Ende fast täglich.

Vielleicht wüßte der Pförtner was. Aber den können Sie nicht fragen. Er ist in Frührente gegangen und lebt mit seiner Tochter in Stuttgart.

Fragt man aber Menschen auf der Straße, wie es ihnen geht, sagen sie: »Ich möchte sagen, gut.« Das hatte schon der Brigadeleiter zwanzig Jahre zuvor gesagt. Als er gefragt wurde, was er zukünftig gegen Kollaborateure und Staatsfeinde in seinem eigenen Kollektiv zu unternehmen gedenke, hatte er gesagt: »Ich möchte sagen, daß uns das Schlußwort unseres Generalsekretärs, des Genossen Erich Honecker, diesbezüglich angeregt hat zu weiteren Überlegungen.«

Viel verändert hat sich nicht.

Man hat einen Eispalast, und jemand legt das Wort *Ewigkeit* und wird und wird nicht fertig.

Einen Eispalast oder einen aus Sand.

ganz unten

»Ich will kein Kind, das sich vor mir versteckt«, sagte Bernd Siems, als er die feiernden Menschen zuerst im Fernsehen und dann auf der Straße gesehen hatte. Sie stürmten in Gruppen aus dem Werk und versammelten sich vor den Baracken vom Rat der Stadt.

Siems radelte in die Wohnung zurück. Er zog die Wäscheklammern ab, mit denen er die Hosenbeine doppelt gefaltet festgesteckt hatte, damit sie nicht in die Kette gerieten.

Er legte die Füße über die Armlehne des Sofas und sah einen ganzen Tag nur die Wand.

»Ich will kein Kind, das sich vor mir versteckt«, sagte er

am Abend zu seiner Frau. Als sie ihn überrascht ansah, zog er seinen Pullover vor die Brust, der ausleierte und schon viel zu groß geworden war. Beim Betrachten der Wand hatte er die Monate berechnet und die Jahre zusammengezählt und war zu keinem Schluß gekommen. »Sie wird denken, sie ist daran schuld. Ich meine, guck uns mal an.«

Aber seine Frau lächelte und legte den Kopf zurück. Dann schloß sie ihn in die Arme.

Das war 1989.

Als die Menschen in ihren Anoraks auf die Straße zogen. Als sie mit Papierhüten, Transparenten aus Bettlaken und bemalten Pappkartons, mit Chinakrachern, Kerzen und Sektflaschen erst Unter den Linden entlangzogen und später durch jede größere Stadt, bis im ganzen Land, das gar kein richtiges Land mehr war, fast überall gefeiert wurde.

Als alle Kohlezentren, die Chemie- und die metallverarbeitende Industrie, die Bibliotheken und Kindergärten schlossen und jede Menge zerrissener Parteibücher im Dreck landeten.

In den dunkelsten Tagen des November '89 schien das Ende einer Welt angebrochen zu sein, die noch gar nicht begonnen worden war. Und Siems sah die Wand über seiner Wohnzimmercouch.

Die Zeitungen meldeten jeden Tag: *Das sind Freudentage für die Menschen aus Ost und West, die unter dem Slogan »Wir sind ein Volk« seit Tagen die Mauer besetzt halten. Sie feiern auf dem vormals so verhaßten Antiimperialistischen Schutzwall die Zusammenführung dessen, was zusammengehört, die Rückkehr in ein vereinigtes Deutschland.*

Wochen später nahm Siems einen Westsekt aus dem Regal, den er von seinem Begrüßungsgeld gekauft hatte, und brach zur Wohnung seiner Tochter auf. Er fuhr nach Moabit. Er wog die Flasche in seiner Hand und war überrascht, daß er für den Weg in eine so entfernte und komplizierte Welt nicht sehr lange brauchte.

Katja war mit einsneunundsechzig und hellbraunen Augen als westdeutsche Staatsbürgerin in einem grünen Paß registriert. Aber sie hatte eine Besonderheit.

Familie haben Sie nicht mitgebracht? fragte die Frau auf dem Meldeamt.

*

Sie hat nur ihren Namen, der an ihrem Klingelschild zu lesen ist. Sie hat auch Gummibäume in den Ecken ihres Zimmers stehen, einen CD-Player und CDs und ein paar Formeln, die sie nach der Wende entdeckt. – Ich möchte sagen, gut. Aus dem Effeff. – Was man immer mal gebrauchen kann.

Ein paar davon hat sie auf weiße Bögen geschrieben. Sie hängen über ihrem Bett.

Bernd Siems muß dicht herangehen, um sie zu erkennen. Manche liest er mit lauter Stimme, dann dreht er sich um und nickt. Er findet, daß seine Tochter gewachsen ist. Sie hat eine Wohnung mit viel Licht und weichen, gepflegten Möbeln.

Als Katja ihm die Tür öffnet, stellt er die Sektflasche zuerst umständlich neben sich auf dem Treppenhausboden ab. Umständlich richtet er sich auf. Er traut sich nicht, sie anzusehen, und nimmt schnell und mit beiden Händen ihre Hand. »Siehst du«, sagt er. Er räuspert sich. »Da bin ich.« Wobei er schon vorher weiß, daß das ziemlich seltsam klingt.

Aber von jetzt an können alle sehen, daß Katja Siems Familie hat. Ihr Vater jedenfalls ist häufig im Hausflur oder auf ihrem Balkon anzutreffen.

»Na, Herr Siems, wieder mal da«, sagen die Nachbarn auf der Treppe und fragen, wie es geht, gesundheitlich, auch wenn sie etwas anderes interessiert. Siems dankt und grüßt und lotst sein Netz mit Mitbringseln an ihnen vorbei.

In der Wohnung seiner Tochter beginnt er zu vergessen, was in den letzten Jahren geschehen ist. Er beginnt zu vergessen, daß es seine Schule noch gibt. Daß dort auch jetzt niemand auf ihn wartet, nachdem die Umbenennung in »Wiesen-« oder »Wiesel-Schule« vom neuen Direktor und einem ausgewählten Schülergremium einstimmig beschlossen ist.

Bernd Siems zieht seine Tochter an sich und streichelt ihren Kopf, bis sie das Gesicht verzieht und lacht. Wenn sie in die Küche geht, um die Pizza oder einen Auflauf in den Ofen zu schieben, geht er ihr nach. Er kann nicht in einem Zimmer bleiben, in dem sie nicht ist.

»Du bist genau wie früher«, sagt sie leise und mit dem Rücken zu ihm, der an ihrem Küchentisch sitzt. »Aber ich wette, in ein paar Jahren wirst du das anders sehen.«

Aber im Moment sieht Bernd Siems nur das Universum.

»Wir werden jetzt glücklich sein.«

Katja hockt sich vor ihn hin und kreuzt die Arme auf seinen Knien. »Und wo, glaubst du, kannst du uns das beibringen?«

Er zieht mit seinem Finger einen zittrigen Kreis in die Luft, dessen Tangenten die Wände des Zimmers sind. »Oder auch woanders«, sagt er.

unten

»Angeklagter.

Haben Sie noch etwas zu Ihrer Verteidigung zu sagen?«

Der Angeklagte aber hatte schlecht geschlafen.

Das Licht war um zwanzig Uhr abgeschaltet worden. Schaper saß allein mit seinen Gedanken in die Decke gehüllt auf der Pritsche. Um ihn stand die Dunkelheit der Zelle schwebend in gleißendem Schwarz. Er wartete auf den morgigen Tag. Es ist nicht leicht, einen Tag im Dunkeln zu erwarten. Man weiß nicht, was man denken soll. Alles, was man denkt, verschwindet im Dunkel, so daß man nichts davon erkennen kann.

Wenn alles lange genug verschwunden gewesen ist, tritt vielleicht Meerkopf hervor.

Er schält sich vom Hintergrund ab, er entsteht aus der

Dunkelheit, die alles in gleicher Entfernung, nämlich direkt vor Augen liegend, erscheinen läßt. Er ist also sofort sehr nah, blendend und in Farbe.

Vielleicht kommt alles plötzlich in Farbe vor.

Vielleicht sieht man rot.

Schaper sieht rot und denkt, daß es Meerkopf noch gibt. Er sieht ihn im Zug, im Paris-Leningrad-Expreß, schaukelnd steht Meerkopf auf der Plattform zwischen den Waggons.

Er reißt an den Griffen der Verbindungstür. Er betritt sicheren Boden im nächsten Waggon. Er sucht ein Fenster. Seine Finger kleben, und er wischt sie an der Hose ab, bevor er die Schnürsenkel aufzieht. Er fährt zuerst aus dem rechten Schuh und nimmt ihn vorsichtig in die Hand. Er zieht den linken aus.

Der Zugboden ist kalt. Noch einmal dreht Meerkopf sich um. Auf dem Gang ist außer ihm niemand. Weder der Schaffner noch das begleitende Sicherheitspersonal sind in einem der Abteile zu sehen.

Meerkopf schiebt das Fenster bis zum Anschlag herunter. Der Wind stößt ihn zurück, und er steht eine Weile benommen da, die Schuhe hat er fest im Griff. Dann tastet er sich in einem geschützten Winkel noch einmal an das geöffnete Zugfenster vor und wirft sie aus dem Fenster. Er wirft kurz und entschlossen, und der Wind reißt sie ihm sofort aus der Hand.

Die Schuhe stehen in der Luft. Vor dem Hintergrund einer vorbeifliegenden Landschaft. Sie werden bestrahlt von einer flachen Sonne, die hinter den Bäumen hochkommt. Guck mal einer an, hätte Katja jetzt vielleicht gesagt, wie die fliegen! Das Leder scheint im Morgenlicht auf wie Gold. Es sind Schuhe, die Meerkopf sich nicht leisten kann.

Schuhe, in deren doppelten Sohlen Katja Ines heißt. Siebenmeilenstiefel.

Einer der Gründe, warum Schaper schlecht schlief.

*

»Herr Schaper«, sagte der Richter. »Zum letzten Mal: Sie machen also von der Gelegenheit zu einer Aussage keinen Gebrauch?«

Schaper verneinte, und Herbig stand auf.

»Meine Damen und Herren, verehrte Geschworene.« Herbig schloß sein Jackett. Es war warm im Gerichtssaal. Es war der neunte oder zehnte Mai, es war das Jahr 1979. Demonstranten waren an diesem Tag nicht zu hören.

»Ich befinde mich im Besitz eines Beweisstücks, das nicht nur meine Mandantin von jedem Verdachtsmoment befreien und eine Anklage von vornherein vereiteln würde, sondern auch den Angeklagten Lutz Schaper erheblich entlasten könnte. *The law of justification and excuse* könnte uns in Schapers Fall weiterhelfen, wenn mich meine amerikanischen Kollegen nicht falsch unterrichtet haben. Dem Willen meiner Mandantin zufolge sind mir aber leider die Hände gebunden. Ich darf Ihnen dieses erstaunliche Beweisstück nicht vorlegen. Es kann also sein, daß Sie heute beschließen werden, jemanden ungerechtfertigterweise anzuklagen und später zu verurteilen, und ich als einziger werde das wissen. Das wäre nicht Ihr Problem, meine Herrschaften, wenn wir nicht«, sagte Herbig und machte eine Pause, denn es gab Gemurmel im Saal, »wenn wir nicht in der glücklichen Lage wären, daß es immer mindestens, wenn auch nicht unbedingt mehr als zwei Möglichkeiten gibt. Das heißt: Auch wenn ich Ihnen das Beweisstück vorlegen könnte, würde es uns überhaupt etwas beweisen im Fall einer Entführung, die, wie ich Ihnen jetzt zeigen werde, gar keine gewesen ist?«

Das Gemurmel im Saal wurde lauter, einer der Russen nahm seinen Sonnenbrillenbügel in den Mund. Herbig sah kurz auf die Uhr. Dann stützte er sich am Geländer der Verteidigung ab und sagte:

»Wollen Sie jemanden anklagen für etwas, was er nur getan hat, indem er so tat, als ob? Das, finde ich, ist allerdings Ihr Problem.«

Herbig sortierte sein Jackett, während er so tat, als ob er die Proteste nicht hörte, die auf russisch, manchmal auf englisch waren. Die englischen Zwischenrufe waren allerdings kraftloser und ohne jede Phantasie. Bis der Richter um Ruhe bat.

»Lutz Schaper und Katja Siems haben ein Flugzeug entführt. Sie haben der Stewardeß gedroht, sie haben Besatzung und Passagiere glauben gemacht, Gewalt auszuüben, das läßt sich nicht abstreiten. Es gab Menschen, die sich bedroht fühlten, anfangs wenigstens, das dürfen wir nicht vergessen, es gibt Konsequenzen, von denen immerhin drei Staaten in Mitleidenschaft gezogen wurden. Auch die Pistole kann man anfassen, sie liegt vor Ihnen, Court's Exhibit number three. Aber haben sie es vorsätzlich getan? Nein«, sagte Herbig. »Sie waren auf der Flucht. Das ist ihren Aussagen zu entnehmen, auch wenn ich Ihnen das nicht letztgültig beweisen kann. Die Waffe, die sie benutzten, war eine Kinderpistole, ein Spielzeug! Der Pilot ist über Funk zwar vor Aufregung übergeschnappt, sicher, er wird auch aufgeregt gewesen sein, schließlich hat man nicht jeden Tag eine Party an Bord und die Gelegenheit, auf westdeutschem Boden zu landen. Aber aufgeregt vor Angst war da sicherlich niemand. Sie haben es gehört, meine Herrschaften, auch die Stewardeß scheint viel weniger gezittert zu haben, als Ihnen das meine ehrgeizige Kollegin, die Frau Staatsanwältin, hier einzureden versucht. Die Stewardeß rauchte, jedenfalls hat die Anklage das nicht widerlegt. Der ganzen Crew hat die Entführung Spaß gemacht. Der Pilot schwärmt sicher heute noch davon, er wird das zu Hause seinen Jungs erzählen, entschuldigen Sie, das ist privat, aber wir haben es alle deutlich gehört, meine Damen und Herren, Familienfotos im Cockpit, gemeinsame Zigaretten, das nenne ich eine Party! Die Crew hat sich ja gar nicht überzeugen *wollen*, daß die Pistole nicht echt war! Sie haben sich vielmehr zu Komplizen des Entführers gemacht, zu Mitspielern in diesem merkwürdigen Stück neuntausend Meter über dem antikapitalistischen Schutzwall.«

»Machen Sie es doch bitte nicht noch komplizierter«, sagte der Richter.

»Aber meine Herrschaften, die Sache *ist* kompliziert. Und ich finde, wir sollten darüber froh sein, ich kann mich an eine Zeit erinnern, in der alles ganz unwahrscheinlich einfach war, da herrschte eine Wahnsinnseinfachheit, eine geradezu zackige, unglaublich unbeherrschte –«

»Herr Herbig«, sagte der Richter. »Bitte!«

»– Einfachheit, meine Damen und Herren, Einfalt könnte man auch sagen, wenn man in der Stimmung dazu ist. Aber das sind wir nicht, oder? Wir wissen doch, daß das Einfache nicht unbedingt das Beste für die Beteiligten ist. Worauf ich also hinauswill«, sagte er und blieb ruhig, obwohl wieder jemand dazwischenpfiff. Er sah die Geschworenen der Reihe nach an. »Für eine Entführung, die es nicht gegeben hat, kann auch niemand verurteilt werden. Aber wieso, werden Sie sagen, eine Party, die die Konsequenzen einer Entführung hat, ist am Ende eben doch eine Entführung. Nun ja. Ich jedenfalls habe mich diesbezüglich mit mir geeinigt. Ich nenne das schlicht eine fatale Situation.«

»Worauf will die Verteidigung hinaus?« sagte der Richter.

»Ich sehe hier aus verschiedenen Gründen keinen Vorsatz im Handeln der Angeklagten. Da die Crew mitspielte, haben wir es mit einer vorgetäuschten Entführung zu tun. Frau Siems und Herr Schaper sind des weiteren zwei anständige Bürger. Bürger der DDR wohlgemerkt, die ein eigenständiger Staat ist, auch wenn unsere Regierung uns das Gegenteil vorgaukelt. Sie sind, wie sie glauben, vor einem Unrechtsstaat geflohen, diesen Glauben müssen wir ihnen hier lassen, und die Flucht wird auch Matthäi am letzten gewesen sein, höchste Zeit –«

»Einspruch, Euer Ehren! Ich sehe nicht, warum die politische Überzeugung der Entführer hier eine Rolle spielt.«

»Stattgegeben. Bitte fahren Sie fort«, sagte der Richter.

»Sehr gut. Es geht hier auch gar nicht um die Überzeugungen der Entführer. Meine Herrschaften, es geht um unser demokratisches System.« Herbig trank einen Schluck Wasser. »Jetzt kommen wir nämlich zur eigentlichen Bedrohung, die nicht die Stewardeß oder die Piloten oder den Luftraum betrifft. Durch die eben erwähnten Unklarheiten wird die gesamte Bundesrepublik auf extreme Weise in Frage gestellt.

Sind Menschen, frage ich«, fragte Herbig mit erhobener Stimme, »deren Handeln die gleichen Konsequenzen hat wie eine echte Entführung und trotzdem keine Entführung ist, sind sie Entführer oder nicht? Das Rechtssystem kommt an diesem Punkt ins Schwimmen. Es kann auf vorgetäuschte Ereignisse nur so reagieren, als wären sie echt. Gut. Und doch zugleich lächerlich. Denn wird nicht lächerlich, wer versuchen wollte, einen Clown mit einer Wasserpistole als Terroristen zu verurteilen? Natürlich könnte dieser Clown mit Wasserpistole auch ein Terrorist sein, wir haben nichts, um das zu unterscheiden, wir haben nur die Effekte. Denn sehen Sie, wenn ich jetzt –«, sagte Herbig und ging zum Tisch der Staatsanwaltschaft. Er beugte sich vertraulich zur Staatsanwältin hinunter. »Buh!« machte er in ihr Gesicht. »– mache, würden Sie dann sagen, Ihr Erschrecken wäre nicht echt?« Er sah den Richter an. »Nein. Aber Sie werden deswegen nicht gleich behaupten wollen, daß meine Clownerie eine echte Bedrohung für Sie war. Sehe ich das richtig, Frau Staatsanwältin?

Ist nun ein Rechtssystem, das zwischen echt und falsch nicht unterscheiden kann, überhaupt haltbar? Entpuppt es sich dann nicht vielmehr selber nur als vorgetäuscht? Nicht unwirklich, nein, denn solange wir daran glauben, hat es durchaus seine Wirklichkeit. Aber vorgetäuscht. Es hat keinen Halt mehr in einer Wirklichkeit, in der es Unterscheidungen gibt zwischen echten und täuschend echten Handlungen. Sehen Sie, wie es bröckelt? Schon fällt es in sich zusammen, pardauz, kein Boden unter den Füßen, oder sagen wir, ein Boden aus dünnem Glas, durch den man wieder einen Boden aus Glas sieht und darunter wieder Glas und so weiter und so fort, wenn Sie verstehen, worum es mir hier geht.

Zwei Gefahren, meine Herrschaften, bedrohen unaufhörlich die Welt: die Ordnung und die Unordnung. Wie Paul Valéry es so klug und leider lange vor mir formulierte. Und diese beiden hier, Katja Siems und Lutz Schaper, sind dabei genauso Opfer wie Sie und ich, aber wir können froh sein, daß es solche mutigen Menschen gibt, da sie trotz der Gefahr doch auch zur Stärkung der Demokratie beitragen, indem sie uns die Risse immer wieder vor Augen führen.

Beweisen wir also die Größe dieser Demokratie, seien wir nicht knickrig und weisen wir alles zurück, das die Stärke unseres Systems unterlaufen könnte, des bequemsten, das es bisher gegeben hat, wie ich Ihnen gern immer wieder aufs neue versichere. Lassen Sie uns unideologisch urteilen. Nur dann machen wir uns vielleicht etwas weniger lächerlich.

Ich plädiere für unschuldig. Ich danke Ihnen.«

*

Katja liegt auf dem Bett und hält sich an die Fakten. Fakten wie Meerkopf, der plötzlich vor ihr steht.

»Schwer ranzukommen an dich«, sagt er und grinst und knöpft seine Jacke auf.

Katja schreckt hoch. Aber von ihrem Vater hat sie gelernt, daß es manchmal so ist, daß plötzlich Dinge mitten im Zimmer stehen, die man zuvor übersehen hat.

Brotkrumen, die plötzlich wieder da sind.

»Du hast mich gesucht?« sagt sie.

»Klar. Andauernd.«

»Und woher soll ich das wissen?«

»Intuition vielleicht«, sagt er und grinst wieder. »'n bißchen weibliches Mitgefühl?«

»Alle sagen, sie hätten dich geschnappt.«

»Schhhhht. Du träumst«, sagt er, »glaubst du, ich bin so blöd, mich schnappen zu lassen?!« Er legt das Hemd ab, wobei er die Ärmel glattstreicht, und hängt es über die Stuhllehne.

»Kleine Lady.«

Sein Körper ist blaß. So hat sie ihn das letztemal auf einem zerbrochenen Plasteabtreter vor der Schwimmbadgarderobe von Ludwigsfelde gesehen. Sie sucht nach Veränderungen in seinem Gesicht, an den Händen. Sie kann nichts feststellen, nur die Kälte in der Haut und das langsam sich hinziehende Lachen. »War schon gruselig bei den Brüdern. Aber einer wie ich ist für die Gold wert. So«, sagt er und löst die Arme, »jetzt gratulier mir dazu und rück mal 'n Stück.«

Er schlägt die Bettdecke auf. »Und das nächste Mal nehme ich dich mit«, sagt er. »Versprochen.«

Sie spürt seine kräftigen Zehen, die er vor Kälte einrollt und in ihre Kniekehlen drückt.

Katja zuckt zusammen. Vor ihr taucht wieder der Zustand auf, in dem Meerkopf nur ein Foto ist.

Die Realität.

Ein inzwischen vertraut gewordenes Gefühl.

Sie liegt allein auf einer Matratze in einer Einzimmerwohung in Moabit. In der Ferne hört sie Lärm, der klingt wie Straßenverkehr.

*

Während Schaper auf sein Urteil wartet und die Hände gegeneinanderklappt. Als würde er klatschen. Er tut das, um ein Geräusch zu hören. In dieser Nacht schläft er kaum eine Stunde.

Das erste, was er am nächsten Morgen wahrnimmt, ist das blendende Weiß der Geschworenen.

Er betritt den Gerichtssaal und blinzelt. Die Geschworenen sitzen in zwei hintereinander ansteigenden Stuhlreihen auf der gegenüberliegenden Seite des Saals. Sie sitzen hinter einer Holzbarriere, auf der Handtaschen und Brillenetuis ausgebreitet sind. Sie tragen alle Weiß. Sie sehen ein bißchen aus wie ein Chor. Ein Kirchenchor, denkt Schaper, auf einer Weihnachtslangspielplatte. Bisher hat er Geschworene immer nur im Fernsehen gesehen.

Im Fernsehen trugen sie orangefarbene Shirts, gestreifte Blazer oder mit roten und grünen Palmwedeln bedruckte Hemden. Er hatte einen kleinen Sanyo besessen, er hatte ihn per Annonce einer alten Frau abgekauft, ein Buntfernseher, was ein Glücksfall gewesen war.

Die Geschworenen gegenüber sind Deutsche, Menschen aus Berlin, sie reden dieselbe Sprache wie er.

Sie tragen weiße Blusen mit Ton-in-Ton-Mustern und weiße Perlenketten darauf, sie tragen graue Schlipse zu schlichten, gebügelten Hemden in Weiß. Vielleicht wollen sie ein Zeichen setzen und haben dabei an Friedenstauben gedacht.

Vielleicht haben sie auch die amerikanische Gerichtswelt bloß noch nie in Farbe gesehen. Immer nur in Schwarzweiß.

*

»Angeklagter.«

Sagte der Richter.

»Bitte erheben Sie sich.«

Schaper wartete nicht, bis man ihm das ins Englische übersetzte. Er sagte: »Mann, ihr lächelt hier vielleicht was zusammen. Und die Kohle, die man machen kann. Das ist nicht das, was Sie interessiert, stimmt's«, sagte er zu den Geschworenen aus den sechs Stadtbezirken des US-Sektors von Berlin.

»Aber man hat in dieser Zelle viel Zeit, um ein bißchen was zu kapieren. Was ich sagen will: Es ist gar keine so große Sache. Jeden Morgen um sechs raus und dann das Öl in der Luft und das Monster von einem Parteisekretär –«

»Sie sind jetzt nicht dran«, sagte der Richter. »Sie hätten früher die Gelegenheit zu einer Aussage gehabt.«

Schaper lächelte, die Hände auf dem Geländer der Anklagebank.

»Das Öl in der Luft«, sagte er, »und auf dem Asphalt. Immer ist irgendwo was ausgelaufen. Und dann mit achzig Sachen über die Rieselfelder und immer die Angst, ins Rutschen zu kommen. Ist man aber nicht. Nie. Irgendwann faßt man sich dann ein Herz«, sagte er.

»Zehn Sekunden.

Halb so wild.

Haut ab, ohne sich umzudrehen. Weil man es nicht rechtzeitig kapiert. Weil man nicht kapiert, daß das wie mit den Abenteuerbüchern ist. Die man als Junge gelesen hat. Wenn eins zu Ende war, hat man gedacht, jetzt ist alles vorbei. Jetzt steht man nie wieder auf.

Danach ist das Öl immer noch in der Luft. Man riecht es nur plötzlich nicht mehr.«

»Was soll das heißen?« sagte der Richter.

»Also nichts gegen hier. Piekfeine Läden. Ein Hammer von einem Land. Und alle lächeln sich was zusammen.«

»Von welchem Land genau sprechen Sie«, sagte der Richter.

Schaper zögerte.

Dann sagte er: »Das einzige, was Sie besser können, ist das Verkleiden. Karneval in Rio«, sagte er. »Todschicke Kostüme. Selbst die Armee. Und gucken Sie sich mal die Knastis an. Man kann sie nicht mehr unterscheiden. Die guten und die bösen. Im Prinzip nicht anders als bei uns.«

»Sie meinen damit die DDR?« sagte der Richter.

»Nicht anders als bei uns, es fällt einem nur nicht so ins Auge.«

Der Richter sah die Staatsanwältin an. Die Staatsanwältin stand auf.

»Tja«, sagte Schaper. »Schätze, das ist Ihre große Errungenschaft, Herr Richter. Die Verkleidung.«

»Bitte«, sagte die Staatsanwältin. »Kommen Sie zur Sache.«

»Die Sache ist die«, sagte Schaper, ohne sich nach Katja umzudrehen. Er wußte, daß sie in der dritten Reihe links von ihm saß. »Irgendwann will man vielleicht zurück.« Sie trug eine ärmellose orangefarbene Bluse.

»Kann ja sein. Kann sein, man hat die Schnauze voll«, sagte er. »Wer weiß. Vielleicht wacht man eines Tages auf und hat die Schnauze gestrichen voll von der ganzen Lacherei. Aber die Mauer ist ja deswegen jetzt nicht weg, und da wohl nicht damit zu rechnen ist, daß das zu meinen oder zu Ihren Lebzeiten noch passiert, schätze ich, daß wir da bleiben.«

»Herr Schaper«, sagte die Anwältin. »Bitte keine Märchen.«

»Doch.

Fragen Sie Katja.«

oben

Wenn Sie mich fragen, kann das nicht Schapers Schlußrede gewesen sein. Die Geschworenen hätten sich in ihrem Nationalstolz gekränkt gefühlt. Und dieser war, da er zu jener Zeit nicht geschätzt wurde, besonders stark ausgeprägt. Sie hätten ihn dann nicht in allen Anklagepunkten, außer dem der Geiselnahme, für unschuldig erklärt.

So aber fällten sie ein Urteil, das im schlimmsten Fall drei Jahre Gefängnis bedeutet hätte. Das war Auslegungssache des Richters.

Der Richter wiederum fand die Haltung der Geschworenen inkonsequent, oder er wollte der Phantasie seiner Kollegen ein bißchen auf die Sprünge helfen. Jedenfalls entschied er sich für gerade mal sechs Wochen.

Das Urteil wurde unverzüglich vollstreckt.

Schaper wurde freigelassen. Er hatte bereits sechs Monate in Untersuchungshaft verbracht.

So kam es, daß es in Schapers Leben viereinhalb nicht vorhandene Monate gab.

Sie haben den leicht säuerlichen Geschmack von Orangen. Sie erinnern daran, wie wenig Wahrheit an der ganzen Sache ist.

Ein Mensch kann nicht mitten in seinem Leben plötzlich viereinhalb Monate nicht existieren.

*

Alles Dinge, nach denen niemand fragt.

Auch Schaper muß das längst nicht mehr beschäftigen.

Nur weil ich ihm das die ganze Zeit unterstelle. Er hat ein anständiges Gehalt, Südfrüchte, Ersatzteile und Telefon, mehr braucht er nicht zum Existieren. Vielleicht geht es ihm ganz gut. Vielleicht hat er mit der Geschichte schon viel früher als ich abgeschlossen, fährt Motorrad und hängt ab und zu im Spielcasino rum.

Wer sagt denn, daß es ihm schlechtgehen muß. Ich habe ihn seit Jahren nicht gesehen. Aber ich kann es mir so vorstellen. Zum Schluß. Bevor wir uns hier rauskatapultieren.

Und wer weiß. Sie werden es sowieso besser wissen. Wie es ihm geht und wie es wirklich gewesen ist. Oder nicht? Ihnen wird er doch alles richtig erzählt haben.

Als Sie vor seiner Tür standen.

Angezogen vermutlich. Picobello gekleidet.

unten

»Stört euer sauberes Bild, was«, sagte er zu diesem Mädchen, die Journalistin war.

Sie war Mitte Zwanzig.

Das sah er ihr sofort an. Sie war wie alle. Sie schickten diese verlängerten Teenager zu ihm, weil sie glaubten, daß der Alte dann ins Schwatzen kam. Das war Programm. Der Alte war er, Schaper.

Es lag nicht an ihrem Aussehen. Vielleicht lag es an ihrer Art, mit der sie »Wie schön, Sie endlich, endlich kennenzulernen«, sagte. Als wäre er ein Auschwitzüberlebender und sie hätte ihr Leben damit verbracht, ihn zu suchen. Sie strahlte in diesem Designerlächeln, das die Mitleidsprüfung bestanden hatte und jetzt auf dem Weg zu Höherem war.

Wenn sie so strahlten, hätte er sie am liebsten ins Gesicht geschlagen. Schließlich genügte ein Anruf, er war kein komplizierter Mensch, das wußten die Redakteure. Wenn sie ihn brauchten, riefen sie an. Das Gedächtnis war eine modernde Landschaft. Aber jedesmal wurde wieder hoffnungsfroh Wind in die Asche gepustet.

»Na, dann kommen Sie mal herein«, sagte er.

Sie kamen aus der Schule und wußten alles. Man sah es ihren Augen an. Sie checkten ihn ab und kamen zu dem Schluß, daß bei einem Menschen in kariertem Hemd und Jogginghosen nicht mehr viel zu holen war. Sie wußten alles, und ihre Artikel hörten sich genauso an.

Diese hier trug einen weißen Strickpullover und Markenjeans. Markenjeans erkannte er auch, wenn er betrunken war. Im Moment hatte er nicht mal eine Flasche offen.

»Kommen Sie«, sagte er, »rechts rum in die gute Stube.« Er war kein Penner, er war zivilisiert, deshalb mochten sie ihn. Zeitzeugen gab es genug. Da hätten sie nur einmal zur Kaufhalle am Anton-Saefkow-Ring zu gehen brauchen. Spar-Markt, wie das jetzt hieß. Da gab es jede Menge Zeitzeugen, bei denen man sich nicht mal die Mühe machen mußte zu fragen. Die redeten ganz von selbst.

»Stehen Sie lieber?« sagte er. »Rücken Sie das Zeug zur Seite, keine Angst, ist frisch gewaschen.«

»Schöne Blumen«, sagte sie und zeigte auf die Fensterbank, auf der seine Blumentöpfe standen. Sie setzte sich auf die Couch neben die Socken und fügte idiotischerweise hinzu: »Wo haben Sie die denn alle her?«

»Auf dem Balkon kriegen sie einen Schock bei der Kälte.«

»Dann sind Sie ein richtiger Blumennarr.« Sie schlug ihr Notizbuch auf.

»Clematis, Amaryllis, Hybisken. Ein paar Strelitzien, das Übliche. Und, wo fangen wir diesmal an?« Wenn sie weiter so strahlte, würde er sie tatsächlich schlagen.

Er, Schaper. Der schon lange kein Flugzeugentführer mehr war.

»Herr Schaper, uns interessiert, woran Sie am meisten gelitten haben. Ich meine, welche Konflikte haben Sie austragen müssen, bevor Sie damals die DDR verließen!«

»Ich habe nicht gelitten, warum?«

»Aber es war die Hoch-Zeit des Terrorismus, überall wurden die Sicherheitsbestimmungen verschärft, man weiß das, und ausgerechnet da kamen Sie auf die Idee –« Sie schaltete das Band ein.

»*Sie* wissen das«, sagte er und sah sie an.

»Klar, man sieht das im Kino, der RAF-Hype und alles. Und mitten in dieser Panikmache, in dieser Terrorismussaison, sag ich mal, da haben Sie eine polnische Linienmaschine der Fluggesellschaft LOT vom Typ Tupolew 134 auf dem Flug Danzig–Schönefeld nach Tempelhof entführt. An Bord waren 62 Passagiere aus der DDR, richtig? Und Sie haben eine Schreckschußpistole benutzt. Sie verlangten Kursänderung und Landung auf dem Westberliner Flughafen Tempelhof. War es so?«

»Alles Märchen«, sagte Schaper.

»Das war keine gute Antwort«, sagte sie. »Das machen wir noch mal.«

»Alles Märchen.« Er sagte das in jedem Interview. Und jedesmal mußte er lachen. Er konnte sich nicht mehr beruhigen. Er lachte, als platze ihm der Kopf. Die Haut auf der Stirn spannte. Er lachte in die Gesichter der Mädchen, bis sie blutleer wurden. Wenn er nicht aufhörte, fingen sie an, sich zu räuspern, in schwach geballte Finger hinein, ihre Ohrringe schwankten.

»Schon o. k.«, sagte sie, »ist ja nicht unser *Hot Topic*. Herr Schaper. Viele Westdeutsche sehen die DDR ja immer noch als ödes Erlebnisloch. Wir wollen den Menschen was vom Leben vermitteln. Wir gehen hautnah ran.

Wir haben gehört, daß viele neue Bundesbürger die Wärme heute zum Beispiel vermissen. Früher gab es mehr Kontakt, alle sind enger zusammengerückt. Da machen wir ein richtiges Feature draus.«

»Da kommen Sie ausgerechnet zu mir«, sagte er.

»Es geht uns um das Zusammengehörigkeitsgefühl. Dazu können Sie doch bestimmt was sagen.«

»Das was?«

»Dieses Zusammengehörigkeitsgefühl, was es damals gab. Davon erzählen doch die Leute.«

»Studieren Sie?« fragte er.

»Ja. – Wieso?«

»Ich hab mich nur gefragt. War nur so 'ne Frage. Sie studieren also.«

»Ja.«

»Gut. Sehr gut. Was ich mich frage«, sagte er und rutschte mit den Ellbogen über die Tischplatte auf sie zu, »ich frage mich, ob Sie wohl schon mal danebengegriffen haben. So richtig rein in die Scheiße, verstehen Sie. Sie verstehen doch, was ich meine.«

Sie war einen Moment still. Und als sie dann was sagte, sah sie an ihm vorbei, als stünde die Antwort hinter ihm in der Tapete. »Na ja«, sagte sie. »So richtig doll jetzt nicht.«

»Aber in die Scheiße haben Sie schon gegriffen«, sagte er. Aber er ließ es langsam angehen. Er gab sich Mühe. Er sah ihre perlmuttfarbenen Ohrstecker, ihre schmalen Echtsilberringe und hielt sich zurück.

»Na ja. Nein, eigentlich überhaupt nicht.«

»Sie haben noch nie Scheiße erlebt? Wie alt sind Sie?«

»Herr Schaper, das Interview soll Sie in den Mittelpunkt –«

»Ja oder nein«, sagte er. »Kein Unfall in der Familie, keine Oma gestorben, keiner ist depressiv, und die neugegründete Firma Ihrer Eltern ist auch nicht pleite?«

»Eigentlich nicht.« Sie wand sich. Sie klapperte mit dem Stift auf den Block.

»Und uneigentlich?«

»Ich habe noch nie, wie Sie sagen, in die Scheiße gegriffen.« Sie wurde rot, aber das war immerhin mutig. Er sah sie genauer an. Eine kleine Narbe zog schief über ihre Unterlippe, vielleicht war sie als Kind mal gegen eine Tischkante gerannt.

»Sündenfall«, sagte er. »Sie sind nämlich gerade dabei, es zu tun.«

»Dann stimmen die ganzen Geschichten also nicht?« sagte sie hell. Er sah sie an, bis sie ihren Stift an den Mund hob und ihn nervös gegen die Unterlippe springen ließ.

»Welche Geschichten hat man Ihnen denn erzählt?«

»Alles mögliche, es gehen ja die verschiedensten Gerüchte herum.«

»Das haben Sie gut beobachtet.«

Sie holte Luft. »Da gab es doch zum Beispiel diese Beschaffungsprobleme. Man mußte sich gegenseitig versorgen, man stand sich bei, es war ein solidarisches Gefühl zwischen den

Menschen, die meisten bedauern, daß das jetzt weggebrochen ist. Würden Sie das auch so sehen?«

»Gut«, sagte er. »Zuerst trinken wir mal was. Was wollen Sie? Welche Richtung.«

»Kann ich davon ausgehen, daß Sie das auch so sehen, Herr Schaper?«

»Klaren oder lieber Likör?«

»Also wenn es sein muß, hätte ich gern ein Wasser.«

»Sie langen ja ordentlich zu«, sagte er, während er die Bar aus der Schrankwand klappte und aus dem verspiegelten Inneren eine neue Flasche Cognac nahm. »Sie erlauben doch.« Sie nickte eifrig. Er ging in die Küche, füllte ein Saftglas mit Leitungswasser und stellte es vor sie hin. »Haben Sie in letzter Zeit was von Katja gehört?«

Sie sah ihn an.

»Katja Siems. Ist sie Ihnen bei den Recherchen nicht ins Auge gefallen? Sie lebt ja noch. Wir leben ja alle noch.« Sie hatte nicht die Bohne recherchiert, dachte er, sie hatte weder Katja noch den Anwalt, noch einen der Passagiere befragt. Sie trimmten ihr Gewissen auf Zeitungsformat, dafür brauchte man keine Hintergrundinfos, wie das heute hieß. Dafür mußten die Mädels nichts wissen. Sie hatten ja ihn. Das war billig. Das sparte Kapazität. Auf ihn wurden ungelernte Studentinnen, Hilfskräfte und Volontärinnen angesetzt, Hauptsache, sie waren jung. Einer ihrer Fotografen hatte ihn beim Betreten eines Sexshops beobachtet. Es gab jetzt einen Sexshop, wo früher der Drogeriemarkt gewesen war. Sie hatten ihn erst beobachtet und dann fotografiert, und schon wußten sie, wie sie ihre Verhöre anlegen mußten. Ihre Psychostrategie, ihr Interviewtrainingsprogramm. Es war egal, wie es hieß, es kotzte ihn an.

»Katja Siems ist Ihnen also nicht über den Weg gelaufen«, sagte er. »Dann gebe ich Ihnen mal einen Tip.«

»War das die Frau, mit der Sie damals zusammen waren?«

»Jetzt sind Sie in der Hölle«, sagte er. »Abmarsch. Das war Ihr zweiter Sündenfall, Sie können stolz sein. Sie lernen heute noch richtig was dazu.«

»Es ist ein schwieriger Beitrag, Herr Schaper«, sagte sie, »wir wollen herausfinden, was damals eigentlich anders war.«

»Es hat zum Beispiel keine Sexshops gegeben«, sagte er, und wieder holte sie Luft. »Sex gab es damals frei Haus. HWG«, sagte er, »Personen mit ›häufig wechselndem Geschlechtspartner‹. Aber das kennen Sie wohl nicht.«

»Für uns steht mehr das Zwischenmenschliche im Mittelpunkt«, sagte sie. Er grinste.

»Schon gut.« Er winkte ab. »Das Zwischenmenschliche, schießen Sie los.«

»Wir wollen das nicht nostalgisch aufziehen, wir machen eine richtig runde Geschichte daraus. Wie man damals geredet hat, wie verschieden das kommunikative Umfeld war im Vergleich zu heute. Mit Katja habe ich mich da nicht in erster Linie beschäftigt.«

»Dabei lebt sie noch«, sagte er. »Sie ist noch genauso quicklebendig wie ich.«

»Aber, Herr Schaper, wir wollten –«

»Schon gut, legen Sie los«, sagte er. »Sie bestimmen die Richtung.«

Kriegt ihr den Hals nie voll, sagte er ihnen jedesmal am Telefon, und sie sagten, komm, Lutze, du bist eben unser Mann. Er goß Cognac nach. Der Cognac füllte den gewölbten Glasbauch wie flüssige Sonne. Wie die Sonne, in der ihm Katjas Gesicht vor Augen stand. Sie stieg aus der Kälte vor den Bordfenstern auf, sie brannte auf Katjas Wange, und als er der Stewardeß die Pistole an die Schläfe setzte, schien die Sonne ihm direkt ins Gesicht.

»Was?«

»Sie würden also sagen, es gab kein bißchen von so was wie einem Zusammengehörigkeitsgefühl?«

»Gab es nicht«, sagte er. »Kein bißchen von so was. Aber Sie würden das gern schreiben. Sie haben den Artikel schon fix und fertig im Kopf.«

Die Magenschmerzen kamen pünktlich mit den ersten Schlucken, obwohl er sie nicht mehr spürte. Die Tablette hatte das Fühlen taub gemacht. Aber daß der Schmerz noch darunter lag, wußte er mit der gleichen Sicherheit, mit der er sagen konnte, wann es bei Katja dunkel wurde, sie lebten noch immer auf der gleichen Seite der Welt. Er wußte auch, wie sie lachte, und immer noch hätte er nichts zu entgegnen gewußt, wenn sie ihm wie am Abend vor ihrer Flucht gesagt hätte: Vergiß nichts.

Er vergaß nichts so, wie er sie vergaß. Er konnte es bloß nicht mehr spüren.

»Sie sind geflohen. Sie mußten aus Notwehr ein Flugzeug entführen. Man hätte Sie sonst eingesperrt«, sagte das Mädchen, das er nicht kannte, das auf seinem Sofa saß wie schon fünf, zehn andere vor ihr, und wenn er wollte, würde es noch eine Weile so weitergehen, bis das Thema irgendwann abgeschlossen und vergessen war. Er war bereits auf dem absteigenden Ast, das merkte man, die Mädchen wurden immer jünger.

»Ihre Verbitterung verstehe ich total«, sagte sie. Sie beugte sich vor. »Herr Schaper, in einem früheren Interview haben Sie gesagt, Sie wußten, auf wen Sie sich verlassen konnten. Und Sie hätten einen gemeinsamen Feind gehabt. Produziert ein gemeinsamer Feind nicht auch eine Art Zusammengehörigkeitsgefühl?«

»Ich bin nicht verbittert«, sagte Schaper. »Und wie wäre es, wenn wir das dämliche Wort mal abkürzten. Wie wäre es mit ZGG? Oder ZGKG. Oder noch besser, wir streichen die Gs und sagen einfach ZK.«

Er war schon drüber. Es war ihm längst aus dem Ruder gelaufen. Er hätte nicht gedacht, daß es soweit kam, aber es war soweit. Er erzählte seit Jahren das gleiche und sparte seit Jahren das gleiche aus. Wie ein Kern, um den man sich herumißt, bis man ihn ringsherum abgenagt hat, nur um ihn dann wie ein blödes Museumsstück in die Vitrine zu legen oder gleich wegzuschmeißen. Dabei war allein der Kern für das Gewicht schwerer Früchte, einer Avocado, eines Pfirsichs, verantwortlich. Das müßte doch mal jemandem auffallen, man müßte doch mal wissen wollen, warum, man müßte die Kerne erforschen, mikroskopieren. Es war unglaublich, daß es dafür keine Initiativen gab, keine Demos, keine Gewerkschaften, die sich damit befaßten. Die Kern-Debatte. Um alles stritten sie mit dem gleichen Ernst und der gleichen lähmenden Erfolglosigkeit. Aber nie ging es dabei um den Kern. Um den Kern der Sache. Den Kern des Lebens. Den Kern einer Erinnerung.

Da war er in denselben Neubaublock zurückgekehrt, aus dem er einst geflohen war, er saß wieder hier, zwischen hellgrau gemusterten Tapeten mit aufstrebenden Schmetterlingsflügeln oder Eichenranken, wen interessierte der Unterschied. Er saß an derselben Stelle, wo er vor wie vielen Jahren – zwanzig, fünfundzwanzig – gesessen hatte, und gab diesem blauäugigen Teenager jede Chance, was zu lernen. Nur er selber hatte nichts dazugelernt.

Er rief Katja auch nicht mehr an. Er hatte mit ihr ein Flugzeug entführt, aber jetzt rief er sie nicht mal mehr an. Er war nur erschöpft. Er hätte sich gern eine Pause gegönnt, er konnte nicht mehr, er sah seine Blumen an.

Ein Blumennarr. Mehr mußte man im Leben nicht sein. Auch das Mädchen, das im Strickpulli vor ihm saß, hätte lieber über Blumen geredet, über den Blumenfreund, den Blumenliebhaber, das andere mußte sie für die Karriere tun. Wen interessierte, was vor zwanzig Jahren war. Aber für die Karriere taten sie heute alles, das hätte er früher nicht gemacht. Nie.

Er rief Katja nicht mehr an, aber seit ein paar Tagen hatte er den Eindruck, es rieche nicht mehr nach Blumen, sondern nach ihr. Er wußte wieder, wie Katja roch. Es erinnerte ihn an die Kneipe am Potsdamer Hafen. Es war die vorletzte Nacht vor der Flucht.

Getanzt hatten sie kaum, und westlich war nicht mal das Kleid, das sie trug. Westlich waren nur ihre Augen für den, der sie lesen mochte, wie Katja gelesen werden wollte. Und die Schiffe waren nicht schwarz. Da war kein Schiff. Da hatte nichts an Abfahrt erinnert in dieser Nacht, und er hatte immer noch bleiben wollen. Und bleiben. Sogar die Kerzen waren hell genug. Wenn es wirklich nur die Wahl gegeben hätte zwischen Gehen und Gehen, er wäre geblieben. Jemand hatte gebeten, bleib. Jemand hatte sich das nicht umsonst ausgedacht. Bleiben Sie, wo Sie sind, hatte man gesagt. Und Menschen waren verständig. Dann hatte Katja ihre rote Jacke nicht gefunden. Er hatte die Jacke schon von der Garderobe geholt, er hatte gedacht, ich borge sie mir aus, ich borge mir für eine Nacht diese Jacke aus, und wer die Jacke hat, dem muß sie folgen.

Aber am Ende war doch er es, der ihr folgte. Schließlich wäre sie nicht geblieben.

Schaper setzte das Glas an. Er war schon drüber. Es waren die Blumen, die nach ihr rochen, und beim Aufwachen nachts der Gedanke, sie liege direkt neben ihm, unruhig vor Hitze und dem Klirren der Fenster lauschend, zu müde, um zu wissen, sie waren nicht am Pechpfuhl, wo der Sand flimmerte am Tag und nachts in die offenen Münder der Schlafenden wehte.

Sie lagen im ersten Stock über einer Ausfallstraße von Gdansk. Sie lagen in einem durchgelegenen Bett, die Federbetten waren schwer und feucht, die Matratze trennte eine Ritze im Bettgestell. Das Bett umgab ein übermannshohes Zimmer, in dem jedes Geräusch Echos warf und die Lkw und die Betrunkenen und das Scheppern der Müllabfuhr, wo der ganze Lärm einer Stadt die ganze Nacht durch die Fenster kam. Sie waren an diesem Tag um vier Uhr morgens aufgestanden. Sie hatten einen Flug hinter sich, eine Fahrt zum Bahnhof im Taxi, sie hatten das Zentrum und die Nebenstraßen von Gdansk zweimal durchquert, sie hatten in allen Cafés gesessen, in denen man auch vor leeren Tassen noch unauffällig sitzen konnte, und für ein wahnsinniges Geld Szegediner Gulasch gegessen. Katja trank »Grüne Wiese«, das Bier immerhin war billig. Sie hatten eine Schreckschußpistole gekauft. Sie hatten sich angeschrien und waren still geworden, der Adrenalinpegel lag die ganze Zeit unverhältnismäßig hoch, und wenn sie Pech hatten, blieb ihnen jetzt nicht mal mehr ein Tag.

Aber er wurde nicht müde in diesem Bett, das wie eine Bühne mitten im Zimmer stand, das Paar in der Verlobungsnacht, sollten sie ihre Verlobung doch erst mal beweisen.

»Lutz. – Schläfst du?«

»Ja.«

»Es ist so hell hier. Ich werde nie einschlafen.«

Er wußte auch noch, wie es in diesem Hotelzimmer roch. Es roch nach altem Holz und feuchtem Laken und nach der Creme, die Katja benutzte. Die Creme roch nach Aprikose, und wenn jemand durch das Zimmer über ihnen ging, knarrte der Schrank, und er dachte, er würde auch die Zimmerdecke sich bewegen sehen.

Katja sagte: »Es ist so hell. Die beleuchten die ganze Stadt.«

»Steck den Kopf unters Kissen.«

»Meinst du, die Polen stopfen da Stroh rein? So hart wie die Dinger sind? Die verkaufen ja auch Fahrradschläuche als Aale.«

Damals dachte er noch, er wäre nah dran. Er dachte bei jedem Lkw, nach dem nächsten würde er es ihr sagen. Er starrte die Decke an, die Gardinen hingen schief auf den Stangen, durch die Ritzen strömte das Licht. Er konnte Katjas Schläfe unter dem Bettungetüm neben sich sehen, ihr Arm ragte heraus, er sah auch ihre Schulter, die im T-Shirt-Ärmel verschwand.

»Verlobbt«, hatte die Frau an der Rezeption in gebrochenem Deutsch gesagt, »dann isch gebbe Ihnen gute Zimmer.« Sie hatte eine blaue Schürze mit einem Blumenmuster an. Sie klappte die lackierte Spanplatte ihres Kabäuschens hoch, um sie persönlich nach oben zu geleiten, zwei Treppen wurmzerfressener Stufen entlang, die Tapete an den Wänden war oft überklebt worden, in der Nähe der Rohre blähten sie Wasserflecken auf.

Katja hatte ihm zugezwinkert. Wieder hatte der Verschluß ihrer Handtasche geschnappt. Die Frau von der Rezeption wollte ihm mit dem Koffer helfen, aber er winkte ab und trug ihn, als wäre er leicht. Der Koffer schwebte an seiner Hand die Treppe hoch, er übertrieb, um keinen Verdacht zu erregen, und verrenkte sich fast den Arm, nicht der Rede wert, nur ein paar Anziehsachen.

Katja hatte sich auf die Seite gedreht, und er konnte ihr Gesicht in dem harten Licht polnischer Laternen sehen. Katja, die Meerkopf gesucht hatte, den ganzen Tag in der ganzen Stadt. Es war Unsinn, und sie wußte das. Sie hatte versucht, es vor ihm zu verbergen. Aber er wußte es besser und hatte mitgemacht. Er hatte so getan, als könne Meerkopf verspätet angekommen sein, und es dann ebenso auffällig vor ihr verborgen.

Er hatte ihr nichts auszureden versucht. Dabei wäre es leicht gewesen, es ging nur um ein Telefonat. Er hätte ihr von einem Telefonat erzählen müssen, dessen er sich selber nicht sicher war, aber anders konnte es nicht gewesen sein.

Es war eine Notsituation. Das hatte auch der Richter gesagt.

»Der Angeklagte hat sich vor und während der Entführung in einer Notsituation befunden«, hatte der Richter in seinem gurgelnden Englisch gesagt, »aus diesem Grund mache ich mildernde Umstände geltend.«

Eine Notsituation, eine kleine Ausweglosigkeit, ein kurzes Versagen des Hirns, ein Kribbeln in den Fingern, wie man das von Süchtigen kennt. Der irritierende Moment, in dem man doch wieder zum Glas, zur Zigarette, zur Zündschnur greift.

Manche wählen dann eine Nummer.

Es ist der Moment, der vor der klaren Entscheidung liegt, der die Entscheidung vorwegnimmt und damit unmöglich macht. Man versucht, klar zu denken, man versucht, ganz bei sich zu sein, um sich für das eine oder andere zu entscheiden. Das Entweder-Oder. Dafür und Dagegen. Man versucht noch, rational auf der Höhe zu sein, dabei ist die Entscheidung schon längst gefallen.

Die Notsituation. In der man auf einmal nicht denken kann. Dann verläuft alles nur noch nach Plan. Sie fragen, man antwortet, man legt nicht auf. Man spricht, weil da am anderen Ende auch gesprochen wird und alles ganz vernünftig klingt.

Jedenfalls hätte Schaper das jetzt in weniger als einer Minute vorbringen können.

Katja lag neben ihm, sie lagen wach. Unten ging der Verkehr, unten grölten jugendliche Rowdies, unten lief Musik und klirrten Flaschen, als erlebte die Stadt, als erlebten gar nicht sie ihre letzten Stunden auf dieser Seite der Welt.

Und er hatte damals recht. Nie wieder war er so nah dran gewesen wie in dieser Nacht. Eine Minute. Ein einziges Telefonat. Alle fünf Minuten fuhr ein Lkw vorbei.

»Lutz?«

»Hm.«

»Ich muß grad an was denken.«

Er sagte nichts.

»Das Siebte Kreuz. Hast du das mal gelesen?«
Er sagte nichts.
»Hast du nicht? Das war doch Pflicht.«
»Nee, aber soll ich dir was sagen? Das ist eine Scheißlautstärke hier.«
»Habt ihr das nicht in der Schule gehabt?«
»Ich bin ein paar Jährchen älter als du.«
»Das kam auch als Kinofilm.«
»Ich habe das aber nicht gelesen. Oder gesehen. Oder davon gehört.«
»Dann kennst du diese Szene gar nicht?«
»Man kann sich hier auch nicht mal in Ruhe unterhalten«, sagte er, »als ob die Lkw mitten durchs Zimmer brettern.«
»Die, wo sie aus'm KZ abhauen und dann im Graben hocken, und dann kommen die Suchscheinwerfer – daran mußte ich nämlich gerade denken.«
»Das hier ist immerhin kein Faschismus«, sagte Schaper. Mehr hatte er nicht gesagt. Dabei war er wirklich kurz davor. »Das hier ist kein Faschismus. Das sind nur ein paar blöde Straßenlaternen.«

Später war er immer nur drüber gewesen, so wie jetzt. Selbst morgens nach dem Aufwachen hielt sich hartnäckig der Gedanke, Katja wäre da. Das konnte nicht sein, aber wie konnte es dann sein, daß ihr Geruch überall war.

Er war drüber, aber ganz soweit war er noch nicht. Nichts davon würde er preisgeben, schon gar nicht diesem Mädchen von irgendeinem Hochglanzblatt. Möglicherweise hatten sie früher ostfreundlich berichtet, da bekamen sie jetzt von ihm keine Reue, keine Ressentiments. Er war einer, der freiwillig nach der Wende zurückgekommen war. Mehr hatte er nicht zu erzählen.

»Na gut, dann machen wir hier einen Cut.« Das Mädchen schaltete das Aufnahmegerät ab. »Danke jedenfalls. Auf Wiedersehen, Herr Schaper.«

Als sie vor ihm her durch den Flur ging, war sie durchgeschwitzt. Ihr Pulli klebte am Rücken. Er hatte auch dafür nichts übrig, er hatte nur das dumpfe Gefühl, daß es ihr recht geschah. Sollten sie ihm doch jemand Erwachsenes schicken.

oben

So in etwa hat Schaper gedacht. Da ist er in etwa stehengeblieben.

Es gibt Sperren im Denken.

Ich glaube, ich bin schon immer weiter gegangen als er. Auch wenn nicht alles auf meine Kappe geht. Die Psychologie jedenfalls können Sie vergessen, ich hatte keine schlechte Kindheit.

Ich gehe weiter, denn manchmal geht es nirgendwo anders hin.

Manchmal ist es nötig, noch eins draufzusetzen.

Erst dann rückt alles an seinen Platz und erhält seine einsame Logik. Die einzige, wenn Sie so wollen.

Zehn.

Neun.

Acht.

Alles machbar.

Sonst wären Sie wohl nicht bei mir aufgekreuzt.

Sieben.

Sechs.

Bleibt nur zu hoffen, daß Sie noch rechtzeitig rauskommen.

unten

»Auf Wiedersehen, Herr Schaper«, sagte Schaper, als sie gegangen war.

Er verbeugte sich tief vor dem Spiegel im Flur.

Er, der nie ein Flugzeugentführer war. Er wischte sich über den Mund. In den aufgeklappten Flügeln des Spiegels wurde sein Gesicht von einer Seite auf die andere geworfen und in der Mitte geteilt. Über der Naht fügten sich beide Hälften neu und ungewohnt zusammen, fügten sich da, wo schwarze und graue Schlieren seine Haut durchzogen, alt, wie er war, überhaupt sein Gesicht. Wie es sich verändert hatte, obwohl es nicht anders aussah, es schien wie immer, nicht blasser als sonst, mit trockener Haut, ein paar Krähenfüßen vom Lachen und angedeuteten Augenschatten, ein ganz normales Gesicht mit zögerlichen Falten, alles schien zögerlich, unscharf und wenig konturiert.

Aber seit er es nachts ihren Händen überließ, mußte es doch aussehen wie ihre Hände, jedenfalls fühlte es sich so an. Es war nicht zu trennen davon, es fühlte sich an, als könnte es ohne sie nicht existieren, nur scheinbar vielleicht. Fühlbar existierte es ohne ihre Hände nicht. Wenn es so etwas gab: das Scheinbare und das Fühlbare und den Unterschied darin, und er glaubte jetzt, daß es das gab.

Zwanzig Jahre später, und er war nicht darüber weg.

Hinter seinem Gesicht schälte sich ein Gesicht aus dem Spiegel, wie Katja es sah. Es war nicht mehr spiegelverkehrt, sondern richtig, wen interessierte der Unterschied, dachte er, die Zeitungen nicht, Katja nicht, und die Naht beider Spiegel lief mitten hindurch. Alles ist eitel, alles ist vergeblich. So stand es schon in der Bibel, die er jetzt täglich las. Auch das erzählte er diesen Mädchen nicht, der rote Einband auf seinem Nachttisch, die Bibel aus dem Gefängnis in Moabit.

Nachts lag er wie ausgeschnitten im Bett.

Aufgehoben und vollständig lag er da für Sekunden, für die Sekunde einer Berührung, für den Satz, den er nicht aufhören durfte zu denken: Man darf mit Menschen so nicht umgehen.

Ich, dachte er.

Kein Engel. Keine Wahrheit.

Hoch, runter, ganz runter.

überirdisch
Was sonst.
 Eine Geschichte hat viele Schlupflöcher.

Die Autorin dankt dem Ministerium für Wissenschaft, Forschung und Kultur des Landes Brandenburg, dem Heinrich-Heine-Haus Lüneburg sowie der Senatsverwaltung für Wissenschaft, Forschung und Kultur Berlin für die freundliche Unterstützung dieses Romans.